人民共和國文化與文學叢書

九　編

李　怡　主編

第 **5** 冊

大地倫理的詩意呈現
——世紀之交的中國生態文學研究

張　鵬　著

花木蘭文化事業有限公司

國家圖書館出版品預行編目資料

大地倫理的詩意呈現——世紀之交的中國生態文學研究／張
鵬 著 -- 初版 -- 新北市：花木蘭文化事業有限公司，2021〔
民 110〕
目 2+244 面；19×26 公分
（人民共和國文化與文學叢書 九編；第 5 冊）
ISBN 978-986-518-503-9（精裝）
1. 生態文學 2. 中國文學
820.8   110011113

特邀編委（以姓氏筆畫為序）：

吳義勤　孟繁華　張　檸
張志忠　張清華　陳思和
陳曉明　程光煒　劉福春
（臺灣）宋如珊
（日本）岩佐昌暲
（新西蘭）王一燕
（澳大利亞）鄭　怡

人民共和國文化與文學叢書
九　編　第五冊　　　　　　ISBN：978-986-518-503-9

大地倫理的詩意呈現
——世紀之交的中國生態文學研究

作　者　張　鵬
主　編　李　怡
企　劃　四川大學中國詩歌研究院
總 編 輯　杜潔祥
副總編輯　楊嘉樂
編　輯　許郁翎、張雅淋、潘玟靜　美術編輯　陳逸婷
印　刷　普羅文化出版廣告事業
出　版　花木蘭文化事業有限公司
發 行 人　高小娟
聯絡地址　235 新北市中和區中安街七二號十三樓
　　　　　電話：02-2923-1455／傳真：02-2923-1452
網　址　http://www.huamulan.tw 信箱 service@huamulans.com
初　版　2021 年 9 月
全書字數　216235 字
定　價　九編 12 冊（精裝）台幣 30,000 元

大地倫理的詩意呈現
——世紀之交的中國生態文學研究

張鵬 著

作者簡介

張鵬，男，山東省泗水人，生於 1974 年，泰山學院副教授，文學博士，山東省作家協會會員，泰安市詩歌學會副會長，山東省作家協會文學理論與批評委員會委員，主要研究中國現當代文學、文學批評和中國傳統文化。近年來，主持和參與國家、省、市科研項目十餘項，在各類學術期刊發表論文 200 餘篇，業餘從事思想隨筆創作近 500 萬字。多年來，關注中國生態文明建設和生態文學最新理論成果，對文學作品中人與自然的關係傾注了大量的精力，發表了大量的生態批評研究成果。

提　　要

　　生態文學在當代中國的繁榮，是當下愈演愈烈的生態災難與各國之間競相開展生態環境保護運動引起的。文學體材來源於社會生活和人類實踐的方方面面，生態運動和環保實踐作為素材投射到文學創作之中，生態文學便應運而生了。生態文學立足於如火如荼的生態環保的社會現實，尋求解決人與自然關係日益惡化的最佳出路，挖掘生態失衡的根本原因，理清自然環境被嚴重破壞的文化脈絡，直接呈現千瘡百孔的自然大地，為解決天人關係尋找訴求之路。這是目前文學場域內實現人文關懷和自然之思的必由之路。

　　本文引用利奧波德的大地倫理思想體系，作為考察生態文學的理論內核。「大地倫理」（Landethics）是由美國著名生態哲學家利奧波德在 20 世紀 30 年代以後逐漸提出和完善的。

　　本文分為導論部分和一至六章。導論部分宏觀透視文本內外的中國生態現狀。把中國當下的生態現狀置於文章之首，生態文學和生態批評正是對這一問題的文學應答。第一章進行生態思想資源的歷史追溯。從西方、中國本土和新時期以來三個層面挖掘生態倫理思想的根源，理清生態思想的脈絡。第二章對生態文學中「人」的位置進行重新定位。批判狹隘的人類中心主義思想，把「詩意的棲居」作為人類生存的生態化目標。第三章通過對生態文學的細讀釐定人和天地的關係，指出人定勝天思想的侷限和虛妄，呼喚人與自然的和諧。第四章描述生態文學中人與動物的關係，結合史懷澤的「敬畏生命」的思想和《懷念狼》等生態文學作品中的論述，力求汲取動物的智慧，促進人與動物的和解，寄託人性的關懷。第五章通過生態文學作品《玉米大地》《屠殺的血泊》等等的解讀，探求文學創作中人類和植物的關係，呼喚綠色文學。第六章對世紀之交的中國生態文學進行評價和定位。對作家的生態觀、生態文學的語法形式、生態文學的發展前景給予觀照。

研治文學史的方法與心態——代序

李　怡

　　我曾經以「作為方法的民國」為題討論過中國現代文學研究的「方法」問題，最近幾年，「作為方法」的討論連同這樣的竹內好－溝口雄三式的表述都流行一時，這在客觀上容易讓我們誤解：莫非又是一種學術術語的時髦？屬於「各領風騷三五年」的概念遊戲？

　　但「方法」的確重要，儘管人們對它也可能誤解重重。

　　在漢語傳統中，「方」與「法」都是指行事的辦法和技術，《康熙字典》釋義：「術也，法也。《易・繫辭》：方以類聚。《疏》：方謂法術性行。《左傳・昭二十九年》：官修其方。《注》：方，法術。」「法」字在漢語中多用來表示「法律」「刑法」等義，它的含義古今變化不大。後來由「法律」義引申出「標準」「方法」等義。這與拉丁語系 method 或 way 的來源含義大同小異——據說古希臘文中有「沿著」和「道路」的意思，表示人們活動所選擇的正確途徑或道路。在我們後來熟悉的馬克思主義哲學中，「世界觀」與「方法論」的相互關係更得到了反覆的闡述：人們關於世界是什麼、怎麼樣的根本觀點是「世界觀」，而借助這種觀點作指導去認識世界和改造世界的具體理論表述，就是所謂的「方法論」。

　　在我們的傳統認知中，關於世界之「觀」是基礎，是指導，方法之「論」則是這一基本觀念的運用和落實。因而雖然它們緊密結合，但是究竟還是以「世界觀」為依託，所以在「改造世界觀」的社會主潮中，我們對於「世界觀」的闡述和強調遠遠多於對「方法」的討論，在新中國改革開放前的國家思想主流中，「方法」常常被擱置在一邊，滿眼皆是「世界觀」應當如何端正的問題。這到新時期之初，終於有了反彈，史稱「1985 方法論熱」，

一時間，文藝方法論迭出，西方文藝社會學、心理學、語言學、原型批評、接受美學、結構主義、解構主義、新批評、現象學、存在主義、解釋學、以及借鑒的自然科學方法（系統論、控制論、信息論、模糊數學、耗散結構、熵定律、測不準原理等等），這些令人眼花繚亂的「新方法」衝破了單一的庸俗社會學的「舊方法」，開闢了新的文學研究的空間。不過，在今天看來，卻又因為沒有進一步推動「世界觀」的深入變革而常常流於批評概念的僵硬引入，以致令有的理論家頗感遺憾：「僅僅強調『方法論革命』，這主要是針對『感悟式印象式批評』和過去的『庸俗社會學』而來的，主要是針對我們把握世界的『方式』而言的。『方法論革命』沒有也不能夠關注到『批評主體自身素質』的革命。」〔註1〕

平心而論，這也怪不得 1985，在那個剛剛「解凍」的年代，所有的探索都還在悄悄進行，關於世界和人的整體認知——更深的「觀念」——尚是禁區處處，一切的新論都還在小心翼翼中展開，就包括對「反映論」的質疑都還在躲躲閃閃、欲言又止中進行，遑論其他？〔註2〕

1960 年 1 月 25 日，日本的中國研究專家竹內好發表演講《作為方法的亞洲》。數十年後，他已經不在人世，但思想的影響卻日益擴大，2011 年 7 月，溝口雄三《作為方法的中國》在三聯書店出版。〔註3〕 此前，中文譯本已經在臺灣推出，題為《做為「方法」的中國》。〔註4〕而有的中國學者（如孫歌、李冬木、汪暉、陳光興、葛兆光等）也早在 1990 年代就注意到了《方法としての中國》，並陸續加以介紹和評述。最近 10 年的中國思想文化與文學批評界，則可以說出現了一股「作為方法」的表述潮流，「作為方法的日本」、「作為方法的竹內好」、「亞洲」作為方法，以及「作為方法的 80 年代」等等都在我們學術話語中流行開來，從 1985 年至 1990 年直到 2011 年，「方法」再次引人注目，進入了學界的視野。

這裡的變化當然是顯著的。

雖然名為「方法」，但是竹內好、溝口雄三思考的起點卻是研究者的立場和研究對象的特殊性。中國何以值得成為日本學者的「方法」總結？歸

〔註1〕吳炫：《批評科學化與方法論崇拜》，《文藝理論研究》，1990 年 5 期。
〔註2〕參見夏中義：《反映論與「1985」方法論年》，《社會科學輯刊》，2015 年 3
　　　期。
〔註3〕溝口雄三：《作為方法的中國》，孫軍悅譯，北京：三聯書店，2011 年。
〔註4〕林右崇譯，國立編譯館，1999 年。

根結底，是竹內好、溝口雄三這樣的日本學者在反思他們自己的學術立場，中國恰好可以充當這種反省的參照和借鏡。日本學人通過中國這樣一個「他者」的來參照進行自我的批判，實現從「西方」話語突圍，重新確立自己的主體性。竹內好所謂中國「迴心型」近現代化歷程，迥異於日本式的近代化「轉向型」，比較中被審判的是日本文化自己。溝口雄三批評那種「沒有中國的中國學」，其實也是通過這樣一個案例來反駁歐洲中心的觀念，尋找和包括日本在內的建立非歐洲區域的學術主體性，換句話說，無論是竹內好還是溝口雄三都試圖借助「中國」獨特性這一問題突破歐洲觀念中心的束縛，重建自身的思想主體性。如果套用我們多年來習慣的說法，那就是竹內好－溝口雄三的「方法之論」既是「方法論」，又是「世界觀」，是「世界觀」與「方法論」有機結合下的對世界與人的整體認知。

事實上，這也是「作為方法」之所以成為「思潮」的重要原因。在告別了1980年代浮躁的「方法熱」之後，在歷經了1990年代波詭雲譎的「現代－後現代」翻轉之後，中國學術也步入了一個反省自我、定義自我的時期，日本學人作為先行者的反省姿態當然格外引人注目。

如果我們承認中國當代學術需要重新釐定的立場和觀念實在很多，那麼「作為方法」的思潮就還會在一定時期內延續下去，並由「方法」的檢討深入到對一系列人與世界基本問題的探索。

在中國現當代文學的領域中，我堅持認為考察具體的國家社會形態是清理文學之根的必要，在這個意義上，「民國作為方法」或「共和國作為方法」比來自日本的「中國作為方法」更為切實和有效。同時，「民國作為方法」與「共和國作為方法」本身也不是一勞永逸的學術概念，它們都只是提醒我們一種尊重歷史事實的基本學術態度，至於在這樣一個態度的前提下我們究竟可以獲得哪些主要認知，又以何種角度進入文學史的闡述，則是一些需要具體處理、不斷回答的問題，比如具體國家體制下形成的文學機制問題，國家觀念與民族意識的互動與衝突，適應於民國與共和國語境的文學闡述方法，以及具體歷史環境中現代中國作家的文學選擇等等，嚴格說來，繼續沿用過去一些大而無當的概念已經不能令人滿意了，因為它沒有辦法抵近這些具體歷史真相，撫摸這些歷史的細節。

「民國作為方法」是對陳舊的庸俗社會學理論及時髦無根的西方批評理論的整體突破，而突破之後的我們則需要更自覺更主動地沉入歷史，進

入事實，在具體的事實解讀的基礎上發現更多的「方法」，完成連續不斷的觀念與技術的突破。如此一來，「民國作為方法」就是一個需要持續展開的未竟的工程。

對文學史「方法」的追問，能夠對自己近些年來的思考有所總結，這不是為了指導別人，而是為自我反省、自我提高。自我的總結，我首先想起的也是「方法」的問題，如上所述，方法並不只是操作的技術，它同樣是對世界的一種認知，是對我們精神世界的清理。在這一意義上，所有的關於方法的概括歸根到底又可以說是一種關於自我的追問，所以又可以稱作「自我作為方法」。

那麼，在今天的自我追問當中，什麼是繞不開的話題呢？我認為是虛無。

在心理學上，「虛無」在一種無法把捉的空洞狀態，在思想史上，「虛無」卻是豐富而複雜的存在，可能是為零，也可能是無限，可能是什麼也沒有，但也可能是人類認知的至高點。是一個複雜的概念。在今天，討論思想史意義的「虛無」可能有點奢侈，至少應該同時進入古希臘哲學與中國哲學的儒道兩家，東西方思想的比較才可能幫助我們稍微一窺前往的門徑。但是，作為心理狀態的空洞感卻可能如影隨形，揮之不去，成為我們無可迴避的現實。這裡的原因比較多樣，有個人理想與社會現實感的斷裂，有學術理念與學術環境的衝突，有人生的無奈與執著夢想的矛盾⋯⋯當然，這種內與外的不和諧本來就是人生的常態，對於凡俗的人生而言，也就是一種生活的調節問題，並不值得誇大其詞，也無須糾纏不休。但對於一位以實現為志業的人來說，卻恐怕是另外一種情形。既然我們選擇了將思想作為人生的第一現實，那麼關乎思想的問題就不那麼輕而易舉就被生活的煙雲所蕩滌出去，它會執拗地拽住你，纏繞你，刺激你，逼迫你作出解釋，完成回答，更要命的是，我們自己一方面企圖「逃避痛苦」，規避選擇，另一方面，卻又情不自禁地為思想本身所吸引，不斷嘗試著挑戰虛無，圓滿自我。

這或許就是每一位真誠的思想者的宿命。

在魯迅眼中，虛無是一種無所不在的「真實」，「當我沉默著的時候，我覺得充實；我將開口，同時感到空虛」（《野草》題辭）「絕望之為虛妄，正與希望相同」（《希望》）「於浩歌狂熱之際中寒；於天上看見深淵。於一

切眼中看見無所有；於無所希望中得救。」(《墓碣文》)所以，他實際上是穿透了虛無，抵達了絕望。對於魯迅而言，已經沒有必要與虛無相糾纏，他反抗的是更深刻的黑暗——絕望。

虛無與絕望還是有所不同的。在現實的世界上，盼望有所把捉又陡然失落，或自以為理所當然實際無可奈何，這才是虛無感，但虛無感的不斷浮現卻也說明在大多數的時候，我們還浸泡在現實的各自期待當中，較之於魯迅，我們都更加牢固地被焊接在這一張制度化生存的網絡上，以它為據，以它為食，以它為夢想，儘管它無情，它強硬，它狡點。但是，只要我們還不能如魯迅一般自由撰稿，獨自謀生，那就，就注定了必須付出一生與之糾纏，與之往返。在這個時候，反抗虛無總比順從虛無更值得我們去追求。

於是，我也願意自己的每一本文集都是自己挑戰虛無、反抗虛無的一種總結和記錄。

在我的想像之中，每一個學術命題的提出就是一次袪除虛無的嘗試，而每一次探入思想荒原的嘗試都是生命的不屈的抗爭。

回首這些年來思想歷程，我發現，自己最願意分享的幾個主題包括：現代性、國與族、地方與文獻。

「現代性」是我們無法拒絕卻又並不心甘情願的現實。

「國與族」的認同與疏離可能會糾結我們一生。

「地方」是我們最可能遺忘又最不該遺忘的土地與空間。

「文獻」在事實上絕不像它看上去那麼僵硬和呆板，發現了文獻的靈性我們才真的有可能跳出「虛無」的魔障。

如果仔細勘察，以上的主題之中或許就包含著若干反抗虛無的「方法」。

2021 年 6 月於長灘一號

目

次

導論　文本內外的中國生態現狀

　　隨著知識經濟和科技進步的長足發展，世紀之交的全球範圍內出現了一系列公共衛生事件、生態失衡的爆發個案和大規模環境污染案例。這些觸目驚心的事件和案例接二連三、層出不窮，一次又一次把人類推上了環境污染和生態失衡的被告席上，進行跨世紀的嚴正審判。僅僅半個多世紀以來，土壤荒漠化進程加劇，物種數目銳減，人口急劇增加，氟利昂和臭氧大量洩露外溢、可耕種土地面積日益減縮，大面積的森林草原退化，核輻射、磁懸浮輻射、電磁波輻射如同無形殺手時刻衝擊無辜的人群、大江大河內陸湖泊被工業廢水廢渣污染，在城市和鄉村的空氣中彌漫的有害氣體成分節節攀升，原始森林和次生林被大面積砍伐，部分國家和地區時常降下酸雨酸霧，非典型性肺炎、瘋牛病、禽流感、甲肝乙肝流行病不斷蔓延世界各地，豬流感大面積肆虐成災。在氣象學領域內，厄爾尼諾現象和拉尼娜現象不時顯示出巨大的破壞威力。以上種種不良現象顯示，人類在大自然面前已經有些捉襟見肘驚慌失措，大自然正在一次又一次向人類發出振聾發聵的嚴重警告，從而敲響了大自然與人類關繫急劇惡化的長鳴警鐘。「人類敲響了地球的喪鐘，與此同時，地球也正在敲響人類的喪鐘。這一道理在人類歷史，尤其是近代工業革命以來的人類歷史中卻不被理解——鐘聲企圖獲取人類的眷顧，卻始終難以穿透心靈對歷史的冷漠。」〔註1〕生態文學的勃興是對自然環境問題的一種回應，是人類檢討自己發展歷程的懺悔書和道歉書，是全球範圍內生態思潮在文藝領域和思想場域的體現，也是文學對自身天職和責任的自覺承擔。

〔註1〕王耘《複雜性生態哲學》，社會科學文獻出版社 2008 年 5 月版，第 1 頁。

跨越農業文明的漫長時期，如今日新月異的高科技頻頻登場，既能夠提高生產效率，有導致科技理性和工具理性的泛濫成災。所以，科技理性和工具理性從來不僅僅是一個微觀的技術手段。如同魯樞元所言「生態問題不僅僅是一個技術問題或科學管理問題，更是一個倫理問題、哲學問題，同時也是一個詩學的、美學的問題。」〔註2〕中國生態文學已經走過了最初起步階段，從單純陳述生態失衡和環境污染逐步進入深刻思考生態問題的實質和根源所在，可謂追根究底。今天我們文學界需要重新感悟思考人類的根本需求，積極地承擔其濟世救人、道法自然、民胞物與、悲天憫人的社會責任。在當前如火如荼的全球化語境和融會貫通的跨文化對話中發展生態文學的關鍵是大力發展以生態系統的整體利益為最高價值和最終旨歸的生態文學，而不是僅僅以人類的利益為唯一價值取向作為判斷尺度的人類中心主義色彩濃厚傳統文學。生態文學著力考察和表現人與自然之間的關係。人本主義的「人定勝天物競天擇」和「控制自然奴役自然」將人與自然的關係看成是衝突的敵對的、改造與被改造的關係，這種世界觀乃是人類根深蒂固的狹隘的唯我獨尊和夜郎自大。這種狹隘的人類中心主義的理論和實踐直接威脅到了當下全球的人類生存，也從某種程度上威脅著未來子孫後代的生存境遇，是一種竭澤而漁式的慢性自殺行為。因此，生態文學開始果斷摒棄傳統狹隘的人本主義和文學僅僅是人學的狹隘觀念和傳統觀點，揭示生態危機的嚴重危害和迫在眉睫，反省人類自身夜郎自大盲目的一意孤行的行為，探尋造成當今世界日益惡化的生態環境問題的根本實質和思想文化根源，嚴厲批判狹隘的人類中心主義對自然環境的種種無法逆轉的負面影響和無休無止的嚴重戕害。主張把自然從人類肆無忌憚的壓迫蹂躪和征服改造下解放出來，改變「人是萬物的唯一尺度」，人是自然界的「絕對主人」和「高高在上的君王」等等極端自私狹隘的人類中心主義自然觀、價值觀、審美觀和發展觀。生態文學要從整個生態系統和地球範圍內生態全息化的角度考慮問題並且立即作出覺醒的呼喚和吶喊。

生態文學認為尊重原生態的自然和保護自然環境也是在愛護人類本身，因為人類與自然是緊密相聯、榮辱與共、不可分割、一榮俱榮、一損俱損的嚴整的生命體系，人類的命運從屬於整個生態系統和天地自然的終極命運。「生態文學在反對現代工業社會的冷酷的工具理性、科技理性的片面發展的

〔註2〕魯樞元《生態批評的空間》，華東師範大學出版社2006年版，第235頁。

同時，並不拒斥科技理性的部分合理因素。生態文學是和解性的，它並非完全拒斥現代科學技術，而是試圖在人的靈魂中發動一場革命，改變唯技術、唯理性的心態，讓科學技術掌握在人的控制之中，生態文學極其強調要從生態利益的要求上利用科學技術」。〔註3〕生態文學既要批判科技理性、工具理性和盲目發展觀的泛濫造成的生態破壞和環境污染，也要倡導科學與人文的和諧發展齊頭並進，立場堅定地反對任何無視自然規律的殺雞取卵和拔苗助長的愚蠢行為模式，積極主動地推動人類社會的可持續發展，為地球的綠色永遠奔走呼號不辭勞苦。生態文學力求用語言和文字，為飽經踩躪的自然環境築起一道充滿天人合一精神的綠色長城，以呵護脆弱的人類生存家園。魯樞元在《百年疏漏——中國文學史書寫的生態視閾》一文中指出：「文學不但是人學，同時也應當是人與自然的關係學、人類的精神生態學，文學史的書寫也應當充分展現人與自然的關係。」〔註4〕文學作為人類精神的檢測儀，必須直面生態環境惡化的現狀並做出自己的敏銳的反應、深刻的思考和永恆的追問。這是作家用良知和善念維護自己的尊嚴，同時也在維護前人類唯一的地球的尊嚴。不管壓力和阻力有多大，都要一往無前地為世界增添綠色和希望。統籌規劃和調節人類與地球之間的和解和默契。

　　關注人與自然的關係，是最現實的人文關懷，因為人類生存的環境一旦被破壞和干擾，想要在恢復到原來的模樣，需要的時間不是十年二十年的問題，而是數以世紀甚至千年的漫長時間隧道。愛護生態，激發人類與自然的和諧，是造福千秋萬代的經世致用的偉業。作家張煒說：「人與自然的關係是世界上無數法則、無數關係之中最重要的一個，如果這方面出現問題，其他所有方面的條理都顯得微不足道了。如果人類文明與地球災難一塊發展和擴大，這種文明最終就會將世界引向死亡。」〔註5〕張煒的言說，乃是清醒和深刻的，與人與自然的關係相比，其他的細枝末節都是局部的、片面的，無關大局的。因為，一旦把人與自然惡化的關係推上極致，就會出現毀滅性的重大災難，這是一個最可怕的結局，我們必須採取一切手段避免走到這一步。文明的火種要時代延續，必須把文明賴以生生不息繁衍興盛的人文環境和自

〔註3〕胡三林：《生態文學：批判和超越》，《文藝爭鳴》2005年第6期，第125頁。
〔註4〕魯樞元，《百年疏漏——中國文學史書寫的生態視閾》，《文學評論》2007年第1期，第181頁。
〔註5〕張煒《精神的絲縷》，上海人民出版社1996年4月版，第14頁。

然環境保護好，這是放之四海而皆準的真理。著名學者張興成先生在他的《現代性、技術統治與生態政治》中直言不諱──「生態危機正在挑戰人類一切的現代性哲學觀念、倫理道德、政治模式乃至基本的生存方式。可以毫不誇張地說，人類未來的衝突絕不僅僅是政治、經濟、文明的衝突，人類必然會發展到為爭奪生態空間而大動干戈的時候。」〔註6〕世紀之交的中國，隨著改革開放和經濟建設向縱深推進，生態危機的加劇和生存環境受到極大的威脅。大自然已經由逆來順受變得開始與人類分庭抗禮了。公共衛生事件和大規模自然災害、氣象災害和環境污染的節節攀升讓我們無法坐以待斃，我們不失時機地提出可續發展觀和生態文明建設就是在彌補過錯，逐漸實現生態平衡、環境清潔、人與自然友好相處的大好局面，這樣的努力乃是懸崖勒馬、亡羊補牢之舉。否則，生態危機的災難性後果將會搞得人類遍體鱗傷、一蹶不振。著名生態思想研究者唐納德·奧斯特指出：「我們今天所面臨的全球生態危機，起因不在生態系統的自身，而在於我們的文化系統。要度過這一危機，必須盡可能清楚地理解我們的文化對自然的影響。」〔註7〕「生態焦慮」作為當代世界性的文化母題，它背後深度關切的是文明的盛衰。生態危機引起人類對文明的自我反思，許多思想家認識到人類普遍面臨的全球性生態危機。生態文化以拯救地球母親為著眼點，倡導人與自然和諧相處，倡導綠色無害的生活方式和天人合一的倫理道德觀念體系，使人類真正關心自然，尊重自然和保護自然。生態文學以全球生態系統全盤利益為最高價值，表現自然與人之關係，探尋生態危機的社會思想根源，從而為構建和諧社會提供精神動力和文學資源、價值支撐。

本文引用利奧波德的大地倫理思想體系，作為考察生態文學的理論內核。試圖以此審視目前中國思想文化界根深蒂固的人類中心主義觀念，廓清發展道路上的模糊認識，把文學作品中的生態理念挖掘出來，以弘揚生態倫理為己任，以全面清理文學作品中的反自然、反生態的錯誤思想觀念。「大地倫理」（Landethics）是由美國著名生態哲學家和環保先行者利奧波德在20世紀30年代以後逐漸提出和完善的一個著名生態理念。1933年5月1日，利奧波德發表在《林業雜誌》上的「自然保護的倫理」一文中，利奧波德深刻而全面的

〔註6〕《書屋》2003年第10期，第4頁。
〔註7〕唐納德·奧斯特著《自然的經濟體系》，侯文蕙譯，商務印書館1999年版，第17頁。

表述了他的大地倫理思想。在 1947 年撰寫的《沙鄉年鑒》一書裏，有專章「大地倫理」論述和深化了這一生態倫理思想。「大地倫理的核心觀念是生態整體主義，它表現在四個方面：首先，它擴展了道德共同體的邊界，使之包括土壤、水、植物和動物以及棲居大地上的人類。其次，大地倫理學改變了人在自然中的地位，人只是大地共同體的一員，而且是普通的一員，他沒有凌駕於其他動植物乃至非生命形態之上的特權，這從根本上否定了狹隘的人類中心主義或者說人類沙文主義。再次，大地倫理學確立了以尊重生命和自然界為前提的經濟、生態、倫理和審美的多重價值評價體系。最後，大地倫理學規定了自己的基本道德原則，那就是：一個人的行為，當有助於維持生命共同體的和諧、穩定和美麗時，就是正確的；反之，就是錯誤的。這是他對於自然、人類與土地的關係與命運的觀察與思考的結晶。他倡導一種開放的「土地倫理」，呼籲人們以謙恭和善良的姿態對待土地。他試圖尋求一種能夠樹立人們對土地的責任感的方式，同時希望通過這種方式影響到政府對待土地和野生動物的態度和管理方式。利奧波德在文章中表述了土地的生態功能，以此激發人們對土地的熱愛和尊敬，強化人們維護這個共同體健全的道德責任感。利奧波德通過他智慧的語言告訴我們，土地的倫理範疇包含土壤、水、植物和動物，以及大地上存在的一切。土地的倫理觀就是讓人放棄征服者的角色，對每一個倫理範疇內的成員暗含平等和尊敬，把它們當成跟自己一樣平等的分子」。〔註8〕由此可見，大地倫理的提出乃是對人類一以貫之的道德倫理價值觀體系的一次超越性顛覆，它把一切自然存在都賦予道德主體性地位。由以前的唯我獨尊和人類中心主義轉變為天地同攸，生死與共的生態共同體。美國的環保衛士、生態文學的先驅雷切爾·卡遜女士在《寂靜的春天》一書中對生命的平衡狀態的遽然被打破心懷憂慮：「為了產生現在居住於地球上的生命已用去了千百萬年，在這個時間裏，不斷發展、進化和演變著的生命與其周圍環境達到了一個協調和平衡的狀態。生命要調整它原有的平衡所需要的時間不是以年計而是以千年計。時間是根本的因素，但是現今的世界變化之速已來不及調整。」〔註9〕因此，大地倫理的提出，契合了當今世界令人頭暈目眩的快速發展。這是人類理性反思過去高歌猛進毫不遲疑的攫取自

〔註8〕〔美〕利奧波德《沙鄉年鑒》，侯文蕙譯，吉林人民出版社 1997 年 12 月版，第 95 頁。

〔註9〕〔美〕R·卡遜《寂靜的春天》科學出版社 1979 年 6 月版，第 8 頁。

然財富的一次懺悔和自責,因為千秋萬代自然形成的生態體系一旦遽然變壞,可是短時間內無法恢復原態的,需要漫長的進化系列去撫平地球的累累傷痕和滿目瘡痍。面對流淚的大地母親的聲聲歎息和家園破碎的哭泣,作家無法隔岸觀火、坐而論道。以關注生態環境著稱於世的報告文學作家徐剛在《荒漠的呼告》中談及土地的荒漠化時也表達了對大地的完整性被破壞的憂思:「大地是完整的,家園便是完整的,人也是完整的。反之,當大地不再是一個完整的集合而敗象重重時,家園和人就是破碎的,分裂的,面目全非的。荒漠化的根本危害是解構了大地的完整性。」〔註 10〕大地的完整和家園的完整乃是一枚硬幣的兩面,彼此缺一不可相輔相成。荒漠化如同健康的地球軀體上的一塊塊癌變的器官,如果不立即綠化自然恢復大地的生機與活力,那麼,局部的癌變有可能迅速蔓延和轉移,待到那時,我們賴以生存發展的地球環境可就病入膏肓無力回天了。試想,面對如此巨大的災難,人類怎麼能夠放任自流呢?

在推動和諧社會構建的實踐中,生態文學承擔著特別的使命。因為文學天生就有關注現實、喚醒麻木不仁的人類的功能。浪漫主義的理想情懷滋養著人類的內心世界,必然要求我們把深邃的目光從書本上轉移到滿目瘡痍的大地上,用愛心、勇氣、行動去拯救瀕臨苦難深重的大地。切不可僅僅坐在書宅裏空談理論而忘記了「愛就是行動」的感召力量。勞倫斯·布依爾說過:「誰要是只執著於文學研究與文學理論本身是無法做一個生態批評家的。」〔註 11〕生態文學研究通過研究文本內的自然,最終目的是為了保護文本外的自然。生態文學企圖借助語言和文字的力量,把生態思想和生態行為融會貫通,把自覺維護生態平衡和愛護自然萬物作為一切行動的出發點和落腳點。生態文學大量展示生態危機的嚴峻事實,觸動人們的最柔軟心靈深處,激發人們自覺的生態意識,走出狹隘自私的人類中心主義的思想峽谷,從觀念上理論上奠定天人合一的思維基石;生態文學致力於反思科技發展和工具理性思維模式如何污染環境、導致環境的急劇惡化和生態的嚴重失衡,為環境保護研究提供行動指南和精神支持,為和諧社會的構建創造更好的精神場域和

〔註10〕 徐剛《守望家園——荒漠的呼告:土地之卷》,湖南科學技術出版社 1997 年版,第 113 頁。

〔註11〕 勞倫斯·布依爾,韋清琦:《打開中美生態批評的對話窗口——訪勞倫斯·布依爾》,《文藝研究》2004 年第 1 期。

輿論條件；生態文學挖掘現實生活的詩意美、自然美、環境美，展示理想的綠色生態環境。生態文學涉及到人類對自然環境的憂患意識和對自我，尤其是對人與自然關係的發展、繁衍、異化、變異、災難的演進歷史過程中如何走向歧路和如何改邪歸正的問題。生態文學研究的著名學者王諾認為，生態思潮的主要訴求是重新審視人類文化與思想文化批判，生態危機的思想根源是工具理性、貪多求快、竭澤而漁的科技至上觀。除此之外，還包括一系列征服掠奪自然、以及自然對象化的錯誤選擇等相關問題。人文社會科學學者雖然不能直接參與具體的生態治理實踐，卻能夠為挖掘生態危機的思想文化之根做出巨大的貢獻，為建設和諧社會做出應有的貢獻。人文精神的延伸其實就是熱愛人類家園地球，對天地萬物的關愛就是擴大了的人文關懷。這種擴大了的人文關懷要求我們心懷自然，順應天時地利，感恩自然造化，時時刻刻保持善待自然的大地倫理理念。

　　波瀾壯闊的生態思潮正在席捲全球文化圈。其實，生態思潮的意義和價值就在於拋棄舊有的價值觀，身體力行地維護生態和諧，不折不扣的貫徹道法自然天人合一的生態精神。對於生態文化的重建來說，生態整體主義具有重要的作用，它們構成了生態文化的基石。韓少功在《山南水北》中說：「總有一天，在工業化和商業化的大潮激蕩之處，人們終究會猛醒過來，終究會明白綠遍天涯的大地仍是我們的生命之源，比任何其他東西都重要的多。那才是人類 culture 又一次偉大的復活。」〔註12〕近年來，學界愈來愈重視對生態文學的研究並產生了諸多研究成果，但是與國外相比無論創作成就還是理論建構還存在很大差距。本文力求對世紀之交中國的生態文學進行宏觀梳理和微觀細讀，通過對文本內外人與自然的思考，達到把握其精神流向和整體發展趨勢的目的。以更好的清理和探尋文學與生態的雙向互動關係，為未來中國生態文學的創作和批評提供可資借鑒的理論資源。誠如曾永成在《文藝的綠色之思》中所言：「文藝的綠色之思，正是要向大自然的綠色世界吸取生命的營養與活力，尋求文藝生存和發展的啟示。」〔註13〕哪一天人類的生存家園彌漫著綠風和甘霖，我們就獲得了可持續發展的後勁和不竭動力，人文與自然攜手並肩，一起肩負起維護生態平衡建設美好家園的時代重任。路漫漫其修遠兮，我們要上下求索，不遺餘力地推進人與自然和和解與平衡，人

〔註12〕韓少功《山南水北》，作家出版社 2006 年版，第 62 頁。
〔註13〕曾永成《文藝的綠色之思》，人民文學出版社 2000 年 5 月版，第 7 頁。

文力量與科技力量互動起來，形成一股合理，把世界的綠色染遍每一個精神角落。值得稱道的是，當今中國和世界上，已經召開過無數國際會議和研討會，力求把生態自然的觀念更加深入人心，形成強大的輿論力量，為全面促進生態平衡和和諧世界作出貢獻。

第一節　生態現狀的掃描

　　十八世紀以降，工業革命的腳步在蒸汽機和電力設備的推動下，人類前行的加速度驟然變得迅速起來，一路高歌猛進。物質財富的急劇擴張和生產規模的鋪展速度前所未有。十九世紀，隨著生物進化、能量守恆定律和細胞學說的突破，生物技術、影視技術日新月異。二十世紀，高科技的發展更是超越了人類的想像力。不但給世界帶來了福祉，也把人類拖入曠日持久的兩次世界大戰。二十世紀六十年代以來，隨著社會進步，電子計算機走進千家萬戶，人類改造自然的能力與日俱增。生物技術、遺傳技術、農藥化肥殺蟲劑的大規模使用，高污染的工礦企業開工建設。自然災害不斷加劇，地球資源開始出現短缺，環境污染、生態失衡。在甚囂塵上的現代工業文明中，原生態的自然的沈寂平靜被徹底打破了，人們開始了對自然瘋狂侵害，森林草原退化加劇、沙塵暴鋪天蓋地、自然災害此起彼伏。臭氧層黑洞，疾病流行蔓延、氣候的變暖，珍稀動物瀕臨滅絕，一次次的公共衛生事件和氣象異變震驚了感覺良好的現代人。生態危機已經到了影響人類生存、社會發展進步的不能不重視的地步，生態思潮如火如荼地波及到人類社會生活的方方面面，時下，與生態有關的專有名詞四面開花，什麼生態美學、生態旅遊、生態食品、生態倫理學，生態經濟、生態政治、生態工業、生態住宅、生態醫院、生態度假村、生態種植示範園、生態文化、生態美術、生態農業、生態療法等等，林林總總不一而足。不少思想家、文學家認為，鑒於人類所面臨的最嚴重最緊迫的生態危機和生態災難，二十一世紀乃至未來更漫長的時代，必將是生態思潮和環保運動的大規模的爆發期，生態思潮是未來的世界共同話語和思維交集。英國生態學者貝特在《大地之歌》一書中精闢地論述道：「公元第三個千年剛剛開始，大自然卻早已進入危機四伏的時代，大難臨頭前的祈禱都是那麼相似。全球變暖，冰川和永久凍土融化，海平面上升，降雨模式改變，海洋過度捕撈，沙漠迅速擴展，森林覆蓋率急劇下降，淡水資源嚴重

匱乏，物種加速滅絕。我們生存於一個無法逃避有毒廢棄物、酸雨和各種有害化學物質的世界。城市的空氣混合著二氧化氮、二氧化碳、苯、二氧化硫，農業已經離不開化肥和農藥，畜牧業和牲畜的飼料裏竟然含有能導致人類中樞神經崩潰的瘋牛病毒」。〔註14〕因為地球在宇宙間基本上是一個相對封閉的整體系統，因此，一損俱損，一榮俱榮。環視世界範圍內，土壤荒漠化進程加劇，物種數目銳減，人口急劇增加，氟利昂和臭氧大量洩露外溢、可耕種土地面積日益減縮，大面積的森林草原退化，核輻射、磁懸浮輻射、電磁波輻射如同無形殺手時刻衝擊無辜的人群、大江大河內陸湖泊被工業廢水廢渣污染，在城市和鄉村的空氣中彌漫的有害氣體成分節節攀升，原始森林和次生林被大面積砍伐，部分國家和地區時常降下酸雨酸霧，非典型性肺炎、瘋牛病、禽流感、甲肝乙肝流行病不斷蔓延世界各地，豬流感大面積肆虐成災。多少生態災難一次次敲響了警鐘。「翻檢一下人類社會的歷史，不難看出，人類今日面臨的生態困境，總是與科學技術的進步，與社會現代化的進程相伴而生的。更先進的技術帶給人類的也並不全是福祉，同時還帶來了災難。」〔註15〕科技進步是一把雙刃劍，我們不能僅僅看到科技帶來的能源、交通、通訊、食品方面的便捷，更要看到由於大規模的發展現代科技帶來的負面影響和不利因素導致的疾病和污染。盲目樂觀是短視的，我們必須放眼未來，深深思索生態困境。

2006 年 12 月 8 日至 12 日，「生態時代與文學藝術」田野考察暨學術交流會在海南召開。這是一次充滿行為藝術意味的生態環境保護會議，與會者不僅侃侃而談，而且身體力行地走進大自然的懷抱，體會人與自然的緊密關係。會上，蘇州大學的魯樞元指出：「地球已經進入一個新的時代——人類紀，做出這一判斷的是兩位科學家。一位是大氣化學家，諾貝爾獎得主保羅·克魯岑，一位是地殼與生物圈研究國際計劃領導人威爾·史蒂芬，在他們看來，自工業革命以來，人類對於自然環境的影響力已經超過了大自然本身活動的力量，人類單憑自己的力量就可以快速地改變著這個星球的物理、化學和生物特徵。與以往人們所熟知的寒武紀、泥盆紀、侏羅紀、白堊紀相比，人類紀已經不僅是一個地質科學概念，同時也成了一個人文學科概念，一個全體地球人都必須密切關注的整體性概念。今天，人類紀已經

〔註14〕Jonathan Bate: *The song of the earth*, Harvard University Press, 2000, P24。
〔註15〕魯樞元《生態批評的空間》，華東師範大學出版社，2006 年 9 月版，第 14 頁。

涵蓋了地球上人類社會與自然環境交互關聯的各個方面，包容了地球上不同國家、不同種族共同面對的經濟、政治、安全、教育、文化、信仰的全部問題。人類紀時代人類的每一項重大活動，都將引發全球環境與國際社會的劇烈震盪。從這個意義上講，人類紀才是真正意義上的全球化」〔註16〕人類紀的到來，為我們增強生態意識和全球化合作提出了前所未有的主要任務。從思想文化、國際交流、宗教信仰、教育衛生各個方面展開對話與合作，乃是維護生態平衡的第一步。因為置身於當今世界，我們除了攜手並肩通力合作保護共同家園別無選擇。人類紀對生態自然環境的巨大影響，迫使人類必須直面人與自然的關係，大力開展如火如荼的「生態文明」的建設才是人與自然和諧共處的必由之路和唯一選擇。何去何從，現代人必須清醒自己的責任意識和義不容辭的道義擔當。

我國的人均不可再生資源擁有量遠遠低於世界人均量，多數都不到世界人均值的一半。近二十年的高速度經濟增長，已經使許多不可再生資源瀕於枯竭。每年春夏之交，肆虐的沙塵暴彌漫在我國華北平原上。淡水缺乏導致北京經常處於水資源的嚴重匱乏，給生產生活帶來諸多不便。這種情況大有愈演愈烈之勢。如同魯迅早在 1930 年在《〈進化和退化〉小引》中就痛陳的那樣：「沙漠之逐漸南徙，營養之已難支持，都是中國人極重要，極切身的問題，倘不解決，所得到的將是一個滅亡的結局⋯⋯林木伐盡，水澤湮枯，將來的一滴水，將和血液等價」。〔註17〕魚蝦死亡、水產品被嚴重污染，我們從農貿市場購買的動植物產品，到底能夠有多少是真正的綠色產品呢？這個問題不言而喻。報載，癌症的發病率年年居高不下，與食品安全有直接關係。我國城市大氣污染極其嚴重，汽車尾氣攜帶著煙塵和異味撲面而來，令人躲避不及，廢氣的排放影響範圍廣強度大。「我國的污水排放總量極大，每年約排放 800~900 億噸，其中 80% 以上未經任何處理直接排入江河湖海。90% 以上的城市水環境惡化，可飲用之水越來越少。大量使用農藥化肥以及長期的污灌，造成農業初級產品嚴重污染和農業生態環境的慘遭破壞，農作物和水產品的殘毒極高。二氧化硫排放量高踞世界第一，除美國外，中國已經是世界上最大的溫室氣體排放國。經濟增長高速的背後，是嚴重的資源消耗及環

〔註16〕魯樞元主編《走進大林莽》，上海文藝出版社 2008 年 6 月版，第 276 頁。
〔註17〕魯迅《魯迅全集·第四卷·二心集》，人民文學出版社 2005 年 11 月版，第 255 頁。

境污染和生態平衡的嚴重破壞」。〔註18〕人與環境處於同一個整體系統，自然界塑造人類的心靈世界，人類的心靈世界也塑造大自然。只有培育起與自然和諧相處的情感場域和發展的制衡體制，才能真正實現人與自然的同舟共濟。如果經濟發展帶來的是疾病和污染，那麼這樣的發展就需要及時反思和立即矯正了。因為一個在明顯不過的真理擺在面前，那就是任何發展不能超越環境資源的承受力。提高人民的幸福指數，必須改善人居環境，其中空氣、水、綠化首當其衝。

在一個複雜的社會發展格局中，經濟發展追求的是物質文明，環境保護追求的是生態文明，生態文明和物質文明之間是一損俱損一榮俱榮的關係。但在物質文明和生態文明發展建設過程中存在一些不和諧的因素，經濟增長與環保護理念的矛盾日漸突出，成為解決中國生態問題的關鍵。與以前想比較而言，生態文明正在深入人心。大地倫理的思維模式已經開始進入普通市民的視野，他們從愛護一棵樹、一叢花、一滴水做起，承擔起建設生態文明的點點滴滴的自我責任。學者楊通進在給《生態十二講》所作的序言中指出：「通過反思，人們發現，生態危機是工業文明的必然產物，工業文明的基本結構和運行機制必然導致對自然資源的過度開墾和耗費。環境問題的實質是文明的發展模式和方向問題，是價值取向和人生態度問題。工業文明所倡導的那種鼓勵人們追求感性慾望滿足的價值理念，導致了享樂主義和消費主義盛行。如果把人生的意義和價值僅僅理解為獲取、佔有和最大限度地消費物質財富，那麼，人們就只有窮奢極欲，甚至把地球上的所有自然存在物都毀滅殆盡。我們的地球支撐不起建立在這種享樂主義和消費主義價值觀之上的文明。在這種價值觀的引領下，人類只能在生態危機的泥潭中越陷越深。」〔註19〕工業文明的利弊涇渭分明，我們必須趨利避害揚長避短，恪盡職守地擔負起保護資源，克制欲望的職責，減少不必要的高消費，提倡綠色環保的生活模式。在社會主義市場體制建設進展中，要以科學發展作為理念，促進經濟增長和環境生態相互協調統籌發展。目前在追求經濟增長過程中，激化了經濟發展與環境保護的對立衝突，忽視了協調統籌，造成生態環境忽然加劇。生態文明和物質文明要求經濟發展與環境保護要做到合理布局統籌發展，忽視了生態綠色，也就失去了物質經濟，我們萬萬不可以犧牲生態平衡作為

〔註18〕王諾《歐美生態文學》，北京大學出版社，2003 年 8 月版，23～237 頁。
〔註19〕楊通進《生態十二講・序言》，天津人民出版社 2008 年 1 月版，第 3 頁。

代價來追求經濟發展。這是發展經濟的底線。美國學者福斯特說:「如果我們要挽救地球,圍繞個人貪婪的經濟學和以此為基礎的社會制度必須要讓位於更廣泛的價值觀和一套立足於與地球上的生命協調一致意義上的新的社會安排。」〔註20〕必須端正人類社會的幸福系數取向,搞好人與自然的協調,才能逐漸完善現代社會的發展之路和綜合提高全人類的幸福指數。一旦放縱人類的欲望,盲目搞開發,聚斂高額財富,環境的有限性就立竿見影的制約人類的現代化進程。

經濟增長必然引起生態的變化,綠色的生態系統並不是理想的環境經濟系統。經濟增長引起的環境污染,有的對人有利,有的對人有害,並且環境保護好了可以加速自然資源的再生頻率,促進經濟建設穩定發展,這是生態文明促進物質文明發展的鐵律,也就是說沒有生態文明也就沒有物質文明。人類不能忽視經濟發展引起的環境變化對人有害的方面,要利用有效的技術手段去改造消除不利的方面,增加對人有利的方面,這乃是生態平衡和經濟增長共同的建設旨歸。其實,早在上個世紀 60 年代,美國的環保先驅蕾切爾·卡遜女士指出,由於超量 DDT 殺蟲劑的應用,「與人類被核戰爭所毀滅的可能性同時存在,還有一個中心問題就是人類整個環境已由難以置信的潛伏的有害物質所污染,這些有害物質積蓄在植物和動物的組織裏,甚至進入到生殖細胞裏,以至於破壞或者改變了決定未來形態的遺傳物質。」〔註21〕目前相當部分的經濟發展對環境造成巨大的破壞和污染,而去改造需要高額的投入,這是重經濟增長輕生態保護的結果。「看上去的自然變化、自然災難,其罪魁禍首卻是人類自己製造的過量的二氧化碳,尤其是汽車、飛機排放的尾氣。人類賴以自信、自豪的文明成就卻給自然帶來毀滅性的打擊,這打擊最終又將落在人類自己頭上,這難道不是天地間最大的悲劇!」〔註22〕曾幾何時,濃煙滾滾的工礦企業彷彿成為發達國家的標誌意象,可是,悲劇性的結局給這些污染環境者上了嚴肅的一課,先污染再治理的模式,迫使我們付出了高昂的血的代價。這樣的模式必須進行規避,合理布局、有效發展,減輕災害,清潔環境才是最佳的通途。

〔註20〕〔美〕福斯特《生態與人類自由》,《每月評論》1995 年第 6 期。轉引自《國外社會科學前沿》,第 577 頁。

〔註21〕〔美〕卡遜《寂靜的春天》,科學出版社 1992 年版,第 9 頁。

〔註22〕魯樞元《自然與人文——生態批評學術資源庫·序言》,學林出版社 2006 年版,第 1 頁。

　　我國經濟建設核心的問題是經濟建設與自然環境的協調發展。如何避開那些高污染的企業對居民的影響是必須在前期規劃時十分注意的。講經濟建設不僅要看經濟增長總量和增長快慢，還要看人文精神和人居環境的維護，絕不能走盲目增長失控的舊途，重回發達國家先污染後治理的舊途，而必須實現統籌發展，使經濟建設與資源、環境相配合相協調，這才是生態建設與經濟促進共同發展的明確方向。按計劃分步驟地去改造、利用和維護環境，在開發中環保，保護和開發齊頭並進相輔相成，把以前的資源開發主導型計劃轉變為建設生態文明經濟型規劃，方可實現人與自然的和諧與雙贏。利奧波德在《沙鄉年鑒》中談及「大地倫理」時，專門引入了「共同體的概念」，他試圖擴大倫理的邊界，「迄今所發展起來的各種倫理都不會超越這樣一種前提：個人是一個由各個相互影響的部分所組成的共同體的成員。他的本能使得他為了在這個共同體內取得一席之地而去競爭，但是他的倫理觀念也促使他去合作。大地倫理只是擴大了這個共同體的界限，它包括土壤、水、植物和動物，或者把它們概括起來：土地。簡言之，大地倫理是要把人類在共同體中以征服者的面目出現的角色，變成這個共同體中的平等的一員和公民。它暗含著對每個成員的尊敬，也包括對這個共同體本身的尊敬。」〔註23〕這樣的大地倫理要求在社會發展的過程中要充分考慮生態平衡的承受上限，摒棄狂熱盲目，而要通盤規劃，平衡各方面的整體利益，才是建設生態文明的要義和旨歸。相信只要深刻認識生態保護的重要性，全盤規劃發展前景，我們是有智慧協調發展與環境的二律背反。

　　中國人均可飲用水佔有量相當於世界人均水資源佔有量的 1/4，人均森林覆蓋只有世界平均水平的 1/5，我們要用世界百分之七的耕地養活百分之二十一的人口。相比較而言，我國資源是極其匱乏的，不是過去所謂的人口眾多、地大物博。因此，社會發展要求厲行保護節約資源環境、合理利用資源，節約使用資源，使有限的資源實現效益的最佳化最大化。建設節簡型經濟和循環利用型經濟模式是建設生態文明的重要舉措，生態文明是國家長治久安的基礎，也是和諧社會的題中應有之意。物質文明建設不能忽視生態文明建設，生態文明建設反過來又促進政治文明建設。和諧的社會文明推動和促進生態文明建設發展，我們國家實施的「三北防護林建設工程」，「加強環境建設，

〔註23〕〔美〕奧爾多・利奧波德著，侯文蕙譯《沙鄉年鑒》，吉林人民出版社 1997 年 12 月版，第 193～194 頁。

再造秀美綠地山川」的倡導，這些都是生態文明發展之策。堅持「以人為本」，強調「全面、協調、可持續發展，促進我國社會和人的全面發展」的科學發展觀是生態文明的唯一出發點和歸宿。2004 年 3 月胡錦濤總書記和溫家寶總理在人口資源環境座談會上發表重要講話：「堅持以人為本，就是要以實現人的全面發展為目標，從人民群眾的根本利益出發謀發展、促發展，不斷滿足人民群眾日益增長的物質文化需要，切實保障人民群眾的經濟、政治和文化權益，讓發展的成果惠及全體人民。可持續發展，就是要促進人與自然的和諧，實現經濟發展和人口、資源、環境相協調，堅持走生產發展、生活富裕、生態良好的文明發展道路，保證一代接一代地永續發展。」〔註 24〕2007 年下半年，中共中央總書記胡錦濤在十七大報告中提出了實現全面建設小康社會奮鬥目標的新要求，其中要求「建設生態文明，基本形成節約能源資源和保護生態環境的產業結構、增長方式、消費模式」。這是建設社會主義物質文明政治文明之後，首次提出建設生態文明。「生態文明的提出，是生態危機的巨大壓力的必然結果，是人類對防止和減輕生態災難的迫切需要在意識形態領域裏的必然表現。生態文明的提出，顯示出負責任的思想家和政治家的社會責任感、人類責任感和生態責任感」。〔註 25〕

生態亦即自然生態。自然生態有自為的發展規律。人類社會改變了這種規律，將生態環境納入到人類改造的範疇之內，這就形成了生態自然文明。生態文明，是指人類遵循人、自然、環境和諧統籌發展客觀規律而取得的物質與精神成果，人與社會和諧均衡發展。它的產生基於人類對於長期單一裁決人類文明的反思，環境資源的匱乏性決定了人類經濟儲備的有限性。這無疑將使人類經濟模式發生根本扭轉。保護環境是社會發展體系的基礎，將提升社會文明的方向。有限的地球資源迫使人類重新釐定自己面對物質享樂和過度消費的奢侈。在這種情況下，轉向追求精神文化和藝術鑒賞，或可豐富人們的內心世界。其實，突破單向度的扁平人格障礙，這是切實可行的一條捷徑。仰觀天地之大，俯察品類之盛，遊目騁懷，樂不可支。燈紅酒綠的靡靡之音，豈可久久桎梏人類的心靈？「人類文明的延續、發展和進步注定了生

〔註 24〕《認真落實科學發展觀的要求　切實做好人口資源環境工作——胡錦濤、溫家寶在人口資源環境工作座談會上發表重要講話》，《人民日報》，2004 年 3 月 11 日，第一版。

〔註 25〕王諾《生態文明論綱》，《中國綠色時報》2008 年 2 月 22 日。

態文明的產生。生態文明是人類社會高度發展進化的一個新階段，是一種工業文明之後的高級的文明形態，生態文明是人與自然關係的一種全新狀態，它標誌著人類在改造客觀物質世界的同時，不斷從主觀上克服改造過程中的負面效應，積極改善和優化人與自然、人與人的關係，建設有序的生態運行機制和良好的生態環境，體現了人類處理自身活動與自然界關係的進步。」〔註 26〕狹隘人類中心主義導致了峻急的人類發展病態，生態文明必須保護人與自然的協調。其次，在統籌規劃發展公平公正方面，特別是應對經濟一體化化所帶來的比如生態危機的全新挑戰，迫使我們必須研究人與自然的文化關係。生態環境應成為社會進步文明體系的奠基。社會主義的物質積累、政治民主和精神健全離不開生態文明，沒有良好的環境支撐，人不可能有高度的物質利益、政治保障和精神充實健全。離開生態健全，人類未來就會陷入萬劫不復的生存困境。中國的傳統文化中固有的天人合一道法自然符合我們提出的科學和諧發展理念、維護社會主義和諧環境與資源節約型社會等一整套有機制衡的發展思路。這次彌漫全球的經濟危機和金融危機，從某種程度上來說，未嘗不可以看作是人類透支能源，超前消費的必然結果。那麼，隨心所欲的攫取和消費過後，我們是不是可以選擇綠色、環保、自律、節制的生態模式去應對日常生活呢？樹立生態信仰，並不是一句空話，從愛護身邊的資源，每一棵樹，每一片草坪，每一滴自來水，都是節制奢靡浪費的舉手之勞。能源節約，有時就建立在少開一次私家車，少用一次性產品。中國近些年也採取了一些舉措，比如超市內禁止免費提供塑料袋，就減少了「白色污染」。點點滴滴的努力，終究會匯聚成建設生態文明的巨大動力，推動人類選擇綠色環保、重視精神生活的新的生活理念。

　　廈門大學教授王諾博士近些年從國際生態運動的背景出發，尋覓歐美生態文學發展的精神脈絡，從哲學理念和生態實踐的雙向突圍中研究生態文學，取得了斐然的研究成果。他在生態文明建設的倡議和闡發中作出了很多貢獻。他對生態文明的術語發生學研究和比對性釐定方面一直走在前面。他指出，生態文明不時生態作為自然科學和文明作為社會科學的簡單糅合，而是以生態最為出發點和落腳點的文明思考和政策制定。王諾談及生態文明時說：「所謂生態文明（ecocivilization），不是文明的生態化，不是模擬或仿傚生態系統的形態特徵來構建文明體系；也不是指文明的生態學化，不是以生態學、生

〔註26〕姬振海主編《生態文明論》，人民出版社 2007 年 8 月版，第 1 頁。

物學等自然科學的規律原則來改造文明。生態文明這個詞由「生態的」
（ecological）和「文明」（civilization）兩部分組成，其中的限定語「生態的」，
指的是生態學、生態哲學的基本精神，簡單說就是生態思想。生態文明是在
生態思想指導之下的文明，是在保持生態系統的平衡、和諧、穩定、持續存
在的前提下發展人類社會的物質文化的文明」。〔註27〕生態文明，以重視和保
護生態環境為主旨，貫徹人的主動與自覺，協調人與自然環境的榮辱與共。
這種發展觀主張在發展經濟的過程中積累物質生產力，持續提高人的物質生
活水準。可是它們之間也有深刻的不同點，生態文明突出生態環境要義，主
張人類在征服自然的同時也必須維護和關心自然，而不能竭澤而漁，恣意妄
為，唯我獨尊。這表明保護生態環境不是要求人們消極對待環境，而是在理
解客觀規律的基礎上主動地自覺地征服自然，使它更好地為人類所用。而生
態平衡所要求的人類要理解和守望自然，約束自己的意志，在這一點上，它
又是和諧發展相一致的，不如說它本身就是和諧發展的重要內容之一。

　　生態環境具有自己的自足性。這種自足性其實可以理解為生態環境的
相對獨立性，即在非人類行為模式的影響下，自然環境自有一套運做法則，
比如一個樹林邊的池塘，樹木、小魚、花草、水源、腐殖質、空氣、陽光各
自承擔自身的責任，相互以來對方的呵護，各得其所，各盡其能，相安無
事，和平共處。目前的嚴重問題是，人類老是企圖硬性施加影響改變這種自
發的調節模式，用塑料大棚、溫室、殺蟲劑、除草劑、化肥、農藥來改變亙
古以來穩定的自然秩序。所以，政治家、人文學者、科技專家紛紛著書立說
來痛陳人類對自然的肆無忌憚的破壞和襲擾。正如哈耶克在《自由秩序原
理》中指出的那樣：「政治哲學家（或曰政治理論家）的影響力可能是微不
足道的，但是，當他們的觀念通過歷史學家、時事評論者、教師、著名作家
和一般知識分子的廣泛傳播而成了社會的公共財富的時候，這些觀念就會
有效地引導社會各方面的發展。」〔註28〕生態文明的發展理念和發展思路
在生態文學的大力弘揚下，通過高雅的藝術影響，貫穿於讀者的心靈世界，
又由文紙面文本輻射到大千世界最終激發人們的生態環保意識。胡錦濤
2007 年 12 月 17 日在新進中央委員會的委員、候補委員學習貫徹黨的十七
大精神研討班上的講話中明確指出：「黨的十七大強調要建設生態文明，這

〔註27〕王諾《生態文明論綱》，摘自《中國綠色時報》2008 年 2 月 22 日。
〔註28〕哈耶克《自由秩序原理》（上冊），北京三聯書店 1997 年版，第 138 頁。

是我們黨第一次把它作為一項戰略任務明確提出來。建設生態文明，實質上就是要建設以環境承載力為基礎、以自然規律為準則、以可持續發展為目標的資源節約型、環境友好型社會。從當前和今後我國發展趨勢看，加強能源資源節約和生態環境保護，是我國建設生態文明必須著力抓好的戰略任務。我們一定要把建設資源節約型、環境友好型社會放在工業化、現代化發展戰略的突出位置，落實到每個單位、每個家庭，下最大決心、用最大氣力把這項任務抓好、抓出成效來。」〔註29〕作為一個艱巨任務，我國生態文明之路任重道遠。積習難改的單向度發展經濟、盲目擴大消費、奢靡的生活方式鋪天蓋地、樓堂館所的大興土木、都市噪音、視覺、圖像污染，林林總總的反生態行為，極大的堵塞了自然與人類的溝通渠道。舉目國內，太多的發財致富秘訣、大款富翁招搖過市的迎親車隊，排場豪華的宴會，金碧輝煌的裝潢，這些都昭示著無限消費資源、掠奪動植物生存環境和透支子孫後代的生存保障的人類中心主義弊病。將文化、審美、哲學、藝術引入現代人的精神空間，轉移對物質的貪婪索取，提倡綠色人生方式，解決文明病態、城市病態、現代病態和科技病態就有了可操作性。

　　似乎人類這是生活在進退維谷的尷尬境遇中，從飲血茹毛到電腦電話，發展的的確確帶來了生活的便捷。可是，隨著而來的環境污染卻無法迴避，嚴重的問題接二連三挑戰人類的生存發展。隨著經濟建設的迅速發展，人類物質享受水準的提高；尤其是工業文明造成的環境污染，資源枯竭，荒漠化，「城市病」等等全球性問題的產生和加劇，人類越來越深刻地認識到人類不能無限地向自然掠奪，而必須保護生自然環境。在一些國家和地區出現了資源嚴重匱乏、疾病泛濫的可怕後果。地球村縮小了世界的物理距離，這些災難無限擴展，傷害了全人類的幸福指數。如何立足於全球化的高屋建瓴的思想高度，取消人與自然對立衝突的現實狀態，是當務之急。「馬克思主義生態美學不再偏執於心與物的二元對峙，也不將主客體關係絕對化，而是從全球化視野高度，立足於人類普遍的整體利益，把人類的命運與整個大自然的命運緊密相聯，高度關注自然本源和生命存在，用有機整體觀看待人、自然、社會的關係，將人類文化、藝術、審美也納入到整個生命動態系統範圍，從

〔註29〕胡錦濤《在新進中央委員會的委員、候補委員學習貫徹黨的十七大精神研討班上的講話》（2007 年 12 月 17 日），轉引自《科學發展觀重要論述摘編》，中央文獻出版社 2008 年 9 月版，第 46 頁。

而縱身大化,與天地參,實現主客體的生命聯通與本源性的整體直覺觀照,視自然為人類息息相關的生命依託與和合為一的心體結構對象。」〔註30〕自然與人類的相互影響是顯而易見的。污濁的環境損害的不僅僅是人類的身體健康,還污染人類的心靈純潔、道德品格、審美境界和心靈自由。天地自然給我們源源不斷的心靈啟發,促使我們一次次面對湖光山色,產生了仁者愛山、智者樂水的古老信條。說明大自然充當了人類最早的啟蒙老師,誨人不倦地輸出無數智慧的結晶。利奧波德在《沙鄉年鑒》一書中談及生態倫理時寫道:「一種倫理,從生態學的角度來看,是對生存競爭中行動自由的限制;從哲學觀點來看,則是對社會的和反社會的行為的鑒別。這是一個事物的兩種定義。事物在各種相互依存的個體和群體向相互合作的模式發展的意向中,是有其根源的。生態學家把它們稱作共生現象。」〔註31〕看來,我們必須與自然環境達成默契,才能榮辱與共和諧共存。本世紀七八十年代,隨著各種全球化問題的激化以及「能源危機」的波及,在全球範圍內開始了關於「增長的限度」的討論,各種環保運動此起彼伏。正是在這種情況下,1972 年 6月,在斯德哥爾摩召開了有史以來第一次聯合國「人類與環境會議」,醞釀並公布了著名的《人類環境宣言》,從而揭開了全世界攜手維護生態平衡的序幕,和諧統籌發展的思想隨之形成。1983 該委員會在其長篇報告《我們人類的未來》中,正式提出了經濟與環境共贏的模式。人與自然都是生態系統中不可或缺的重要組成部分。人與自然不存在奴役與被奴役、征服與被征服的關係,而是唇齒與共、和諧共處、同舟共濟的關係。學者楊通進在論及人類如何走出生態危機的巨大陰影時說:「人類要想走出目前的生態危機,徹底解決困擾工業文明的環境問題,就必須全面反思工業文明的主流價值觀,選擇全新的文明發展模式,即生態文明的發展模式。生態文明是工業文明之後人類文明發展的又一個新階段。生態文明最重要的特徵是強調人與自然的和諧。生態文明的經濟模式不是強行地把生態系統納入人類經濟系統,而是把人類的經濟系統視為生態系統的一部分。生態文明強調人類整體利益的優先性,倡導全球治理和世界公民理念。在生態文明時代,科學技術不再是人類征服自然

〔註30〕彭修銀、張子程《人類命運的終極關懷——論當代馬克思主義生態美學的人文學意義》,《江漢論壇》2008 年第 5 期,第 96 頁。
〔註31〕〔美〕利奧波德《沙鄉年鑒》,侯文蕙譯,吉林人民出版社 1997 年 12 月版,第 192 頁。

的工具，而是修復生態系統、實現人與自然和諧的助手。凸顯自然的重要價值理念。生態文明的價值觀既關注人的權利，更強調人的責任，倡導和諧社會與理性消費。」〔註32〕世界的發展應該講究跨時代之間的公平合理，亦即不能僅僅以當代人的利益為旨歸。而必須建設生態文明，牢固樹立起和諧共贏統籌規劃平行不悖而不相害的生態文明觀。

　　實現生態文明建設的偉大變革，來源於生態平衡和環境污染的迫在眉睫。變革的最終目標是建設和諧的天人關係。樹立起生態環保的發展理念，服務於人與自然的和諧共存。從生產生活方式到消費理念，從產業結構的調整到適度顧及自然資源的可承受能力底線。我們漸漸認識到了人類生存的侷限和環境的脆弱。如何提高那些可以再生、可以持續利用的能源在能源總量之中所佔的比重，實現經濟發展社會進步、自然生態環境保持、人類生活幸福指數提高的綜合提升，有賴於節約能源、合理消費和關愛生態環境，提倡綠色生活理念。著名學者陳敏豪指出：「為了協調人類和自然生態系統的關係，人類社會必須進行深刻的變革，變革的起因在於生態，但變革的本身在於社會和經濟，而完成變革的過程則在於政治。」〔註33〕今日之中國，建設生態文明無疑要求居民的日常生活擯棄鋪張浪費，以實用節約為原則；要求世界人民的生活嚴格以環境資源承載力為基礎，不斷加大循環經濟的規模，大力提高可再生能源在能源結構中的比重和權重。生態女性主義批評家 C・麥茜特在談及生態文明時代的到來時，曾經熱烈呼喚過生態世界觀的誕生：「它將能夠帶領 21 世紀的公民們進入生態學上可持續的生活方式，一個非機械論的科學和一個生態的倫理學，必定支持一個新的經濟秩序，這個新秩序建基於可再生資源的回收、不可再生資源的保護以及可持續的生態系統的恢復之上，這個生態系統將滿足基本的人類物理和精神需要。」〔註34〕經濟秩序的建立，立足點是產業結構調整。循環經濟和生態經濟的出現，有效改變了過去的粗放發展模式，人類的物質需要和精神需求的滿足，不是一蹴而就的事情。在改造客觀世界和征服自然的漫長征程中，持續不斷地改造人類的心靈世界，達成默契的天人關係，處理好發展、穩定、和諧的關係，從單純追求經濟發

〔註32〕楊通進《生態十二講・序言》，天津人民出版社 2008 年 1 月版，第 4 頁。
〔註33〕陳敏豪《生態文化與文明前景》，武漢出版社 1995 年版，第 15 頁。
〔註34〕〔美〕卡洛琳・麥茜特著，吳國盛等譯《自然之死──婦女、生態和科學革命》，吉林人民出版社 1999 年版，前言第 5 頁。

展和物質財富膨脹的窠臼中脫穎而出，才是一次真正的人類發展歷程中的自我超越，這是發展道路上具有里程碑意義的舉措。

第二節　生態文學的發展

　　研究生態文學，有必要從詞源學的發生學角度深究一下生態的含義和沿革。生態學的英文單詞「Ecology」一詞是由希臘文「房子、住宅、家園和住處」和「知識、理念、觀念和學問」組合而成的。組合起來的新意向就是關於研究住房環境、人居生態、居住指標的理論、思考和學問。這是生態學的要義。有些學者在追溯生態學概念的源頭時發現，生態最初的意義還沒有涉及人類與大自然的雙邊關係，其原意是生物與環境的關係學。著名學者覃新菊認為「最初生態的含義是指研究生物之間及生物與非生物環境之間的相互關係的科學，還沒有進入到人與自然的層面，真正意義上的現代生態學是在 20 世紀中期以後形成的，以 1970 年第一個世界地球日為標誌。……生態危機的盛世危言是文學與生態聯姻的外在緣起，生態哲學、生態倫理學的長足發展是文學與生態結緣的中介動因，文學的批判精神與理想主義是促成文學與生態相媚的內在動力，人與自然的協調性使文藝學的跨學科——生態化成為一種必然。」〔註35〕生態與文學的結緣，既是生態現狀作為文學關注現實的必然選擇，也是文學的審美情趣、批判質疑、濟世救人的精神在生態領域的基本態度。魯樞元教授側重於從中國古代文化領域尋覓自然思想的依據，他從《文心雕龍》一書中開掘出了文學觀和自然觀的扭結和互滲。就生態和人文的聯姻做出了牽線搭橋的媒介。這是嶄新的探索和發現。魯樞元在論及中國古代的文學觀和自然觀時談到了劉勰的《文心雕龍》，「劉勰在《原道》篇中反覆論述了人與自然息息相關的親密關係：文學之道乃是自然之道，天、地、人三位一體；日月、山川、文章三位一體；形聲、文采、心靈三位一體；天地之輝光，生民之耳目，夫子之辭令三位一體。」〔註36〕劉勰所謂的「取象乎河洛，問數乎蓍龜，觀天文之極變，察人文以成化；然後能經緯區宇，彌綸彝憲，發揮事業，彪炳辭義」用現在的語言即可表述為「宇宙自然、社會人生、

〔註35〕覃新菊：《生態批評的理論特徵》，《上海文化》2007 年第 2 期，第 33～35 頁。
〔註36〕魯樞元《百年疏漏——中國生態文學史書寫的生態視閾》，《文學評論》2007 年第 1 期，第 183 頁。

文學藝術原本是一個渾然有機、充滿活力、大化流行、生生不息的整體。劉勰的思想與懷特海、貝塔朗菲的有機整體論、系統論哲學是頗為接近的。」〔註37〕這應該是中國古代關於生態和文學的經典論述，開啟了文學和自然、生態綠色珠聯璧合的先河。劉勰生活的年代正是農耕文明佔據絕對主導地位的時代，還沒有出現人與自然關係的惡化。他的著眼點是通過觀察天地萬物和自然妙趣，打通主體與客體、文學與自然、人類與環境的壁壘，遊刃有餘的處理人與自然的關係。這也充分說明，我國的文化根源於對自然的深刻理解和融會貫通。

　　挖掘生態危機的思想文化根源，進行生態哲學維度的文化批判是發展生態文學主要任務和旨歸。在古老的大地上，很早就萌蘗了氤氳著綠色的描寫人與自然的關係的文學。原始人類在大地上繁衍生息，把人和自然看作渾然一體。神話主要就是對大自然的奧秘、人的發源、人與動植物、環境之間關係的幻想的素描。海德格爾曾經說過：「自然在一切現實之物中在場著，自然在場於人類勞作和民族命運之中，在日月星辰和諸神之中，但也在岩石、植物和動物之中，也在河流和氣候中，我們甚至也不能用某個現實事物來解釋無所不在的自然，它在不知不覺中已經出現，阻止著任何對它的特殊驅迫。」〔註38〕馬克思主義經典作家認為，任何神話都是用想像和借助想像以征服自然力，支配自然力，把自然力加以形象化；因而，隨著這些自然力在實際上已經被人力支配，神話也就消失了。」〔註39〕回望先民的文化典籍，早在夏朝的《竹書紀年》中就有古老的記錄《彈歌》：「斷竹，續竹，飛土，逐肉」的文字記錄。《古詩源》的「滄浪之水清兮，可以濯我纓；滄浪之水濁兮，可以濯我足。」更是描寫了人類先民與水源最原始最親近最默契的友好關係。《詩經·采薇》篇「昔我往矣，楊柳依依，今我來思，雨雪霏霏。」再現了自然季節的美好風光。吳均的《與朱元思書》更是把自然界的山光水色與人的自然情思有機糅合的傑作：

　　「風煙俱淨，天山共色。從流飄蕩，任意東西。自富陽至桐廬，一百許里，奇山異水，天下獨絕。水皆縹碧，千丈見底。遊魚細石，直視無礙。急湍

〔註37〕魯樞元《百年疏漏——中國生態文學史書寫的生態視閾》，《文學評論》2007
　　　　年第1期，第184頁。

〔註38〕海德格爾《荷爾德林對詩的闡述》，商務印書館2000年版，第237頁。

〔註39〕張守海《文學的自然之根——生態文藝學視域中的文學尋根》，《文藝爭鳴》
　　　　2008年第9期，第124頁。

甚箭，猛浪若奔。夾岸高山，皆生寒樹，負勢競上，互相軒邈；爭高直指，千百成峰。泉水激石，泠泠作響；好鳥相鳴，嚶嚶成韻。蟬則千轉不窮，猿則百叫無絕。鳶飛戾天者，望峰息心；經綸世務者，窺谷忘反。橫柯上蔽，在晝猶昏；疏條交映，有時見日」。〔註40〕

　　山水是人類的港灣，是原始的家。或許只有寄傲山水才可能寵辱偕忘。謝靈運的「池塘生春草，園柳變鳴禽」，李白的「裸體青林中」、杜甫的「兩個黃鸝鳴翠柳，一行白鷺上青天。窗含西嶺千秋雪，門泊東吳萬里船」的自然觀賞，杜牧的「青山隱隱水迢迢，秋盡江南草未凋」的季節感歎，還有張岱對西湖的描繪，柳宗元對小石潭的迷戀，歐陽修對滁州自然山水的皈依，范仲淹對岳陽樓下長江之水浩浩蕩蕩橫無際涯的歌唱，都淋漓著自然的水汽。這些氤氳著綠色和自然風格的美麗句子都是詩人對大地地皈依和懷戀。北宋學者張載論述說：「民吾同胞，物吾與也。」〔註41〕其意為：老百姓都是我的同胞，世間萬象皆與我同類。號召以仁愛之心關愛自然萬物。這種「民胞物與」的情懷依然延綿於中國當前的生態文學之中。如今的世界上污染、瘟疫瘋狂泛濫，人與自然的關係交織著齟齬，造成空前的生態災害，危及地球的健康。利奧波德的「大地倫理」乃是延展了全球化的邊界和範圍：「大地倫理只是擴大了這個共同體的界限，它包括土壤、水、植物和動物，或者把它們概括起來：土地。」〔註42〕生態文學就是在工業化的全球背景下如雨後春筍般蓬勃發軔和繁榮起來的。「生態文學參與揭露反生態行為，自覺承擔社會責任，呼喚生態意識的覺醒，探尋人與自然互動的和絃，已經成為全球化語境中文學發展的一種新的趨勢」。〔註43〕作為對環境污染的一種迴響，生態美學思潮在西方也在中國如火如荼。中國的生態文學與批評，自覺地承擔新世紀的責任，大力宏揚「生態關愛」的主題。生態文學是走向和諧發展道路上的精神動力和思想指導。社會、自然、人性的多重壁壘開始被一有打破，我們呼喚的人與自然和諧共存的局面，會從紙面走向浩瀚的大自然。有些學者致力於反思二十世紀文學的內在悖論，從人文主義和自然環境的此消彼長來釐定那一時

〔註40〕李明編《中國古代散文選》，重慶出版社 2001 年版，第 29 頁。

〔註41〕張載《西銘》，見《正蒙・乾稱》

〔註42〕〔美〕利奧波德《沙鄉年鑒》，侯文蕙譯，吉林人民出版社 1997 年 12 月版，第 193 頁。

〔註43〕張皓《中國生態文學：尋找人與自然的和絃》，《佛山科學技術學院學報・社會科學版》2004 年第 11 期。

段的文學得失。在反思二十世紀中國文學的悖論時，王兆勝說：「20 世紀中國文學存有這樣的悖論：對人的強調使它獲得對非人文學的超越；但過於強調人的重要性及其力量，又限制了它的廣大視野、深刻性和正確性……從而導致對天地自然之道的忽略甚至無知，也導致了人的欲望的無限膨脹。」〔註44〕人類無限膨脹的欲望，跨越了自然天道的屏障，直接造成了環境污染和生態失衡的後果。好在從上個世紀八九十年代以來，我們已經開始關注人與自然的關係，力求恢復青山綠水的自然環境，減少人類活動對原生態環境的襲擾和摧殘。跨入新世紀的文學創作已經開始直面生態自然環境的污染惡化對社會、個體、心靈領域的重大消極影響了。這樣的轉折非常及時，是從關注文學語言、格律、形式、文氣、結構、遣詞、鍊句到關心文學表現內容和文學的教化作用的一次重大轉折，其非凡的意義必將在未來得到更大的肯定。

　　克羅齊說過，人和歷史都是當代史。同樣，我們可以說，任何文學史都是當代文學史。對生態自然的關注並非產生在世紀之交，早在人類的文明剛剛開始之時，先哲們就開始把目光投向人與自然的關係了。孔子、老子、墨子、莊子、韓非子他們在相互辯難討論學問交流思想的時候，就開始探討人類與自然世界的微妙關係了。穿越塵封的歷史冊頁和卷帙浩繁的楚辭漢賦唐詩宋詞，我們讀到了先人對自然的禮讚。他們的詩句和詞章裏，氤氳著自然的綠色和靈動的雲氣。汪政專門撰文考察過古代文學中的生態之思。關於生態文學，評論家汪政說，「中國人在文學中對自然的發現，在《詩經》《楚辭》時代就開始了，但學者一般都認為自然作為真正的表現對象要到南北朝的時候，劉勰就在《文心雕龍》裏說過：「宋初文詠，體有因革，莊老告退，而山水方滋。」這是文學方面，其他藝術門類對山水自然的發現與較為成熟的表現還要晚一些。而從世界範圍來說，明確地從自然與人類社會的關係著眼，特別是認識到人類的生存最終是依賴於自然，至少從工業文明以後開始。這時人類的生存已經嚴重地違反了自然的規律，干擾了自然的進程，人類已經面臨著嚴峻的生態危機。所以以此作為主題的小說，還是近百年的事」。〔註45〕中國肯定還要晚一點，但近幾年漸漸有了長足的發展，關於動物領域的小說、災難題材的生態警示小說等也都出現了。生態語境之中，反映嚴峻的自然憂思的文章比比皆是，從詩歌散文到小說戲劇，從電視紀實作品到長篇報

〔註44〕王兆勝《文學・人生・天地自然》，《中華讀書報》2002 年 7 月 3 日。
〔註45〕汪政，《生態文學起源追溯和盤點》，《文藝報》2006 年 2 月 3 日。

告文學。楊傳鑫在《綠色的吶喊——20 世紀生態文學略論》一文中說:「生態文學是 20 世紀新出現的一種文學類別,是以生態環境為題材,具有鮮明的憂患意識和現實的批判性。生態文學產生的背景是環境科學和生態學在全球的興盛與發展,關注人類的自然生態環境,已經成為科技、社會、文學活動的共識,並且陸續出臺了一系列維護世界生態環境的全球性公約,例如《世界自然保護大綱》《21 世紀議程》《地球憲章》《京都議定書》等等。這些公約的中心思想是要求全世界各國政府和人民共同負起保護全球生態環境的責任。」〔註46〕評論家孟繁華以「動物敘事」為例分析生態文學的繁榮,他認為文學是人學,寫動物不過是從別的角度表現人,所有的讀者都能從作品中的動物身上反照自己,並受到極大的精神震撼與道德淨化,這就促成了其方興未艾的暢銷態勢。這些傑作帶給讀者的不光是作品自身所呈現出的典範教益,更多的是一種心靈的突圍,是透過文本所誘發的心靈、智慧與靈氣的共鳴,對人性的深度觀察,正體現了新世紀「動物敘事」濃厚的哲學思考與深刻的人間情懷,賦予了敏銳的時代思考。動物敘事的彌漫文壇,是人類精神領域內部的換位思考,其實我們人類也僅僅是進化序列上的一次奇蹟。關心動物,也是在關心我們自己。評論家李建軍認為,世紀之交的人類在揭示和直面生態危機方面,已經取得了輝煌傑出的成績,但是情況依然很峻急。針對有人把表現人與自然關係甚至裏面哪怕是一點點涉及到該內容的作品都歸類「生態文學」的範疇,李建軍持否定態度。他認為,一旦關注動物或植物就叫「生態文學」,那未免有點太極端化了。文學創作是不是「生態文學」,不能看它寫了什麼,更要看他如何寫以及依據什麼樣的生態觀來寫。生態觀的傳達和散發,是生態作品的題中應有之意。促進人類深刻反思急功近利的發展模式,改變奴役和壓榨自然的陋習,就必須改變那種通過奴役甚至破壞自然以滿足貪欲的實用狹隘價值觀。青年學者黃軼說:「生態文學的重要內涵,是通過文學來重新審視人類文化,進行文化批判,探索人類思想、文化、社會發展如何影響甚至決定人類對自然的態度和行為,如何導致環境的惡化和生態的危機」。〔註47〕生態既是一個宏闊的問題,更是一個細微的問題。相應地,生態

〔註46〕楊傳鑫,《綠色的吶喊——20 世紀生態文學略論》,《中南民族大學學報》,2004 年第 1 期,第 119 頁。

〔註47〕黃軼《「我們究竟從哪裏開始走錯了路?」——生態文學「社會發展觀批判」主題辨析》,《當代作家評論》2008 年第 3 期,第 125 頁。

文學不是表態和作秀，也不僅僅是以一些重大的感天動地的污染事件為原型
的主題敘事，也不能依靠虛構。如同生態應該多元化一樣，生態文學也應該
豐富多彩。生態的危機並不止於污染與地震、洪澇災害這樣的巨大事件，而
生態文學也應關注我們瑣碎的日常細節和我們內心的震撼與波動。「更重要的
是，生態文學不應該只有對立與批判，它還應該回憶、展望與肯定，在將人
們從物慾與功利中拉出來的同時，給人們描繪曾經存在的美麗與溫馨，喚醒
迷失的感覺，肯定精神的價值，宣示理想的未來，以審美的方式呈現人的詩
意的棲居」〔註48〕波瀾壯闊的生態運動和環保世紀行，喚醒了迷失在物慾橫
流的欲壑難填之中樂不思蜀的現代人，生態危機是擺在世界人民的面前的一
道共同難題。文學藝術必須鐵肩擔道義，妙手著文章，推進人類關愛自然的
腳步，為生態文明建設盡一份義務，這是文學藝術恢弘的志向和濟世救人的
大擔當。

　　千言萬語難以說清的問題是，為何文學選擇了生態敘事。我們可以顧名
思義，反映生態現狀，反思生態問題，表達生態憂思，彰顯生態災害，展望生
態前景的文學就是生態文學。這是一個題材決定論的文學表達，一如女性文
學，知青文學，文革文學，改革文學，打工文學，諸如此類。一言以蔽之，「生
態文學」的關鍵是「生態」。這個修飾詞的主要內涵並不僅僅是指描寫生態或
描寫自然，不是這麼直觀。在對數千年自然哲學和數十年生態文學進行全面
梳理之後，可以得出這樣一種結論：生態思想的核心是生態全息論、和諧觀
和聯繫觀，生態思想以自然世界的平衡為旨歸。「生態文學從根本上來說是對
現代性的反思，這種反思不是要解構現代性，而是要超越現代性，並試圖通
過對現代前提和傳統觀念的修正，來構建一種後現代世界觀。」〔註49〕生態
文學對人類所有與自然有關的哲學、理念和行動的判斷標準是否有利於生態
系統的整體利益，即生態系統諧調、穩固和均衡地自然存在。生態文學立足
時代生態現狀發言，力求對生態改善奔走呼號，以文學之力量影響自然，滋
潤人心，充分發揮文學的社會影響功能，勸諭教育，指點迷津。生態文學是
觀察和反映自然與人的關係的文學，與自然科學不同的是，生態文學用文學
語言和文學形象說話，而不是田野調查式的社會實踐，亦不是列表畫圖定量
定性分析的調查報告，是詩性話語的注入，是悲天憫人的文學吶喊。生態預

〔註48〕胡軍、韓曉雪《生態文學首先應是審美的》，《文藝報》2007年8月28日。
〔註49〕余謀昌《生態哲學》，陝西人民出版社2000年版，第39頁。

警是生態文學的突出內涵，未雨綢繆，先見之明，振聾發聵，驚世駭俗的風格通常是生態文學所盡力追求的。生態文學對自然與人的關係的考察和表現主要表現：生態對人的影響（心靈深處的和行動外在的兩個方面）、人類在自然界的存在，人對自然的反觀和呵護，人類保護和關愛與自然的友好關係等。「自然既有生命屬性，也有精神屬性，作為生命它是孕育萬物的大地母親，作為精神它是生生不息的宇宙精神。人類是自然界的精靈，也是自然界的組成部分，人類離不開自然的孕育和滋養。自然本身就充滿了大愛大美，蘊含著大智慧大悲憫，人類一切真善美的精神都可以在自然那裡找到根源，文學的根最後還要歸結到自然上。」〔註50〕生態文學反觀的是自然與人的關係，而旨歸卻在人類的思想內蘊、經濟體制、社會建構模式上。因為任何社會問題歸根結蒂還是人心的外化，自然界的千瘡百孔遍體鱗傷乃是人類向善之心的缺失和癌變，對自然的麻木、冷酷、冷硬和無情，反過來也會施加於人類。一旦一個個體為了金錢和利益不顧一切向自然開展襲擊和索取，他的行為加害的不僅是自然界，也會傷及人類的健康。那些農藥化肥，提高了農業收入，同時也增加了食用農產品的普通消費者的健康長壽。點點滴滴的毒素，滲透到消費者的血液，生態災難立竿見影。

挖掘和昭示造成生態災難的社會根基，使得生態文學具有了顯著的思想反饋的特點，它對嚴重污染自然的工礦企業和農業現代、大數量惡劣武器的研製和使用等林林總總的科技文化、軍事現象提出了嚴厲的批判。發展本身不是目的，僅僅是手段，人類的綜合幸福指數的提升才是一切發展的終極目標。兼顧自然界的承受力和資源的限度，循序漸進地發展才是可續發展觀。「發展的光環下駭人的生態現實使得生態小說家不得不質詢我們的發展觀念，反思工業革命以來人類對自然資源無限度的開採，掠奪甚至毀滅式侵害。單一的現代經濟發展模式對多樣化生存的致命傷害是不少生態小說關注的話題。」〔註51〕正因為這一特徵，在分辨文學作品是否屬於生態文學時，可以不把直接描寫自然作為唯一要求。一部完全一點也沒描寫自然的作品，只要揭示了生態危機的道德理念思潮，也可稱作生態文學作品。張煒的長篇小

〔註50〕張守海《文學的自然之根——生態文藝學視域中的文學尋根》，《文藝爭鳴》2008 年第 9 期，第 123 頁。

〔註51〕黃軼《「我們究竟從哪裏開始走錯了路？」——生態文學「社會發展觀批判」主題辨析》，《當代作家評論》2008 年第 3 期，第 126 頁。

說《刺蝟歌》和遲子建獲得茅盾文學獎的長篇小說的《額爾古納河右岸》就是致力於揭示農牧業、建築業、捕魚業在被迫現代化的過程中原始經濟的終結和古老捕魚、生產、稼穡方式的一天天衰敗。在全球化和商品經濟的大潮席捲之下，一切原生態的生產生活方式必須推到歷史舞臺的背後，大規模的開發建設、招商引資導致了農業文明的衰微，堅守古典理想主義的作家，只好回眸以往，深感焦慮。當代生態文學的方興未艾，用曾永成的話說，「不僅是對世界環保潮流的回應，而且更直接地出於對經濟發展帶來環境問題的切膚之痛，出於作家們對於國家民族生存所面臨的另一種危機的憂患情懷。」〔註52〕應該說，生態文學的產生和發展是文學的批判作用得到大張旗鼓地張揚的直接影響。生態文學必將在未來的時代大有可為，因為現代化的主體面臨的生態自然問題層出不窮，所以生態文學不會無動於衷。

　　生態文學有其表現的特定生態意識，如對生態理想的抒發，對生態根源的尋找，對世界範圍內生態災難的預警，對自然原初環境的發現，對高消費意識形態的批駁，對破壞生態環境行為模式的鞭撻和譴責，對綠色和平的高歌頌揚。廈門大學教授王諾博士在《刻不容緩的生態意識確立》一文中把生態文學文本的基本特點歸納為以下六個方面：「1. 拋棄征服自然的觀念，把生態系統的整體利益看作社會人生的最高標準。2. 考察自然界各種關係的原初樣態，尋找原本的和諧與統一。3. 汲取民族原創文化中天人合一的精神資源，思考地球大團體的生態倫理及生態公義。4. 對人類唯發展主義以及增長癖提出警示。5. 揭示生態災害的社會根源，展示生態文學的存在價值。6. 籲請人類警醒，激發人類本來與自然生態生死與共的正常認知感覺，使瘋狂掠奪和毀壞的人類重新過上和諧與正常的生活。」〔註53〕這六點可謂切中肯綮，一針見血，提綱挈領，高屋建瓴。對科學技術日益成為現代生活的宗教信仰問題，不少學者也痛心疾首地指責其弊端。科學技術推動社會發展的同時，也揭去了人類的敬天畏地的善心。上帝既然死了，人類就是一切的最高裁判，因此而肆意妄為，橫行霸道，傷天害理，無所不用其極。針對這一點中國生態批評的青年學者黃軼曾經痛心疾首的說過「工業革命使得科技成為新的宗教，人從自然中脫穎而出，喪失了對自然的敬畏之心，不再視自己為大地之子，不再體恤和善待自然萬物，正由於此，人類才敢於把自然看作社會發展

〔註52〕曾永成《文藝的綠色之思》，人民文學出版社2000年版，第324頁。
〔註53〕王諾《刻不容緩的生態意識確立》，《社會科學報》2002年9月5日。

必須征服和掠奪的對象，所有自然資源是待人免費享用的，滿足自我消費欲望成為唯一目的。這種發展觀抹殺了自然資源自身的進化規律，也忽略了自然對於人類精神的價值，這是現代文明的深層弊端。於是，生態批評提出要建立新的發展理念，重塑新的發展模式，人類必須重新體認荒野的價值，找回對自然的虔敬，對大地的關懷。」〔註54〕生態作品是文學家對世界以及所有有生生命之命運的憂慮在文學創作中的必然昭示。文學家強烈的自然責任感和社會使命感，推動著生態文學肇興、勃發並走向爆發。90年代以來，中國生態文學有了長足發展。代表有徐剛的《守望家園》《地球傳》《長江傳》《大地書》，李青松的《遙遠的虎嘯》、喬邁的《中國：水危機》、郭雪波的《大漠魂》等生態小說，諶容的長篇小說《死河》，陳建功的《放生》，張抗抗的《沙暴》，胡發雲的《老海失蹤》，賈平凹的《懷念狼》。生態散文的代表有李存葆的《鯨殤》，葦岸的《大地上的事情》，李景平的《綠歌》；生態詩歌的代表有于堅的《棕櫚之死》，李松濤的《拒絕末日》等。還有杜光輝的《哦，我的可可西里》、葉廣芩的《老虎大福》、方敏的《大絕唱》、郭雪波的《大漠狼孩》、鐵凝的《秀色》、陳應松的《松鴉為什麼鳴叫》、張煒的《魚的故事》、彭鴿子的長篇《紅嘴鷗的尋覓》。賈平凹的《懷念狼》、郭雪波的《大漠狼孩》《銀狐》、雪漠的《狼禍》、姜戎的《狼圖騰》、阿來的《空山》昌耀的《昌耀抒情詩集》、方東美的《生生之德》、鐵凝的《女人的白夜》、哲夫的《世紀之癢——中國生態報告》、鄧一光的《狼行成雙》《我是太陽》、李青松的《遙遠的虎嘯》、周曉楓的《鳥群》《斑紋——獸皮上的地圖》、閻連科的《日光流年》、鄧剛的《迷人的海》、胡發雲的《老海失蹤》、李杭育的《最後一個魚佬兒》、邱華棟的《城市戰車》、楊志軍的《隨心所欲》、魯樞元的《猞猁言說》、楊文豐的《自然筆記》、張煒的《聖華金的小狐》《刺蝟歌》《你在高原·西郊》、葦岸的《上帝之子》、溫亞軍的《馱水的日子》、包國晨的《尋覓第一峰》、王治安的《悲壯的森林》、龐培的《憂鬱之書》、賽尼婭、劉亮程主編的《鄉村哲學的神話》、魯樞元的《生態批評的空間》《走進大林莽》《心中的曠野·關於生態與精神的散記》，馬役軍的《黃土地，黑土地》、沙青的《依稀大地灣》、麥天樞的《挽汾河》、劉貴賢的《生命之源的危機》、謝宗玉的《遍地藥香》、葉廣岑的《黑魚千歲》、李存葆的《綠色天書》、陳從周的《陳從周園林隨筆》、

〔註54〕黃軼《「我們究竟從哪裏開始走錯了路？」——生態文學「社會發展觀批判」主題辨析》，《當代作家評論》2008年第3期，第131頁。

劉慶邦的《紅煤》、彭城的《漂泊的屋頂》傑出的生態文學作品閃射出熠熠光輝，都顯示了世紀之交我國生態文學的不凡實績。

　　人類曾認為自己是世界的主人，因此而無所顧忌，橫行霸道，唯我獨尊以萬物之靈長和宇宙之精華自居，從不反思自己的行為是否傷害了地球上的其他生命形式。進幾十年以來，環境問題和生態平衡日益惡化，讓人不寒而慄。而今當我們不得不面對著生態環境的嚴重破壞，人們感到了巨大的生存困惑或曰「生態恐懼」。上世紀 70 年代，美國生態文學里程碑一般的傑作《寂靜的春天》中譯本問世，驚醒了並一直震撼一些中國作家的心靈，成為中國生態文學的寶典。後來，隨著梭羅和利奧波德、愛默生、盧梭等等西方傑出文學家思想家的著作被大規模介紹進來，我們感到醍醐灌頂，如夢初醒。80年代，羅馬俱樂部的生態環保思想被大規模引入，為剛剛興起的我國生態文學提供了另一重要的生態智慧和生態倫理。21 世紀初，歐美生態文學、生態哲學、生態美學、生態經濟學、生態文藝學的斐然成就被系統介紹進來，為我國生態文學走向深入提供了重要的思想參照體系。當代生態文學作家多具有濃鬱的詩人氣質，對大自然十分敏感，用心地聆聽和觀察反思天地萬物。1999 年英年早逝的葦岸是這類作家的代表，他一生呵護自然，摯愛大自然的樸素平和，如同他的名字所暗示的那樣，他是楊柳岸邊一棵會思考的蘆葦。誠如袁毅在給《上帝之子》所作的序言《最後一棵會思想的蘆葦——追憶葦岸》一文所言：「葦岸先生是一位和民間、和大地建立了一種血脈交融、渾然一體的聯繫的原創性作家，他的寫作基本上是一些有著元素意義的意象以及與此相連的原初語境，他筆下的世界和他的人格是合而為一的和諧之美，因為他是從心靈的道路上通往文學之旅的，他的脈管裏流淌著文學殉道者罕見的真摯、沉著、純粹。」〔註55〕在《大地上的事情》裏，蛐蛐、雲雀、蝴蝶、壁虎、布穀鳥、甲魚，大河湖泊，白楊、橡樹、荷花，還有季節變異、氣候反常、日出日落，是真正的主角；作者自己則只是「邊緣化」，主角的每一點細微變化都吸引著他的心靈，牽動著他的感官。感悟者既「思」且「鳴」，在用心靈與世界溝通交流的過程中，葦岸對自然與人的關係產生了頓悟：「人類與地球的關係，很像人與他的生命的關係。」「那個一把火燒掉蜂巢的人，你為什麼要搗毀一個無辜的家庭？」難道就為了顯示「你是男人」？在《動物園》

〔註55〕葦岸《上帝之子》，湖北美術出版社 2001 年 4 月版，第 9 頁。

裏,周曉楓悟出:「人類的審美是畸形的甚至是殘酷的;人類沒有理由自高自大,因為「我們猜測不出鳥的確切身份,也難以瞭解它見識廣博的心胸;無論多麼渴望,我們不能和它們一同比翼──鳥提醒著人類的不自由,正如伊甸園的蛇提醒著先祖的無知。」這些作家的自然描寫含蓄而細膩,語感與浪漫主義的自然書寫十分切近。同樣類似於自然生態作品的還有對田園生活的思戀,以記憶和悲傷、質疑。人與自然能否和諧相處,關鍵取決於人;人只有把自己看成自然中的「一分子」,才能與其他生物並行不悖。我們必須知道,善待自然和其他生物,乃是善待我們人類自身。「全球化語境中的生態文學是以環境倫理意識為核心的一種新的文學思潮,中國當代文學中的人與自然的主題經歷了一個從解構到建構的變奏,自20世紀90年代以來出現了大量具有自覺生態哲學意識的敘事文本,生態文學作為一種前瞻性的文學,在新世紀的文學格局中正從邊緣走向中心,必將對未來的文學發展產生強烈的衝擊和影響」。〔註56〕吳尚華先生對全球化語境下的生態環境倫理對作家創作的影響的認識是清醒而深刻的,文學是應對現實的武器,具有前瞻性的生態文學,必將從邊緣化的位置登上文學殿堂的顯赫交椅,擔負起匡扶時弊,再造生態世界的光輝重任。

第三節　生態批評的變遷

生態批評發軔於上個世紀六、七十年代,在短短的幾十年時間裏,它以雨後春筍般的態勢迅速勃興起來。生態批評家們從環境生態學,生態保護主義、環境正義主義,生態的概念與描述,作品再現的理論,浪漫主義的再現、人與自然關係的呵護覺醒等各個層面論述人與自然對立統一的關係,拓寬生態批評的領域。「生態批評是在人類面臨環境惡化和生態危機的語境中應運而生。它從一開始就體現了強烈的危機意識、責任感和批判精神。生態批評向自然延伸視野將表明文學參與現實問題的學科轉向。生態批評的學科轉向表現在從文本形式研究到內容本體追問的轉向,從研究的概念化模式向關注實在性存在的轉向,從以語言為中心的文本解讀向以生命為中心的文本閱讀三個方面。生態批評的學科轉向意味著重新整理西方形而上學傳統的趨勢,意

〔註56〕吳尚華《走向和諧:人與自然的主題變奏──試論當代文學中的環境文學》,《安慶師範學院學報》2006年第2期,第6頁。

味著從本體回歸的視角重新思考人與自然關係的必要。」〔註 57〕喚醒環境生態意識的覺醒具有深刻的理論意義。認識到與否，我們人類生活在生態災難的時代。生態批評的產生語境，決定了它的直面現實的優秀品格。文本形式和語法修辭的過度關注，必然會降低文學鐵肩擔道義、妙手著文章的現實承擔。強烈的現實介入精神和干預勇氣，力求用文字去築起防護生態惡化的鋼鐵長城，生態文學顯得有些果敢悲壯和雷厲風。關注現實，救治弊病，這是生態文學的天然職責。麥克基本在《自然的終結》一書中感歎在資本主義和科技主義的迫害下苟延殘喘的大自然：「萬物還在生長著、衰敗著，光合作用還在繼續著，呼吸還在進行著。可是，我們至少在現代社會裏已經終結了為我們所界定的自然——與人類社會相區別的自然。」〔註 58〕生態批評在對人類經濟跨越的質疑聲中異軍突起，也是在生態危機呼喚的結果。它彰顯文學研究者對生態污染實際問題的敏感，表明文學研究者相信文學蘊含著深刻獨特的精神氣質，可望用於改善導致人類經濟發展勃興過程中對生態環境造成破壞的人與自然對立矛盾的關係。誠如美國學者麥茜特所言：「生病的地球，唯有對主流價值觀進行逆轉，對經濟優先進行革命，才有可能最後恢復健康。在這個意義上，世界必須再次倒轉。」〔註 59〕

生態批評，作為一種批評思潮，具有很強勁的發展勢頭。研究環境學出身的密克爾主張批評應當挖掘文學所揭示的人類與其他生命之間的關係，發掘文學對人類行為和自然環境的戕害。他第一次嘗試著研究文學作品與自然科技的共振。從生態學的視角重新審視希臘神話、荷馬史詩、盧梭隨筆、蒙田隨筆、狄更斯、利奧波德、卡遜、愛默生、梭羅以及當代一些文學作品，並提出藝術的生態關係和生態批評學學術術語概念。

生態批評旨在探討文學與天地萬物之間關係，是文學向自然延展的批評視野。概念的出現和理性的界定一開始就帶有邊緣交叉性。生態批評跨越性不僅體現在向環境科學方向的學科跨越，也體現在人文科學內部的分列寧和。它具有將文學，生態學，經濟學、地理學、環境學結合為一體的多面性特徵。20 世紀中葉以來，生態污染日益加劇，人類的環保意識也日趨強烈，生態理

〔註57〕宋麗麗《生態批評：向自然延伸的文學批評視野》，《江蘇大學學報》2006 年第 1 期，第 21 頁。

〔註58〕〔美〕麥克基本《自然的終結》，吉林人民出版社 2000 年版，第 61 頁。

〔註59〕〔美〕卡洛琳·麥茜特《自然之死》，吉林人民出版社 1999 年版，第 327 頁。

念逐漸滲透到文學、神學、倫理、經濟、人文道德等社會學科的各個範疇。成為必須面對的共同的課題，是我們科學界乃至人文學界的共同任務之一。對於社會發展日益追求所謂「不斷進步」，大衛·格里芬有自己的發人深省的判斷：「進步的神話到底意味著什麼？它是否意味著這樣一個假設：一種把過去的絕大部分事物都當作迷信而拋棄，並一味地想通過對自然的技術統治來增加人們的物質享受的文化，能夠帶來一個和平、幸福和道德高尚的世界？果真那樣的話，那麼，進步的理想也就被證明是一個貶義的神話。」〔註60〕技術理性和工具理性的泛濫成災，導致地球環境的千瘡百孔滿目瘡痍，大衛·格里芬清醒而且犀利的文筆發出了對盲目發展和攫取自然的質疑和追問。物慾橫流、欲壑難填的現代人在這樣的文字面前，真的應該捫心自問，我們到底為世界奉獻了什麼，我們為什麼一錯再錯。

生態批評的反思性或超越性承繼了塑造綠色環境的人文思想形態。它最終是要創造全新的審美理念和價值皈依。以全面審視人類中心主義的罪錯來拯救自然環境的日益惡化，奮力保護自然環境。試想，我們在人與人之間遵守的道德規範為什麼不可以移植到人與自然的語境下呢？比如，知恩圖報，所謂滴水之恩當以湧泉相報，因為美好的大自然源源不斷地賞賜給我們那麼多動植物資源，衣食住行一刻不停的接受大自然的哺育，我們難道要翻臉不認人嗎？忘恩負義在人際交往中是要遭到報應的，同樣的道理，大自然也不是等閒之輩，一旦我們的行為激怒了大自然，天怒人怒，大自然也會撕破臉皮，與人類反目成仇，用疾病、天災、瘟疫、水患、雨雪冰凍災害來懲罰不知天高地厚的人類，顯示其威風凜凜不可羞辱的尊嚴。奧地利著名學者康拉德·洛倫茨說過：「生機盎然的大自然哺育了人類，而文明人類卻以盲目而殘忍的方式毀壞著大自然，從而使其受到生態毀滅的威脅。也許只有當人類感受到這種毀滅所帶來的經濟上的不良後果時，才會意識到自己的錯誤，然而，到那個時候一切都為時過晚了。但至少他們可以覺察到在這個野蠻的破壞過程中，人類的靈魂受到了怎樣的損害。那種與大自然的疏遠、異化現象不僅是普遍存在的，而且正在迅速蔓延。可以說，文明人類之所以出現美感喪失以及人種野蠻化，這種對大自然的疏遠是一個相當重要的因素。」〔註61〕人類

〔註60〕〔美〕大衛·格里芬《後現代精神》，中央編譯出版社1998年版，第25頁。
〔註61〕〔奧地利〕康拉德·洛倫茨著，徐筱春譯《文明人類的八大罪孽》，安徽文藝出版社2000年版，第56頁。

是整個生態系統中的環節的一部分，是自然的對象，與自然絕不可能分庭抗
禮。人類與地球是唇齒與共的關係。的確，生態哲學的整體主義觀念帶有浪
漫主義和悲劇的色彩。「人類不僅僅由於生態破壞而確實面臨滅絕的危險，而
是因為生態問題本身就是生命問題。」〔註62〕生態批評則要重新拷問人類自
然屬性，反思作為生態鏈條中一環所必須盡到的義務和責任心。

　　生態文學不象形式主義文學那樣標新立異，它按照生態的現狀發言，痛
陳人類中心主義大旗之下的荼毒生靈和污染環境的罪責。生態文學作家都是
一些具有真善美之心的責任感極強的知識分子。他們用自己的文學作品喚醒
人類的良知，借助生態運動的社會思潮和環保運動，參與重新建設美好的生
態環境的社會活動。大眾化的問題，敏銳的思考，行動的勇氣，不屈不撓的
抗爭精神，著力從書齋走向曠野，這是文學家的鐵肩擔道義，妙手著文章的
現代體現。「在當代生態批評視域中，文學活動與生態運動攜手並進，將自然
作為文學表現的主體，借助文學創作活動倡導人類關懷自然，拯救自然，並
以新的生態整體意識來思考人與自然的關係，兩者協作所創造的社會、文化、
倫理、甚至是審美價值是容易被大眾理解並接受的。」〔註63〕伴隨生存環境
的不斷污染，生態批評警示人類在功利主義驅遣下甘為奴隸的麻木的心靈，
重新皈依在工業文明中丟失的天人合一的田園之思。我們很可能會懷念那種
充滿田園風光的閉塞農村山溝，樹木叢生，百花盛開，空氣清新，古木參天，
鬱鬱蔥蔥。可是，如今要進入這樣的美好環境需要繳納巨額的門票。九寨溝、
神農架、長白山天池、黃山、泰山、遍及大江南北的國家級森林公園，哪一處
不是要繳納不菲的門票方可登堂入室啊？其實，若干年之前，這些都是人類
可以隨意出入的自然山水名勝古蹟啊！漸漸地，自然中的美好去處，去都成
了需要花錢才可享用的特權。

　　魯樞元在談及生態批評的歷史作用和現實地位時說：「在21世紀，生態
學似乎已經成為一門顛覆性的學科，它將要顛覆的是300年來支配人類社會
突飛猛進、為所欲為的價值觀、世界觀。顛覆同時意味著一種知識體系和文
明範式的轉換與重建，即人類社會從工業文明時代向生態文明時代的過度。
這無疑也是一場精神文化領域的巨大變革。從文學理論批評的角度看，生態

〔註62〕〔阿根廷〕海因茲·迪德里齊《全球資本主義的終結：新的歷史藍圖》，徐文
　　　　淵譯，人民文學出版社2001年版，第129頁。
〔註63〕潘華琴《從文化尋根到皈依自然》，《文藝爭鳴》2008年第9期，第131頁。

批評是繼女性批評、後殖民批評之後，在 20 世紀 80 年代以來漸漸形成的又一批評派別。人類的文學藝術迄今為止所表現的，無外乎人類在地球上的生存狀態，因此全部都可以運用一種生態學的眼光加以透視、加以評判。期待中的生態批評空間應該是更為廣闊更為恢宏的。」〔註64〕生態批評空間的宏闊，對應於生態思潮的此起彼伏，從自然生態到社會生態，從社會生態到人類的精神生態，生態文學波瀾壯闊的關注視野掃描著社會生活的角角落落，不遺餘力地拯救著日益惡化的自然環境和人文環境。

在對生態發展過程的反省中，在對生態環境的關注中，「生態學文」在近幾十年已經成為一門「顯學」。由於現代化的加劇和長期以來生態問題的忽視，導致了環境問題的凸顯。中國的生態批評在僅僅近十多年來從無到有，逐漸在文學研究領域佔有重要地位。「作為一個現代化還沒有完成的發展中國家，儘管從經濟形態看，中國的確談不上後現代，但從現代性的負面影響以及精神文化的角度看，中國已經有了濃厚的後現代思想文化。因此，我們也不妨可將後現代定位於對現代性的一種反思與超越同樣必要。這就是中國後現代文化產生的基礎，同時它也成為生態文學創作和研究的背景。」〔註65〕在這樣的背景下，學術界對西方生態文學及生態批評理論積極引進，並逐漸趨於繁榮。主要專著有四川師範大學曾永成教授的《文藝的綠色之思》（人民文學出版社，2000 年版），蘇州大學王耘博士的《複雜性生態哲學》（社會科學文獻出版社 2008 年 5 月版）、蘇州大學魯樞元教授的《生態批評的空間》（華東師範大學出版社 2006 年 9 月版）、《自然與人文——生態批評學術資源庫》（學林出版社 2006 年 11 月版）、廈門大學王諾教授的《歐美生態文學》（北京大學出版社，2003 年）。這些論著都是中國生態文學發展研究和創作的原點性傑出代表，標誌著從無到有的中國生態文藝學擁有了自己的理論陣地。急於從西方現代化發展歸結出的發展和環保的關係尋覓規律性策略的中國學者，也開始了對生態批評話語進行民族化和本土化建構。力圖發覺中華民族的古代生態智慧和思想成就，旁徵博引舉一反三地切切實實推進生態批評的前進步伐。較有影響的單篇論文有宋麗麗、王寧的《生態批評：向自然延伸的文學批評視野》，劉蓓的《簡論生態批評文本視域的擴展》，朱志榮的《「天

〔註64〕魯樞元《生態批評的空間》，華東師範大學出版社 2006 年 9 月版，封底。
〔註65〕曾繁仁《後現代語境下嶄新的生態存在論美學觀》，《陝西師範大學學報》，2002 年第 3 期。

人合一」與中國傳統的生態意識》，劉鋒傑的《新感物說：生態文藝學的理論標識？》，《生態文藝學的理論標識是什麼？》等，這些論文側重於從總體上把握中外生態美學、生態文學的理論源泉，力求指導和引領生態文學創作的精神流向和立體動態，為生態美學、生態文學、生態文藝學和生態哲學在中國如火如荼的傳播和興盛奠定了堅實的理論基石和宏闊的學術視野。

對中國本土生態文學發展歷程及創作現狀涉及到的論文如劉文良的《近年來生態文學研究述要》（《貴州社會科學》，2006 年第 1 期），吳尚華的《走向和諧：人與自然的主題變奏——試論當代文學中的環境文學》（《安慶師範學院學報‧社會科學版》2006 年第 2 期）、沈夢贏的《新時期浪漫主義文學中自然的雙重含義》（《雲夢學刊》1999 年第 2 期）、孫殿玲的《論道家的自然生態美及對文學創作的影響》（《遼寧教育行政學院》2006 年第 9 期）、劉保昌的《道家藝術與中國現代文學的自然之美》（《西南師範大學學報‧人文社科版》2004 年第 1 期）。上述生態批評論文或從古典文學的角度談論中國文人的生態憂思，或開闢道家文化的生態研究新領域，或對當代環境保護與文學藝術的交集展開闡述。張皓的《中國生態文學：尋找人與自然的和絃》（《佛山科學技術學院學報‧社會科學版》2004 年第 6 期）、朱立元的《尋找生態美學觀的存在論根基》（《湘潭大學學報‧社會科學版》2006 年第 1 期、胡泓的《老水手的漫長旅程——從文學視窗看人類生態意識的衍變》（《安徽師範大學學報‧人文社科版》2002 年第 5 期）、羅宗宇的《對生態危機的藝術報告——新時期以來的生態報告文學簡論》。上述論文從尋覓自然和人類的和解之路，自然和人類和諧共振的角度述說生態批評在生態意識指導下的歷史變遷，生態美學的理論根蒂和思想源頭。陳曉蘭的《為人類他者的自然——當代西方生態批評》、龔舉善的《家園意識：全球化背景下紀實文學的生態守護》（《伊犁教育學院學報》2001 年第 3 期）。這些論文或對生態文學的發生學或理論根基進行追本溯源，或引進西方業已成熟的生態文學理念，或挖掘中西文化交流融合或碰撞中產生的思想火花，或力求把生態文學置身於全球化的大背景下深刻解讀和獨立闡釋，或對生態報告文學這一獨特的生態文學的新聞性和文學性進行比對和連接、或從西方文學原著中引經據典進行比較文學的研究。

有些論文致力於中西文化比對，從比較文學的視域研究生態文學的異變和突圍，如陳昕的《自然的歌者——西方自然文學中生態理念的傳繼與發展》（《南京林業大學學報‧人文社會科學版》2002 年第 3 期）、文孟君的《文學‧

文化・自然》(《環境教育》2004 年第 2 期)、王紅升的《從文學作品看傳統文化的自然觀》(《邯鄲師專學報》2004 年第 2 期)、呂琛的《天道自然與中國文學創作》(《廣西社會科學》2004 年第 3 期)、王東燕的《從中外文學作品中人與自然的關係看中西文化的差異》(《黃山學院學報》2006 年第 4 期)、王先霈的《文學與新時代的自然觀》(《武漢教育學院學報》2001 年第 2 期)。以上論文或者從比較文學和中西文化比較的角度分析具體文本，或梳理釐定自然生態的審美化途徑，或建構新的自然觀。劉紹瑾的《自然：中國古代一個潛在的文學理論體系》(《文藝研究》2001 年第 2 期)、陳磊的《簡論新時期文學中的自然意識》(《河南機電高等專科學校學報》1999 年第 3 期)、王學謙的《還鄉文學：20 世紀中國鄉土文學的自然文化追求》(《東北師大學報》2001 年第 4 期)、韋虹的《盧梭的夢想與自然——兼與中國文學比較》(《國外文學》2001 年第 2 期)、潘華琴的《語言・文學・自然——「語言是存在之家」的生態文藝學解讀》(《學術交流》2005 年第九期、岳友熙的《生態批評：當代西方文學批評的自然生態新維度》(《江漢大學學報・人文社科版》2006 年第 6 期)。以上論文探究了二十世紀中國鄉土文學的精神皈依和自然文化追求，簡介新時期文學的自然尋根熱潮，或者從語言是存在之家園的角度探討生態文學的語言藝術形成途徑，或者展現西方當代生態批評的全息圖景。宋麗麗的《生態批評：向自然延伸的文學批評視野》(《江蘇大學學報・社會科學版》2006 年第 1 期)、張卓的《人與自然的和諧：當代環境文學的主題》(《長白學刊》2007 年第 5 期)、黃萬華的《傾聽天聲和傾聽心聲的融合——海外華人文學中的自然、環保意識》(《甘肅省社會科學》2006 年第 4 期)、孫德喜的《評汪樹東的「中國現代文學中的自然精神研究》(《石河子大學學報・社會科學版》2006 年第 5 期)、魯樞元的《文學藝術與自然生態——「生態文藝學」論稿之一》(《海南師範學院學報・人文社會科學版》2000 年第 3 期)、宋麗麗的《英美生態批評的閱讀取向》(會議材料)、王諾的《對話斯洛維克：關於生態文學和生態批評》(會議材料)、劉蓓的《生態批評的「環境文本」建構策略》(會議材料)、王諾的《蕾切爾・卡森的生態文學成就和生態哲學思想》(《國外文學》2002 年第 2 期)、張金梅的《大自然的生態智慧》(《湖北民族學院學報・哲學社會科學版》2002 年第 6 期)、黃立華的《環境文學：生態危機時的一種新視野》(《廣西師範大學學報・哲學社會科學版》2002 年第 2 期)、彭松喬的《中國環境文學生態意蘊解讀》(《思想戰線》2003 年第 3 期)、向玉喬的

《論環境文學中的生態倫理思想》(《湖南師範大學學報‧社會科學版》2000年第5期)。以上論文解讀作品的同時，尋覓生態思想的倫理學價值，抽象大自然的生態智慧，道法自然的文化視野，開拓生態危機時代如何以文藝來濟世救人，匡扶正義，心懷天下。任秀琴的《生態環境文學的綠色憂思》(《雲南師範大學學報》2003年第3期)、方軍、陳昕的《論生態文學》(《中南民族大學學報‧人文社會科學版》2003年第2期)、郝春燕的《文學的危機與人類精神生態的危機》、吳聖剛的《生態表達與文學的價值》(《信陽師範學院學報》2005年第3期)、楊劍龍、周旭峰的《論中國當代生態文學創作》(《上海師範大學學報‧哲學社會科學版》2005年第2期)、張玉能的《也論生態美學的哲學基礎》(《江漢大學學‧人文科學版》2006年第3期)、魯樞元的《文藝藝術史：生態演替的啟示》(《海南大學學報》2000年第6期)、這些文章力求探尋生態文學與綠色文藝、環保文學、環境文學、生態批評的橫線聯繫和縱橫捭闔，把人類生存發展的自然環境和人文環境作為置放生態文學的社會背景和文化背景，新意迭出的論述絲絲入扣，撥雲見日。尤其是蘇州大學的魯樞元先生，他長期致力於生態文藝學的研究和著述，竭力推進生態文學在我國的發展，功不可沒。

有些論文注重溝通古今中外的自然生態之思，把生態思想和哲學、文藝學、心理學、社會學橫向比較，發現文學中人與自然關係的脈動流程，比如張健的《中國古代文學人與自然關係芻論》(《山東理工大學學報‧社會科學版》2006年第3期)、張璟的《歐陽修文學中的自然觀》(《上海海運學院學報》2001年第4期)、王兆勝的《文學‧人生‧天地自然》(《寫作雜談》2003年第1期)、韋清琦的《葦岸：綠色文學的先行者》、吳家榮的《「生態文藝學」、「生態美學」的學理性質疑》(《學術界》2006年第3期。)、蓋光的《詩意的和諧：文藝生態審美的構成性》(《山東理工大學學報》(社科版)，2006年第1期)。以上論文側重於發現生態文學的語境態勢和話語習慣，把自然、社會、精神、心理、天地萬物置於一個融會貫通的平臺，論述生態文學的精神流向和總體脈絡。韋清琦對葦岸的解讀，深入淺出結合作品，把知人論世的文學研究途徑貫穿始終，神遊物表，新意迭出，要言不煩。段新權的《「本質力量的對象化」與生態文藝學的兩處矛盾》(《文藝爭鳴》2005年第6期)、胡三林的《生態文學：批判與超越》(《文藝爭鳴》2005年第6期)、胡立新的《生態批評應超越知識觀與價值觀悖論》(《文藝爭鳴》2005年第6期)、秦劍的《時

代呼喚自覺的生態文學》（《文藝爭鳴》2005 年第 6 期）、魯樞元的《百年疏漏
——中國文學史書寫的生態視閾》（《文學評論》2007 年第 1 期）。魯樞元先生
對百年中國生態文學的匱乏深表遺憾，他認為，文學正是在關注了生態和自
然之後，才獲得了發展的後勁和活力，精神氣場變得生機勃勃，人與自然的
交織是文學經緯的有力線條，大氣磅礡的自然給予作家深刻的自然之思。謝
有順的《重申散文的寫作倫理》（《文學評論》2007 年第 1 期）、薛敬梅的《「變
形」的生態解讀——從奧維德到卡夫卡》（《楚雄師範學院學報》2008 年第 4
期）、朱寧、田靜、王繼燕的《返歸自然：以生態文學視角解讀盧梭的文藝創
作》（《語文學報》2008 年第 11 期）、龍其林《〈環湖崩潰〉與當代生態小說的
可能性》（《蘭州學刊》2008 年第 11 期）、高彩霞的《文學的生態化走向——
關於生態文學的幾點思考》（《中國環境管理幹部學院學報》2006 年第 2 期）、
孫希娟的《內蘊豐富的生態文學》（《小說世界隨筆》）、張金梅的《環境文學
的生態價值建構》（《廣東職業技術學院學報》1999 年第 3 期）、白木爾的《人
與昆蟲的共同命運——1999 海南「生態與文學」國際研討會紀要》（《新東方》
1999 年第 6 期）魯樞元的《文學藝術的地域色彩及群落生態》（《黃河科技大
學學報》2000 年第 4 期）、魯樞元的《文學藝術在地球生態系統中的序位》
（《瓊州大學學報》2001 年第 1 期）、魯樞元的《文學藝術是一個生長著的有
機開放系統——「生態文藝學」論稿之一》（《河南社會科學》2001 年第 1 期）、
楊傳鑫的《綠色的吶喊——20 世紀生態文學略論》（《中南民族大學學報·人
文社會科學版 2004 年第 1 期》）、溫阜敏、饒堅的《中國生態文學概說》（《韶
關學院學報·社會科學版》2004 年第 1 期）、胡志紅的《生態文學——比較文
學研究新天地》（《貴州師範大學學報·社會科學版》2004 年第 1 期）、姚文放
的《生態傳統與生態意識》（《社會科學輯刊》2004 年第 3 期）、蘇宏斌的《世
界的復魅：試論審美經驗的生態學轉向》（《江海學刊》2006 年第 3 期）等等。
這些論文把比較文學作為生態文學研究的獨特視角，因為生態文學吸取了諸
如生態學、社會學、經濟學、投資學、倫理學、人類學、自然史學、社會發展
論、信息系統論、宇宙天體論、環境保護、地理旅遊、大氣環保、森林植被學
等等各個門類的知識體系，是一門跨專業、跨學科、邊緣化的新興交叉學科。
從哲學理念入手，引入生態意識、傳統生態觀念，然後進入文本細讀環節，
尋章摘句、精耕細作地發覺文學作品中以往被忽略、被遺忘、被輕視的生態
視角，把生態焦慮的社會思潮進行審美式觀照和藝術處理，深入淺出地影響

讀者的精神世界和價值取捨，為生態文明建設樹立輿論基礎和價值信仰。

　　近些年來，特別是進入二十一世紀以來，在生態文學研究方面的博士論文也層出不窮。其中，2001 年北京大學陳劍瀾的博士論文《現代人與自然關係的知識學批判：環境危機的哲學根源分析》從哲學思想的源頭探尋生態危機和環境污染的根本原因，廓清了生態危機的思想迷霧，深刻揭示了現代人信奉的消費主義和工具理性的侷限性和盲目性。2004 年北京語言文化大學比較文學專業博士韋清琦的博士論文《走向一種綠色經典：新時期文學的生態學研究》則以散文作為特定的研究文體，爬梳了中國古代和西方近現代的生態思想體系，然後對張煒、徐剛、葦岸等等生態文學作家的散文佳作進行了深入淺出的生態批評研究，開闢了生態文學文本細讀的先河。2005 年山東師範大學文藝學博士劉蓓女士的《生態批評的話語建構》則從文學研究的綠色潮流入手，追本溯源，把自然寫作、生態批評的理論依據及其與後結構主義的溝通和分水嶺、生態文學語言觀、浪漫生態學、環境文本與場所意識提綱挈領地系統闡釋，最後還提出建設中國特色的生態批評主張。2005 年四川大學胡志紅的博士論文《西方生態批評研究》立足於生態批評在西方的發展進程和總體脈絡，挖掘西方生態批評的思想資源和理論源泉，把西方的生態運動、綠色和平組織的主張融會貫通，釐定了生態批評的概念和體系，豐富了當代中國的生態批評思想庫。2005 年北京語言文化大學比較文學專業博士宋麗麗的博士論文《文學生態學建構——生態批評的思考》則把文學和生態學的積極聯姻和融會貫通放置在後現代語境下論述，通過尋覓生態文藝學建構的理論基石和自然生態思想的構建來闡發生態文藝學系統知識體系。2007 年揚州大學的文藝學博士劉文良的博士論文《生態批評的範疇與研究方法》從天人合一的中國和諧觀入手，對人類中心主義、以人為本、生態為本的概念進行清晰梳理，把古希臘的自然觀、終極關懷、生態審美的社會色彩和政治理念、生態批評的方法論、凸顯本土生態批評的變遷。2007 年東北師範大學的中國現當代文學專業博士吳景明的博士論文《走向和諧：人與自然的雙重變奏——中國生態文學發展論綱》則從生態文學與生態批評的發展入手，論證了生態文學的源起和發展歷程及其精神線索，勾勒了生態批評視野下的現代文學三十年的生態之思，理清了中國當代文學的生態景觀，分析了生態文學的發展現狀和不足之處。2007 年浙江大學王軍寧博士的博士論文《生態視野中的新時期文學研究》立足於解讀當代生態文學的作品，從中發現生態批

評對生態文學的影響、作家的生態觀的建立，尤其對賈平凹、張煒、葦岸、阿來、于堅等等作家的文本進行提綱挈領的分析解讀，建立了以生態批評來透視文學的新模式。該論文還對中外生態文學進行橫向比較，求同存異，中西合璧，異彩紛呈。

第一章　生態文學思想資源的
歷史追溯

第一節　西方生態倫理思想的歷時性梳理

　　生態文學有著深遠的思想淵源。儘管從整體格局來說，西方文化信奉的是狹隘的人類中心主義和征服控制、改造利用自然的思想，但是依然能找到一條生態思想發展脈絡。打開一部西方思想史和文化史，遍及各個章節的人與自然的關係方面的思考歷歷可見。從古希臘神話到文藝復興時期的詩歌隨筆，處處洋溢著對大自然的膜拜和敬畏。當然，人本主義的提出，是對自然的輕視的起點。這多多少少有一點矯枉過正的原因，因為反對封建神學，強烈呼喚人權，導致了把人類權利推向極致而蔑視自然的極端。

　　回顧西方文化史，我們還是可以尋找到一條清晰的思想脈絡。思想家阿那克西曼德早在公元前 6 世紀就強調了自然規律不可抗拒性。偉大的哲學家畢達哥拉斯被認為是「西方傳統意義上第一個反對虐待動物的人」，他指出只要人還在貪婪地毀滅其他生命體系，他就絕不會懂得心態和平。只要人類還大規模地屠戮生靈，人類就會自相殘殺。只要播種了謀殺和屠戮的種子，就一定不可能得到寬容、和平與共榮。研究這兩種關係的內在脈絡，畢達哥拉斯應該是西方世界第一個。赫拉克利特也特別重視大自然特徵，所謂「邏格斯中心主義」就是自然規律，它影響著世界的變化，人類必須依照邏格斯行動。這其中孕育著想想家們最早的自然思想和生態倫理哲學。

哲學是世界觀和方法論的科學。人類與自然的關係，是哲學無法迴避的題中應有之意。無論是唯物主義哲學，還是唯心主義哲學，都繞不開對自然和人類的關係作出應答。如果不能面對自然發現人類的侷限和弱點，這樣的哲學注定是不深刻的。事實上，「全部哲學研究的目的，都應立足於對人、自然及其兩者關係的科學認識、理論探索、歷史考察和哲學反思，並在實踐中建立起人與自然的和諧共存和發展。」〔註1〕經歷了文藝復興之後，在形而上學自然觀盛行的時代，古典哲學又找到了與古羅馬思想的契合點，把分庭抗禮的人與自然重新結合起來。康德把自然描寫成是人類心靈的產物。儘管他的自然觀存在著內在缺失，但是他認為天地萬物是可以通過感性與理性的契合點去認識的，所以我們能從以往的推論中概括出規律來。

哲學家盧梭對工業化的抵制和對自然萬物的摯愛是無與倫比的。盧梭對大地上土生土長的一切自然之物情有獨鍾。「出自造物主之手的東西都是好的，而一到了人的手裏就全變壞了。他要強使一種土地滋生另一種土地上的東西，強使一種樹木結出另一種樹木的果實；他將氣候、風雨、季節搞得混亂不清；他殘害他的狗、他的馬和他的奴僕；他擾亂一切，毀傷一切東西的本來面目；他喜愛醜陋和奇形怪狀的東西；他不願意天然的那個樣子，甚至對人也是如此，必須把人像練馬場的馬那樣加以訓練；必須把人像花園中的樹木那樣，照他喜愛的樣子弄得歪歪扭扭。」〔註2〕盧梭所拼命抗拒的一切，如今愈演愈烈，大有一發不可收拾之態。狹隘的人類中心主義所造成的惡果，終究要反過來狠狠懲罰愚妄荒謬的人類。作用力和反作用力，時時刻刻在較量和比試。近些年爆發的因為水體污染和空氣污染導致的流行病，不是已經讓人類飽受折磨了嗎？無論在隨筆還是理論闡述中，盧梭都大張旗鼓地宣揚他的自然生態觀念。盧梭還大力宣傳人對動物的同情心：「正是同情心促使我們不假思索地去解救那些受苦受難的人；正是這種自然狀態中的同情心彌補了法律、道德和美德的不足。不僅如此，盧梭還認為，見過苦難愈多的動物，對那些受苦的動物愈有切身之感。」〔註3〕這段話足以揭示目前人類在大自然面前的胡作非為，殘害動物，濫砍濫伐，污染水土，退耕還林，水土流失，戰

〔註1〕王維《人‧自然‧可持續發展》，首都師範大學出版社1999年版，第173頁。
〔註2〕〔法〕盧梭《愛彌兒》，李平漚譯，商務印書館1978年版，第5頁。
〔註3〕〔法〕羅曼‧羅蘭著，王子野譯《盧梭的生平和著作》，三聯書店1996年版，第41頁。

天鬥地，無所不為。一些科學工作者不顧人類的道德法則，把一些克隆技術濫用無度，給倫理秩序帶來顛覆性的後果。

　　大衛・亨利・梭羅是美國歷史上最偉大的文學和思想家之一，他還是美國環境主義的開山鼻祖。他的《瓦爾登湖》《在康科德河和梅里馬克河上一周》《緬因森林》《考德角》等作品振聾發聵。梭羅甚至被作為先知一樣的人物，被全世界人民所推崇和熱愛。「梭羅對大自然的熱愛，對自然的和諧關係的洞察，對自然的精神意義和審美意義的強調以及對他那個時代所流行的物質主義和資本主義經濟的批判，都為生態倫理提供了獨特的靈感和支持」。〔註4〕在梭羅筆下，自然是有自尊的，也是有個性的。植物是他的鄰居，小魚的爭奪食物是兩個國家的交戰，鳴蟬會唱小夜曲，啄木鳥的狂笑透露出足智多謀。「一條魚躍起，一個蟲子掉落湖上，都這樣用圓渦，用美麗的曲線來表達，彷彿那是泉源中的經常的噴湧，它的生命的輕柔的波動，它的胸膛的呼吸起伏。那是歡樂的震抖，還是痛苦的戰慄，都無從分辨。湖的現象是何等的和平啊！」動植物和人類在存在和靈魂方面都是融會貫通的。梭羅篤信自然還能增進人類的恥辱感，因為自然是簡陋、清純和可愛的。「湖是風景中最美、最有表情的姿容。它是大地的眼睛，望著他的人可以測出自己天性的深淺。」大自然是文學創作靈感的家園，是思想家的家園。19世紀的美國，正是人們熱衷於奴役自然、掠奪自然的時代，面對經濟的超速發展，梭羅意識到人作為一種巨大的征服力量具有雙刃劍的特質，他甚至不無憂慮地寫道：「感謝上帝，人類現在還飛不起來，所以還不能像蹂躪地球一樣去蹂躪天空」。梭羅的憂慮在其死後終於被言中，人類日新月異的科技手段已經大大超出了他的想象限度。

　　約翰・繆爾生於1838年，也是美國著名的環境保護主義的大師級人物。他重視調查研究，走遍了廣袤無垠的美國國土。以自然學家、博物學家、旅行家和文學家聞名世界。1901年，他出版了著名的《我們的國家公園》一書，在這本書中他表達了自己的樸素的生態思想，他認為大自然充滿著自為的思想，客觀的規律，浩瀚的力量和優雅的風光景致。「大自然的美是上帝的微笑，影響我們的身體、情緒以及精神世界，具有改造人類靈魂的潛在能力。大自然是非有不可的，山嶺原野不僅是生長樹木和灌溉河流的源泉，也是一切生命的源泉。人們需要美不亞於需要麵包。他們需要有地方休憩和祈禱，

〔註4〕章海榮《生態倫理與生態美學》，復旦大學出版社2005年3月版，第177頁。

讓大自然平復他們的創傷,喚起他們的歡樂,給予他們肉體和靈魂以力量。」〔註5〕他還親自創立並設計了美國巨杉公園,建立了美國最早的自然環境保護組織塞拉俱樂部。他還提出了「大自然擁有權利」的著名理論,他說那些土生土長的玫瑰花不管人們是否在觀賞,是否呵護它們,它們都在默默萌芽、發育、繁榮並且死亡。「大自然肯定首先是,而且重要的也是為了它自己和它的創造者而存在的。所有的事物都有價值。」〔註6〕

　　近代西方生態學是由著名生物學家海克爾於1886年創建的。利奧波德在《沙鄉年鑒》中論及大地倫理的時候明確表示:「簡言之,大地倫理是要把人類在共同體中以征服者的面目出現的角色,變成這個共同體中的平等的一員和公民。它暗含著對每個成員的尊敬,也包括對這個共同體本身的尊敬。」〔註7〕1935年,英國著名生態學家坦斯勒提出了「生態系統」的系統概念,明確地將動植物與它們生存的環境視為一個和平共處的自然系統,並引入守恆學能量循環思想對它們進行研究。生態學還廣泛地向人文、科技、家政、法學、史學、美術、生理、美學甚至神學等等眾多學科延展,影響了很多模糊學科和新興邊緣學科的不斷產生和繁榮。馬爾庫塞對於所謂的「社會進步」提出過自己的真知灼見:「進步的加速似乎與不自由的加劇聯繫在一起。在整個工業文明世界,人對人的統治,無論在規模上還是在效率上都日益加強。集中營、大屠殺、世界大戰和原子彈這些東西都不是野蠻狀態的倒退,而是現代科學技術和統治成就的必然結果。」〔註8〕關於不斷進步的神話,自由派和浪漫派給予徹底無情的揭露。

第二節　中國古代的生態思想資源

　　中華民族歷史悠久,文化燦爛,源遠流長。對人與自然關係的思考,一直貫穿著中華民族漫長的文化發展史和思想探索史。在一個農耕文化主導歷史發展進程的國度,先民對水文、氣候、物候、節氣、星象、風水的注意幾乎

〔註5〕轉引自章海榮《生態倫理與生態美學》,復旦大學出版社2005年3月版,第184頁。
〔註6〕轉引自〔美〕納什著,楊通進譯《大自然的權利:環境倫理學史》,青島出版社1999年版,第46頁。
〔註7〕〔美〕利奧波德《沙鄉年鑒》,侯文蕙譯,吉林人民出版社1997年12月版,第194頁。
〔註8〕〔德〕馬爾庫塞《審美之維》,三聯書店1989年版,第19頁。

與生俱來的。我國古代的生態思想博大精深，既有卷帙浩繁的文字記錄，也有豐富的實物考證。追尋我國古代生態思想的最初源頭，摸清其歷史的來龍去脈，應當從有文字記載的時代開始。這不僅有利於當代環境生態科學的理論提升及其在實踐中的操作，而且對於生態思想的發揚光大，豐富和完善我國的生態文明，有著重要的現實意義和深遠的理論意義。對世界範圍內的天人關係來講，同樣具有借鑒和指導意義。

　　與天地自然的親密無間，與植物動物的耳濡目染，導致天人合一觀念較早在中國生根發芽，散發出智慧和感性的熠熠光輝。我國早在 2600 年前的先秦時代就形成了「天人合一」的生態哲學，尤其道家的「道法自然」的觀點，成為世界上最早也是最深刻的系統生態學思想資源，幾千年來惠及國內外世界人民。天人合一是主體和客體的融會貫通和合二為一，先哲篤信人本身也是一個小小的宇宙，血液、骨骼、毛髮、經絡、穴位、五臟六腑形成了一個自足的環路，正如大自然中的日月星辰，金木水火土一般，相生相剋，相輔相成。大自然的風吹草動都會內化到人的小宇宙之內。他們看來，順天應人，樂天知命，乃是最好的養生之道和處世之道。逆天而行才是致禍之本，大自然不會完全聽從人類的擺佈，他們敬畏生命，道法自然。張岱年先生在談及天人合一思想的內蘊時說：「講天人合一，於是重視人與自然的調諧與平衡，這有利於保持生態平衡，但比較忽略改造自然的努力。講知行合一，而所謂行主要是道德履踐，於是所謂知也就主要是道德認識，從而忽視對於自然界的探索。」〔註9〕作為一種宏觀的人與宇宙萬物關係的哲學理論，「天人合一」在我國古代各種生態理論中有其特定的哲學內涵。當然，作為最初的一種建構於歷史上早期的哲學思想，天人合一也具有不可忽視的神秘玄學色彩，誠如曾繁仁所說：「天人合一的思想存在著歷史與時代的侷限，因此，對天人合一的生態思想我們既不能完全接受，也不能任意拔高。這一思想之中的許多智慧資源極其寶貴，對於我們當前亟需建設當代生態人文主義，中國古代生態智慧具有較大的借鑒意義。」〔註10〕儒家的「天人合一」側重於人道，道家的「天人合一」側重於天道，但「和」卻是其共同的價值追求與生態智慧。季羨林先生認為：「天人合一的思想，乃是

〔註9〕張岱年《中國文化與中國哲學》，東方出版社 1986 年版，第 7 頁。
〔註10〕曾繁仁《中國古代天人合一思想與當代生態文化建設》，選自《文史哲》2006年第 4 期，第 88 頁。

東方文明的主導思想。」〔註11〕恰如孔子在《論語》中所說：「和而不同」「和為貴」，既包括人類關係學同時也包括宇宙萬物和天地大道。

中國老、莊道家生態思想曾經影響德國思想家海德格爾。從最為重要的是，海德格爾「天地神人四方遊戲說」明顯與老子論說密切相關。老子在《道德經》裏講：「道生一，一生二，二生三，三生萬物。萬物負陰抱陽，沖氣以為和。」〔註12〕老子在《道德經》第25章中指出：「故道大，天大，地大，人亦大。域中有四大，而人居其一焉。」〔註13〕由此，海德格爾提出宇宙遊戲形成一種特有的不具時空感的言語所能表達的「寂靜之音」，顯然，這同老子所說「大音希聲，道隱無名」的聯繫對立關係是不可同日而語的。莊子在《齊物論》一文中也說道：「天地與我並生，而萬物與我為一。」〔註14〕海德格爾「四方遊戲說」之生態思想觀，既是中西文化溝通對話的體現，更是中國道家思想捲土重來的重要彰顯。自然與人的和諧溶入關係的生態自然美，在我國古代文學裏具有豐厚的思想與創作實踐。《詩經》卷首有：「關關雎鳩，在河之洲；窈窕淑女，君子好逑。」〔註15〕反映了我國古代自然和諧、萬物共榮的自然美，與在此環境裏產生的情感美、心靈美、和諧美，共同表現了當時人與自然的和諧。屈原《天問》質疑理念和思維方式上，也含有一定的自然與人同舟共濟的友好關係。中國古代古體詩、哲理詩、自然風物詩中，有大量符合這種自然友好關係的反映生態自然美的作品。李白詩：「眾鳥高飛盡，孤雲獨去閒。相看兩不厭，唯有敬亭山。」〔註16〕就抒寫了詩人和自然山水在交流和共鳴中「相看」而「不厭」的朋友般的情感流淌，是一種人與自然山水之間真正友好相處的自然美、情感美與心靈美。

圖騰崇拜產生於先民自然知識的匱乏，他們老是認為大自然中的動植物和礦物質對人類具有一種神秘色彩的影響和制約。他們對馬、牛、虎、豹、獅子、火、月亮、太陽、星星充滿敬畏和崇拜。蠻荒時代，人們把某種動植物物作為圖騰崇拜，產生了最早的圖騰神。大自然就是天地、日月、風雲、水火。從進步的方面看，是人們已意識到這些動植物和自然萬物對人類生產生活有

〔註11〕季羨林《我的人生感悟》，中國青年出版社2006年版，第129頁。
〔註12〕老子《道德經》，上海古籍出版社1983年版，第4頁。
〔註13〕老子《道德經》，上海古籍出版社1983年版，第9頁。
〔註14〕莊子《莊子·齊物論》，書海出版社2001年版，第15頁。
〔註15〕《詩經選譯》，齊魯書社1991年版，第12頁。
〔註16〕李白《李白詩選注》，上海古籍出版社1983年版，第37頁。

特殊意義。種植業的產生，標誌著人類從自發採集食物時代進入了改造和有計劃征服時期。圖騰崇拜已經內化成了一種源遠流長的集體無意識，滲透到日常生活和生老病死的各種民俗之中，牢不可破地佔據了民族精神的地盤。比如，中華民族對虛擬的兩種動物，龍和鳳，有著莫名其妙的崇拜和敬畏。皇帝以真龍天子自居。每逢喜慶節日，百姓舞龍，獅子滾繡球，劃龍舟等等，這樣的民俗活動強化了百姓對中華民族圖騰的進一步推崇和頂禮膜拜。

　　中國是古老的四大文明古國之一，長期形成的中華民族傳統思想文化在世界範圍內影響深遠。在華人圈，尤其是在東南亞地區，我們在很多的居民家裏的大門口或牆壁上，都會看到「泰山石敢當」幾個石刻大字，這是典型的山神崇拜。希望借助泰山的拔地通天之氣勢保持宅院的穩如泰山。自然觀念就這樣內化到生產生活的各個角落。國際環境生態學學會主席、美國思想家羅爾斯頓指出，中國傳統文化思想對生態學的哲學基礎突破有極大影響。東方的思想不是以人類為中心的，它不鼓勵濫砍濫伐。他們懂得，要給予所有事物生存和發展權，而不去剝奪個體在世界中的個體意義，懂得如何把存在的合理和生靈的意志統一起來。國外現代思想家所尋找的尊重環境和存在的生態學突破口正是中國古代的天地人合一思想。孔孟天地人合一的思想發展到唐代，日漸成熟。他們在繼承歷史上儒家思想的同時，改造了墨家的「兼愛非攻」，莊子「泛愛天地一體」的思想，進一步發展了「天人合一」系統，進一步主張人與自然和睦。中國古代哲學家尊重生命的思想具有普適性和全息性，並為大多數後來的思想家所發揚光大。「大道生生」是中國古代哲學中與「天人合一」並列的極其深邃的思想。「大道」是自然界的發展歷程和脈絡；「生生」指從無到有，一切事物源源不斷。我國古代哲學家認為，天地間的萬事萬物的產生和發展是遵循客觀的規律的，自然界生物永遠存在，既是天地之道，同時還是哲學之根。道家哲學認為，「天道」是萬物的根植，獨立於天地存在，即「先天地生」〔註17〕，並以它自身的本性為原則產生萬物。這裡，「道」作為宇宙的本體，它產生原始混沌之氣，氣分裂為陰陽（生天地），天地產生萬物。

　　文學作為人類精神的晴雨表和試金石，總是把抽象的思想觀念具象化和感性化，生態文學在古代雖然沒有明確被指認，但是流露生態自然的思想的作品還是不勝枚舉的。人與自然和諧的思想，也在中國傳統文學、繪畫、篆

〔註17〕老子《道德經·第四十二章》，上海古籍出版社1983年版，第89頁。

刻、書法、舞蹈、曲藝等藝術創作中表現出來。陶淵明的詩歌「採菊東籬下，悠然見南山」，謝靈運的名句「池塘生春草，園柳變鳴禽」；李白的「天門一長嘯，萬里清風來」、杜甫的「感時花濺淚，恨別鳥驚心」、陸游的「小樓一夜聽春雨，深巷明朝賣杏花」，蘇軾的「欲把西湖比西子，淡裝濃抹總相宜」都是這方面的傑出代表。這些皈依自然、流連於自然山水的詩歌林林總總。這些詩文體現了中國古代文化天人合一的哲學觀和世界觀。在中國古代文人墨客那裡，心靈和自然之間心心相印融會貫通，大自然的風花雪月會對人類精神潛移默化。

天人合一觀念是我國重要的哲學理念。在幾千年的中國歷史上，雖然中國的生態環境曾經遭到過一些人為破壞，但有效地維護了中國廣袤國土的生態環境和花草樹木，為解決困擾當今人類的生態環境問題提供了正確的實踐原則和治理理念。天人合一思想儘管有些主觀臆斷和唯心主義色彩，但並不是完全沒有道理的。這一思想對中華民族的國粹，如中醫中藥、氣功、針灸、推拿都有指導意義。既然天人合一被認可，那麼道法自然和敬畏生命就是再自然不過的人生信條和生態理念了，這也是中華文明對世界環境和生態理論的卓越貢獻和有效提升，是東方文化古老美麗的光澤在世界範圍內的發揚光大。

第三節　中國新時期以來的生態文學理論與批評實踐

描述符合生態規律的人與自然之美，應該首推張承志的中篇小說《北方的河》，對我國中國北方五條大河的激情描寫，表現出樸素、豪邁、沉鬱與倔強的國民性格，從一個側面謳歌了中國人民的自然之思。詩人于堅的《那人站在河岸》《事件：棕櫚之死》，張煒的小說《夢中苦辯》《懷念黑潭中的黑魚》，翻譯家、小說家韓少功的文集《進步的回退》、散文《山南水北》徐剛的《守望家園》《地球傳》《長江傳》《大地書》，李青松的《遙遠的虎嘯》、喬邁的《中國：水危機》、郭雪波的《大漠魂》等生態小說，諶容的長篇小說《死河》，陳建功的《放生》，張抗抗的《沙暴》，胡發雲的《老海失蹤》，賈平凹的《懷念狼》。生態散文的代表有李存葆的《鯨殤》，葦岸的《大地上的事情》，李景平的《綠歌》，李松濤的《拒絕末日》等。還有杜光輝的《哦，我的可可西里》、

葉廣芩的《老虎大福》、方敏的《大絕唱》、郭雪波的《大漠狼孩》、鐵凝的《秀色》、陳應松的《松鴉為什麼鳴叫》、張煒的《魚的故事》、彭鴿子的長篇《紅嘴鷗的尋覓》。賈平凹的《懷念狼》、郭雪波的《大漠狼孩》《銀狐》、雪漠的《狼禍》、姜戎的《狼圖騰》、阿來的《空山》昌耀的《昌耀抒情詩集》、方東美的《生生之德》、鐵凝的《女人的白夜》、哲夫的《世紀之癢——中國生態報告》、鄧一光的《狼行成雙》《我是太陽》、李青松的《遙遠的虎嘯》、周曉楓的《鳥群》《斑紋——獸皮上的地圖》、閻連科的《日光流年》、鄧剛的《迷人的海》、胡發雲的《老海失蹤》、李杭育的《最後一個魚佬兒》、邱華棟的《城市戰車》、楊志軍的《隨心所欲》、魯樞元的《猞猁言說》、楊文豐的《自然筆記》、張煒的《聖華金的小狐》《刺蝟歌》《你在高原·西郊》、葦岸的《上帝之子》、溫亞軍的《馱水的日子》、包國晨的《尋覓第一峰》、王治安的《悲壯的森林》、龐培的《憂鬱之書》、賽尼婭、劉亮程主編的《鄉村哲學的神話》、魯樞元的《生態批評的空間》《走進大林莽》《心中的曠野·關於生態與精神的散記》、馬役軍的《黃土地，黑土地》、沙青的《依稀大地灣》、麥天樞的《挽汾河》、劉貴賢的《生命之源的危機》、謝宗玉的《遍地藥香》、葉廣芩的《黑魚千歲》、李存葆的《綠色天書》、陳從周的《陳從周園林隨筆》、劉慶邦的《紅煤》、彭城的《漂泊的屋頂》等作品，都是我國生態文學的可喜收穫和卓越成就。這些生態文學作品閃爍著人類對自然的敬畏和關愛的思想輝光，充分表達了作者對大自然的祝福和對生態平衡、環境優美的祈禱。

　　近年來的我國生態文學在建設生態文明的政治環境和全球生態危機加劇的大背景下從無到有逐漸繁榮。文學創作和文學理論互補共進相互促進。生態批評的目的就是如同斯洛維克所言：「考察我們的文化對自然界的種種狹隘假設如何限制了我們想像一個生態的、可持續的人類社會的能力。分析所有決定著人類對待自然的態度和生存於自然環境裏的行為的社會文化因素，並將這種分析與文學研究結合起來。」〔註18〕物候學是生態學的重要分支，葦岸和周甫寶都對物候特別敏感。在周甫保的《嚴家橋物候記錄》中，我看到了與《二十四節氣》一般的詳細觀察自然、天象、物候的自然之心，可持續的發展必須建立在對大自然的敬畏上，小河結冰的厚度，井沿的積雪厚度，窗玻璃上的冰花，榆樹發芽開花，柳樹花序出現，燕子躲在電視的天線上呢喃，

〔註18〕轉引自斯洛維克《生態批評三人談》，《中國藝術報》2006 年 6 月 30 日，第
　　4 版。

黃瓜葫蘆秧苗上市，烏龜從冬眠的河岸爬出來，梨樹謝花，第一聲蟬鳴，南瓜試花，蟋蟀草結子等等，內心的關愛自然投射到對天地萬物的悉心關注。其敬業精神讓人感佩。杜光輝的《哦，我的可可西里》、葉廣苓的《老虎大福》、方敏的《大絕唱》、陳應松的《松鴉為什麼鳴叫》、張煒的《魚的故事》、彭鴿子的長篇《紅嘴鷗的尋覓》等生態文學作品的出現，標誌著中國的生態文學初見端倪。翻譯家、小說家韓少功的文集《進步的回退》、散文《山南水北》等，劉慶邦的《紅煤》、葦岸的《大地上的事情》、任林舉的《玉米大地》、張煒的《刺蝟歌》等都是我國生態文學近些年來取得的切實進展。杜愛民的《秋天裏的秋天》一文，是典型的以傳統季節的物候變化反襯現代人的遲鈍脆弱的佳作。秋天在不知不覺中降臨，即使是在四季分明的西安古城，真正感到秋意遲遲也滯後了，到了國慶節之後的日子。現代人對季節的麻木不仁和懵懵懂懂，可能與空調和暖氣的使用有關。自然生態被打破，季節變得日益模糊不清。老一輩農耕時代的老人們反而憑藉對大自然的敏感時時刻刻把握著四季的變遷。作者感歎，在秋天和人生呈現的天地萬物之中，一定有一些東西是無法進行編碼的，只是存在於人類的感官之中，遺憾的是感官在退化。

生態學這一概念是由德國生物學家恩斯特‧海克爾於 1866 年提出的。一方面，生態文學主張從生態學角度研究人類與大自然的關係，挖掘文學的生態意義，吸取生態靈感，指導人類的生產生活和環保行為，提升人類的反對污染能力。另一方面作為複雜的生態系統的一部分，生態文學著眼和展現自然與人之間的波譎雲詭的奧秘，探尋生態危機的思想意識形態根源。作為生態文學的一種批評模式，生態批評異軍突起，以蓬勃的朝氣出現於環保運動語境中，成為人與自然對話的一個部分。中國的生態批評最初發軔於 80 年代，在二十一世紀之初顯示出勃發的生命力。張韌提出「建立中國的環保文藝」；1992 年第 10 期《新華文摘》介紹了「生態文藝學」。由此表現出「道法自然」的情懷，是中國生態文學最有代表性的視點之一。文學創作中的生態意識源源不斷產生，相關的生態批評也逐漸登堂入室鋪展開來。那些有先見之明的敏感的批評家而言，十七大報告將「建設生態文明」首次寫進國家和政府的行動指南，應該是一個振奮人心的消息，而魯樞元在 2007 年《文學評論》第一期上發表的《百年疏漏——中國文學史書寫的生態視閾》，作為一種尖銳的批評，這應該是一個最為響亮的回應。畢竟其所提出的「文學不但是人學，同時也應當是人與自然的關係學、人類的精神生態學」之觀念，可以

說是與十七大報告中的「建設生態文明」的綱領有著共同的人文理念的，如此，多年來模糊不清的生態文學和環境文藝的歸屬逐漸釐定，而「文章乃經國之大業，不朽之盛事」的文學信條，或就呼之欲出迎刃而解。魯樞元在這篇文章中說：「隨著人類紀的到來，人與自然的關係比以往任何時代都更緊迫、更嚴峻地擺在我們面前，文學現象以及文學的歷史，同樣應當在這個統領全局的視域內重新審視。文學不但是人學，同時也應當是人與自然的關係學、人類的精神生態學，文學史的書寫也應當充分展現人與自然的關係。」〔註19〕青年學者劉蓓在《生態批評的研究形態》一文中談到了生態批評的標準問題，她認為，至少應有以下幾個方面：「1. 生態批評具有特定的當代社會文化背景，它興起於環境運動獲得較為廣泛的公眾文化基礎、環境主義思想在一大批學術研究者中取得認同的20世紀90年代。2. 生態批評的主流是以環境問題為焦點的文化批評。3. 生態批評有著顯著的跨學科特點，它將普通生態學理論、生態哲學思想、環境主義文化觀念以及相關理論注入文學研究。4. 生態批評有著社會政治性任務：作為一種以拯救地球為己任的文化研究，它要探索文學文本和理論話語中關於環境的建構，要對文化和文學文本中關於環境的積極或消極的觀念進行歷史的挖掘和揭示，要對人類對環境的霸權提出質疑，並試圖進行修正。5. 生態批評的最終目標，是通過文學批評轉變讀者的世界觀。生態批評要建設更加廣闊的世界觀，看到自然、人類以及包含了自然和人相互作用的整體。」〔註20〕有根有據的生態批評理體系和浩如煙海的生態文學作品細讀，是生態批評的份內職志。

　　德國著名生態學者U·梅勒2003年10月在德國生態學年會上指出，說道：「生態學是一種人類的家政的科學，是自然的經濟的科學，在其中嵌入著人的家務或人的經濟學，而且人的家政學與生態學以多種多樣的方式不可分離地緊密交纏在一起。」〔註21〕而且人們有一種根深蒂固的說法，認為生態批評作為一種文化批評傾向最先於20世紀90年代中期在美國形成之後，很快就被國內的文學創作界和批評家納入視野，其實不然，早在二十世紀八十年代我國文藝理論家已經提出了「文藝生態學」的說法，批評家鮑昌先生1987

〔註19〕魯樞元《百年疏漏——中國文學史書寫的生態視閾》，《文學評論》2007年第1期，第181頁。

〔註20〕劉蓓《生態批評的研究形態》，《精神生態通訊》2005年第5期。

〔註21〕〔德〕U·梅勒《生態現象學》，柯小剛譯，《世界哲學》2004年第2期，第39頁。

年主編的《文學新術語詞典》已經列有這一詞條。20 世紀 60 年代以前的生態文本抱著呼籲改善人與自然的關係的願望，在文學中與自然環境中去親近和皈依山水或動植物，散發出強烈的人文性情和生態唯美的詩意情懷和哲學理念，例如中國傳統的「道法自然順應天時」的思想等，主動放棄夜郎自大的人類中心主義色彩，主動呼籲自認與人類的美好關係，表達生態憂思和環境之思，也以山水河流花草樹木暗喻人類的生存境遇。生態文學是生態意識覺醒之後奔著傾心自然和保護環境的目的去創作的，於是就特別展示人類對自然的祈福和祝願，表達人類活動對自然的戕害和干擾。

新世紀以來，由於生態平衡的日益被打破，有關生態文學的研究論著也雨後春筍般層出不窮起來了。謝有順在《文學的精神轉型：從閨房寫作轉向曠野寫作──兼談中國文化的現狀與未來》一文中指出：「20 世紀以來的中國人，精神一片茫然，西方文明沒有學全，自家的老底子又幾乎丟光。中國的文化出口在哪裏？中國的作家應承擔起自己的責任：從一邊倒地只寫苦難、只寫惡、只寫絕望、只寫物慾的閨房寫作，轉向更多地對人與事物心中有愛、對未知的世界抱著好奇、對生命的衰退懷有傷感、對靈魂的寂滅充滿疼痛的曠野寫作」。〔註 22〕這種曠野寫作，要求作家要突破自戀的閨房閾限，勇敢地面對曠野和荒原：「……我認為，文學創作要實現從閨房寫做到曠野寫作的精神轉型，文學創作應走出書齋，作家應該更多地去瞭解當下生活的困境及其可能性。何謂閨房寫作？它喻指的是作家的觀察尺度是有限的，內向的，細碎的，它書寫的是以個人經驗為中心的人世和生活，代表的是一種私人的、自我的眼界。與閨房寫作相對的是，我現在提倡一種曠野寫作。所謂曠野寫作，就是指在自我的尺度之外，承認這個世界還有天空和大地，人不僅在閨房裏生活，他還在大地上行走，需要接受天道人心的規約和審問。閨房寫作固然有其存在的理由，它使作家的個人經驗獲得了合法的書寫地位，但是，這個世界除了閨房裏的秘史之外，還有一個廣大的、沉默的區域，它同樣需要作家去觀察和省悟。中國作家經過多年閨房生活的寫作訓練之後，現在或許到了重申曠野寫作價值的時候了。正如中國文學經過多年的怎麼寫的探索之後，寫什麼的問題近年又被重新提出來一樣。長期以來，中國的作家一直較少參與公共事物，我想，這跟過度迷戀一己之私，寫作中缺少這種曠野意

〔註 22〕謝有順《文學的精神轉型：從閨房寫作轉向曠野寫作──兼談中國文化的現狀與未來》，《綠葉》2008 年第 5 期，第 47 頁。

識、荒原意識有關。因此，現在的根本問題是，作家要建立起健全的精神維度。健全才能廣大，廣大才能深透。但是，在我看來，當代作家中，大多數人的精神維度是殘缺的，因為殘缺，他們就容易沉陷於自己的一己之私，而無法向我們提供更廣闊的經驗、更高遠的想像。文學當然要寫人世和現實，但除此之外，中國文學自古以來也注重寫天地清明、天道人心，這二者不該有什麼衝突。因此，文學不僅要寫人世，它還要寫人世裏有天道，有高遠的心靈，有渴望實現的希望和夢想。一個對人與事物心中有愛、對未知的世界抱著好奇、對生命的衰退懷有傷感、對靈魂的寂滅充滿疼痛的作家，才堪稱是面對人心、背負精神重擔的作家。這樣的作家，今天確實是太少了。」〔註23〕這種曠野寫作地呼喚，其實離不開對天地自然的關注，對自然生態、社會生態和精神生態的融會貫通。其實梭羅在 1859 年就認識到：「我們所謂的荒野，其實是一個比我們的文明更高級的文明。」〔註24〕謝有順認為，中國當代小說中，幾乎找不到好的、傳神的風景描寫，這跟作家敘事耐心的失去也有很大的關係。風景描寫看起來是很小的問題，它的背後，其實關乎作家的胸襟和感受力。20 世紀以來，寫風景寫得最好的作家，我以為有兩個：一個是魯迅，一個是沈從文。在魯迅的小說裏，寥寥數筆，一幅惆悵、蒼涼的風景畫就展現在我們面前，像《社戲》《故鄉》這樣的篇章，已經看不到魯迅慣有的悲憤，而是充滿了柔情和悲傷。沈從文的小說也注重風景的刻畫，他花的筆墨多，寫得也詳細，那些景物，都是在別人筆下讀不到的，他是用自己的眼睛在看，在發現，像《長河》，寫了農民的靈魂如何被時代壓扁和扭曲，原本是可以寫得很沉痛的，但因為沈從文在小說中寫了不少「牧歌的諧趣」，痛苦中就多了一種淒涼的美。他們的寫作不僅是在講故事，也灌注著作家的寫作情懷，所以，他們的小說具有一種不多見的抒情風格。「我非常喜歡魯迅和沈從文小說中的抒情性，蒼涼、優美而感傷，這表明在他們的筆下，一直有一個活躍的感官世界，他們寫作的時候，眼睛是睜著的，鼻子是靈敏的，耳朵是豎起來的，舌頭也是生動的，所以，我們能在他們的作品中，看到田野的顏色，聽到鳥的鳴叫，甚至能夠聞到氣息，嘗到味道。當代的小說為何單調？

〔註23〕謝有順《文學的精神轉型：從閨房寫作轉向曠野寫作——兼談中國文化的現狀與未來》，《綠葉》2008 年第 5 期，第 49 頁。
〔註24〕〔美〕納什著，楊通進譯《大自然的權利：環境倫理學史》，青島出版社 1999年版，第 43 頁。

很大的原因是作家對物質世界、感官世界越來越沒有興趣，他們忙於講故事，卻忽略了世界的另一種豐富性——沒有了聲音、色彩、氣味的世界，不正是心靈世界日漸貧乏的象徵麼？」〔註25〕顏全飆的《大地物事》是一篇打開感覺器官進入大自然的生態散文書寫傑作，在《日月同輝》一部分，顏全飆寫到了冬季的初霜，老屋瓦片上的潔白的霜雪，太陽若隱若現的光輝，藍天下的群山和白菜地裏的蔬菜。在《月光照亮了大地》一部分，顏全飆寫到了月朗星稀的夜色，天空高遠神奇，彌漫著神秘主義色彩。山色朦朧，樹木扶蘇，犬吠身相，雞鳴樹巔，夜色愛撫著沉沉入睡的大地，靜謐而安閒。在《開滿了花的村莊》一部分之中，顏全飆寫到了鄉村的蜂房，山間的野花，溪水中的鵝卵石和水草，洗衣服的少女和柔嫩的雨後春筍。村莊在嫋嫋的炊煙裏靜若處子，青青的翠竹，雲霧繚繞的山間小屋，晚風習習。在《傷感的真味》一部分中，顏全飆寫了小滿這個節氣的物候，北方的小麥開始接穗灌漿，自然界的飛禽走獸花草樹木欣欣向榮蒸蒸日上，一派田園氣息。他對茄子、捲心菜、胡蘿蔔、絲瓜的細細觀察，把我們帶入普通農家的田間地頭，彷彿嗅到了大地的真氣。顏全飆從書房走向曠野和大地，傾聽自然的音響，同時也獲得了靈感，記錄了人與自然交相輝映融會貫通的妙趣橫生的一幕幕自然景觀。

當然，重申文學寫作對自然環境的重視，並非要求作家簡單地回到農村生活和居住，因為中國多數的農村正在江河日下，不是我們想像的那種人與自然和諧共存的樣子了。寫作不能機械地為讀者塑造一個虛構的山水田園，而是要直面生態破壞的現狀。謝有順呼喚的自然大地風景寫作是針對現代社會過於關注物質消費，而忽視大自然這種原來就有的「原汁原味」的世界。如果我們結合張煒的一段話，我們不難看出，作家的心靈正在日益逼仄：「很多從事藝術工作的人對於世俗得失出奇地敏銳，而對於自然、對於土地的變化卻十分麻木。這是我們的藝術衰落、讓人失望的一個原因。」〔註26〕誠如魯樞元先生在《心中的曠野》的題記中所言：「不知從什麼時候開始，人們便把走出荒野看作人類的進步，把背棄荒野看作人類的文明，甚至把從地球上徹底清除荒野看作人類精神的偉大勝利。」〔註27〕隨著城市化進程的加快，

〔註25〕謝有順《文學的精神轉型：從閨房寫作轉向曠野寫作——兼談中國文化的現狀與未來》，《綠葉》2008 年第 5 期，第 50 頁。
〔註26〕張煒《你的樹》，選自《張煒作品自選集》，灕江出版社，1996 年版，第 189 頁。
〔註27〕魯樞元《心中的曠野——關於生態與精神的散記》，學林出版社 2007 年 6 月版，第 1 頁。

一幢幢高樓拔地而起，高速公路如蛛網般密集，市場雲集，商潮如海。人們陶醉於對大自然的征服和改造，沉迷於物慾橫流的溫柔富貴之鄉樂不思蜀，而荒野正在逐漸從人們的視野中淡出。然而，生態的失衡，環境的污染，人類精神領域的逼仄乖張已經成為現代文明的病灶。此時，我們才開始把目光投向本是人類文明搖籃的荒野。生存危機和生態危機向世人發出嚴重警告，背離荒野被證明是愚蠢和短視的行為，人類必須與荒野達成默契，必須珍惜人類的故鄉，那裡是放飛心靈的天空，棲息靈魂的樂土。2008年第六期的《天涯》上發表的馬雲洪的《四季老屋》是一篇字字珠璣的散文，該文把故鄉的老屋置於四季變遷的天地背景裏，同時還調動了全身感官，沐浴在四季的春花秋月裏，聆聽天人合一的律動。作家筆下的老屋，是一個被世界遺忘的寂寞存在，老屋有過自己的童年和成長期，老屋四周的河流山川、樹木花草、田疇丘陵曾經那麼生機勃勃，老屋纏繞在我遠在天涯的夢中，老屋隨著時光的流逝，蘊含著無數秘密和神話。天空下波瀾不驚的草木蟲魚、天籟人籟，一年又一年，一天又一天，來來去去，寵辱不驚。老屋依然故我，孤獨而傲兀，安閒地凝視著天空的飛鳥，聆聽著此起彼伏的蛙鳴和蟬鳴，沐浴在春雨和花絮下，老屋接納一切，毫無保留地接納一切。老屋並不寶貴，可是作為我生活的一個部分，不可或缺地在我心裏發芽。在老屋的周圍，動物植物生生世世周而復始，呼吸吐納信馬由韁。一束梅花展開花蕊的一剎那，老屋就迎來了春天，老屋在春暖花開春意盎然的鳥語花香中看到了灼灼桃花和青青翠柳，老狗在春季壽終正寢，山坡上的燕群，鶯歌燕舞，草長鶯飛二月天。清明時節，墓畔白幡飄然，老老少少的男男女女哭泣燒紙，祭奠死去的祖先。在這裡生老病死都是有節拍的。鄉間的土路上，送肥的地排車接二連三，勞動是面對自然的，充滿樂趣的。夏季的老屋，雨水肆虐，河水洶湧澎湃，孩子們戲水游泳，釣魚回家大快朵頤。雨季結束，陽光燦爛，麥苗瘋長，玉米拔節。一切都是生機勃勃，讓人聯想到人到中年的成熟穩重而熱烈。青花蛇落入陷阱。在這篇散文中，天地萬物之中存在的內在生態平衡被表達的淋漓盡致。老屋在這裡成了一個觀察自然人化的窗口和生態聚焦。

魯樞元先生把目光投向原生態的大自然的同時，也把目光投向遙遠的中國古代文化視域。他在「念天地之悠悠，獨愴然而涕下」的幽州古臺邊感慨陳子昂博大精深的時空觀念，在「海上生明月，天涯共此時」的清新詩意中領略農業社會的眷眷鄉情，在古詩文的天地風雲、日月星辰等等變幻莫測的

意象中感受古人臻於天人合一的生態理念,在月光、流水、山嶺、沙漠、翠柳、杏花等等純自然的美好氛圍中懷想天地萬物的渾然一體。魯樞元先生還把現代人類的精神痼疾和現代社會的公共衛生事件如「非典」、「瘋牛病」、「禽流感」等等進行聯繫和比附,從中發現人與自然休戚與共的互動關係。尤其令人感動的是,年逾六旬的魯樞元先生還在《命債》一文中為自己在童年時代捕捉和誘殺蜻蜓而深深懺悔。魯樞元先生認為,從深層的生態倫理法則上講,蜻蜓和人類都是地球演化出的寶貴生命,具有其存在的神聖意義。在魯樞元先生的文字中,我讀到了一種對生命的敬畏和對天地萬物的悲憫。

在人跡罕至的毛烏素大沙漠,在新疆的胡楊林邊,在海南島的椰子林裏,在陝北榆林的鎮北關前,在外婆茅屋的舊址,在古城開封的偏僻街巷,在與友人乘坐舢板去看紅樹林的水面上……處處充滿自然氣息的山間水畔,都留下了魯樞元先生叩問自然,依偎自然,師法自然,融入自然的身影。荒野自然賦予魯樞元先生一顆淳樸博大的天地之心,給予他觀照世界萬物的宏闊視野。其實,生態批評和生態文學的本意就是通過關心文本中的自然,喚醒人類的良知,然後作用於文本外的自然。行動是一切理論最終的歸宿,魯樞元先生把自己的學術研究和日常生活真正完美結合起來,知行合一,返璞歸真。在《江河縱橫》一文中更是表達了要「託體同山阿」的終極理想,把自己的生命與大地上的江河湖海融為一體。他的這種走出書齋,田野調查的實證主義態度和重視實踐的理性精神,顯示了他的專業知識對行為模式的指導作用。雷達在《中國的生態覺醒:文學的新啟蒙》一文中認為,不管物質如何進步,經濟如何發展,人類必須要有靈魂的信仰,有自己的精神家園。在這個一切圖「快」的時代,我們遭遇了物質與精神發展的不平衡,自然生態被破壞,人的精神生態面臨真情缺失、道德滑坡等危機。在危機面前,文學應該發揮它關懷人的靈魂和情感的作用,承擔喚起我們整個民族對於生態問題的覺醒的任務,為解決生態危機提供精神資源。雷達寫道:「自然生態和精神生態是一個問題的兩個方面,二者不可分割。我們的社會目前之所以出現許多生態問題,原因是多方面的;而要解決,也將會是一個系統工程。但從根本上來說,生態破壞的根源在於人的精神世界出現的問題,例如人們普遍缺乏對自然的敬畏之心和感恩之心;人們懷疑永恆,從而消解了對地球、對子孫後代的責任感,等等,這些精神生態問題是更為深層的危機。所以說,關注生態環境,既要關注人與自然如何相

處，更要關注人的精神生態是否變異、失衡等問題」。〔註 28〕

　　對於文學作品強烈關懷自然環境和生態的動機，雷達認為，「文學自誕生之日起，就一直在發揮著關懷現實的作用。近些年一些作家對生態問題的思考，體現在創作上，首先是一批描寫環境、動物面臨危機的紀實性文學的湧現。比較有代表性的，有徐剛的《伐木者，醒來！》《傾聽大地》《地球傳》《長江傳》，陳桂棣的《淮河的警告》，方敏的《熊貓史詩》，等等，這些作品字裏行間都帶有深重的生態憂患意識。還有的作家以小說或者隨筆的形式表現生態主題，像賈平凹的小說《秦腔》，寫的是作者對於故鄉的一種記憶，土地和秦腔，前者是鄉土的象徵，後者是文化的象徵，都是盛極而衰，作者由此將現實的生態引向了精神文化的生態；再如阿來的《空山》，用共通的人類性的視角表現了藏文化的解體；杜光輝的《哦，我的可可西里》，寫人性的衝突，寫人與自然的衝突，充滿了人文關懷與悲憫情懷，寫得非常好；還有陳應松的《豹子最後的舞蹈》之類關於神農架的系列小說等。包括曾經非常熱門的姜戎的《狼圖騰》，其中涉及到游牧民族的生態精神，以及草原沙化、草原生態破壞、動物的生存狀態等問題，是很有價值的。散文方面，像馬麗華的《藏北遊歷》《西行阿里》《靈魂像風》，韓少功的《山南水北》等，都是很優秀的作品。馬麗華一個人走遍西藏，是一位比較全面地發現西藏生態的作家，這一點我覺得很值得肯定；韓少功對山野自然和民間生態風貌進行了深入體察，發出了不少令人深思的追問。以上作品，都在文本中融入了非常濃厚的生態意識」。〔註 29〕雷達對生態憂患意識的解讀非常淋漓盡致，他點評的幾個作家，比如賈平凹、杜光輝、阿來、陳應松、徐剛、姜戎、馬麗華、韓少功等等的確是當代中國對生態文學貢獻最大的幾位作家。他們的創作從不同側面彰顯了人文關懷和悲天憫人的生態精神氣質。陳元武的《驚蟄》，是生態散文的佳作，其風格與葦岸的《大地上的事情》《二十四節氣》頗為相似。陳元武從驚蟄當天的陰霾的天氣入手，寫到了蟄伏的青蛙和蛇開始蠢蠢欲動。這時春天才剛剛拉開序幕，夜晚仍然漫漫長長，試探性的蟲鳴高低起伏。牛開始在大地上展開勞動的競賽。菜地裏的蔬菜欣欣向榮，田野裏挖薺菜的孩子和放風箏的兒童多了起來。早春的美好景色被陳元武書寫的姹紫嫣紅，植物動物的物候現象一一呈現，琳琅滿目。這樣的散文是對農耕時代的深情回望和眷顧。與

〔註 28〕雷達：《中國的生態覺醒：文學的新啟蒙》，《綠葉》2008 年第 5 期。第 25 頁。
〔註 29〕雷達：《中國的生態覺醒：文學的新啟蒙》，《綠葉》2008 年第 5 期，第 26 頁。

此文相媲美的另一篇散文是烏熱爾圖的《阿納姆地風物記》，作者跟隨中央新聞電影製片廠的人員前往澳大利亞的阿納姆地自然保護區進行採訪和覽勝，所見所聞娓娓道來。作者寫到了一望無際的曠野和山丘，袋鼠蹦蹦跳跳，飛鳥掠過湖面，植物綠色蔥蘢，天上白雲悠悠，一派人跡罕至的遺世獨立的境界，這是被人類遺忘的角落。作者還寫到了白蟻，這種漫山遍野的小動物，是大自然的清潔工和發動機。它們促進了叢林的新陳代謝和清潔衛生。密密麻麻的白蟻，悠然自得地在大地上忙忙碌碌，可愛而自足。這樣的生態自然環境是作者喜聞樂見的，氤氳著原始而淳樸的氣息，清水出芙蓉，天然去雕飾。顏全飆的《大地物事》，專門寫到了馬蜂的家，也就是馬蜂窩。女兒好奇的眼裏，小小的蜂窩就是集體宿舍。馬蜂喬遷新居，與我為鄰，因為害怕馬蜂們襲擊小女兒，作者的朋友自告奮勇，一把火把馬蜂窩燒光了。可是，後來顏全飆讀了葦岸的《我的鄰居胡蜂》一文，心裏頗生悔意，望著空空蕩蕩的窗戶臺，心裏也空空蕩蕩。如何愛護小動物，的的確確是一個人面對自然的兩難選擇。朱山坡的小小說《鳥失蹤》裏寫到了愛鳥如命的父親，父親照顧一隻小鳥可謂無微不至，他把自己都捨不得使用的瘦肉剁成肉泥，用牙籤一粒一粒送到鳥的嘴裏，夜裏還拿著芭蕉葉大扇子給小鳥驅蚊，鳥的小籠子天天乾乾淨淨，一塵不染。杯子裏的水也是十分清潔的，父親還給小鳥梳理羽毛，聽小鳥唱唱歌兒，是父親晚年最大的享樂。一個人對自己的一隻鳥的寵愛到了無以復加的程度。甚至讓孩子都覺得嫉妒。敬畏生命的父親，其實是在盡心盡力關愛動物。動物與人類一樣，甚至比人類的歷史更久遠，年復一年日復一日地在天空和大地之間生息繁衍。每一種生命形式都要得到世界的認可和尊敬，哪怕是蒼蠅、蛆蟲、壁虎和蜥蜴。因為物種的多樣性是生態平衡的重要標誌。文河的散文《秋冬之書》，同樣也是一篇仰觀俯察遊目騁懷的安閒文字，是對生態平衡和天地萬物的直抒胸臆的讚美。文章分為安靜、黃昏、冬陽、烏鴉、牛、晨霜、翠鳥、鳥樹、宿莽、冬天的勞作、靜靜地大地等等一些小標題，可以說涵蓋了天地動植物的方方面面。在「安靜」一節中，作者寫到了秋季是植物們開始衰老的季節。「秋天到了。大多數植物減緩或停止了生長的速度，開始了自己的衰老。該留下的自會留下，該離去的總歸離去。樹木開始落葉，一片一片，樹冠下面的先落，樹梢的留在最後。最終，天空將變得空無一物。」〔註30〕文河對季節和植物的愛心躍然紙上，讀之潸然

〔註30〕文河《秋冬之書》，《天涯》2008 年第四期，第 148 頁。

淚下。為什麼呢？樹高千丈，葉落歸根。任何有生命的東西都是息息相通的。白茫茫一片大地真乾淨，這是冬季的蕭索和沈寂。文河還描寫了黃昏之際空氣中的落葉伴隨炊煙飄飄灑灑，秋風吹冷了人的內心。大自然和人的心靈心心相印，遙相呼應。至於對陽光的書寫，更是美不勝收，春天的陽光是鮮嫩清新的，如少女的指尖；夏天的陽光是喧嘩灼熱的，激情似火，如浪漫主義詩人和運動員；秋季的陽光清澈明麗，曠遠縹緲；而冬季呢，是一種浮上心頭的溫情脈脈，安慰著一望無際的原野，也溫暖著人們的冷寂的心靈。文河的生態散文，充滿大地情懷和天人合一的氣質，內斂而雋永，讀來如品佳茗，茶香嬝嬝，繞梁三日。

新時期以來尤其是世紀之交的生態文學創作和生態批評實踐，是文學表現題材和作家心靈投射一次轉變。中國生態環境的不容樂觀，國際環保運動的風起雲湧的滲透以及人與自然和諧相處的價值訴求和長期期待，促使作家和批評家以強烈的濟世救人和關懷眾生的意識關懷自然，表現生態憂思，呼喚生態文明建設的宏偉藍圖，顯示了文學藝術不可低估的偉大豪邁的力量。

第二章 生態文學中的「人」的重新定位

　　生生不息的人類，在地球上世世代代繁衍生息，漸漸成了大自然造化最神奇的孩子了。湯因比說：「人是大地母親的最強有力和最不可思議的孩子。」〔註1〕人類的強有力，是因為掌握了日新月異的科學技術和生產工具；人類的不可思議，是因為人類常常做出愚蠢的舉措，踐踏自然毫不留情。我們人類維持生命的基本物質資料，如空氣、水和土壤等自然資源正在被嚴重被污染，廢水、廢氣、廢渣、固體廢棄物繼續產生，大片大片的原始森林在被砍伐，汽車尾氣彌漫街衢，濕地被蒸發乾燥，山林、草地被過度擠佔，它們就要面臨人類的大規模洗劫。恩格斯曾經語重心長地告誡我們：「我們必須時時記住：我們統治自然界決不像征服者統治異民族一樣，決不像站在自然界以外的人一樣，——相反地，我們連同我們的肉、血和頭腦都是屬於自然界，存在於自然界的；我們對自然界的整個統治，是在於我們比其他一切動物強，能夠認識和正確運用自然規律。」〔註2〕恩格斯的教誨，實在是深刻讀到。試想，連人類自己都是大自然的一部分，虛妄焦躁和唯我獨尊的人類有什麼資格藐視自然侵略自然呢？因勢利導、因地制宜、因時制宜地與大自然和平共處，乃是地球人類的唯一道路。只要人與自然和諧的局面被打破，一切災難都在劫難逃。

　　大自然無時不有無處不在，可是，恰恰是這些時時刻刻環繞著我們周圍

〔註1〕〔英〕湯因比《人類與大地母親》上海人民出版社2001年版，第15頁。
〔註2〕《馬克思恩格斯選集》，人民出版社，1976年版，第3卷，第518頁。

的司空見慣的天地萬物最容易使我們視而不見、充耳不聞。尤其是那些自詡匆匆忙忙於功名利祿的成年人，他們鮮有抬頭望望藍天白雲和日月星辰的閒情逸致。愛默生在《自然》中指出：「實際上，很少有成年人能夠真正看到自然，多數人不會仔細地觀察太陽。至多他們只是一掠而過。太陽只會照亮成年人的眼睛，但卻會通過眼睛照進孩子的心靈。一個真正熱愛自然的人，是那種內外感覺都協調一致的人，是那種直至成年依然童心未泯的人。他與天地的交流變成了他每日食糧的一部分。面對自然，他胸中便會湧起一股狂喜，儘管他有自己的悲哀。」〔註3〕在大自然的懷抱裏，我們放棄急功近利之私，建立與天地萬物的友好關係並呵護環境，是人類在二十一世紀的必然選擇。生態危機實際上是人與自然的關係問題，這是人類面臨的最古老也是最嚴峻無法逃避的重大問題。越來越嚴重的環境污染和生態失衡，迫使人類不得不重新思考這個無法迴避的生存和繼續發展的大問題。

　　人類是整個世界中最文明最高級的生命形式，也是地球生態圈中一個不可或缺的環節，擔負著生命群落中的長子角色，人類與萬物和平共處在世界上世世代代不可分離，我們主宰環境也被環境制約和規範。雷切爾・卡遜在《寂靜的春天》中尖銳地指出：「我們總是狂妄地大談特談征服自然，我們還沒有成熟到懂得我們只是巨大的宇宙中的一個小小的部分；人類已經具備了毀滅地球的能力，具備無限能力的人類，如果繼續不負責任、沒有理性地征服自然，帶給地球和人類自己的只能是徹底的毀滅」〔註4〕學會理性而客觀、謙卑而友好的置身於整個生態系統，不剝奪其他生命形式的存在發展，放棄狹隘的人類中心主義特別是為了人類的發展不惜毀滅其他物種的極端利己主義思想的蔓延已經成為人類必須遵守的自然規約和地球紀律。否則，大自然會遲早報復人類的。人類只有時時刻刻小心翼翼地看清自己的有限性和侷限性，在天人合一道法自然前提下，方可以尊重其他物種和愛護地球環境乃至宇宙環境的前提下獲得自己的生存家園。哲學家梭羅反對把人提高到地球上其他形式的事物之上，唯我獨尊、恣意妄為，橫行霸道。「沒有任何理由崇拜人，人類只有從我所持有的角度看問題，前景才是廣闊的。它不是一個有很多鏡子讓人意識到自我的小房間。人類只屬於哲學的一種歷史現象。宇宙之

〔註3〕〔美〕愛默生，《愛默生集》，生活・讀書・新知三聯書店1993年9月版，第9頁。
〔註4〕〔美〕R・卡遜著《寂靜的春天》，呂瑞蘭譯，科學出版社1979年版，第17頁。

大遠不至於只能夠為人類提供住所。」〔註5〕梭羅的表達含有樸素的生態倫理的詩意光輝，是對自然最虔誠的關愛。宇宙闊達，天地悠悠。人類僅僅是匆匆過客而已，人類是會思考的蘆葦，用「人生不滿百，常懷千歲憂」的有限生命歷程去超越自我的狹隘個體，力圖與萬物神遊，打破人與自然的壁壘，天人合一，道法自然。只有這樣，人類才具備了一切生命之長子的角色定位，才真正為天地立心，為自然立法，為自我尋覓生命的跨時代溝通和協調。

第一節　狹隘的人類中心主義批判

　　馬克思在論及人與自然的關係時說：「歷史本身是自然史的自然形成為人這一過程的一個現實部分，自然科學往後將包括關於人的科學，正像關於人的科學也包括自然科學一樣：這將是一門科學。」〔註6〕人類中心主義是在反對封建神權和王權專制的情勢下提出來的，它把人類的利益視為考慮一切事情和問題的出發點和歸宿，認為人類是萬物之靈，長宇宙之主體。流傳西方的《聖經》中說，人才是上帝唯一意志的客觀投射物，人才是上帝的寵兒。由此可見，人類中心主義根深蒂固地盤踞在人類大腦中並被反覆強化。古希臘的哲人普羅泰戈拉曾有名言：「人是萬物的尺度，是存在者存在的尺度，也是不存在者不存在的尺度。」〔註7〕自古以來，人類中心主義傾向就佔據了思想文化的主流體系。萬物之靈長論實際就是一種最典型的狹隘的人類中心主義。它的核心觀念是人天生就要消耗和侵佔其他存在的萬事萬物。亞里士多德說：「植物的存在是為了給動物提供食物，而動物的存在是為了給人提供食物——家畜為他們所用並提供食物，而大多數（即使並非全部）野生動物則為他們提供食物和其他方便，諸如衣服和各種工具。由於大自然不可能毫無目的毫無用處地創造任何事物，因此，所有的動物肯定都是大自然為人類而創造的。」〔註8〕如此的觀念在西方可謂深入人心，直到18世紀，許多科學家還毫不懷疑。法國動物學家居維葉認為，所有動物的存在無非是為了給人提供

〔註5〕〔美〕唐納德・沃斯特著，侯文蕙譯《自然的經濟體系：生態思想史》，商務印書館1999年版，第113頁。

〔註6〕馬克思《1844年經濟學哲學手稿》，人民出版社1985年版，第85頁。

〔註7〕葉秀山：《前蘇格拉底哲學研究》，生活・讀書・新知三聯書店，1982年版，第78頁。

〔註8〕方卉德《西方哲學史論編》，青海人民出版社1999年版，第33頁。

美味食物。英國地理學家賴爾寫道:「大自然賦予馬、狗、牛、羊、貓和許多家畜的那些適應各種氣候的能力,明顯地是為了使他們能聽從我們的調遣,使它們能為我們提供服務和幫助。」〔註9〕恩格斯對這種觀點進行過辛辣的諷刺:「貓被創造出來是為了吃老鼠,而老鼠被創造出來是為了被貓吃」。〔註10〕

　　毫無疑問,人類經歷了漫長的採集植物獵捕動物的年代;借助原始動植物來延續自己的生命獲得能量,在世界上縱橫捭闔,處於進攻、佔有和索取的位置上。於是,人類年復一年地扮演著主人翁的地位,絲毫沒有反思和清醒過人類的霸氣和唯我獨尊可謂由來已久。「人類中心主義產生的根源在於將主體與客體二元對立。為了打破中世紀神學所宣揚的神權思想,現代哲學通過認識論的轉向,從邏輯和理性的角度出發,確立了人的整體性地位,由此產生了一系列二元對立的邏輯範疇,如存在與本質、內容與形式、理性與感性等等,為世人提供了認識和解讀世界的一杆標尺,同時也為日後的人類社會發展與自然生態危機這對矛盾埋下了種子。人作為唯一具有理性的動物,被賦予了在認知過程中的主體性地位,逐漸成為其他生物和自然的主人,這種人類中心主義的立場為人類恣意掠奪自然提供了思想上的引導和行為上的動力。」〔註11〕這樣的判斷擊中了要害,非常到位。

　　人類中心主義在人類發展的漫長歷史中佔據主流地位。「作為人類行為的哲學基礎,用它可以說明20世紀人類行為所取得的偉大成就,也可以說明人類當前面臨困境的思想根源。」〔註12〕人類中心主義的核心觀點包括:1. 人類是進攻和獵取者,無條件佔有和使用世界萬事萬物。2. 在人與自然的倫理關係中,人類居於核心地位,是唯一的價值製造者、立法者和裁判者,沒有任何存在物的價值可以撼動人類中心主義。3. 人類的一切活動都是為了滿足欲壑難填的物質需求和享受要求,不能放棄人類的主宰和駕馭地位,必須強化人類對自然的奴役和驅使。因此人類中心主義是一種以人類為絕對中心的狹隘思想和極端利己主義的自然延展。人類中心主義從來不為獨立於人類之外的動植物和山川河流,花草蟲魚立法,人類中心主義主張人類索取有理,

〔註9〕賴爾:《自然地理的支配與調理》,重慶出版社,1996年3月版,第239頁。
〔註10〕《馬克思恩格斯選集》,人民出版社,1976年版,第4卷,第237頁。
〔註11〕潘華琴《語言‧文學‧自然——「語言是存在之家」的生態文藝學解讀》,《學術交流》2005年第9期,第142頁。
〔註12〕張守海《文學的自然之根——生態文藝學視域中的文學尋根》,《文藝爭鳴》2008年第9期,第126頁。

佔有有據，不折不扣地使人類處於強梁地位。

　　魯樞元說過：「從思維方式上講，文學藝術運用的那種形象的、情緒的、直覺的、模糊的思維方式，恰恰可以彌補科學技術思維活動中的抽象性、單一性，從而滋潤豐富著人的心靈。如果說科學思維曾長期被用作向大自然進軍時攻無不克、戰無不勝的利刃，那麼藝術思維則可能成為熨貼撫慰大自然累累創傷的女神。」〔註13〕王英琦在《願地球無恙》一文中痛心疾首的說，人類一面對地球對自然界盡情吃乾榨盡，一面又把垃圾扔向大地河流海洋。不妨說，人的心態污染才是最大的污染源。「沒有人心的污染，豈會有生態的污染？拯救人心改造人性，才是當代人類走出困境的根本出路。無數事實已經並繼續證明，人類最大的敵人，往往正是人類自己──正是人性的惡。這惡表現在個體身上，是對欲望的貪得無厭，以及公共道德和生態意識的淪喪。表現在群體性上，就是國家和民族利己主義惡性膨脹。一切的個人、民族和國家的利益及衝突，都必須有個上線，都必須無條件服從人與自然的關係，尊重大自然結構，有利於人類地球的安全。」〔註14〕這是作家深刻獨特的追問人類的責任。

　　傅國湧在《透支生態的泡沫經濟還能走多遠？》一文中寫道：「古往今來，恐怕沒有一個時代像我們今天這樣鼓勵人們追求私利。只允許人們追求私利，只允許人作為物質的奴隸存在，以此來換取穩定安全，實際上也是隱含著巨大風險的。這是最典型的短期行為，是以斷後路、斷子孫路為高昂代價的，這種選擇確實讓大多數人乖乖地把目光和精力都轉到了看得見、摸得著的物質利益上，從而放棄對其他問題的關注、思考和追求，但是，這種交換本身摧毀了人類賴以存在的兩大底線，一是基本的人性道德，一是基本的生態環境。道德滑坡，價值失範，人心渙散，給社會帶來的災難性後果正在逐漸顯示出來，而且會加速度，這是有目共睹的，哪怕是經過千萬重過濾、僥倖漏網的新聞報導中，我們也能日復一日感覺到人性底線被毀的危機。竭澤而漁式的經濟發展，對大自然無限制的索取，對有限資源的貪婪胃口，對生態環境早已構成嚴重威脅。」〔註15〕曾經令多少人羨慕無限嚮往的黃河長江，河水被嚴重污染，泥沙俱下。我們從影視和報告文學中可以看到，大量工業污

〔註13〕魯樞元《猞猁言說》，社會科學文獻出版社2001年2月版，第243頁。
〔註14〕韓小蕙編《九十年代散文選》，青島出版社1999年3月版，第78頁。
〔註15〕傅國湧新浪博客：http://blog.sina.com.cn/s/blog_48fe46d901000aye.html。

水源源不斷進入江河湖海，地質資源和煤炭遭到瘋狂的開採，地球已經是千瘡百孔。厄爾尼諾現象和 2008 年雨雪冰凍自然災顯示出大自然對人類的懲罰和報復。花草樹木、鳥獸蟲魚，包括我們棲息的美好家園，正在昔日綠色自然的美好想像中中一點點塌陷。其實很顯然，生態透支比積累財富還要後患無窮，經濟貧窮發展滯後人民物質財富匱乏可以短時間內得到解決，大自然的詩意美好的環境一旦遭到毀滅性的洗劫，在很長的時期內都是無法恢復千年來形成的自然狀態的。描寫大自然的生態美景是生態文學的重要任務，「自然作為獨特的文化符號，為人類提供了一塊可以詩意棲居的文化土壤，作為生態危機的對立和參照，是一個詩意的、心靈的、象徵化的審美烏托邦。借助自然的描寫表現對生命存在價值的思考和追尋，由此把握人類生命意識的深層，表達對可回歸和棲息的理想家園的追思與懷想，對傳統文化價值回歸的期待和呼喚。」〔註16〕

利奧波德的大地倫理學最早反映、表達、論述這種生態倫理思想，環境倫理學界的專家學者也贊同這種觀點，呼籲顛覆傳統道德只強調人與人之間關係的舊傳統和舊理念，希望將倫理學的應用範圍擴展到世界上存在的萬事萬物（包括動植物，水源、土壤、空氣、山川）之間的關係。

楊志軍的動物敘事長篇小說一向被生態批評界視為生態文學的扛鼎之作。小說以歌頌、讚美藏獒、呼喚人文關懷為主題，其實如果深入分析思想深處的內涵，就會發現該小說其實也或多或少流露出了楊志軍的人類中心主義思想傾向。王軍寧在《無法返歸的自然——對〈藏獒〉的生態批評》一文中談到了滲透在作品中的人性異化。「《藏獒》的作者在褒揚藏獒的忠厚、桀驁、以身作則等等人化品質時，所流露出的對人類征服動物的力量的讚揚和自得處處可見，如不止一次使用鷹犬這個字眼來形容藏獒對人的絕對馴順和服從，並且由此而宣揚只有人類才是地球萬事萬物的真正的主人。在這樣的主人面前，藏獒是沒有自我的主體性的，它所能做到的而是聽話。在這裡最兇猛的藏獒往往也是最聽話的最馴順的動物而已。」〔註17〕其實這裡存在著嚴重的人類中心主義傾向，在人類對藏獒的讚美和認同時，不知是否意識到這種單

〔註16〕薛敬梅《自然的湧現與詩意的想像——論生態文學中的自然意象》，《泰山學院學報》2008 年第 2 期，第 50 頁。

〔註17〕王軍寧《無法返歸的自然——對〈藏獒〉的生態批評》，《西南交通大學學報》（社會科學版），2006 年第 6 期，第 74 頁。

向度的人類認同背後所隱含著深刻的人類自戀自得傾向？還有，《藏獒》一書中許多章節都貶低狼，而幾乎無處不在肆意抬高「藏獒」的品格和價值，這是人類中心主義在無限延伸到自己的敘述對象之中，因為無論如何，對待不同的動物厚此薄彼的價值取向，其中的思想根源是盲目持守人類中心主義的理念立場，在讚美動物的處境時缺少對其生命主體意識的價值追問。對此，喬納森・萊文指出：「我們的社會文化的所有方面，共同決定了我們在這個世界上生存的獨一無二的方式。不研究這些，我們就無法深刻認識人與自然環境的關係，而只能表達一些膚淺的憂慮。」〔註18〕保護珍稀動物的觀念此時已經讓位於借動物彰顯人性的偉大了。「藏獒的討論肯定跟文化有關係。因為現在我們國家富強了，很多人都覺得我們以什麼樣的形象來面對別人，這個問題很重要。我覺得這裡面有一個重塑國民性的問題。」〔註19〕看起來，著名作家王蒙在著名的環境文學雜誌《綠葉》創刊號的斷言人類終於結束了以自我為中心、盲目自大，巧取豪奪，完全按照人類意志征服改造地球萬事萬物的樂觀想法還為時過早。

第二節　人，詩意的棲居在大地上

「詩意的棲居」，這詩意淋漓綠色蘢蔥的美麗的詞語，其實誕生於荷爾德林的筆下。荷爾德林的《遠景》寫道：「當人的棲居生活通向遠方，在那裡，在那遙遠的地方，葡萄季節閃閃發光，那也是夏日空曠的田野，森林顯現，帶著幽深的形象。自然充滿著時光的形象，自然棲留，而時光飛速滑行，這一切都來自完美；於是，高空的光芒照耀人類，如同樹旁花朵錦繡。」〔註20〕這迷人的景觀，這綠色洋溢的自然情懷情愫，這彷彿來自上帝的無邊神秘威力，浸潤著現代人們貧乏單調的心靈，也與我們污水四溢環境髒亂的現實形成鮮明的對比。現代人的追求物質感官享樂，正是由於無限掠奪和恣意佔有大自然。正是這樣，人們才重新踏上自然的旅程，沐浴天光雲影，在大地母親的懷抱中還盡情舞蹈，追求藍天白雲綠樹紅花的美麗感覺。

〔註18〕轉引自王諾《歐美生態文學》，北京大學出版社，2003年9月版，第37頁。
〔註19〕王軍寧《無法返歸的自然——對〈藏獒〉的生態批評》，《西南交通大學學報》（社會科學版），2006年第6期，第72頁。
〔註20〕海德格爾著，孫周興譯：《荷爾德林詩的闡釋》，商務印書館2000年版，第24頁。

　　海德格爾曾說：「人不是自然存在的主人，而是自然界的看護者、存在的牧羊人。人應該懂得他僅僅是整個生態系統的一部分，並且人的命運從屬於整個生命系統的命運。」〔註21〕二十一世紀的生態文學，通過表達對美好詩意家園的期望，訴說對自然景觀的仰慕。生態文學在控訴生態破壞的同時，著力於「生態伊甸園」的尋覓，表現對天地萬物的緬懷與尊重。海子的詩歌《面朝大海，春暖花開》，為我們進入海子的心靈世界，提供了自然視角。在深刻的自問中，他悠悠情思，想面朝大海，放情自然，「從明天起，做一個幸福的人／喂馬，劈柴，周遊世界／從明天起，關心糧食和蔬菜」，想過自然的生活。但是，詩人是痛苦的，他那悲天憫人的作家情懷是持之以恆了。他說：「我有一所房子，面朝大海，春暖花開」。詩人以追回自然的方式生活並身體力行，是富有自然情懷的。因此，海子渴望離開塵世的喧囂，「從明天起，和每一個親人通信／告訴他們我的幸福／那幸福的閃電告訴我的／我將告訴每一個人。」〔註22〕要把自己在自然懷抱中享受到的驚人的快樂自足，與身邊的每一個人轉告，讓人們共同分享。徐剛在《大地之門》的後記裏寫道：「我只是蒼白地呼告過，並且重複著，關於土地，關於水，關於五穀雜糧，關於種草種樹，關於小心翼翼地接近輝煌……我尋找著大漠中的一點點綠色，荒野中種樹人的背影，還有塔里木河枯死的胡楊，不久前剛剛成為廢墟的一處院落，撫摸正在風化的羊屎球，撫摸這歲月流逝。」〔註23〕這樣的對詩意棲居的呼喚和對生態現狀的憂思是滲透在他的現實關懷和自然皈依之中的，飽含深意。

　　于堅的《避雨之樹》一詩包蘊了作者對生命的由衷關懷和構架詩意和諧家園的渴望。飽含著對詩意棲居的強烈渴望——

　　　「寄身在一棵樹下／躲避一場暴雨

　　　它用一條手臂為我擋住水／為另外的人

　　　從另一條路來的生人／擋住雨水

　　　它像房頂一樣自然地敞開／讓人們進來

　　　我們互不相識的／一齊緊貼著它的腹部

〔註21〕海德格爾著，孫周興譯：《在通向語言的途中》，商務印書館2000年版，第77頁。

〔註22〕海子《海子詩選》，人民文學出版社2005年版，第7頁。

〔註23〕徐剛《大地之門·後記》安徽教育出版社2005年2月版，第197頁。

螞蟻那樣吸附著它蒼青的皮膚／它的氣味使我們安靜

像草原上的小袋鼠那樣／在皮囊中東張西望

注視著天色／擔心著閃電／雷和洪水

在這棵樹下我們逃避死亡／它穩若高山

那時候我聽見雷子確進它的腦門／多麼兇狠

那是黑人拳擊手最後致命的一擊

但我不驚慌／我知道它不會倒下／這是來自母親懷中的經驗

不會／它從不躲避大雷雨或斧子這類令我們恐懼的事物

它是樹／是我們在一月份叫做春天的那種東西

是我們在十一月叫做柴禾或烏鴉之巢的那種東西

它是水一類的東西／地上的水從不躲避天上的水

在夏季我們叫它傘／而在城裏我們叫它風景

它是那種使我們永遠感激信賴而無以報答的事物

我們甚至無法像報答母親那樣報答它／我們將比它先老

我們聽到它在風中落葉的聲音就熱淚盈眶

我們不知道為什麼愛它／這感情與生俱來

它不躲避斧子／也說不上它是在面對或等待這類遭遇

它不是一種哲學或宗教／當它的肉被切開

白色的漿液立即幹掉／一千片美麗的葉子

像一千個少女的眼睛捲起／永遠不再睜開

這死亡慘不忍睹／這死亡觸目驚心

它並不關心天氣／不關心斧子雷雨或者鳥兒這類的事物

它牢牢地抓住大地／抓住它的那一小片地盤

一天天滲入深處／它進入那最深的思想中

它琢磨那抓在它手心的東西／那些地層下面黑暗的部分

那些從樹根上升到它生命中的東西

那是什麼／使它顯示出風的形狀／讓鳥兒們一萬次飛走一萬次回來

那是什麼／使它在春天令人激動／使它在秋天令人憂傷

那是什麼／使它在死去之後／成為斧柄或者火焰

它不關心或者拒絕我們這些避雨的人

它不關心這首詩是否出自一個避雨者的靈感

它牢牢地抓住那片黑夜／那深藏於地層下面的

那使得它的手掌永遠無法捏攏的

我緊貼著它的腹部／作為它的一隻鳥／等待著雨停時飛走

風暴大片大片地落下／雨越來越瘦

透過它最粗的手臂我看見它的另外那些手臂

它像千手觀音一樣／有那麼多手臂

我看見蛇／鼯鼠／螞蟻和鳥蛋這些面目各異的族類

都在一棵樹上／在一隻袋鼠的腹中

在它的第二十一條手臂上我發現一串蝴蝶

它們像葡萄那樣垂下／繡在綠葉之旁

在更高處／在靠近天空的部分

我看見兩隻鷹站在那裡／披著黑袍／安靜而謙虛

在所有樹葉下面／小蟲子一排排地臥著

像戰爭年代／人們在防空洞中／等待警報解除

那時候全世界都逃向這棵樹

它站在一萬年後的那個地點／穩若高山

雨停時我們棄它而去／人們紛紛上路／鳥兒回到天空

那時太陽從天上垂下／把所有的陽光奉獻給它

它並不躲避／這棵亞熱帶叢林中的榕樹

像一隻美麗的孔雀／周身閃著寶石似的水光」〔註24〕

該詩用樸素純真的意境，書寫了在南方梅雨季節常見的樹下避雨的場景，並從中發現了大自然的寬廣胸襟和氣度，人與自然和諧相處的友好關係，以及對人類賴以生存的大自然的無限感恩、喜悅、欣幸與謝忱。這是對詩意的棲居的最美好的書寫和注解。作家張煒在《精神的絲縷》中寫道：「人們啊，你們實在沒有權利拒絕一棵普通的樹，就像大自然沒有權利拒絕一個人一樣。樹木有血液和生命，會呼吸，甚至有自己的血統、種族和尊嚴」。〔註25〕置身於綠色的大樹下，作家和詩人向蔥蘢的詩意的棲居邁進了一步。蓋光在《詩意的和諧——文藝生態審美的構成性》一文中談及人與自然的和諧是文藝生態審美建立的基礎。「文藝生態審美建立在人與自然和諧關係的基礎上，以系

〔註24〕于堅《于堅詩選》，人民文學出版社 2006 年版，第 39 頁。
〔註25〕張煒《精神的絲縷》，上海人民出版社 1996 年 4 月版，第 11 頁。

統整體化的思維品質，在人們追尋和諧自由與靈性化的存在方式中，構建人類朝向未來的審美體驗形式。在文藝生態審美境界中，人們始終是和諧與圓融性地遊走在與自然存在的審美境遇中，在循環性的、詩意化的歷史與邏輯之鏈中，演奏人類自身由自然而生成的交響曲，並不斷地超越自己的自然之身，同時又不斷地回歸與自然共在的審美化的生境中。」〔註26〕大自然永遠是可愛的詩人、藝術家的疲憊靈魂的家園，張煒在談及對待自然的態度時曾言：「一個人對待自然的態度，很值得研究。藝術家與非藝術家，有時在這個方面表現得大為不同。藝術家對大自然的變化異常敏感，一般地講，他特別依戀土地、田野，他的衝動有很多來自那裡的。一片茂密的叢林會引起他的豐富聯想，一條大河也會使他長久地振奮。他的詩情會由此而生，並慢慢延長壯大。」〔註27〕王開嶺在《海島‧寂靜‧我的居住夢想》一文中談到了他對居住地的要求和響往。「關於居住，我的夢想是一張明信片：青山、碧草、海岬、藍天、一幢白色的磚木房……乾淨的風，海鷗之啼，濤聲，礁石，寂靜，貝殼，晶澈的光線，月色和一片會呼吸的牧場。」〔註28〕這樣的美好家園，在今天的世界已經絕無僅有。偶而出現在我們的視野中，往往是加拿大和澳大利亞的某個鄉村小鎮、印度或澳洲或夏威夷深腹的一些島嶼。王開嶺希望這樣的地方是在中國的國土上，可是，這樣的地方是踏破鐵鞋難以尋覓的。與這樣的居住夢想形成鮮明對比的，是王開嶺正在居住的環境，那是一個城市最喧囂和混亂的商業市區，喇叭聲聲、尾氣、高音汽笛、物慾橫流的人流和物流極大。在甚囂塵上的市場裏挾中，他的感官已經非常遲鈍，失眠和噁心不停干擾身心倦乏的他。此刻，他的環境設想成了這樣：「假如每個人都能為自己的環境提出一項小小的要求的話，我想我的乞求是：希望能在我居住的地方常見鳥（至少是麻雀）的影子——自然棲息、非人工飼養的那種。其實這意思是說，我希望住在一個讓麻雀也勉強住得習慣的地方」〔註29〕行文至此，王開嶺發出了這樣的浩歎：我們不瞭解，在這個星球上，為什麼人類如此橫行霸道不管不顧，把一切都占為己有囊括自己手中，人的幸福系數究竟建立在怎樣的數據和標準上呢？王開嶺擔心，假如有動物植物都銷聲匿

〔註26〕蓋光：《詩意的和諧──文藝生態審美的構成性》，《山東理工大學學報》（社科版）2006 年第 1 期，第 5 頁。
〔註27〕張煒《精神的絲縷》，上海人民出版社 1996 年 4 月版，第 14 頁。
〔註28〕王開嶺《黑夜中的銳角》，中國社會科學出版社 2001 年 6 月版，第 188 頁。
〔註29〕王開嶺《黑夜中的銳角》，中國社會科學出版社 2001 年 6 月版，第 190 頁。

跡了，那是否意味著人類趕盡殺絕毫不留情？當動物都死盡絕滅，人類自身到哪裏去詩意棲居呢？

臺灣著名作家陳冠學的《大地的事》是一部隨筆體散文，這部散文以一個深秋的記憶記述了故土鄉野景致的點點滴滴的變遷以及大自然所蘊涵的大美，是一部描寫人與自然和睦相處的好散文。謝有順在《重申散文的寫作倫理》一文中以這部散文為例，談到了所謂大地細節、故土記憶和天地情懷。「陳冠學和大地之間所建立起來的秘密通道，正是這種生命的關係。他的耳朵，眼睛、鼻子甚至舌頭，都全面向大地敞開。他不是靠知識來認識大地，也不是靠技術來征服大地，而是把自己還原成一個真正的人，一個前輩的人，重新用自己的感官來接觸、放大田園裏所發生的一切細微的變化，他不僅是一個寫作者，更是觀察者，諦聽者，反芻記憶者——也是真正在大地上棲居的人。」〔註30〕陳冠學在自己的田園敘事中找到了難能可貴的「與天地精神相往來而不傲睨萬物」的淋漓元氣，就拿他對冬天的雨水的描寫來看吧：「雨聲之美，無如冬雨。冬雨細，打在屋瓦上幾乎聽不出聲音，匯為簷滴，滴在階石上，時而一聲，最饒韻味。」〔註31〕這樣的文字讓人想到餘光中的《聽聽那冷雨》的韻致，是領悟了天地萬物的豁然頓悟的產物。作為一個詩意棲居者，人生表現為人的生命的美麗和生命力無窮的魅力，天光雲影共徘徊。對生命的禮讚和祈福，是人類對生態和自然的尊重和維護，是人類自身貫徹大地倫理的結果和必然。一步步讚美自然，人類才煥發了無窮無盡的生命力量和道法自然的自覺行為模式。美國作家詹姆斯·萊德菲爾德在其小說《塞萊斯廷預言》中發出過對人類迷失精神家園的警告：「人們對物質生活的關切已演變成一種偏執。我們沉湎於構造一種世俗的、物質的安全感，來代替已經失去的精神上的安全感。我們為什麼活著，我們的精神上的實際狀況如何，這類問題慢慢地被擱置起來，最終完全被消解掉。現在該是從這種偏執中覺醒，反省我們的根本問題的時候了。」〔註32〕

人類自從產生以來，就不斷探尋生命的價值問題，尋找詩意的棲居。馬克思在談到人類和自然界的關係時曾說過：「自然界，就它本身不是人的身

〔註30〕謝有順《重申散文的寫作倫理》，《文學評論》2007年第1期，第136頁。
〔註31〕陳冠學《大地的事》，東方出版中心2006年版，第77頁。
〔註32〕〔美〕詹姆斯·萊德菲爾德：《塞萊斯廷預言》，崑崙出版社1996年版，第29頁。

體而言，是人的無機的身體。人靠自然界生活。這就是說，自然界是人為了不致死亡而必須與之不斷交往的、人的身體。所謂人的肉體生活和精神生活同自然界相聯繫，也就等於說自然界同自身相聯繫，因為人是自然界的一部分。」〔註33〕

九十年代以來，在市場經濟大潮波濤洶湧，滾滾商潮物化著人們的思維。「生之意義」是關乎生存的最根本的哲學命題，人類自古以來都在思考它卻始終也沒有定論，因而也是最富懸念感和誘惑力的命題。基於對人類肆意破壞自然和拼命索取自然資源滿足私欲的憂思，魯樞元提出「以精神資源的開發替代對自然資源的濫用，以審美愉悅的快感取代物質揮霍的享樂，以調整人類自身內在的平衡減緩對地球日益嚴重的壓迫」。〔註34〕

思考生命的終極意義，追問「人該怎樣來看待生命中的苦難」是史鐵生散文的獨特視角。《我與地壇》就是九十年代一篇值得人反覆閱讀的優美散文。《我與地壇》表露出一種對於精神性生命存在的沉思。史鐵生將地壇的一切都與人生聯繫起來，對自然萬物，對生命，尤其是對生命的苦難和救贖之路進行了沉重的思考。基於對生命的無常和苦難的深邃洞察，他感悟到了宗教最本質的東西，使宗教回到了人類自身：「有一天，我認識了神，他有一個更為具體的名字——精神。不管我們信仰什麼，都是自己的精神描述和引導。」史鐵生的散文創作，以宗教救贖的方式，呈現出了一種格外看重和關懷人的精神生命的特殊品格。史鐵生以細膩的筆觸，將自身的苦難與人類的苦難匯於同一個調色板裏，在靜靜的荒涼的氛圍裏，傾聽著生命慢慢流逝的聲音，傾聽著歲月在自己軀體上的流淌。《我與地壇》對生命的沉思已遠遠超越了理性的限制，充滿了善良和自由的意志。這是一篇充滿了對生命進行沉重思考的佳作，史鐵生以樸素的語言講述自己的經歷和思考。全部講述所圍繞的核心是有關生命本身的問題：人該怎樣看待生命的苦難，雙腿的殘廢使史鐵生對生命的沉思從自身開始。劉小楓在談到通過接近自然而尋覓人之為人的人性法則時說：「歷史把人帶離自己的根，漫世飄飛，離開人之為人的人性法則，才帶來普遍分裂的出現。因此，在歷史境遇中尋根同一，首先要返本探源，尋回自己的本真。因此，回憶就是截斷歷史之流，終止歷史經驗的離異，使人之為人的人性法則重新進入歷史，在

〔註33〕馬克思《1844 年經濟學哲學手稿》，人民出版社 1985 年版，第 52 頁。
〔註34〕魯樞元《生態文藝學》，陝西人民教育出版社 2000 年版，第 353 頁。

歷史的有限性中重建自身。」〔註35〕

如果說史鐵生通過在地壇的靜觀默察達到對生命的終極意義的徹悟的話，周濤的散文則是通過在大西北廣袤的土地上游牧而達到人生意義形而上的探索。作者的這些情緒來源於對高科技化或者工業化的人類文化發展前景的憂患意識，而這種危機感和憂患意識正充分表現了作家的良知。梭羅認為，「大部分的奢侈品，大部分的所謂生活的舒服，非但沒有必要，而且對人類進步大有妨礙。」〔註36〕

在物慾的極大膨脹與精神和文化的空前蒼白面前，人類到底應該怎樣面對世界，面對生存。韓少功的《夜行者夢語》一文直面世紀末的迷惘、絕望、虛無、焦慮的現狀，用哲學的眼光審視現實。「如果讓耶穌遙望中世紀的宗教法庭，如果讓愛因斯坦遙望廣島的廢墟，如果讓弗洛伊德遙望紅燈區和三級片，如果讓歐文、傅立葉、馬克思遙望蘇聯的古拉格群島和中國的『文化大革命』，他們大概都會覺得尷尬以至無話可說的。」〔註37〕二十世紀初，尼采宣布「上帝死了」之後，虛無感充斥了人類的精神世界。及至世紀末，解構主義又盛行一時，原有的價值系統被解構一空，新的價值系統又未能及時確立，混亂和無序的世界亟待一種新的價值系統來整合和規範。韓少功焦灼地呼喚二十一世紀的黎明。「夜色茫茫，夢不可能永遠做下去。我睜開了眼睛。我寧願眼前一片漆黑，也不願意當夢遊者。何況，光明還是有的。上帝說，要有光。」〔註38〕迷茫過後，對未來還是充滿了期待和希望之情。女散文家韓春旭的《少了什麼，這個世界？——與蘇格拉底和自己的對話》具有獨特的思想風格，文章通跨越兩千年的時空而與一位人類最早的智者直接對話，實際上已經站在人類思想的一個高峰來對現實世界發言。文中作家把自己放在與蘇格拉底同等的思想位置上，追懷蘇格拉底為人類的思考與奉獻，從而對當今世界人的物慾橫流進行了充滿激情的審判。作家從蘇格拉底的思想中汲取智慧，提出了對於當今人類來說至關重要的一些根本問題，如：「人類進步的

〔註35〕劉小楓《詩化哲學》，山東文藝出版社1986年版，第238頁。

〔註36〕〔美〕亨利·梭羅著，徐遲譯：《瓦爾登湖》，吉林人民出版社1997年版，第12頁。

〔註37〕韓少功《夜行者夢語》，選自《新現象隨筆——當代名家最新隨筆精華》，中央編譯出版社1994年版，第295頁。

〔註38〕韓少功《夜行者夢語》，選自《新現象隨筆——當代名家最新隨筆精華》，中央編譯出版社1994年版，第305頁。

真正標誌是什麼？」。這種關於人類最根本問題的思考和追問，無疑是全人類都不能不加以關懷的。王英琦在《永恆的謎底》一文中寫道：「對物慾的無度追求，不僅導致人心失衡，暴力上漲等極端後果，更可怕的是它污染了人性，破壞了人類最原始最質樸的人際關係，踐踏泯滅了類似真誠真情和良知良心這樣一些人類立命之本的寶貴品質。它使一切公共交往都扭曲變態，要麼就是錢迷心竅赤裸無遺的金錢接觸，要麼就是五迷三道動機深藏的功利來往。這個世界一往無情地變得世事迷離利害難擇。個性與共性、個性與整體、社會與集團、組織與階層都相互混沌扯皮，令人絕望地糾纏一氣，隱性地埋伏於每個人前行的路上……。」〔註39〕其思想之深刻，憂憤之深廣，給讀者以啟迪和教化。2008 年初，中國爆發大面積的雨雪冰凍自然災害，直接經濟損失達 1516.5 億元人民幣。國家發展和改革委員會主任張平向全國人大常委會的報告透露：「2008 年 1 月中旬到 2 月上旬，我國南方地區連續遭受四次低溫雨雪冰凍極端天氣過程襲擊，給電力、交通設施帶來極大的破壞。京廣、滬昆鐵路因斷電受阻，京珠高速公路等五縱七橫幹線近 2 萬公里癱瘓，22 萬公里普通公路交通受阻，14 個民航機場關閉；電力設施損毀嚴重，持續的低溫雨雪冰凍造成電網大面積倒塔斷線，13 個省市區輸配電系統受到影響，2018 個電站停運；電煤供應告急；農業和林業遭受重創，受災面積 2.17 億畝，絕收 3076 萬畝；工業企業大面積停產；居民生活受到嚴重影響。」〔註40〕自然環境的災害性突變，乃是人類長期工業文明排放的氣體改變了原來的大氣成分導致的災變，近些年的「厄爾尼諾」氣候現象、「拉尼娜氣候現象」頻繁發生，一次又一次告誡人類，過多過濫地干預原生態的地球環境，最終人類將吞下自釀的苦酒。

　　魯樞元的《詩人與都市之戰》一文中談及詩人羅門對城市文明近乎歇斯底里的怨毒，他引用了羅門的詩歌片段來作為佐證：「街道是急性腸炎，紅燈是腦出血胃出血，十字街頭是剖去一半的心臟。都市，你一身都是病，天空溺死在方形的市井裏，山水枯死在方形的鋁窗外。想奔，河流都在蓄水池裏；想飛，有翅的都在菜市場。床濃縮了你全部的空闊，餐具佔據了你所有的動

〔註39〕王英琦《願地球無恙》，選自《二十世紀九十年代散文選》，上海文藝出版社
　　　　2000 年版，第 421 頁。
〔註40〕《年初低溫雨雪冰凍災害直接經濟損失 1516.5 億》，《精神生態通訊》2008 年
　　　　第 3 期。

作。當排水溝與垃圾車在低處走，腦袋與廣告牌在高處飄，你是被掀開的一張空白紙。」〔註41〕對城市文明的怨毒之心，植根於詩人對現代文明進程的強烈不滿。物質文明在突飛猛進地一路狂奔，而精神的原野卻在枯萎。張煒在《融入野地》一文中，表達了希望人類把大自然作為靈魂的皈依之地。把對自然的熱愛作為反抗物慾和科技主義對人異化的有效途徑。對城市生活的厭倦，和對回歸曠野的願望躍然紙上：「城市是一片被肆意修飾過的野地，我最終將告別它。我想尋找一個原來，一個真實。這純稚的想念如同一首熱烈的歌謠，在那兒引誘我。市聲如潮，淹沒了一切，我想浮出來看一眼原野、山巒，看一眼叢林、青紗帳。我尋找了，看到了，挽回的只是沒完沒了的默想。遼闊的大地，大地邊緣是海洋。無數的生命在騰躍、繁衍生長，升起的太陽一次次把它們照亮……當我在某一瞬間睜大了雙目時，突然看到了眼前的一切都變得簇新。它令人驚悸，感動，詫異，好象生來第一遭發現了我們的四周遍布奇蹟」〔註42〕對城市文明和鄉野原生態環境的對比，是張煒反思工業化進程的切入點，作家渴望擺脫商業文明的異化，與最本真的大自然心心相印地廝守，獲得元氣淋漓的生命體悟。韓少功的《山南水北》講述了他近些年來如同候鳥一樣在喧囂繁華的都市和偏僻貧瘠的鄉村「八溪峒」之間的生活感受以及對現代文明的深刻反思和對現代化進程中諸多文明病灶的洞察。其中對鄉村勞作的體會尤其深刻：「融入山水的生活，經常流汗勞動的生活，難道不是一種最自由和最清潔的生活？接近土地和五穀的生活，難道不是一種最可靠和最本真的生活？我被城市接納和滋養了三十年，如果不故作矯情，當心懷感激和長存思念。我的很多親人和朋友都在城市。我的工作也離不開轟轟的城市。但城市不知從什麼時候開始已越來越陌生，在我的急匆匆上下班的路線兩旁與我越來越沒有關係，很難被我細看一眼；在媒體的罪案新聞和八卦新聞中與我也格格不入，哪怕看一眼也會心生厭倦。我一直不願被城市的高樓所擠壓，不願被城市的噪聲所燒灼，不願被城市的電梯和沙發一次次拘押。大街上汽車交織如梭的鋼鐵鼠流，還有樓牆上布滿空調機盒子的鋼鐵肉斑，如同現代的鼠疫和麻風，更讓我一次次驚怵，差點以為古代災疫又

〔註41〕魯樞元《心中的曠野──關於生態與精神的散記》，學林出版社2007年6月版，第212頁。

〔註42〕張煒《九月寓言·融入野地（代後記）》，人民文學出版社2005年5月版，第296頁。

一次入城。侏羅紀也出現了，水泥的巨蜥和水泥的恐龍已經以立交橋的名義，張牙舞爪撲向了我的窗口。生活有什麼意義呢？酒吧裏的男女們被疲憊地追問，大多數找不到答案。就像一臺老式留聲機出了故障，唱針永遠停留在不斷反覆的這一句，無法再讀取後續的聲音。這些男女通常都會在自己的牆頭掛一些帶框的風光照片或風光繪畫，算是他們記憶童年和記憶大自然的三兩存根，或者是對自己許諾美好未來的幾張期票。未來遲遲無法兌現，也許意義無法兌現——他們是被什麼力量久久困鎖在畫框之外？對於都市人說，畫框裏的山山水水真是那樣遙不可及？」〔註43〕當很多逐漸富裕起來的農民從鄉村進入城市的時候，一些渴望天人合一詩意棲居的作家傚仿梭羅，逆行進入當年「上山下鄉」的鄉村，這可以從生存的本質去尋找根源。其實，人類在幾億年裏都是與動植物混在一起生活，只是到了這幾百年甚至是這幾十年才一窩蜂跑到城裏紮堆居住，如今城市居民的「鄉村遊」和「農家遊」可以看作是對農業文明時代的深情回望。山村充滿詩情畫意的生活環境給予韓少功的不僅是久居城市後的愜意休閒，還有一份淡然和輕鬆。

〔註43〕韓少功《山南水北》，作家出版社 2006 年版，第 3～4 頁。

第三章　人和天地的關係

　　老子在《道德經‧第二十五章》中論及天地人的關係時說：「故道大，天大，地大，人亦大。域中有四大，而人居其一焉。人法地，地法天，天法道，道法自然。」意味深長地警醒人類，只有嚴格按照天地間自然的法則處理問題，才可以心氣和平，事理通達。《禮記》中說：「樂者，天地之和也。禮者，天地之序也。和故百物皆化，序故群物皆別。……大樂與天地同和，大禮與天地同節。」用音樂禮法和天地萬物、人文精神的關係表達了「和而不同」的理念和價值觀。海德格爾在論及天地人神時說：「大地是承受者，開花結果者，它伸展為岩石和水流，湧現為植物和動物。天空是日月運行，群星閃爍，四季輪換，是晝之光明和隱晦，是夜之暗沉和啟明，是季節的溫寒，是白雲的飄忽和天穹的湛藍深遠。大地上，天空下，是有生有死的人。」〔註1〕天地，作為文學表現對象，出現原始社會的蒙昧敘事和想像中。那時由於人類還處於文明的起始階段，自然知識還十分匱乏，他們往往把無法解釋的自然現象歸因為「天怨人怒」。魯樞元在《生態批評的空間》一書中談及中國數千年漫長的農業文明導致的對天地、季節、物候和氣象等自然因素本能的敬畏和依賴。「在農業文明時代，人雖然已經獨立於自然之外，但對自然的依賴仍然十分顯著，土地依然是人類立足的根基，河流依然是人類發育的血脈，天空依然是人類敬畏的神靈，草木鳥獸依然是人類生命親和的夥伴。人與自然在感性上依然處於一種相關、相依、相存的期待之中。此時的人類對包括天地在內的自然，既持有疑懼、敬畏的膜拜之心，又懷著親近、依賴的體貼之情。這

〔註1〕〔德〕海德格爾《林中路》，上海譯文出版社1997年版。第27頁。

一時期，自然成為人類自覺觀照的審美對象，自然作為文學藝術作品中的主題，無論是數量還是質量上都都達到了頂點。」〔註2〕

農業文明的鄉村風光，孕育著文人的天人合一精神和真純的自然詩性之心。翻開文學史，從《楚辭》到《漢賦》，從山水田園流派到邊塞風格流派，一中國古代文學史中擁有著大量表現人與自然和睦相處的榮辱與共的詩詞歌賦。學者張克明先生在《時代呼喚環境文學》一文中指出：「在中國傳統的人本主義文化中，始終存在著德治與法治兩種對立統一的治世思想，與之相關聯的哲學思想是中庸哲學與鬥爭哲學。這兩種哲學思想反映到人與自然的關係上，也就同時存在著天人合一與人定勝天兩種相輔相成的自然思想觀念。因此在古代文學中既有吟唱人與自然和諧相處、相映成趣的山水田園詩，也有表現人類矢志不移征服自然的《精衛填海》《愚公移山》之類的寓言故事。」〔註3〕學者楊通進在給《生態十二講》作的序言中談到人與自然的關係時說：「在人與自然的關係問題上，生態文明倡導生態倫理。生態倫理的基本精神就是擴展倫理關懷的範圍，使人與自然的關係建立在一種新的倫理基礎之上。這意味著，我們不僅要關心他人，關心後代，為他人和後代留下一份生存的環境，而且還要超越狹隘的人類中心主義，擴展我們的倫理關懷的範圍，關心動物的命運，熱愛所有的生命，尊重大自然，對養育了人類的地球心存感激之情。」〔註4〕楊通進所謂的擴大倫理關懷的範圍，實質是就是利奧波德提出的「大地倫理」觀念。

愛默生在《自然》一文中用詩歌般的語言論及人類和天地自然的息息相通：「星星在我們心中喚起某種崇敬之情。因為它們儘管時常露面，卻是不可企及的。但是當心靈向所有的自然物體敞開之後，它們給人的印象卻是息息相關、彼此溝通的。大自然從不表現出貧乏單一的面貌。最聰明的人也不可能窮盡它的秘密，或者由於尋找出它所有的完美而傷失自己的好奇心。對於智者來說，大自然絕不會變成玩具。鮮花、動物、山巒都反映出他成熟的智慧，正如這些東西曾經在他幼年時給了他天真的歡愉一樣。」〔註5〕大自然源源不斷地賦予一代又一代的人類以卓越的智慧和靈感，人類總是道法自然汲

〔註2〕魯樞元：《生態批評的空間》，華東師範大學出版社，2006年9月版，第278頁。
〔註3〕張克明：《時代呼喚環境文學》，《人文雜誌》2002年第3期，第112頁。
〔註4〕楊通進《生態十二講·序言》，天津人民出版社2008年1月版，第4頁。
〔註5〕愛默生《愛默生集》，生活·讀書·新知三聯書店1993年9月版，第8頁。

取智慧、勇氣和力量去超越自我追求完善。不管科學技術有多麼發達和先進，現代人看起來有多麼無所不能，與大自然和睦相處，是人類的最正確的生死抉擇。韓少功在《山南水北》一書中談到：「一個葡萄園裏的法國老太婆曾向我嘟噥——接近自然就是接近上帝。問題是，我相信上帝嗎？……我喜愛遠方，喜歡天空和土地。」〔註6〕韓少功對自然的癡迷幾乎近乎一種宗教般的感情，其實，不少作家都有這種敵視現代文明的偏執。方方在《自然對我們意味》一文中，談到了當代人精神的單調來源於狹隘的人類中心主義的偏執：「我們之所以單調，是因為我們只覺得人是這個世界的主宰，只有人的生命才是那樣的了不得，才值得用所有的一切精力去關注他。至於其他所有另類的生命都無足輕重。人為了自己的蠅頭小利，不惜一切地毀滅著自然：自然中的動物，自然中的草木，自然中的山水，自然中的土地。人在這時候的狂妄真的很可惡。」〔註7〕要正確處理人類與天地自然的關係，必須摒棄「人定勝天」的虛妄迷夢，與大自然達成同舟共濟榮辱與共肝膽相照和諧默契的相互依存的朋友關係。

第一節　人定勝天的虛妄迷夢

　　歷史學家湯因比認為，工業革命以來被刺激的人類貪婪和實用主義，短短兩三百年間，便導致了地球資源趨於枯竭和全面污染。葦岸在《大地上的事情》第三十九節中論及人類與地球的關係時寫道：「人類與地球的關係，很像人與他的生命的關係。在不知不覺的年紀，他眼裏的生命是一口取之不盡用之不竭的井，可以任意汲取和享用。當他有一天覺悟，突然感到生命的短暫和有限時，他發現，生命中許多寶貴的東西已被揮霍一空。面對未來，他開始痛悔和恐懼，開始鍛鍊和保健。」〔註8〕生活於天地之間的人們，如何正確調整與天地自然的關係，也是生態文學必須面臨的重大課題。尤其是現代工業污染了環境，引起生態平衡的失調之後，如何在文學創作中凸顯人與自然天地的關係呢？劉慶邦的《紅煤》堪稱這方面的典範之作。

　　余秋雨在一次講演中說過：「文學園地就是人類在精神領域的一塊綠色基

〔註6〕韓少功《山南水北》，作家出版社2006年版，第11頁。
〔註7〕塞妮亞編《鄉村哲學的神話》，新疆人民出版社2002年3月版，第78頁。
〔註8〕葦岸《上帝之子》，湖北美術出版社，2001年4月版，第28頁。

地，文學作品的水靈靈，毛茸茸的質感是文學的基元性優勢。」〔註9〕劉慶邦的長篇小說《紅煤》對人性的變異和靈魂的扭曲的深刻反思與對自然生態被嚴重破壞的焦慮憂思，構成一明一暗兩條貫穿始終的線索，共同表達了劉慶邦對中國社會轉型期的強烈的人文關懷。明線以主人公的命運起伏為經，暗線則以紅煤廠村的自然生態惡化為緯，暗線隱於明線之中，草蛇灰線，相互交織，共同推進故事的發展。

小說主要敘述了一個農民出身的煤礦臨時工宋長玉如何不擇手段向上爬的故事，著重揭示了在這一過程中發生的人性的變異和靈魂的扭曲。二十世紀八十年代中期，一家國有煤礦的農民輪換工宋長玉，為了能夠轉成正式工，處心積慮地追求礦長的女兒，可是礦長藉故將他開除了，他心中埋下了仇恨的種子。後來他將紅煤廠村村支書的女兒追到手，並成為村辦煤礦的礦長。隨著金錢滾滾而來，他的各種欲望急劇膨脹，將人性的醜惡充分釋放出來。這是一個中國式的「於連」的故事，也有人把《紅煤》稱為中國的《紅與黑》。在文本中，伴隨著宋長玉的個人命運波瀾起伏的是紅煤廠村自然生態被嚴重破壞造成的惡果。宋長玉是自然生態的破壞者，同時，紅煤廠村自然生態的惡化也反過來導致宋長玉命運的由盛而衰。二者相輔相成，互為因果。自然生態危機向人類的生活方式提出了尖銳的質疑：那種在現代化工業文明中形成的西方生產消費主義真正合理嗎？在現代化和西方化幾乎成為同義詞的心態下，這個問題已經引起深刻地反思。人們已經認識到——要克服自然生態危機，就必須在經濟上採取可持續發展戰略，同時還必須修正物質消費主義的慣性渴求，以營構一種符合自然生態規律又無愧於人的尊嚴的生活方式。

剛剛從農村來到煤礦的宋長玉，帶著強烈的個人野心攀附礦長的女兒，企圖把婚姻作為跳板，實現自己由臨時工向正式工的身份轉變。這時的宋長玉憑藉自己寫作才華參加了礦上的通訊員學習班，有一次學習班的周老師帶領學員們到野外春遊參觀，紅煤廠村這時作為國有煤礦周圍的一個自然世界，是這樣呈現在讀者面前的：「縱目望去，一望無際的麥田青碧連天。油菜花已經開了，這兒黃一片，那兒黃一片，金箔般點綴在麥田之間。一塊雲彩移過來了，與雲彩相對應，下面的一塊麥田頓時有些發暗，像籠罩在雨中一樣。雲彩的朵子雖小，被遮了陽光的麥田卻有很大一片。然而雲朵很快移走了，剛才發暗的那塊麥田又恢復到明綠的色彩。麥田上空還有一層霧嵐，霧嵐盈

〔註9〕余秋雨《余秋雨散文自選集》，上海文藝出版社2001年12月版，第64頁。

盈波動，如水似煙，像是為麥田披上一層輕紗。」〔註 10〕如同比利時著名生
態學者迪維諾所說：「綠色具有永不衰敗的魅力，它可能有益於人類的健康，
因而它具有一定的必要性；一系列活潑的或低沉的，單一的或複雜的色調將
由枝葉的綠色中分出，而在一種不可理解的奇蹟之下，它們從來也不互相衝
突或互相損害。」〔註 11〕這兒美麗如畫的風景令人感到清新自然，宛如超凡
脫俗的世外桃源。這時候的主人公還有著來自農村青年的善良樸實，帶著對
未來的美好憧憬展望人生。

　　為了進一步展現紅煤廠村的美麗風光，劉慶邦還借宋長玉和唐麗華戀
愛中的一次春遊所見，又一次濃墨重彩地描寫了紅煤廠村的自然和諧的鄉
村世界。在宋長玉和唐麗華眼裏：「陽光明媚，春風蕩漾。麥子一片蔥綠，
油菜花遍地開放。紫燕在麥田上方掠來掠去，村子裏傳來的公雞的叫聲是
那麼悠揚。在陽光的照耀下，稻苗呈現出鵝黃的色彩，很是亮眼。」水稻到
處都是，其原因用唐麗華的話說就是：「水道水稻，哪兒水多，哪兒就可以
種水稻。」〔註 12〕這時的紅煤廠村水土保持相當好，一派江南水鄉風光。
特別是這裡還出產一種優質的大蒜，並且大量出口到國外。劉慶邦不惜用
詩一般的語言描寫這兒的水：「水很清，能看見水下的馬牙砂和羊脂玉般的
小石子，有一層水跟沒有差不多。水是活水，由西向東緩緩流動，流速幾乎
看不見。水邊不遠處有一池蓮藕，荷葉特有的清新之氣陣陣襲來。荷花還沒
長出，荷葉卻撲撲閃閃罩滿了池。」〔註 13〕這樣的環境自然很有吸引力，
城裏的人都喜歡來這裡遊玩。

　　後來，追求礦長女兒失敗反被礦長藉故開除的宋長玉來到紅煤廠村的
磚廠。隨著他把村支書的女兒明金鳳追求到手，他又成為該村村辦煤礦的
礦長。由於長期的狂挖濫採，地表徑流一天天下滲，造成了紅煤廠村周圍自
然生態的漸趨惡化。最明顯的變化是水資源的逐漸減少。「紅煤廠村沒水了，
紅煤廠村的水不是呼啦一下子幹掉的，而是逐年減少，逐月減少，一點一點
消失的。」由於缺水，自然風光與從前相比不啻霄壤之別，這時作者劉慶邦
又讓讀者沿著當年宋長玉和唐麗華春遊的路線感受到一種觸目驚心的變

〔註 10〕劉慶邦《紅煤》，北京十月文藝出版社 2006 年 1 月版，第 69 頁。
〔註 11〕迪維諾《關於綠色的遐思》，中央譯文出版社 1998 年 8 月版，第 431 頁。
〔註 12〕劉慶邦《紅煤》，北京十月文藝出版社 2006 年 1 月版，第 87 頁。
〔註 13〕劉慶邦《紅煤》，北京十月文藝出版社 2006 年 1 月版，第 88 頁。

化：「入村的那座橋仍在，只是橋下沒有水了，那條河早乾得見了底。河底龜裂著，每條龜裂的縫隙差不多都能塞得進拳頭。河坡裏沒有了草，也沒有了花，光禿禿的，連一粒羊糞也看不見。既然沒了水，就沒了魚，沒了蝦，沒了螃蟹，戲水和摸魚捉蟹的小孩子也不知到哪裏去了。」〔註14〕同樣因為缺水，紅煤廠村山上的樹木幾乎死了一半。已經死了的，枝幹發枯，發黑。沒死的，樹葉也發乾發毛，一片燥色。山林間沒了水汽，也就沒了靈氣，路邊的野花沒有了，鳥鳴也聽不到了。偶而有風吹來，也都是乾風，灼得人心起燥。到紅煤廠村遊覽的人越來越少。偶而有一兩個遊客慕名而來，走一處，失望一處，只能是乘興而來，敗興而去。卡遜在《寂靜的春天》中說：「地球上生命的歷史，一直是生物及其周圍環境互相作用的歷史。生命要調整它原有的平衡所需要的時間不是以年代計，而是以千年計。新情況產生的速度和變化之快已反映出人們激烈而輕率的步伐勝過了大自然的從容步態。」〔註15〕更為嚴重的是，紅煤廠村的村民的日常用水都成了問題，需要用機器打深水井。這時人們才恍然大悟，才知道水是生命之源，但是已經遲了，人們紛紛把怒氣發洩到狂挖濫採煤炭資源的宋長玉身上，他們派了一個八十多歲的老人去鄭重地告誡宋長玉，紅煤廠村地底下的煤不能再採了，再採連吃的水都沒有了。嚴重缺水最終迫使宋長玉計劃建一個水塔，但是水塔還沒來得及建，宋長玉的村辦煤礦卻發生了極其嚴重的透水事故，導致二十九個礦工死亡。為了逃避責任，宋長玉逃之夭夭，成了亡命天涯的罪犯。

海德格爾說過：「人不是存在者的主宰，人是存在者的牧人。」〔註16〕應該說，劉慶邦是把對自然生態被嚴重破壞的罪過歸之於宋長玉等人竭澤而漁式的毀滅性的開發，大自然對人類的報復是無情的。經濟的發展不能成為破壞環境的藉口，這應該成為我們的共識。現代科學技術和工具理性的高度發達，必然導致人類生產力的提高和改造自然能力的增強，科技理性和科技神話在創造大量物質文明的同時，也破壞了人類賴以存活的自然環境。人類必須在與自然危機四伏的關係中，重新思考如何正確處理人與自然的和諧發展問題。恩格斯曾經指出：「我們對自然界的全部統治力量，就在於我們比一切

〔註14〕劉慶邦《紅煤》，北京十月文藝出版社2006年1月版，第349頁。
〔註15〕〔美〕R·卡遜《寂靜的春天》，譯林出版社，2000年11月版，第129頁。
〔註16〕海德格爾《林中路》，譯林出版社，1997年12月版，第290頁。

生物強，能夠認識和正確運用自然規律。」〔註17〕掌握了自然規律的人類，一定要更加自覺地按照自然規律文明地對待自然。因此，恩格斯同時也警告我們：「我們不要過分陶醉於我們對自然界的勝利，對於每一次這樣的勝利，自然界都報復了我們。美索不達米亞、希臘、小亞細亞以及其他各地的居民，為了想得到耕地，把森林都砍光了，但是他們夢想不到，這些地方今天竟因此成為荒蕪不毛之地，因為他們使這些地方失去了森林，也失去了積聚和貯存水分的中心。」〔註18〕當前，隨著生態問題的凸顯，生態倫理日益受到人們的關注。生態倫理通常是指人類在進行與自然生態有關的活動中所形成的倫理關係及其調節原則。人類的自然生態活動反映出人與自然的關係，其中又蘊藏著人與人的關係，表達出特定的倫理價值理念與價值關係。

湯因比在《人類和大地母親》一文中說：「人，大地母親的孩子，不會在謀害母親的罪行中幸免於難。」〔註19〕人類與自然的關係如何處理呢？恩格斯說過：「我們必須時時記住：我們統治自然界決不像征服者統治異民族一樣，決不像站在自然界以外的人一樣——相反，我們連同我們的肉、血和頭腦都是屬於自然界，存在於自然界的；我們對自然界的整個統治，是在我們比一切其他動物強，能夠認識和正確運用自然規律。」〔註20〕通過對《紅煤》的解讀分析並且聯繫當前建設和諧社會的現實，筆者認為應該至少要做到一下幾點：一是在全社會大力倡導尊重自然、善待自然的觀念。二是在全社會大力倡導科學精神，正確認識自然，尊重自然規律。毛澤東在《實踐論》裏深刻指出：「馬克思主義者認為人類的生產活動是最基本的實踐活動，是決定其他一切活動的東西。人的認識，主要地依賴於物質的生產活動，逐漸地瞭解自然的現象、自然的性質、自然的規律性、人和自然的關係」。〔註21〕三是高度重視和加強環境污染的治理與生態建設。四是大力發展循環經濟。其實，美國的羅爾斯頓在《哲學走向荒野》一書中曾經談及對城市生活和對農村生活的比較：「對大多數美國人來說，理性的生活不是大城市的生活，而是城鎮加鄉村的生活。我們珍惜家鄉的山嶺、河流、海灣與鄉間的車道。我們大多數

〔註17〕《馬克思恩格斯選集》第三卷，人民出版社1987年3月版，第209頁。
〔註18〕《馬克思恩格斯選集》第三卷，人民出版社1987年3月版，第294頁。
〔註19〕湯因比《湯因比歷史哲學錄》，青島出版社，2001年12月版，第408頁。
〔註20〕《馬克思恩格斯選集》第三卷，人民出版社1987年3月版，第177頁。
〔註21〕毛澤東《實踐論》（1937年7月），《毛澤東選集》第2版第1卷第282～283頁。

人是如此地認同於有一點鄉村味的生活，以至於如果要離開這樣的地方會十分難受，而如果是離開了一段時間又回來時，便會非常激動。誠然，我們對人與社區都有很深的感情，但我們對城市本身的愛，往往不如我們對大地的愛。」〔註 22〕

對自然生態的憂思，使劉慶邦的《紅煤》在展開主人公的人生故事的同時能夠放眼具體環境和人的互動關係。人與自然的視角也使這部小說獲得了一種大氣，一種憂患意識，一種廣闊的人文情懷，一種深刻的彼岸意識。從這一點來看，劉慶邦對人與自然的思考暗合了利奧波德在《沙鄉年鑑》中對人的準確定位：「事實上，人只是生物隊伍中的一員的事實，已由對歷史的生態學認識所證實。很多歷史事件，至今還都只從人類活動的角度去認識，而事實上，它們都是人類和土地之間相互作用的結果。土地的特性，有力地決定了生活在它的上面的人的特性。」〔註 23〕

第二節 「天地人合一」的現代闡釋

中國古代「天地人合一」思想，對生態學理論的形成具有重大意義。中國漫長的鄉村自給自足經濟與道法自然的倫理思想和由此衍生出的生態文明有著緊密的內在聯繫。我們目前尚不能斷定中國古代已經有了大地倫理學的思想。「天地人合一」思想具有宏闊、系統與協調默契的特質，這與生態思想的深刻內涵是辯證統一相輔相成的。魯樞元在中國首屆生態文藝學學科建設研討會倡議書上寫道：「守護自然，守護家園，就是守護我們自己的心靈。如果我們不能以審美的、同情的、友愛的目光守護一棵樹、一塊綠地、一泓溪水、一片藍天，我們也就不能守護心靈中那片聖潔的真誠、那片蔥蘢的詩意。當代文學藝術應當為促進人與自然的和解、人與自然的和諧作出奉獻。文學藝術應當走進自然、關愛自然、祐護自然，重振自然之維。」〔註 24〕

莊子強調天道就是本源的東西，人變大自然為異己力量，以便為我所用。事實上，也正是這種樸素的天地萬物思想道出了人與自然的聯繫，能夠有效溝通主體與客體、自然與文明、物質與精神。在梭羅的筆下，人與自然天然

〔註 22〕〔美〕羅爾斯頓《哲學走向荒野》，吉林人民出版社 2000 年版，第 470 頁。
〔註 23〕〔美〕利奧波德《沙鄉年鑑》，侯文蕙譯，吉林人民出版社 1997 年 12 月版，第 195 頁。
〔註 24〕魯樞元《生態批評的空間》，華東師範大學出版社 2006 年 9 月版，第 326 頁。

的相互依存：「一個湖是風景中最美，最有表情的姿容。它是大地的眼睛，望著它的人可以測出他自己的天性的深淺。湖所產生的湖邊的樹木是睫毛一樣的鑲邊，而四周森林蓊郁的群山和山岸是它的濃密突出的眉毛。」〔註25〕人與自然的相依為命和和諧共榮，乃是我們整個人類越來越明確的普遍共識，只有自覺自願維護生態自然環境，我們才可能實現建設生態文明的目標，保持可持續發展。

我國綠色文學的先行者葦岸在《大地上的事情》中有這樣一個比喻：「人類與地球的關係，很像人與他的生命的關係。在無知無覺的年紀，他眼裏的生命是一口取之不盡用之不竭的井，可以任意汲取和享用。當他有一天覺悟，突然感到生命的短暫和有限時，他發現，他生命中許多寶貴的東西已被揮霍一空，而對未來，他開始痛悔和恐懼，開始鍛鍊和保健。」〔註26〕時至今日，失去關愛的環境反過來危及人類的生存，近幾年的豬流感、禽流感、「雨雪冰凍自然災害」、「厄爾尼諾拉尼諾氣候災害」等頻頻發生的自然現象，都是大自然冥冥之中的某種報復和警告。散文家任林舉在《玉米大地》中借助於一次「久旱無雨，祭神求雨」對生態和人文關係的思考。任林舉的故鄉遭逢過一次罕見的乾旱災害，「三十二個晴朗無雲的日子，像三十二把燒紅了的烙鐵，一字排開，一把挨一把地烙在大地之上。一縷縷白色的煙塵，從牲畜的四蹄，從行路人的腳下，從落在田地的鋤頭上蒸騰而起。太陽像索命的債主一樣，每天在天空巡視一遍，腳步異常躊躇和緩慢」。〔註27〕所有的玉米葉子都在太陽的炙烤下由綠變黃，幾近乾渴而死。早已盡失水分的大地，熱浪滾滾，水井先後枯竭。於是，在旱情最肆虐的時候，人們懷著驚恐的心情去拜神求雨。村頭人聲鼎沸，香煙繚繞，人們擺上饅頭、雞鴨、魚肉作為犧牲和祭品，巫婆神漢口中念念有詞，可是最終老天爺還是滴雨未降，人們只好悻悻而歸。在這裡，任林舉反思天氣異常的原因，「一場災難，無疑是上天對人們的一次懲罰，但通常卻並不是誰有過失就懲罰誰，天的行為是針對大地上生活的所有子民。比如說，某一夥人佔用農田興建工廠、高樓等等，造成了生態失衡，於是就有的地方乾旱，有的地方洪澇，但往往過失者並不受直接的懲罰，而仍處於受惠狀態。環境破壞的結果仍就是城市受益，農村

〔註25〕〔美〕梭羅《瓦爾登湖》，徐遲譯，吉林人民出版社1997年版，第175頁。
〔註26〕葦岸《上帝之子》，湖北美術出版社2001年4月版，第28頁。
〔註27〕任林舉《玉米大地》，時代文藝出版社2005年8月版，第63頁。

和農民受災。」〔註28〕如此，任林舉對生態問題的思考達到了新的高度——地區經濟和條件的差異導致了一個地方的破壞行為又另一個地方買單，這一點從國際背景來思考仍是如此，往往發達國家會把自己國家的高污染的企業轉嫁到欠發達國家和地區，自己享受著藍天碧水，讓別國承受環境污染生態失衡的惡果。利奧波德在《沙鄉年鑒》中論述大地倫理時談到了「征服者往往禍及自身」的深刻道理：「在人類歷史上，我們已經知道，征服者最終都將禍及自身。為什麼如此？這是因為，在征服者這個角色中包含著這樣一種意思：他就是權威，即只有這位征服者才能知道，是什麼在使這個共同體運轉，以及在這個共同體的生活中，什麼東西和什麼人是有價值的，什麼東西和什麼人是沒有價值的。結果呢，他總是什麼也不知道，所以這也是為什麼他的征服最終只是招致本身的失敗。」〔註29〕這樣的道理太值得人類反思自己的行為模式了，或許，暫時的奴役和征服僅僅是表面的一場勝利，更嚴峻的生態災難和環境污染在考驗後續的發展和發展取得的階段性成果，使得物質利益的取得變得微不足道。

大自然中沒有任何事物是孤立的自足的，靈感與性情肯定是存在於所有事物之中。「張煒的作品因其對大地靈魂的守望而擁有了濃重的生態審美色彩」。〔註30〕張煒的《融入野地》一文寫道：「當我還一時無法表述野地這個概念時，我就想到了融入。因為我單憑直覺就知道，只有在真正的野地裏，人可以漠視平凡，發現舞蹈的仙鶴。泥土滋生一切；在那兒，人將得到所需的全部，特別是百求不得的那個安慰。野地是萬物的生母，她子孫滿堂卻不會衰老。她的乳汁匯流成河，湧入海洋，滋潤了萬千生靈。我沿了一條小路走去。小路上腳印稀罕，不聞人語，它直通故地。誰沒有故地？故地連接了人的血脈，人在故地上長出第一縷根鬚。可是誰又會一直心繫故地？直到今天我才發現，一個人長大了，走向遠方，投入鬧市，足跡印上大洋彼岸，他還會固執地指認：故地處於大地的中央。他的整個世界都是那一小片土地生長延伸出來的。我又看到了山巒、平原，一望無邊的大海。泥沼的氣息如此濃

〔註28〕任林舉《玉米大地》，時代文藝出版社 2005 年 8 月版，第 67 頁。

〔註29〕〔美〕利奧波德《沙鄉年鑒》，侯文蕙譯，吉林人民出版社 1997 年 12 月版，第 194 頁。

〔註30〕謝建文《張煒小說中的生態美學追求——〈九月寓言〉淺析》，《平原大學學報》2004 年第 1 期，第 37 頁。

烈，土地的呼吸分明可辨。稼禾、草、叢林；人、小蟻、駿馬；主人、同類、寄生者……攪纏共生於一體。我漸漸靠近了一個巨大的身影……故地指向野地的邊緣，這兒有一把鑰匙。這裡是一個人口，一個門。滿地藤蔓纏住了手足，叢叢灌木擋住了去路，它們挽留的是一個過客，還是一個歸來的生命？我伏下來，傾聽，貼緊，感知脈動和體溫。此刻我才放鬆下來，因為我獲得了真正的寬容。一個人這時會被深深地感動。他像一棵樹一樣，在一方泥土上萌生。他的一切最初都來自這裡，這裡是他一生探究不盡的一個源路。人實際上不過是一棵會移動的樹。他的激動、欲望，都是這片泥土給予的。他曾經與四周的叢綠一起成長。多少年過去了，回頭再看舊時景物，會發現時間改變了這麼多，又似乎一點也沒變」。〔註31〕張煒在近年來的創作，是常常和對人與自然的關係的思考不可分離的，無論在《九月寓言》還是在《外省書》《柏慧》《刺蝟歌》等等作品中都在努力表現人與自然的關係。王光東認為：「張煒對於人對自然的破壞及對其他生命的戕害充滿了深深的憂慮」。〔註32〕張煒認為：「人與土地上的一切生命應該是相互幫助相互依存的，人——包括我自己有時也承認這個。可悲的是我們太相信、太滿足於自己的力量了。隨心所欲地規範、管理、絲毫也不顧及其他生命的自尊心，慢慢變得為所欲為。」〔註33〕他認為其中，《刺蝟歌》的創作尤其如此。《刺蝟歌》以男女主人公廖麥和美蒂四十餘年的愛恨情仇、聚散離合為經，以濱海荒原莽林的百年歷史為緯，編織出了一個個光怪陸離耐人尋味的傳奇故事。其中既有濃烈的寓言色彩，又凸顯出尖銳的現實衝突，繪製成一幅幅野性充溢的多彩畫卷。《刺蝟歌》為我們塑造了一個撲朔迷離的當代生態寓言故事。具有傳統士大夫書生氣質的廖麥在一個工業化如火如荼肆虐展開強勢發展的年代裏，卻死死守衛著「晴耕雨讀」的理想，渴望著書聲琴韻，渴望著「綠野扶鋤日照前，紅袖添香夜讀書」的農耕田園時代的讀書人的理想。可是，這種生活在高歌猛進的工業化裏挾下，注定是要被推土機、炸藥給毀滅殆盡的。在《刺蝟歌》中。廖麥不時提醒美蒂：「你從海邊往南，往西，再往東，不停地走上一天一夜，遇不見一棵高高爽爽的大樹，更沒有一片像樣的樹林！各種動物都沒有了，它

〔註31〕張煒《九月寓言‧後記》，人民文學出版社 2005 年 5 月版，第 297～298 頁。
〔註32〕王光東《意義的生成——張煒小說中的「主題原型」闡釋》，《當代作家評論》
　　　　2008 年第 4 期，第 52 頁。
〔註33〕張煒《美妙雨夜》，上海文藝出版社 1991 年版，第 300 頁。

們的死期一到，人也快了。」〔註34〕王鴻生在《為大自然復魅——關於〈刺蝟歌〉及其大地文學路向》一文中分析到：「當然，由於極權的不公正的社會制度及其意識形態，往往會把現代化的好處留給少數掠奪者，而把現代化的惡果轉嫁給那些欠大自然債務最少的人，所以這一破一立不僅不排斥社會的、制度層面的或意識形態的批判，反而在汲取這些批判力量的基礎上更具兼容性的敘事……《刺蝟歌》對大地的表達正是這樣弔詭，它根本沒說出大地的奧秘是什麼，它只是告訴我們大地的奧秘是存在的。」〔註35〕張煒在敘述故事的同時，也把諸多的自然事物、民間傳說比如睡刺蝟、老龜頭、魚戲、小沙鷗等等穿插其間，讓純自然的生命氣息氤氳在故事的流水線上。再次顯示了張煒對「融入野地」的渴望，對大地倫理的深刻領悟和理解，對生態文明的重申和強調。縱觀張煒的創作，王鴻生發現：「自1990年代中期的人文精神討論以來，張煒的注意力似乎一直沒有離開過工業化、市場化、城市化進程所帶來的諸多問題，如社會沉淪問題、精神沙化問題以及與之密切關聯的自然生態問題。」〔註36〕張煒的思考，是伴隨著我們國家的經濟發展模式逐漸轉變的脈絡展開的——從1990年代早期市場經濟的提出，大規模的粗放式的以高耗能高污染為代價的發展模式逐漸向生態環保、合理和諧的模式轉化。王光東認為，張煒在人與自然關係的思考中所構建的小說世界賦予民間故事傳說的原型以新的意義。這樣的原型在《刺蝟歌》中演變得更加複雜。「從整體上看，其情節結構仍然是：人粗暴地對待自然、生命——自然、生命給人以懲罰。這樣的負義原型，在張煒的小說中具有了深厚的內涵。在《刺蝟歌》中人與自然的關係呈現出兩種形態。一是在許多年前的棘窩鎮上，人們和自然、野物之間有著親如一家的和諧關係，人與幻化為人形的野物一起喝酒、吃飯、做愛、相互之間融為一體；一是現在棘窩鎮上的人們與自然、野物之間的關係出現了衝突，人對自然世界的開發、掠奪不僅改變了人和自然的關係，也改變了人和人之間的關係。」〔註37〕的確，自然的惡化與人心的惡化

〔註34〕張煒《刺蝟歌》，人民文學出版社2007年版，第23頁。

〔註35〕王鴻生《為大自然復魅——關於〈刺蝟歌〉及其大地文學路向》，《文藝爭鳴》2008年第5期，第118～119頁。

〔註36〕王鴻生《為大自然復魅——關於〈刺蝟歌〉及其大地文學路向》，《文藝爭鳴》2008年第5期，第114頁。

〔註37〕王光東《意義的生成——張煒小說中的"主題原型"闡釋》，《當代作家評論》2008年第4期，第53頁。

是一枚硬幣的兩面。唐童等人不顧一切的破壞自然謀取原始積累的過程，就是棘窩鎮所在的大自然環境慘遭破壞的根本原因。《刺蝟歌》用這樣的故事演示了原始積累階段的不擇手段和急功近利。史鐵生在隨筆《花錢的事》中論及了對社會進步、可持續發展、幸福指數、財富與精神的諸多關係，他寫道：「什麼是發展？你原本想發展到哪兒去？或者，人，終於怎樣才算是發展和持續發展著？最簡單的提問是：是財富增長的越來越持久算發展呢？還是道德提高得越來越持久才算發展？最有力的反問是，為什麼不可以是財富與道德同時提高與持久呢？……為什麼在提倡可持續發展的今天人類仍在為提高GDP和促進消費而傾注著幾乎全部熱情？有哪一國家GDP和消費指數的增長不是以加速榨取自然為代價呢？不錯，我們都曾受惠於這類增長，但我們是否也在受害於這類增長呢？」〔註38〕這樣咄咄逼人的追問，一次次把我們推向了對科學發展的深入思考之境，使我們無從逃遁。

　　土地是有機體和共同體。關於這一點，利奧波德在《讓德河》一文中寫道：「與土地的和諧就像與朋友的和諧，你不能珍視他的右手而砍掉他的左手。那就是說，你不能喜歡獵物而憎恨食肉動物；你不能保護水而浪費牧場；你不能建造森林而挖掉農場。土地是一個有機體。」〔註39〕人的生命來源於天地，人的生活空間離不開天地。與天地同在，呼吸宇宙，吐納風雲，這是中國古老哲學的根柢，同時也是現代生態對人的要求。任何無視天地大道存在的虛妄發展和超越都被天地所藐視和懲罰。對於天地精神的敬畏，在莊子的筆下呈現為「與天地精神相往來而不傲睨萬物。」這其實是在告誡人類時時刻刻要對自然心懷感恩與敬畏。在葦岸的《大地上的事情》（第三十八節）中有一段對土地的感悟，葦岸傾心於秋天豐收季節的土地，他把自然的無私、豐富、純樸形諸筆下：「秋天，大地上到處都是果實，它們露出善良的面孔，等待著來自任何一方的採取。每到這個季節，我都難於平靜，我不能不為在這世上永不絕跡的崇高所感動，我應當走到土地裏面去看看，我應該和所有的人一道去得到陶冶和啟迪。」〔註40〕葦岸的語言質樸而平實，內裏流淌著滾燙的詩情。接著，葦岸寫道：「太陽的光芒普照原野，依然熱烈。大地明亮，

〔註38〕史鐵生《花錢的事》，《天涯》2008年第1期，第129頁。

〔註39〕〔美〕利奧波德《沙鄉年鑒》，侯文蕙譯，吉林人民出版社1997年版，第132頁。

〔註40〕葦岸《上帝之子》，湖北美術出版社2001年4月版，第27頁。

它敞著門，為一切健康的生命。此刻，萬物的聲音都在大地上匯聚，它們要講述一生的事情，它們要搶在冬天到來之前，把心內深藏已久的歌全部唱完。第一場秋風已經刮過去了，所有結滿籽粒和果實的植物都把豐足的頭垂向大地，這是任何成熟者必備的謙遜之態，也是對孕育了自己的母親的一種無語的敬祝和感激。手腳粗大的農民再次忙碌起來，他們清理了穀倉和庭院，他們拿著家什一次次走向田裏，就像是去為一頭遠途而歸的牲口卸下背上的重負。」〔註41〕在這樣明淨的敘述中，農民豐收的喜悅、大地無言的奉獻，以及那種農業文明時代特有的田園氣息氳氲在一起，讓讀者心氣和平，呼吸勻靜。在美國環境科學家巴里·康芒納筆下，也同樣閃爍著天人合一、普遍聯繫的光芒。「地球表層稀薄的空氣、水以及土壤和照耀著生命的太陽的輻射熱。就是在這兒，在幾億年前，生命出現了，生物在數量、類別和棲息地點上都在增加，一直到它們形成了一個全球網絡，並且巧妙地纏結到他們自己所創造的周圍事物中，這就是生物圈，它是生命在地球表面為自己建造起來的家園。」〔註42〕任林舉在《玉米大地》中有一節談及「大地記憶」，頗有深度，「歷史到底靠什麼來記憶？靠紙嗎？那只是人的一種記憶方式，況且哪一張紙哪一本書籍裏沒有謊言和虛構的情節呢？大地上發生過的一切，除了大地可以作證，誰有資格來擔當？大地無言，也許大地本身並不需要言說，大地本身就是記憶，本身就是時光及歷史的溝回。它的山川、河流、它的草木、莊稼，它的萬事萬物，無時不在銘刻著、傾訴著埋藏於歲月深處的秘密。」〔註43〕是的，默默無言的大地，不僅給予我們衣食住行的物質財富，還賦予我們世世代代的集體無意識，這是真正的歷史編年史。錢谷融在《散淡人生》中深情回眸 1939 年在柏溪鄉下生活的一段文字，讓我們這些生活在車水馬龍、喧囂哄鬧的都市裏的人們無限迷戀：「我還記得那潺潺的溪水，那蕭蕭的修竹，確也曾給我不少的喜悅。當杜鵑哀鳴得最淒厲的時候，滿山滿谷都盛開著絢麗的油菜花，豔陽下射，耀眼如金，我仰臥在草地上，讓花香編織著我的夢想，慢慢甜蜜地睡去。」〔註44〕我們在一個高度污染的工業時代，到哪裏去尋覓這樣美好的景致呢？通過閱讀如詩如畫的散文，我們暫時從令人不快的

〔註41〕葦岸，《上帝之子》，湖北美術出版社 2001 年 4 月版，第 28 頁。）

〔註42〕〔美〕巴里·康芒納著，侯文蕙譯：《封閉的循環——自然、人和技術》，吉林人民出版社 1997 年版，第 7 頁。

〔註43〕任林舉《玉米大地》，時代文藝出版社 2005 年 8 月版，第 3 頁。

〔註44〕錢谷融《散淡人生》，上海教育出版社 2001 年版，第 21 頁。

環境中抽身出來，神遊於作家筆下的勝境。作家王開嶺深情回憶了二十年前隨父親下放到山東平邑一個公社時代的美好自然風物：「童年時，我在沂蒙山區一個閉塞的公社，現在想起來那兒的景色美極了，簡直就是個世外桃源。我曾向我的朋友描述了那裡的四季：漫山遍野的梨花、迎春、杜鵑、紫丁；黃杏、紅柿；布穀、蜻蜓、灰鶺、老鴰、大雁……還可放牛、餵驢。」〔註45〕可是，最近的一次回去，卻讓作者的心中黯然失色，現在看到的是：山上的樹低矮得可憐，一株株瘦得像些營養不良的棄兒，溪水早就斷流，坡上坑坑窪窪，墳頭般的小石灰窯、磚瓦窯到處噙噙冒白煙，村頭的池塘被填平蓋了鄉政府。如此這般的狀況，在中國大地上比比皆是，這是急功近利盲目發展經濟的惡果。世紀之交的中國文學把鄉村作為「生態文明」的依託和皈依，誠如南帆所論：「文學的鄉村正在形成另一種特殊的語意，鄉村的生態正在有意無意地承擔了正面的典範。文學研究介入生態問題的辯論還是不久之前的事情，綠色文學正在成為一個新的口號。」〔註46〕

　　其實，早在新時期文學中的某些作品中都瀰漫著大自然的神秘氣息和人與自然和諧相處的生態理想主義色彩。作家王兆勝在《敬畏之心》中寫道：「對天地的敬畏之心最重要的是一種信仰，一種人生觀。就是說，在本質的意義上，人在這個世界上都是有限的、卑微的，他不能無視無限的天地宇宙和自然萬物，更不能對其任意踐踏。人類不是天地的主宰，相反是天地自然在主宰著人類。基於此，人類應該與天地自然和平相處，互相取長補短。」〔註47〕古老的天人合一觀念在現代化和全球化日新月異的二十一世紀仍然有勃勃生機，我們日益驕橫和愚妄的人類必須汲取古老的智慧，以指導我們面對天地自然的基本態度。作為人類理性能力象徵的科學技術並非萬能的，在大自然面前人類的智慧終究是有不可逾越的侷限，誠如克萊頓所言：「清醒一點吧，人可以製造船隻卻不可能製造海洋；人可以製造飛機卻不可能製造天空。你的實際能力比你的夢想要小的多。」〔註48〕雷切爾·卡遜在《寂靜的春天》中嚴辭抨擊20世紀60年代大量使用殺蟲劑、滅菌劑時說：「政府不僅考慮它們的毒性，還考慮它們所帶來的經濟效益。

〔註45〕王開嶺《黑夜中的銳角》，中國社會科學出版社2001年6月版，第191頁。
〔註46〕南帆《啟蒙與大地崇拜：文學的鄉村》，《文學評論》2005年第1期，第39頁。
〔註47〕王兆勝《天地人心》，山東文藝出版社2006年6月版，第26頁。
〔註48〕Michael Crichton, Jurassic Park, New York: Alfred A. Knopf, 1990, p.39,張維譯。

這純粹是自掘陷阱。農業產量的增加是以癌症、神經病等的潛在增長為代價的。」〔註 49〕如今，世界被高科技化了，各種高科技產品成了人類須臾不可離開的感官，手機、電視、網絡、電腦覆蓋了生活的各個層面。我們帶著對現代文明的反思讀到了利奧波德對人類的勸諫和告誡：「是否值得以犧牲自然的、野外的和無拘束的東西為代價。對我們這些少數人來說，能有機會看到大雁要比看電視更為重要，能有機會看到一朵白頭翁花就如同自由的談話一樣，是一種不可剝奪的權利。」〔註 50〕對天然世界的皈依和守望，是我們克服被工業化、信息化和科技化管轄、控制和異化的法寶。作家張煒特別重視對大地的親身融入，他在《你的樹》一文中寫道：「記住了赤腳奔跑在原野上的感覺，差不多等於記住了在母親懷抱中的感受。當你躺在大地鬆軟的泥土上時，你與周圍的世界連成了一體、一塊，是渺小的一部分，是一棵大樹上的小小枝杈，是一條大河上的一涓細流。你與大自然的深長呼吸在慢慢接通，你覺得母親在微笑，無數的兄弟姊妹都在身旁。連小鳥的啼叫，小草的細語，也都變得這麼可親可愛。你這時候才是真正的無私無畏，才是真正寬容的一個人。」〔註 51〕西藏是有著良好原生態自然風光的聖潔之地，近些年來隨著青藏鐵路的開通，許許多多的旅遊者領略了這裡的美麗風光，接受了精神的洗禮。在章汝先的詩歌《聖潔的洗禮——赴西藏考察有感》中，我們讀到了作者對神秘的西藏風光的深情禮讚和對人與自然和諧相處的由衷祝願。「我第一次來到神往已久的西藏。我盡情地欣賞世界上海拔最高的湖泊；我貪婪地眺望納木措湖畔的冰川雪山；我驚歎湖光山色的碧波湛藍；我讚美高原雪域的雄渾蒼茫。我敬畏得雙膝跪拜這聖湖神山，祈禱人與自然永遠和諧，持續發展。」〔註 52〕作者心目中的西藏是人神合一、天人合一、萬物合一的美好家園，巍峨的高山、迴旋的天籟之音、美麗的藏羚羊、飄舞的七彩經幡、雪白的哈達……這一切，都是作者心靈深處的自然之畫卷、人類精神的美好家園。李存葆在《鯨殤》一文中說到生態平衡：「山山林林的鹿鳴虎嘯猿啼，岩岩石石的蜥行蟲跳蠍藏蛇匿，江

〔註 49〕〔美〕雷切爾‧卡遜《寂靜的春天》，呂瑞蘭譯，吉林人民出版社 1997 年版，第 13 頁。

〔註 50〕〔美〕奧爾多‧利奧波德著，侯文蕙譯：《沙鄉年鑑》，吉林人民出版社 1997 年版，英文版序言。

〔註 51〕張煒《綠色的遐思》，文匯出版社 2005 年 5 月版，第 148～149 頁。

〔註 52〕章汝先《聖潔的洗禮——赴西藏考察有感》，《精神生態通訊》2006 年第 4 期。

江海海的魚騰蝦躍鯨馳鯊奔，土土縫縫的菇傘黴茸蚓動蟻爬，坡坡嶺嶺的蔬綠稻黃果香瓜甜，花花樹樹的蜂飛蝶舞鳥鳴禽叫……生命無所不在，撲朔迷離的大自然以其斑駁的萬物搖曳的萬有，構成了神奇的無限。冥冥中，天人合一物我難分，無限神奇裏包容著人類自己。在這個由植物、微生物和動物組成的生命世界裏，作為萬千靈長的人類，自是無可置疑的主宰。當生態失衡時，主宰才意識到，看上去植物、微生物、動物是三個迥乎其異的獨立王國，實際上它們環環相銜，鏈鏈相接，構成了一個生命世界的完整體系，且是那般和諧、完美和巧妙。在生態平衡中，食物鏈的平衡則是最重要的法則。」〔註53〕李存葆從大地上的樹木昆蟲談到牛馬、大象、獅子、老虎的相互之間的食物鏈，最後表達了自己對生態失衡的理解：「人類對生態平衡的破壞，不僅僅表現在對大自然的無窮索取，還在於常將主觀意志強施予其他生物，使結果與初衷大相徑庭。」〔註54〕

　　1998年，喜歡田野調查的葦岸為了寫作《一九九八：二十四節氣》，他在北京郊區昌平縣郊外的田野上選了一個鄉村景觀以便於現場體驗。袁毅稱讚說：「文章通過觀察節令細微的嬗遞和農事舒緩的更替，來體貼大自然率真的表情和微妙的靈性，讀後能夠讓讀者領略東方節氣的準確、奇妙和神秘，並使人能想像到先民天才的智慧、農耕社會的有機以及季節的生命性和萬象運行的秩序。」〔註55〕通過對比古老的二十四節氣和現代社會的人類生活內容，葦岸不無遺憾地發現，時代和自然正在對立。葦岸宿命般地沒有活到二十一世紀，在1999年5月19日遽然辭世。在他的遺書《最後的幾句話》中，葦岸平靜而憂鬱地寫道：「20世紀這輛加速運行的列車已經行駛到21世紀的門檻了。數年前我就預感到我不是一個適宜進入21世紀的人，甚至生活在20世紀也是一個錯誤。我不是在說一些虛妄的話，大家可以從我的作品中看到這點。我非常熱愛農業文明，而對工業文明的存在和進程一直有一種源自內心的悲哀和牴觸，但我沒辦法，也被裹挾其中。」〔註56〕這可以說是葦岸這位終身以「大地之子」為自喻的作家對當代社會發展的侷限性進行深刻反思之後的肺腑之言。

〔註53〕李存葆《綠色天書》，河南文藝出版社2006年版，第22頁。
〔註54〕李存葆《綠色天書》，河南文藝出版社2006年版，第23頁。
〔註55〕葦岸《上帝之子》，湖北美術出版社2001年4月版，第15頁。
〔註56〕葦岸《上帝之子》，湖北美術出版社2001年4月版，第161頁。

第三節　人與自然和諧的呼喚

利奧波德在《沙鄉年鑒》中說，「事實上，人只是生物隊伍中的一員的事實，已有對歷史的生態學所證實。很多歷史事件，至今還都只從人類活動的角度去認識，而事實上，它們都是人類和土地之間相互作用的結果。土地的特性，有力地決定了生活在它上面的人的特性。」〔註57〕搞好人與自然的關係是建設社會主義生態文明維護生態環境的必然要求。在作家徐剛的《大地之門》的後記裏，我們可以讀到這樣的呼告：「我只是蒼白地呼告過，並且重複著，關於土地，關於水，關於五穀雜糧，關於種草種樹，關於小心翼翼地接近輝煌……我尋找著大漠中的一點點綠色，荒野中種樹人的背影，還有塔里木河枯死的胡楊，不久前剛剛成為廢墟的一處院落，撫摸正在風化的羊屎球，撫摸這歲月流逝。」〔註58〕馬克思恩格斯「人是自然界的一部分」的思想乃是促進人與自然的和睦相處構建社會主義和諧社會的理論基礎。馬克思認為「人靠自然界生活」，「人是自然界的一部分」。恩格斯在《自然辯證法》中還告誡我們：「我們每走一步都要記住：我們統治自然界，決不像征服者統治異族人那樣，決不是像站在自然界之外的人似的，──相反地，我們連同我們的肉、血和頭腦都是屬於自然界和存在於自然之中的。」馬克思恩格斯充分尊重自然，把自然的和諧與人類的生產生活相互勾連絕不放任人類對大自然的掠奪和征服，而是節約資源愛護自然，它充分說明了人類在自然面前應該百倍珍惜自然的賜予和造化，力求道法自然遵循天地大道，不可妄自尊大。人類本身都是宇宙地球的產物，當然人類必須聽從自然的招呼，不可輕舉妄動。人類的力量是無窮的，改天換地征服自然但是必須認識自然規律，適應自然規律，絕不可以違背自然規律。人們大自然的改造和索取，必須建立在充分尊重自然和自然規律、效法自然規律的基礎之上而不是逆天而行。一旦人們野心勃勃，妄自尊大唯我獨尊肆意妄行，完全不顧大自然的規律盲目發展和肆意擴張，就一定會受到大自然的懲罰和訓誡。恩格斯曾經語重心長地指出，我們不要過分陶醉於我們人類對自然界的勝利，這是清醒而理性的。作家徐剛深得利奧波德「大地倫理」的精神真髓，他在《長江傳》中寫道：「我們只能把倫理的範圍擴展至大地。大地之上的一切，對長江負起倫理的責任，並在道德上譴責自己。然後才會有新的治河策略，並且確立中華民族

〔註57〕〔美〕利奧波德《沙鄉年鑒》，吉林人民出版社1997年版，第195頁。
〔註58〕徐剛《大地之門》，安徽教育出版社，2005年版，第197頁。

與長江關係的行為規範。」〔註 59〕李存葆在《大河遺夢》一文中鞭闢入裏地剖析了黃河年年面臨斷流的危機，每逢黃河斷流時作者每每痛心疾首。「進入 90 年代以來，有關黃河徑流山東段的斷流訊息屢見報端。是怕母親河那金黃、厚重而神秘的衣飾被旱魃掀揭於世，也是怕流失掉我幼時便萌生的對這大河的敬畏，故而每屆枯水時節，我從不願涉足黃河，即便乘車路過濟南黃河大橋時，也不敢向魂牽夢繞的大河投去一瞥。」〔註 60〕究竟是什麼原因導致的黃河斷流呢？李存葆尋根探源發出觸目驚心的判斷：「黃河斷流，蓋源於整個大河兩岸需水量的劇增。甘肅、寧夏、向為乾旱之地。如今兩省百姓，推廣旱作農業，大挖水窖，積蓄雨水，將天上來水滲進了高原之壤，這就切斷了黃河的毛細血管。」〔註 61〕面對不時出現斷流的黃河，李存葆發出浩歎——黃河，親愛的母親河啊，可憐的母親河，是大量的流失枯竭了你美麗的容顏，是不停地的勞頓消瘦了你華采的樂章，是忙忙碌碌的奔波使你姍姍來遲，是不堪負重的壓力使你腰彎背駝……作家的深沉感喟和焦慮滲透在字裏行間，充滿了悲天憫人的博大情懷。

　　大自然與人類自身相互牽制，人與自然的和諧必須小心翼翼維護，人與人的和諧才能落到實處，社會和諧才能立竿見影。可見人與自然的和諧，乃是整個天地萬物和諧有序的基礎。「反思並超越工業文明那種狹隘的人類中心主義，是生態倫理最具挑戰性的內容之一。傳統的人類中心主義認為，人是宇宙的中心，是大自然的主宰，所有的自然存在之物都是為了人類的目的而存在的。因此，自然存在物僅僅是為人類服務的工具，人之外的自然存在物不是人類義務的對象，人類對待它們的行為無須接受道德的約束。在許多有識之士看來，這種把自然排除在倫理關懷之外的人類中心主義對於現代的生態危機富有不可推卸的責任。因此，我們要想避免工業文明的環境危機，就必須把自然納入倫理共同體的範圍，承認自然的內在價值，確立自然物作為人類倫理關懷的對象的地位，使關心自然成為人類的一項倫理義務。」〔註 62〕那麼，人與自然的分庭抗禮是不是文明發展的內在焦慮呢？人類社會之所以同天地自然生態發生分庭抗禮，拒絕和解，其原因在於人類追求高額利潤不

〔註 59〕徐剛《長江傳》，福建教育出版社 2000 年版，第 519 頁。
〔註 60〕李存葆《綠色天書》，河南文藝出版社 2006 年版，第 28 頁。
〔註 61〕李存葆《綠色天書》，河南文藝出版社 2006 年版，第 34 頁。
〔註 62〕楊通進《生態十二講·序言》，天津人民出版社 2008 年 1 月版，第 4 頁。

顧一切地竭澤而漁。我們要從根本上解決人與自然環境、與生態平衡的矛盾，做到道法自然遵循規律，使人類走出人類文明越來越發展生態環境破壞越嚴重的進退維谷的怪圈。史懷澤在談及敬畏生命時說過：「受制於盲目的利己主義的世界，就像一條漆黑的峽谷，光明僅僅停留在山峰之上。所有生命都必然生存於黑暗之中，只有一種生命能擺脫黑暗，看到光明。這種生命是最高的生命，人。只有人能夠認識到敬畏生命，能夠認識到休戚與共，能夠擺脫其餘生物苦陷其中的無知。」〔註63〕促進人與自然的和諧是社會主義生態文明的出發點和最終歸宿，我們要自然而然採取一切切實可行的舉措和制度有效地保證人與自然的和諧共贏。

利奧波德說：「資源保護是人和土地之間和諧一致的一種表現。」〔註64〕在全球地區之間關係一榮俱榮一損俱損的語境下，維護生態平衡、一點一滴節約資源和重視環境建設，已經使得人人動手成為環保的特徵。早上個世紀五六十年代西方發達國家的民間的環保組織綠色運動就舉起了生態的大旗奔走呼號。

魯樞元在《荒野的倫理》一文中痛心疾首地談到了大自然在當今的遭遇：「地球上那寶鏡一般美麗、夢幻一樣神奇的湖泊在一個接一個地乾涸了，梁山泊、圃田澤早已幹掉了，羅布泊也已經在1981年幹掉了，白洋淀、微山湖、博斯騰湖、馬納斯湖都面臨乾涸的最後結局。隨著湖水的乾涸是樹木的乾枯，鳥類的逃亡，草原大片大片地退化為沙漠。多年前我帶著兩位研究生深入毛烏素大沙漠進行生態考察，親眼看到沙漠吞噬了一個又一個村莊，曾經是綠樹如雲、綠草如茵、雞鳴於塒、馬鳴於槽的家園，現今只剩下半埋黃沙的斷壁殘垣，那是大自然的殘骸。」〔註65〕面對這樣的現狀，有良知的藝術家都在苦苦思索如何與大自然達成默契。在日益喧囂的工業社會裏，對大自然的皈依和迷戀成為藝術家們寄託人文情懷和反思自我的手段。博大的自然懷抱接納了現代人的沉迷和自失，慰藉藝術家疲憊的靈魂。張煒在談及人類和大自然的關係時說：「我每一次走進原野都覺得自己接近了藝術。相反，有時動

〔註63〕〔法〕阿爾伯特‧史懷澤著，陳澤環譯《敬畏生命》，上海社會科學院出版社1996年2月版，第20頁。

〔註64〕〔美〕利奧波德《沙鄉年鑒》，侯文蕙譯，吉林人民出版社1997年12月版，第197頁。

〔註65〕魯樞元《心中的曠野──關於生態與精神的散記》，學林出版社2007年6月版，第3頁。

手寫作和閱讀的時候，反而覺得離開了藝術。這個精靈到底在哪裏？它讓我們到哪裏去尋蹤、去追逐？我的這個感覺有時十分強烈。常常是滿懷失望地從案頭上抬起身子，然後苦悶地走出——原野上活生生的一切在向我招手，我走進它們中間。在一望無際的海灘平原上，在一片片的稼禾和叢林中間。我總是感到了令人至為激動的東西。它們溫厚無私、博愛，它寬宥了人們的所有行為。在這裡，我常常呆上很久。我可以在這個時刻裏回憶很多往事，總結我的生活。這時我開始變得寧靜，很清澈，也很能容忍。」〔註66〕張煒在與大自然和諧相處的時候，感覺到自己正在接近藝術的內核。「當你煩躁不寧的時候，你會想起田野和叢林。無數的草和花、樹木，不知名的小生物，都會與你無言地交流，給你寬慰。你極目遠眺，看到地平線，看到星空，都有一種說不出的感覺滋生出來。你躺在叢林草地上，或者綠樹掩映下的一片潔白的沙子上，靜靜地傾聽著什麼，身邊好像什麼異樣的東西也沒有出現，又好像一切都經歷了，通曉了。原野的聲音正以奇怪的方式滲透到我們心靈深處，細碎而又柔和，又無比悠長，漫漫的，徐徐的，籠罩了包容了一切……這個時刻你才覺得自己不是多餘的，你與周圍的世界連成了一體、一塊，是渺小的一部分，是一棵大樹上的小小枝杈，是一條大河上的一涓細流。你與大自然的深長呼吸在慢慢接通，你覺得母親在微笑，無數的兄弟姐妹在身旁。連小鳥的啼叫、小草的細語，也都變得那麼可親可愛。」〔註67〕與大自然融為一體的感悟，拯救了在世俗的泥潭裏越陷越深的現代人，我們在張煒的散文和隨筆中一次次感到了他的大地情懷，他拒絕車水馬龍喧囂浮躁的都市生活，渴望回歸自然。這一點，從他對梭羅的評價之中也清晰的呈現出來了：「他（指梭羅）的理念是美的，因為飽受現代病摧殘的當代人，越來越明白過分地消耗資源所造成的不可挽回的惡果，明白我們與大自然和諧相處的重要性。一個用行動在大地上寫詩的人，我們要評價他，也就必得展讀大地——他是一個如此放鬆的人，親近自然，與周圍的一切和善相處。他在當年出門時幾乎從不鎖門，他把木屋向著世界開放。」〔註68〕可是，訪問康科德城市郊區的張煒專門去拜訪瓦爾登湖畔梭羅的小木屋時，小木屋卻是鎖閉的，張煒感歎不已——梭羅離我們遠去了，於是後人就把他的小屋禁錮起來。閱讀這樣的

〔註66〕張煒《綠色的遙思》，文匯出版社2005年5月版，第152頁。
〔註67〕張煒《綠色的遙思》，文匯出版社2005年5月版，第148頁。
〔註68〕張煒《綠色的遙思》，文匯出版社2005年5月版，第221頁。

文字的時候，我們自然會記起浪漫主義詩人柯勒律治的借助自然呼喚自由的詩歌：「在那海崖邊上／天上的微風剛剛穿過松林／與遠處的波濤一起共鳴／當我光著額角站立著凝視／我滲入大地、海洋和空氣／以強烈的愛擁有天下萬物／自由，啊！／我的精神感到你的存在。」〔註69〕

利奧波德說：「我們大家都在為安全、繁榮、舒適、長壽和平靜而奮鬥。……不過，太多的安全產生的僅僅是長遠的危險。也許，這也就是梭羅的名言潛在的涵義。這個世界的啟示在荒野。大概，這也是狼的嗥叫中隱藏的內涵，它已被群山所理解，卻極少為人類所領悟。」〔註70〕文學家筆下的人與自然的背離，則呈現出光怪陸離的維度。為人類尋找一條自我拯救自我救贖的路。

散文家葦岸的極具生態性的自然觀和人生觀在他的散文集《大地上的事情》中得到了集中的展現。在葦岸那裡，人和自然是休戚與共的，「我常常這樣告誡自己，並且把它作為我生活的一個準則：只要你天性能夠感受，只要你尚有一顆未因年齡增長而泯滅的承受啟示的心，你就應當常到大自然中去走走。」〔註71〕葦岸是大地的兒子，他時常提著望遠鏡在故鄉的田園上觀察鳥兒和野兔，對大自然的悉心熱愛，是他獲取創作靈感的不竭源泉。與土地融為一體，與自然相濡以沫，萬物靜觀皆自得，這與美國自然寫作的先驅愛默生具有異曲同工之妙，請看愛默生在論述了一大片田園被很多人家分割以後的情況「但是他們中間的任何一家都無法擁有整個風景。在遠方的地平線上有著一椿財產──它不屬於任何人，除非有人能以自己的目光將它所有的部分組合起來，此人必定是個詩人。」〔註72〕只有真正把自己和廣袤的天地自然融為一體的具有審美眼光的超然物外的哲人或詩人，才是最大的「地主」。在大地上棲居，沒有這種廣闊的宇宙意識和浩淼的詩意眼光，是不可想像的。張煒在《融入野地》裏曾經說過，一個人如果丟棄了勞動就會陷於蒙昧。葦岸同樣也非常重視勞動在人與自然關係中的重要的媒介作用：「土地叫任何勞動都不落空，它讓所有的勞動者都能看到成果，它用純正的農民暗示我們：土地最宜養育勤

〔註69〕〔英〕巴特勒著，黃梅、陸建德譯《浪漫派、叛逆者及反對派：1760～1830年間的英國文學及其背景》，遼寧教育出版社1998年版，第126頁。

〔註70〕〔美〕利奧波德《沙鄉年鑒》，侯文蕙譯，吉林人民出版社1997年12月版，第124頁。

〔註71〕葦岸《太陽升起以後》，中國工人出版社2000年7月版，第29頁。

〔註72〕〔美〕愛默生《愛默生集》，讀書·生活·新知三聯書店1993年9月版，第9頁。

勞、厚道、樸實、所求有度的人。」〔註73〕葦岸也提倡人們時常保持一顆熱愛勞動的心靈，他認為勞動是我們回歸自然的捷徑，葦岸對那些拒絕艱苦勞動養尊處優貪圖享受的人感到惋惜。過分依賴工具理性和科學技術向大自然索取的人，固執己見的認為自己的力量超越了農業文明的落伍的時代，可是人類的每一點所謂的進步都會使得人類丟棄一些彌足珍貴的本能力量和身體素質，關於這一點，19世紀的美國思想家愛默生很早就做出過深刻的反省：「文明人製造了馬車，但他的雙腳卻漸漸喪失了力量。他有了拐杖，肌肉也就鬆弛無力了。他有了一塊精緻的瑞士表，但他失去了通過太陽準確地辨別出時間的技能。他有了格林威治的天文手冊，當他需要什麼信息的時候，他能準確地從中查到，但生活在喧囂城市中的人連天上的星星都認不出來了。本是極生動的日子，對他來說只不過是一張張紙罷了。我們是不是可以提出這樣的問題：機械提供的便利是不是可以說是另一種障礙？追求文雅是不是使我們喪失了生命的某些原動力？」〔註74〕是的，在一個遠離泥土和自然的物慾橫流的世界裏，人類的本能和體質正在面臨巨大的衰敗，隨著人與自然的漸行漸遠，生態環境在污染，人類的先天本能和本真力量也在流失。

　　對許多生態批評家而言，對生態平衡的維護是與對正義力量的追求絲絲入扣在一起的。葦岸義無反顧的發出自己的憤激之詞。「那個一把火燒掉蜂巢的人，你為什麼要搗毀一個無辜的家呢？顯然你只是想藉此顯示些什麼，因為你是男人。」〔註75〕此處，葦岸的生態批評和追求公平正義殊途同歸，顯示了血性和剛烈的力量。魯樞元在談到人類要與大自然和諧相處時提出了人類的生命與動植物同處於一個網狀結構：「許多有識之士都曾經指出，生命之網是一種混沌，人的血肉之軀在它賴以生存的植物和動物王國裏不管顯得多麼鶴立雞群，在生物學的意義上與那些最低等的微生物仍然是一脈相承的。然而，人不知從什麼時候起變得如此兇殘蠻橫，為了他的奢侈的裝飾，他殺掉大象，砸下象的牙齒；為了他的虛榮的包裝他殺掉雪豹剝去豹皮；為了他饕餮的食欲，他採取切斷雞雛翅膀的手段給雞催肥；為了他飽食的樂趣而特別講究吃活魚、活蝦、活蠍，讓炸焦的魚盛在碟子裏的時候還擺動著尾巴，

〔註73〕葦岸《上帝之子》，湖北美術出版社2001年4月版，第28頁。
〔註74〕〔美〕愛默生著，李磊譯：《心靈的感悟》，當代世界出版社2002年版，第18頁。
〔註75〕葦岸《上帝之子》，湖北美術出版社2001年4月版，第18頁。

讓敲開顱骨的猴子被調羹攪拌腦漿時還彈騰四肢。」〔註76〕可以說，人類在自然面前的妄自尊大和胡作非為導致了生態的失衡和原生態世界慘遭毀滅和破壞，這一點，人類必須反思和深深懺悔。

　　作家劉亮程的文字充滿了強烈的生命感悟和生態意識。他喜歡偷偷觀察著村裏的人，以及驢兔，飛鳥，螞蟻，蚊子，以及風中的野草和落葉，甚至村東頭以及村西頭的陽光。劉亮程不同於其他作家所寫農村的一個重要特點是，他不是站在一邊以體驗生活的作家的身份來寫，而是寫他自己的村莊，他眼中的、心中的、生於斯長於斯、亦必葬於斯的這一方土地。這就是《一個人的村莊》之深意和建樹所在。劉亮程的鄉土世界是原生態的田園和植物，不是苦於人事的掙扎，反而是棲息在詩性裏的棲居，是以自己的感性認識直接面對自然的大地道德的詩意呈現，獨自去品味自然的妙趣橫生。在他的散文中，人被置於天地萬物的一個分子，與萬物和平共處不急不躁。他深刻地理解到大地倫理的博大精深與自然生命的短暫，但是，一旦超越了現實拘束，在不竭的奔走呼號中面對永恆和自然之思。這就是一種人文關懷，是作家對天地萬物的深情撫摸和渴望皈依。面對鄉土，個體生命與自然珠聯璧合相映生輝。你不得不承認，人類在這裡已經與大地默默地血肉相連。那裡的樹木花草太陽大地萬物，混合了詩意地情懷，榮辱與共肝膽相照激起永久的悸動與感懷和夢想。那個叫做黃沙梁的村莊，不同於徐志摩的康橋，也不同於賈平凹的杏花村，那個自然大地，並不提供一個理想的生存背景，它僅僅讓劉亮程孤獨寂寞永遠站在那裡，無拘無束親和自然萬物，用心靈和思維去觸摸大地的根鬚和血液。《我改變的事物》是劉亮程喜歡的一篇文字。在文章中，他以「閒錘子」的身份游離在人群之外，又融入萬物的變遷中。他做著一些無意義的事：「花一晌午工夫，把一個跟我毫無關係的土包鏟平，或在一片平地上無辜地挖一個大坑」。劉亮程的《一個人的村莊》探討了工業化時代的鄉村哲學，可以看作是他的生態思考，是對人與自然和諧相處的詩意闡釋。林賢治先生說，「劉亮程是九十年代的最後一位散文作家，他才過而立之年，卻經歷了中國農村幾千年的世事滄桑。多少莊稼人，牲畜，小麥和樹木，在他的眼中化入化出，生死衰榮。他活得太久了。」〔註77〕

〔註76〕魯樞元《心中的曠野──關於生態與精神的散記》，學林出版社 2007 年 6 月版，第 6 頁。

〔註77〕塞妮亞編《鄉村哲學的神話》，新疆人民出版社 2002 年 3 月版，第 55 頁。

　　張煒在小說《九月寓言》中的開始落筆處即為我們展現了一個充滿自然野趣的野地景觀：「誰見過這樣一片荒野？瘋長的茅草葛藤攪扭在灌木棵上，風一吹，落地日頭一烤，像燃起騰騰地火。滿泊野物吱吱叫喚，青生生的漿果氣味刺鼻。兔子、草獾、刺蝟、鼹鼠……刷刷刷奔來奔去。」〔註78〕這樣一個生存環境下的小村人的生活，如果我們要用現代人的價值尺度去審視和判斷，那是一種落後、閉塞、蒙昧而又充滿苦難的「前現代」色彩很濃的生存狀態。《九月寓言》中的自然生活場景是一種對技術理性、科技理性、工具理性的反詰，它讓人們看到，正是在人類不斷強化的知識、文化、科技、理性的背後，人類自身的痛苦、焦灼、孤獨也在加劇和強化。《九月寓言》對工業文明的反思和省察帶著異常強烈的現實針對性和批判否定性。以煤礦和工廠為背景的工業區裏的「黑面餡餅、膠筒皮靴和澡堂……」等等帶著現代文明氣息的符碼在時時刻刻誘惑著鄉村的人們，使得他們封閉落後的原始狀態的生活被挑戰，這種挑戰和誘惑的力量是巨大的，甚至是無法抗拒的。最後，小村在開礦的隆隆炮聲中被迫遷徙。「地上有個村莊，地下也有個村莊。一個村莊分白晝黑夜，另一個村莊永遠是黑夜。黑漆漆的街巷，一盞一盞的燈，遠遠的大街小巷都有人在咳嗽哩‧……地下巷道裏有各種各樣的音調兒，天南海北的人都聚在這兒，藏在黑影裏拉知心呱」。〔註79〕魯樞元在談及《九月寓言》的小村的陷落時充滿了無限感傷：「古老的村莊最後毀滅了。那是個機器隆隆、軌道縱橫、象徵著現代工業文明的地下城掏空了村莊的根基，使它轟然坍塌、陷落了……廷鲅人的這個古老封閉的村莊淤積了太多的貧困、愚昧、暴虐，它的陷落是必然的。只是同時陷落的，還有那溫馨的碾盤和鍋臺，那神秘的秋雨和月光，那瑪瑙碧玉般的酸棗、漿果、玉米、高粱，還有那自由自在的野兔、刺蝟、草獾、鼹鼠、螢火蟲、青花蛇，同時陷落的還有那質樸、村野、執著、熱烈、清新、矯健的姑娘。」〔註80〕青年學者雷鳴在論及《九月寓言》的藝術成就時寫道：「《九月寓言》描寫了一個得天地之精氣和自然之清明，萬物生生不息的小村莊裏，人類陰陽調和充實、和諧，在真正的大地上落定棲居，有著以苦為樂的歡悅，後來在技術手段的挖掘下，整個村莊塌陷了。這裡，張煒不是表現出一種田園主義的價值標向，不是呈示一種工業

〔註78〕張煒《九月寓言》，人民文學出版社 2005 年 5 月版，第 1 頁。
〔註79〕張煒《九月寓言》，人民文學出版社 2005 年 5 月版，第 1 頁。
〔註80〕魯樞元《九月裏的寓言》，《作家報》1992 年 10 月 31 日。

文明與農業文明的對立模式。確切地說是在這個技術喧囂、人類文化理性君臨的時代裏，關於天地之母的思考和感受。」〔註81〕工業化加劇了人員的流動，使得任何一處未被開發的處女地都面臨被佔據被改造被異化的局面。「野地」不斷被佔有和破壞，人的自然生存空間日益縮小和逼仄。在這部小說中，人類的生存、與大自然的和諧相處、與掠奪式開發的工業文明之間的矛盾日漸凸顯起來。

詩人于堅面對日益被破壞和遮蔽的大自然常常發出浩歎：「……那時，我還年輕，望著這樣的大地和山峰我堅信著永恆。現在這一切正在消失，我對永恆的堅信已經動搖，我看到越來越多的東西，正在把大地的真相遮蔽起來，把荒野遮蔽起來，正在使荒原出現塑料、玻璃、水泥和鋼筋。」〔註82〕周國平在隨筆《自然和生命》中論及人類與土地的日益隔膜。「現在，我們與土地的接觸愈來愈少了。磚、水泥、鋼鐵、塑料和各種新型建築材料把我們包圍了起來。我們把自己關在宿舍或辦公室的四壁之內。走在街上，我們同樣被房屋、商店、建築物和水泥路面包圍著。我們總是生活的那樣匆忙，顧不上看看天空和土地。我們總是生活在眼前，忘掉了永恆和無限。我們已經不再懂得土地的痛苦和渴望，不再能欣賞土地的悲壯和美麗。這熟悉的家，街道，城市，這熙熙攘攘的人群，有時我會突然感到多麼陌生，多麼不真實。我思念被這一切覆蓋著的永恆的土地，思念一切生命的原始的家鄉。」〔註83〕的確，久居都市的現代人，在景觀社會的包裹中，在電腦、網絡、霓虹燈和影像世界的不斷刺激下，已經無法親近大自然了。在描寫人與自然和諧相處的散文中，史鐵生的《我與地壇》中有些片段堪稱經典：「十五年中，這古園的形體被不能理解它的人肆意雕琢，幸好有些東西的任誰也不能改變它的。譬如祭壇石門中的落日，寂靜的光輝平鋪的一刻，地上的每一個坎坷都被映照得燦爛；譬如在園中最為落寞的時間，一群雨燕便出來高歌，把天地都叫喊得蒼涼；譬如冬天雪地上孩子的腳印，總讓人猜想他們是誰，曾在哪兒做過些什麼、然後又都到哪兒去了；譬如那些蒼黑的古柏，你憂鬱的時候它們鎮靜地站在那兒，你欣喜的時候它們依然鎮靜地站在那兒，它們沒日沒夜地站在那兒從你沒有出生一直站到這個世界上又沒了你的時候；譬如暴雨驟臨園中，

〔註81〕雷鳴《當代生態小說的審美迷津》，《文藝爭鳴》2008年第8期，第41頁。
〔註82〕于堅《雲南這邊》，山西師範大學出版社2002年版，第198頁。
〔註83〕周國平《人與永恆》，上海人民出版社1996年8月版，第10頁。

激起一陣陣灼烈而清純的草木和泥土的氣味，讓人想起無數個夏天的事件；譬如秋風忽至，再有一場早霜，落葉或飄搖歌舞或坦然安臥，滿園中播散著熨帖而微苦的味道。味道是最說不清楚的。味道不能寫只能聞，要你身臨其境去聞才能明瞭。味道甚至是難於記憶的，只有你又聞到它你才能記起它的全部情感和意蘊。所以我常常要到那園子裏去。」〔註84〕在這樣的文字中，我們看到了大自然的一草一木對作家情感的濡染，浸透到骨髓裏的天人合一的精神境界。葦岸在去黑龍江一個小鎮嘉蔭旅遊時，用優美的文筆描寫了這個小鎮的生態之美：「踏上嘉蔭的土地，我便被他的天空和雲震動了。這裡彷彿是一個尚未啟用的世界。我所置身的空間純淨、明澈、悠遠，事物以初始的原色朗朗呈現。深邃的天空籠罩在我的頭頂，低垂的藍色邊緣一直彎向大地外面，我可以看到團團白雲，像悠悠的牧群漫上坡地，在天地的盡頭湧現。」〔註85〕這樣寧靜雅致的文字向讀者呈現出一個未被現代工業文明污染過的純潔小鎮，淡泊甚至有些原始的自然風貌，向我們敞開了一種詩意棲居的大門。張煒的《刺蝟歌》中霍老爺的形象，就是一個人與自然高度融合的特別典型的例子。在充滿怪異的敘述中，我們置身於真實和魔幻的糾葛中。「霍公在死前幾年裏，已達到了與大自然渾然一體的地步。他走在林子裏，所到之處總有一些白羊、狐狸、花鹿之類相跟，它們之間無論相生相剋，都能和諧親密。霍公晚年築了一面大火炕，睡覺時左右都是野物，當然也有個把姨太太。他睡前或醒來都要親一親兔子的小嘴。從六十歲開始不再吃一口葷腥，主要食物是青草，像畜牲一樣。」〔註86〕（張煒《刺蝟歌》，人民文學出版社2007年1月版，第25頁。）張煒用富有自然韻味的筆墨，為我們描繪出人與自然共榮共生的美好景象。特別強調自然萬物的主體性和自主性，反對狹隘的人類中心主義。這種人與自然和諧共生的場景，凸顯出「萬物有靈」的哲學意蘊。「萬物有靈論」是英國學者泰勒在《原始文化》一書中率先提出的。他相信自然界中的一切存在都有生命和靈魂，天地自然渾然一體息息相關。

〔註84〕史鐵生《我與地壇》，人民文學出版社1999年版，第12頁。
〔註85〕葦岸《太陽升起之後》，中國工人出版社2000年版，第57頁。
〔註86〕張煒《刺蝟歌》，人民文學出版社2007年1月版，第25頁。

第四章　人和動物的關係

　　恩格斯曾經說過「人在自己的發展中得到了其他實體的支持，但這些實體不是高級的實體，不是天使，而是低級的實體，是動物。」〔註1〕文學作為對現實生活和人類社會的全面準確反映，不僅僅聚焦人類自身的社會生活，而且作家們也把深邃的目光投向豐富多彩的大自然。近幾年文壇出現了許多動物題材的文學作品，比如賈平凹的《懷念狼》、姜戎的《狼圖騰》、楊志軍的《藏獒》、郭雪波的《銀狐》、葉廣芩的動物系列小說《老虎大福》《黑魚千歲》《狗熊淑娟》《熊貓碎貨》、陳應松的神農架系列小說《豹子的最後舞蹈》《松鴉為什麼鳴叫》，嚴歌苓的《愛犬顆韌》、漠月的《父親與駝》、葉楠的《最後一名獵手和最後一頭公熊》，於桌的《小狗博美》等等，包括老虎、大象、麻雀、勞拉、野兔、刺蝟、松鼠、海鷗、布穀鳥、藏羚羊、黃牛、熊貓、鶴、猿猴、豹子、狼、狗、狐狸、熊、駱駝等等諸多的動物開始進入作家的關注視野。這些展現動物世界的生態文學作品對於動物生命的高度呵護與熱愛，對於敬畏生命的大力倡導，對於民胞物與的認同和感悟，與雷切爾‧卡遜在《寂靜的春天》裏的呼籲遙相呼應：「生命是一個超越了我們理解能力的奇蹟，甚至在我們不得不與它進行鬥爭的時候，我們仍要尊敬它。」〔註2〕

第一節　敬畏生命——史懷澤的啟示

　　阿爾伯特‧史懷澤是當代具有廣泛影響聞名世界的思想家，他創立的以

〔註1〕《馬克思恩格斯全集》第27卷，人民出版社1972年版，第63頁。
〔註2〕〔美〕卡遜著，呂瑞蘭譯：《寂靜的春天》，科學出版社1992年版，第65頁。

「敬畏生命」為核心的生命倫理學是當今世界和平運動以及環保運動、綠色和平組織的重要思想資源。敬畏一切生命是史懷澤生命倫理學的基石和信條。史懷澤把倫理的範圍擴展到一切動物和植物，認為不僅對人的生命，而且對一切生物和動物的生命，都必須保持敬畏的態度。「善是保持生命、促進生命，使可發展的生命實現其最高的價值，惡則是毀滅生命、傷害生命，壓制生命的發展。這是必然的、普遍的、絕對的倫理原則。」〔註3〕史懷澤認為只涉及人對人關係和社會範圍的倫理學是不完整的，從而也不可能具有充分說明力的倫理動能。一旦當人類認為所有生命，包括人的生命和一切動物植物微生物的生命都是神聖的時候，他才是道德倫理的。我們人類為什麼要敬畏一切生命呢？史懷澤認為這就是世間林林總總的生命之間存在的普遍聯繫。任何一個人的存在都不是孤立的，它有賴於其他非人類生命和整個豐富多彩的世界的和諧與默契。人類應該時時刻刻意識到，地球上的任何生命都有它的存在合理性及其價值，我們和它絕對不可分割。「原始的倫理產生於人類與其前輩和後裔的天然關係。然而，只要人一成為有思想的生命，他的『親屬』範圍就擴大了。」〔註4〕有大地倫理哲學思想的人體驗到必須像敬畏自己的生命意志一樣敬畏地球上乃至宇宙間所有的生命意志，他在自己的生命中體驗到其他生命的存在和價值。1952 年史懷澤因此而獲得諾貝爾和平獎。愛因斯坦稱讚他：「像阿爾伯特‧史懷澤這樣理想地集善和美的渴望於一身的人，我幾乎還沒有發現過。」〔註5〕

　　史懷澤指出，我們要對一切生命負責的根本理由和出發點及其歸宿是對自己負責，如果沒有對所有非人類生命的尊重，人對自己的尊重也是沒有保障、沒有終極依據和重要依賴的。實際上，「我們越是觀察自然，我們就越是清楚地意識到，自然中充滿了生命，每個生命都是一個秘密，我們與自然中的生命密切相關。人不再能僅僅只為自己活著。我們意識到，任何生命都有價值，我們和它們不可分割。出於這種認識，產生了我們與宇宙的親和關係。」〔註6〕這

〔註3〕〔法〕阿爾伯特‧史懷澤著，陳澤環譯：《敬畏生命》，上海社會科學出版社 1992 年版，第 9 頁。

〔註4〕〔法〕阿爾伯特‧史懷澤著，陳澤環譯：《敬畏生命》，上海社會科學出版社 1992 年版，第 132 頁。

〔註5〕〔法〕阿爾伯特‧史懷澤著，陳澤環譯：《敬畏生命》，上海社會科學出版社 1992 年版，代序第 1 頁。

〔註6〕陳澤環、朱琳《天才博士與非洲叢林：諾貝爾和平獎獲得者阿爾伯特‧史懷澤傳》，江西人民出版社 1995 年版，第 156 頁。

樣的論述讓我們明白了生生不息的地球生命必須相輔相成、同舟共濟、風雨同舟、比肩而立。

敬畏一切生命是富有人文情懷和終極關懷的最為美好的理念，但現實生活之中人的存在是現實的，人不可能在任何時候任何地點都對一切生命都同等對待，有時候為了人的生存，我們人類常常要消滅一些非人類生命，包括野生動植物和家禽家畜以獲取食品來源。史懷澤根據自己的敬畏生命的理念認為，儘管這常常是不可避免的，但人必須有「自責自我、自省自我」的生命倫理意識。如果人類老是認為自己時時刻刻有權力毀滅別的生命，那麼他總有一天會不自覺地走到毀滅與自己類似的生命或自我毀滅的地步。這種「自責自我、自省自我」是對「敬畏一切生命」的大地倫理原則的退讓和妥協，同時是一種深刻的生命關懷自覺行為。對任何生命價值尊重的根本目的，從根本上講乃是培養人的道德本性，這是人類自我完善自我約束自我拯救的出發點。史懷澤不時對十九世紀的世界觀提出了嚴肅的批評，他認為十九世紀乃至二十世紀生態思想的根本錯誤是僅僅肯定世界、人生和倫理，但並未真正理解世界上林林總總的生命形式其內在聯繫，使世界成為生命意志過分張揚、人類在自我分裂的殘酷戰場上自相殘殺：地球上一部分生命只有通過毀滅其他生命才能保存自我和族類並且持續下來。這些思想對我們理解今天的世界形勢仍然有振聾發聵的啟發意義。地球上林林總總的生物的多樣性和環境的和諧是我們人類存在的條件。正如美國著名哲學家和生態環保先驅羅爾斯頓先生所言：「生態倫理學現在要探討的，是我們是否應該進一步將我們的倫理關注普遍化，承認生物生態圈中的每一物類都有其內在的價值。」〔註7〕如果我們繼續固步自封、妄自尊大，毀滅自我之路就在不遠的未來，何去何從，人類應該警醒了。

直面現實生活中的環保生態現狀來說，史懷澤所面臨的問題在今天不僅沒有消失，恰恰相反，在某些特定的方面還在不斷加深不斷惡化，進入 21 世紀，史懷澤的生態倫理思想愈益受到人們的重視，舉凡綠色環保、世界和平、珍惜愛護小動物、素食主義等各類政府和非政府組織，無不將史懷澤的思想奉為環保生態經典，其生命倫理學顯示出強大的生命力和現實意義。著名作家劉亮程在《一個人的村莊》裏談及對生命的敬畏時，把人的生命和動物、

〔註7〕〔美〕霍爾姆斯·羅爾斯頓著，劉耳登譯《哲學走向荒野》，吉林人民出版社2000 年版，第 21 頁。

植物的生命緊緊聯繫在一起：「任何一株草的死亡都是人的死亡，任何一棵樹的夭折都是人的夭折，任何一粒蟲的鳴叫也是人的鳴叫。」〔註8〕在《別人的村莊》中，劉亮程談及人的生活時，是那麼的謙卑，絲毫看不出甚為萬物靈長的人類的高傲和凌駕於生態金字塔尖的優越感。「人的一生的某個年齡可能專為某個器官活著。十七歲之前的我的手和腳忙忙碌碌全為了一張嘴——吃；三十歲左右的幾十年間，我的所有器官又都為那根性器服務，為它手舞足蹈或垂頭喪氣，為它費盡心機找女人、謀房事。它成了一根指揮棍，起落揚萎皆關全局；人生最後幾年，當所有器官都懶得動了，便只有靠回味過日子。」〔註9〕讀這樣的文字，讓人想起老莊哲學裏「絕聖棄智」一類的智慧。劉亮程經常把人類的生存和一條狗、一匹馬、一頭驢、一株草、一片泥土進行對比，悲天憫人，關愛生命，呵護自然。

麻雀是我國各個地區最常見的普通鳥類之一，周曉楓在《鳥群》一文中這樣表達對這種「平民鳥類」的喜愛：「麻雀是鳥類裏的平民，也是人類最常接觸的鳥兒。這些在我們身邊生活的鄰居，它們的體形和膚色與我們存在很大差異，但我不是種族歧視者，我多麼喜歡它們落葉色的玲瓏身體。走在喧鬧的商貿街道，抬頭看見荒疏的冬枝上靜靜棲息著幾隻麻雀，心和整個世界一起，瞬間一片安寧。」〔註10〕馮驥才的散文《珍珠鳥》以細膩親切的語言描寫了小鳥由「怕人」到「信賴」人的情感經歷，散文自始自終貫穿了人性化的語言和筆調，以及親近鳥類、親近自然、呵護生命的博愛情懷。對一隻小鳥的生命的尊重和敬畏之情其實也是一種擴大化了的廣闊的人文情懷。試問，在茫茫宇宙之中，人類難道不也是一隻脆弱的小鳥嗎？作家冰心也創作了《我喜愛小動物》，表達了冰心女士對自然界的小生命的由衷呵護和喜愛之情。在冰心的筆下，小貓、小鳥、小狗都是「人類的朋友」，它們的生命並不卑賤，也是閃爍著生命的光澤。其實，八九十年代以來，中央電視臺製作播出的《動物世界》《人與自然》等節目，都對改變國人的生態觀念有著潛移默化之功效。作家畢飛宇在《人類的動物園》一文中發出了對人類奴役動物、控制動物、限制動物自由的尖銳批評：「動物園時代開闢

〔註8〕劉亮程《一個人的村莊》，新疆人民出版社2001年1月版，第53頁。

〔註9〕劉亮程《一個人的村莊》，新疆人民出版社2001年1月版，第130頁。

〔註10〕周曉楓《斑紋：獸皮上的地圖》，中國文聯出版社2002年2月版，第121頁。

了動物的奴隸主義時代。」〔註11〕我們在周濤的《鞏乃斯的馬》《飲馬》《白馬夕陽》等飽含深情的散文佳作中，讀到了周濤對茫茫無際的草原生命的禮讚。周濤對奔騰不息的駿馬、負重前行的駱駝、雪白的羊群、有草原「紅色火焰」之稱的狐狸，空中翱翔盤旋的兀鷲、蒼鷹、鷂子都給予高度的關注和厚愛，尤其對草原野馬奔騰不息的喜愛，表達了一種天馬行空無拘無束般的豪放不羈的生命力和對平庸生存境遇的叛逆。劉慶邦的短篇小說《喜鵲的悲劇》向我們講述了一個農村婦女讓喜鵲代替家養母雞抱窩孵小雞的故事，可愛的喜鵲在經受種種侵擾後，仍然堅持不懈撫養幼鳥。「文本以鄉土生活中的日常習見的小事為載體，不露聲色地營造了表現動物偉大母性精神的最佳語境，深邃地啟悟著我們也許微末的私心都是對其他生命的傷害。」〔註12〕

　　周曉楓的描寫敬畏生命、呵護生命、保護動物的生態散文，打破了過去那種人類唯我獨尊、自高自大的「天地之精華、萬物之靈長」的陳舊迂腐觀念，周曉楓時時刻刻用平等的眼光觀察自然界的花草樹木、鳥獸蟲魚，體現了萬物平等和睦相處道法自然的生態意識。在生態散文《它們》一文中開宗明義地寫道：「在上帝眼裏，人絕不是他唯一的子民。因為稟賦智慧，在自然的家園中，人近乎長子的角色，擔當著某種家族主脈的承遞以及撫飼幼小的責任。那所有盛納著生命的，都是人類血緣意義上的親人。」面對著被人類囚禁在動物園裏的動物們，周曉楓不時滿懷深情的愛意和深深的歉意，心靈被柔情包圍：「已是多年的習慣，我至今常去動物園，帶上水果、麵包之類，這讓我有一種錯覺——彷彿探視病床上的家人，我去看望鐵柵後的它們。」〔註13〕周曉楓對動物的這種感情超越了動物的族類閾限，從生命哲學的高度俯視芸芸眾生，具有廣闊的生命意識和大地倫理色彩。其實，學者周國平在《人與永恆》一書中也表達過類似的觀念——在火星或月球上，我們即使看到一隻醜陋的蟾蜍或者兇猛的豹子也會覺得分外親切。或許，這就是生命之間的惺惺相惜。利奧波德在談及現代人與大自然中的野生動植物接觸日漸減少時喟歎到：「野生的東西在開始被摒棄之前，一直和風吹

〔註11〕畢飛宇《人類的動物園》，《讀者》1996年第5期，第29頁。
〔註12〕雷鳴《當代生態小說的審美迷津》，《文藝爭鳴》2008年第8期，第43頁。
〔註13〕周曉楓：《它們》，選自《獸皮上的地圖》，中國文聯出版社，2002年3月版，第153頁。

日落一樣，被認為是極其平常而自然的。現在我們所面臨的問題是：一種平靜的較高的生活水準是否值得以犧牲自然的、野外的和無拘無束的東西為代價。對我們這些少數人來說，能有機會看到大雁比看電視的機會更為重要，能有機會看到一朵白頭翁花就如同自由地談話一樣，是一種不可剝奪的權利。」〔註14〕遺憾的是，在一個信息越來越便捷的信息時代，我們在數碼和圖像大量堆積的景觀社會，更多的時候是沒有機會直接接觸野生動植物的。近些年旅遊業的郊區遊、農家遊正是試圖讓那些久居鬧市的人們開始尋覓自然之境界，打開美麗多姿林林總總的自然之門，讓人類認識到大自然中的一切息息相關不可或缺。魯樞元在《蛇與農夫》一文中談到這樣一件事：據報載，不久前浙江義烏市赤岸鄉一老漢花 200 元錢購得一條蝮蛇，回到家中用二斤白酒浸泡在一隻大瓶中。半年後老漢啟開瓶蓋取蛇酒飲用，不料此蛇竟一躍而出，給老漢致命一擊。本想延年益壽的老漢，反倒因「蛇」而提前辦起了喪事。在此，魯樞元非但沒有譴責蛇的罪惡，反而站在「人蛇平等」的立場上判斷此案：「此蛇生於深山，不招人，不惹事，晝伏夜出，自食其力，甚至夫唱婦隨，兒孫繞膝，在大自然中盡一份生態平衡的義務，享一份自由存活的權利。忽然一日遭人擒拿，夾於鐵鉗，囚於木籠，徙於他鄉，售於集市，其命運已夠悲慘。繼而又被老漢買去，密閉於瓶甕之中，浸泡於烈酒之內，更甚於水牢，曠日持久達 200 多個日日夜夜，對於一個生靈，這苦痛何等慘烈？」〔註15〕結合這個故事，魯樞元接著譴責了那些捕食野生動物以滿足口腹之樂的饕餮之徒的貪婪行徑。其實，生態保護的思想在人類文明史上是息息相通的，美國的約翰·繆爾在《我們的國家公園》裏也表達過對蛇的憐憫之心，因為自己年輕時代曾經無緣無故地把蛇（即使那些並不傷害人類的蛇）視為敵人和「有害物」，見之必殺。後來，他反思自己的行為並深感痛悔。他寫道：「我為殺戮而感到痛心，在遠離天堂的地方，我下決心要做到至少像蛇一樣公平和友善，除非自衛，不再殺蛇。」〔註16〕

〔註14〕〔美〕奧爾多·利奧波德著，侯文蕙譯《沙鄉年鑒》，1997 年版，序言。

〔註15〕魯樞元《心中的曠野——關於生態與精神的散記》，學林出版社 2007 年 6 月版，第 27 頁。

〔註16〕〔美〕約翰·繆爾著，郭名京譯《我們的國家公園》，長春人民出版社 1999 年版，第 142 頁。

第二節　汲取動物的智慧

我們人類常常想當然地把動物動作愚蠢無知和懵懂蒙昧的畜牲，可是在作家葛紅兵的筆下，動物卻自有自己的精明理性，甚至為人所不及。他在《袋鼠、考拉和猴子》一文中表達了這樣的思想。

關於袋鼠，葛紅兵寫道：「我看見那隻袋鼠，它安靜地坐在陽光地下，看著我們從遠處駛過。它擁有一片山坡，一叢樹林，它一輩子沒有離開過這一片山坡，一叢樹林。它一定不能理解，這些在路上奔波的人，他們為什麼要這樣跑來跑去呢？一片山坡不就夠了嗎？一叢樹林不就夠了嗎？我驚訝地把那隻袋鼠指給同車的人看，但是，同車的人沒有看到，他們大多數沒有看到那隻袋鼠：他們對一隻一生只擁有一片山坡和樹叢的袋鼠視而不見。我們的車太快了，我們匆匆而過，來不及看見它，來不及看見一隻一生守護一片土地和山林的袋鼠。事實是我們在精神上也看不上它。它多麼渺小？

可是，那隻袋鼠，它一輩子只守護它需要的，它擁有一片、一叢就夠了，為什麼要去擁有更多的它不需要的東西呢？」狂妄的人類老是以佔有和征服為自豪，葛紅兵對此不以為然，瘋狂佔有權力、金錢和名位的愚妄的人類，難道我們不可以從袋鼠那裡獲取一些智慧嗎？

關於考拉，葛紅兵寫道：「司機說考拉很懶，他一天睡覺 24 個小時。差不多一生都呆在一棵樹上。它甚至不用戀愛。它不會像一隻猴子那樣，從一棵樹跳到另一棵樹，到處跑著生活。這會大家都笑了。笑考拉的懶。可是，考拉真的懶嗎？它如果一生只需要一棵樹，它就呆在一棵樹上，又何妨呢？它需要的沒有超出一棵樹的範圍，又為什麼非要到另一棵樹上去呢？大家在嘲笑考拉的時候，我卻在羨慕考拉。我們到處尋尋覓覓，我們捧在手裏，帶在身上，安在家裏的那些，真的是我們必需要的嗎？我們在讚美勤勞！讚美追求！可是我們的勤勞使大自然被毀掉了多少呢？有時候我們的勤勞只是代表我們傷害大自然的程度。我們讚美追求，可是有的時候，追求只是貪婪的代名詞而已」。〔註17〕

奧地利著名學者洛倫茨在《文明人類的八大罪孽》一書中這樣理解這個問題：「我認為，除了對財富或更高的身份地位抑或兩者的拼命追求、貪得無厭之外，恐懼也可能是其中一個重要的、根本的原因。害怕在競爭中被別人

〔註17〕《文苑》2008 年第 5 期，第 17 頁。

超越，害怕變窮，害怕做出錯誤的決定，害怕不能或不再能夠應付瞬息萬變的形勢與情況。」〔註18〕。洛氏的解釋可謂切中肯綮，一針見血。都市裏忙忙碌碌的人們，他們的存摺越來越厚，佔有的物質財富越來越多，房子越來越大，可是他們的心理壓力卻並未減少，年輕的成功人士們的「過勞死」問題正在蔓延，直到患了病躺在病床上，那些工作狂們才知道自己的肉身的脆弱和生命的短暫。「退一步海闊天空」，那些自以為是的聰明的人們，何不虛心學習一下袋鼠、考拉和猴子們的處事之道呢？

葦岸在《大地上的事情》中多處寫道他對小動物的細膩耐心地觀察，他眼裏的動物擁有很多人類不具備的本領、勇氣和智慧。比如螞蟻，「在上崗的小徑上，我看到一隻螞蟻在拖蜣螂的屍體。蜣螂可能被人踩過，屍體已經變形，滲出的體液黏著兩粒石子，使它更加沉重，螞蟻緊緊咬住蜣螂，它用力扭動身軀，想把蜣螂拖走。蜣螂微微搖晃，但絲毫沒有向前移動。我看了很久，直到我離開時，這個可敬的勇士仍在不懈地努力。沒有其他蟻來幫忙，它似乎也沒有回巢去請援軍的想法。」〔註19〕在這裡，孤軍奮戰的小小的螞蟻卻具有堅定不移的意志，面對顯然過於強大的困難，並沒有望而卻步，而是迎難而上。熊蜂是兇猛強悍的，「熊蜂從不群集活動，它們個個都是英雄，單槍匹馬到處闖蕩。熊蜂是昆蟲世界當然的王，它們身著黑黃斑紋，是大地上最怵目驚心的圖案，高貴而恐怖。老人們告訴孩子，它們能蜇死牛馬。」〔註20〕小小的熊蜂如同天馬行空獨來獨往的恐怖分子，在波譎雲詭的動物世界裏霸氣地飛翔。它擁有致命的武器，足以令其他動物聞風喪膽。同樣令人感到恐怖的還有蜘蛛，「在北方的林子裏，我遇到一種彩色蜘蛛。它的羅網掛在樹幹之間，數片排列，雜亂聯結。這種蜘蛛，體大，八足纖長，周身淺綠與橘黃相間，異常豔麗。在我第一次猛然撞見它的時候，我感覺它剎那帶來的恐怖，超過了世上任何可怕的事物。」〔註21〕據說蜘蛛織地網結實柔韌，同樣粗細蛛網甚至能夠攔截飛機。可見，大自然並沒有把智慧都賦予人類，好多動物的聽覺，嗅覺，味覺都比人類發達。這也是動物仿生學發展和成功的基礎條件。葦岸還告訴我們，在生命世界裏，一般來講，智慧、計謀、騙術大

〔註18〕〔奧地利〕康拉德·洛倫茨著，徐筱春譯《文明人類的八大罪孽》，安徽文藝出版社 2000 年版第 71～72 頁。
〔註19〕葦岸《上帝之子》，湖北美術出版社 2001 年 4 月版，第 15 頁。
〔註20〕葦岸《上帝之子》，湖北美術出版社 2001 年 4 月版，第 12 頁。
〔註21〕葦岸《上帝之子》，湖北美術出版社 2001 年 4 月版，第 25 頁。

多出自弱者。它們或出於防衛，或出於獵取。「假死是許多逃避無望的昆蟲及其他一些弱小動物災難當頭拯救自己的唯一辦法。地巢鳥至少都具備兩種自衛本領：一是能使自身及卵的顏色隨季節變化而改變；二是會巧設騙局引開走近己巢的強敵。蛛網本身就是陷阱，更有一種絕對聰明的蜘蛛，會分泌帶雌蛾氣味的小球，它先把小球弔在一根絲上，然後轉動，引誘雄蛾上鉤。在追捕上低能的蛇，長於無聲的偷襲；澳大利亞還有一種眼睛蛇，能以尾尖偽裝小蟲，欺騙蛙鼠。」這些計謀和策略，強者是不屑的，非洲的獵豹出獵時，從不使用伏擊。動物學家說，鯊魚一億年來始終保持著它們原初的體型。沒有對手的強大，使它抵制了進化。葦岸得出結論，「看歷史與現實，人類的狀況，大體也是一樣。」〔註22〕

野兔有一種令人驚異的適應環境的能力，它們在全球的分布比麻雀更廣泛和普遍，但是現在人們很難看到野兔的足跡了。葦岸在《大地上的事情》中如此寫道：「一雙諦聽的比腦袋還長的耳朵，兩條風奔的比軀幹還長的後腿，以及傳統的北方村莊的顏色，魚一樣的寂啞無聲，這些大體構成了一隻野兔的基本特徵，同時也暗示了它們的黑色命運。這是一種富於傳奇色彩的色彩和神秘氣氛，以警覺和逃遁苟存於世的動物。它們像莊稼一樣與土地密不可分，實際上看上去已經與土地融為一體，我將野兔視作土地的靈魂。傳說白天見到一隻野兔的地方，夜晚便會出現一群。而誤傷同夥或自傷，往往是那些捕獵野兔的獵手最後的下場。」〔註23〕在西方，野兔不僅曾經與月亮女神有關，也曾被民間當作遭到追逐而無處躲藏的女巫化身。但是，令人遺憾的是，葦岸發現，如今他在春天的草原上提著望遠鏡尋找半天時間，竟然一隻野兔也未發現。葦岸對野兔的懷念，實際上是對農業文明的深切追憶。由於化肥、殺蟲劑、農藥的廣泛使用，田野再也不是昔日那種蟈蟈鳴叫、野兔飛跑的氣象已經很難再現了。1962年，美國女作家卡森的《寂靜的春天》預計的可怕情形正在全球鋪展開來。「不是魔法，也不是敵人的活動使這個受損害的世界的生命無法復生，而是人們自己使自己受害。」〔註24〕

在葦岸的《放蜂人》一文中，葦岸借放蜂人之口說出了這樣發人深省的話：「蜜蜂能改變人性。」蜜蜂短暫的一生是怎樣度過的呢？葦岸把放蜂人

〔註22〕葦岸，《上帝之子》，湖北美術出版社2001年4月版，第30頁。
〔註23〕葦岸，《上帝之子》，湖北美術出版社2001年4月版，第51頁。
〔註24〕〔美〕R·卡遜《寂靜的春天》，科學出版社1979年6月版，第5頁。

講的關於蜜蜂（主要是工蜂）的一生行狀詳細記錄在案：「一日齡，護脾保溫；三日齡後，始做清理巢房，泌蠟造脾，調製花粉，分泌王漿，飼養幼蟲、蜂王和雄蜂等內勤工作；十五日齡後，飛出巢外，擔負採集花蜜、花粉、蜂膠及水等外勤重任；三十日齡後，漸為老蜂，改做偵察蜜源或防禦利害的事情。當生命耗盡，死亡來臨，它們便悄然辭別蜂場，不明去向。」這就是蜜蜂短暫的一生，辛勞不息，可以說是「鞠躬盡瘁，死而後已。」放蜂人說，在花叢流蜜季節，忘我的採集，常常使得蜜蜂 3 個月的壽命降至 1 個月左右。它們每次出場，要採成千上百朵花的花蜜，才能裝滿它們那小小的蜜囊。若是歸途迷路，即使最終餓死，它們自己也不取用。它們是我們可親可敬的鄰居，與我們共同生活在這個世界上。「它們體現的勤勞和忘我，是支撐我們的世界幸福與和睦的骨骼。它們就在我們身邊，似一種光輝，時時照耀、感動和影響著我們，也使我們經常想到自己的普通勞動者和舍生忘死的英雄。」〔註25〕在蜜蜂的短短一生中，燭照出諸如勤勞敬業、無私奉獻、兢兢業業的美好品質，甚至令我們這些被稱為「萬物靈長」的人類汗顏。徐剛在談及昆蟲的擬態時曾經寫下這樣一段文字：「昆蟲的擬態是為了保護自己，專家們的這個看法非常準確，但總是缺少了一點什麼。我曾多次和環境界的朋友討論過，認為保護自己以求生存之道回答了為什麼擬態，卻忽略了更有意味的另一層次的思考：它因何能擬態？極而言之，人跟昆蟲比，在這方面人只能學得昆蟲的一種技巧：裝死。但是怎麼能想像人能擬態成樹葉、花朵、枝幹等等呢？我們不能不承認，昆蟲之所以擬態，是因為它能擬態，在大自然的懷抱裏它要虔敬、順服得多，它的色澤本來就是自然色澤的一部分，它全無人工的痕跡，所以它能擬態。」〔註 26〕動物的智慧來自天然，是大自然的傑作在它們身上的靈光閃現，這是生態世界裏巧妙的秩序和自然協調。

第三節　寄託人性的關懷

　　史懷澤說過：「敬畏生命、生命的休戚與共是世界中的大事。自然不懂得敬畏生命。它以最有意義的方式產生著無數生命，又以毫無意義的方式毀滅

〔註25〕《上帝之子》，葦岸著，湖北美術出版社，2001 年 4 月版，第 67 頁。
〔註26〕徐剛《拯救大地》，中國文聯出版社 2000 年版，第 306 頁。

著它們。包括人類在內的一切生命等級，都對生命有著可怕的無知。他們只有生命意志，但不能體驗發生在其他生命中的一切；他們痛苦，但不能共同痛苦。自然撫育的生命意志陷於難以理解的自我分裂之中。生命以其他生命為代價才得以生存下來，自然讓生命去幹最可怕的殘忍事情。」〔註27〕伴隨著人類社會文明的不斷發展和生產力的迅速提高，許許多多原生態的豐富多彩動物世界不停遭到人類的嚴重破壞和不停息的騷擾，原來地球上野生動物的種類品種和總體數量在不停持續下降，林林總總的野生動物永遠離開了它們從古到今生息繁衍的地球美好家園。對世界上每一種動物的關心和愛護，集中體現了地球上人類未泯的良知和對自然平衡被嚴重破壞的憂思焦慮。實際上，動物的命運總是與人類休戚與共息息相關，億萬年前，曾幾何時我們整個人類也曾經是茹毛飲血披荊斬棘的動物。只是經過漫長的進化系列，地球上人類逐步掌握了的高級精密、高級尖端的科學技術知識並改進了生產工具，改造自然和利用自然的本領越來越大，才導致了人類對其他動物的歧視、滅絕、毒殺、獵獲、虐食、買賣、誘捕、剿殺和毀滅。

　　誠如袁毅先生在《上帝之子》一書中所說：「葦岸是二十世紀中國一位不可多得的以質取勝的優秀散文家。他那簡單、誠實、聰睿、美好的文字，是經得起時間長河淘洗的，一如葦岸先生筆下的大地上的麥子、草木、螞蟻、胡蜂、蝴蝶、麻雀、喜鵲、啄木鳥、野兔、雪、陽光，都將永存。他是一名環境保護主義者。他和所有熱愛大自然的人們一樣，都是大地的守夜人。他們都是大地上謙卑行走的聖徒，一無所有，卻踏出了人類漫漫長夜中文明的曙光。葦岸像農人那樣熱愛田野裏美好的事物，是不可多得的大自然的觀察者、體驗者、歌唱者、守望者。他所有的文字都和血肉相研磨，用克己自制、屬行節儉的生命形態，和同情弱小、憐憫生靈的悲憫胸襟，向世人反覆發出這樣的警示——如果不遵循土地道德，人類智慧的成就同時就成為了人類愚蠢的表現，最終人類將自掘墳墓。」〔註28〕在葦岸的筆下，各種各樣的動物都是人類的鄰居、夥伴、朋友和親戚，它們可愛，甚至可憐和可敬。他們絲毫不比人類低賤和自私、兇惡、殘忍、貪婪、冷酷。

　　《莊子》中說：「天地有大美而不言，四時有明法而不議，萬物有成理而

〔註27〕〔法〕阿爾伯特·史懷澤著，陳澤環譯《敬畏生命》，上海社會科學院出版社
　　　　 1996 年 2 月版，第 19 頁。
〔註28〕葦岸《上帝之子》。湖北美術出版社，2001 年 4 月版，第 34 頁。

不說。」〔註29〕葦岸是大自然的觀察和守護者，在他的《我的鄰居胡蜂》一文中，葦岸記錄了他對「鄰居」胡蜂的仔細觀察和富有哲理性的感悟。作者詳細記錄了胡蜂在他的書房的窗外辛勤築巢、安家落戶、取水覓食、繁殖育兒、出獵自衛、嬉戲玩耍和最終喬遷他處的完整過程。胡蜂是人們平時視而不見的幼小生靈，葦岸以自己飽含愛心的敘述描寫彷彿第一次看到可愛的它。葦岸細膩的筆觸向我們展示了胡蜂的勤勞、盡職、守紀、淳樸、謙卑、友愛、寬容等等天性，凸顯了這種小昆蟲的勃勃生機。在葦岸的筆下，人與自然萬物包括幼小的胡蜂都是平等的共時性存在，都應該和諧相處，保持平等對話的關係。在《大地上的事情》系列隨筆中，葦岸對那種無端焚燒胡蜂蜂巢的「人類暴行」進行了強烈的譴責和控訴。「那個一把火燒掉蜂巢的人，你為什麼要搗毀一個無辜的和平幸福的家庭呢？顯然你是想藉此顯示些什麼，因為你是男人。」葦岸以曾經與胡蜂為鄰而感到無尚光榮，他寫道：「它們為我留下的蜂巢，像一隻脫盡籽粒的向日葵或一頂農民的褪色的舊草帽，端莊地高懸在那裡。在此，我想借用一位來訪的詩人朋友的話——這是你的家徽，是神對你的嘉獎。」〔註30〕葦岸的語言在素樸的不動聲色的文字下面，閃爍著人文精神的光澤和智者的溫藹，彷彿來自梭羅的《瓦爾登湖》的遙遠的共鳴和輝煌的絕響。

在哲學本質上，人類也是一個物種。通過閱讀葦岸的文字，我們可以聯想到史懷澤的思考：「我們誰能確知，他種生物本身有什麼意義？對全世界又有何意義？……但事實上，我們直覺意識到自己是具有生存意志的生物，環繞我們周圍的，也是有生存意志的生命。」〔註31〕葦岸的思考，跟史懷澤是息息相通的。在他筆下，動植物都有它們自己的尊嚴。一具雄蜂的屍體可以看見上帝，野兔是大地上的樸素的常住居民，麻雀是和北方農民一樣勤勞善良的，麥子則是最令人動情的莊稼。葦岸的筆下，沒有人類通常具有的那種傲慢，他寫動植物，是平視的。原因很簡單，因為他對人類本質的認定，把人類自身也看成了大自然萬千物種之一。周曉楓在《斑紋：獸皮上的地圖》一書中說過：「在上帝眼裏，人絕不是他惟一的子民。因為稟賦智慧，在自然的

〔註29〕《莊子文選》，上海古籍出版社，2001 年 5 月版，第 79 頁。
〔註30〕葦岸《上帝之子》，湖北美術出版社，2001 年 4 月版，第 75 頁。
〔註31〕〔法〕阿爾伯特·史懷澤著，陳澤環譯《敬畏生命》，上海社會科學院出版社 1996 年 2 月版，第 23 頁

家園裏，人近乎長子的角色，擔當著某種家族主脈的承遞，及撫飼幼小的責任。那所有盛納著生命的，都是人類血緣意義的親人。」〔註32〕是的，人類必須擁有一顆責任心，對其他動物的呵護關愛之心。周曉楓在一些平常的工作日獨自前往動物園看望那些被關押囚禁在籠子裏的動物，他可以避開節假日，尋求相對安靜的氛圍。「城市裏的動物原本形同犯人，是被關押的對象。」〔註33〕他一次次走向孔雀、天鵝、鵜鶘、綠頭鴨、大雁等等鳥類。「鳥兒本是種植在天空的花朵，現在它們落了一地。」〔註34〕本來應該自由翱翔在天空的鳥兒，只好收斂起振翅欲飛的翅膀，低調地蜷縮在鳥籠裏。周曉楓還對素食動物情有獨鍾，「我的確對素食動物有格外的偏愛。我們習慣於把人的道德標準認定為放之四海的原則，比如，把肉食動物獅、虎、狼、豹視為兇惡殘暴的代表，把食草動物鹿、羊、兔、牛視為溫和良善的象徵。肉食動物以食草動物為糧食，就像惡以善為營養，善滋育著惡的蓬勃生長，同時抑制著惡的無邊蔓延，這奇特的二律背反關係埋藏在道德法則的深處。」〔註35〕最後，他還對動物心懷感恩之情，當秋日的陽光淡淡照耀著緩緩飄落的樹葉時，他在躺椅上感受著一件熨帖的羊毛衫的呵護。可是，此刻自己的溫暖是動物給予的，是它們脫下唯一的一件衣裳披在了我的肩上。是的，動物默默給予人類衣食住行的太多材料了，動物使我們的生活方便了許多，難道我們人類不應該感恩戴德嗎？

林賢治先生在《五十年：散文與自由的一種觀察》一文這樣評價著名散文家劉亮程：「他才過而立之年，卻經歷了中國農村幾千年的世事滄桑。多少莊稼，牲畜，小麥和樹木，在他眼中化出化入，生死衰榮。」〔註36〕在劉亮程的筆下，動物和人類一樣，承擔著苦難的悲劇性命運，無法逃遁恢恢天網的無情擺佈。

在《城市牛哞》一文裏，作者目睹的牛群不但不能逃跑，連卑微的平靜老死的機會也求之不得。牛們並排站在運載它們的大卡車上，如同沒買到坐票的乘客，帶著天真而好奇的目光穿過大街小巷，宿命般的最終被運送進入刀光閃爍的屠宰場。文中寫道：「城市的所有工作被一種叫做市民的人們承攬

〔註32〕周曉楓《斑紋：獸皮上的地圖》，中國文聯出版社2002年2月版，第153頁。
〔註33〕周曉楓《斑紋：獸皮上的地圖》，中國文聯出版社2002年2月版，第154頁。
〔註34〕周曉楓《斑紋：獸皮上的地圖》，中國文聯出版社2002年2月版，第154頁。
〔註35〕周曉楓《斑紋：獸皮上的地圖》，中國文聯出版社2002年2月版，第158頁。
〔註36〕林賢治《自製的海圖》，大象出版社，2000年6月版，第272頁。

了，他們不需要牲畜。牛隻是作為肉和皮子被運到城市。而牛們知道不知道他們的下場呢？牛會不會在屠刀搭在脖子上還做著各自的各種美夢呢？」緊接著，劉亮程筆鋒一轉，將思路引到自己身上：

> 我是從裝滿牛的車廂裏跳出來的那一個。
>
> 是衝斷韁繩跑掉的那一個。
>
> 是掙脫屠刀昂著鮮紅的脖子遠走他鄉的那一個。

林賢治說：「這是狂吽，是撕心裂肺的聲音，是一個來自鄉土的作家對自己的出身、處境和命運的深切體認」。〔註37〕劉亮程令人觸目驚心的繼續寫道：「多少次我看著比人高大有力的牛，被人輕輕鬆鬆地宰掉，它們不掙扎，不逃跑，甚至不叫一聲，似乎那一刀很舒服。深厚無比的牛吽在現代人的腸胃裏翻個滾，變作一個咯或一個屁被排掉——工業城市對所有珍貴事物的處理方式無不類似於此！」現代工業社會裏，一切都進入了生產流水線。傳統農業文明哺育下的淳樸善良的黃牛承受著生命的大痛和瞬間被宰割毀滅的命運，劉亮程對此充滿憐憫和悲傷。「這個世界是生命意志自我分裂的殘酷戰場。生存必須以其他生命為代價，即這生命只有通過毀滅其他生命才能持續下來。只有有思想的人才能懂得其他生命意志，並與它休戚與共。」〔註38〕

無獨有偶，賈平凹的《廢都》中，也把牛作為一個重要意象，以牛眼來看世界。林武忠先生在《牛眼看世界：試析〈廢都〉中「牛」的意象》一文中說：「作品裏邊劉嫂的那頭牛對統帥全書具有很重要的作用，在牛的眼中城市是一堆水泥！在這個用四堵高大的城牆圍起來的到處結合著正方形、圓形、梯形的水泥建築中，差不多的人都害了心臟病、腸胃病、神經官能症。他們無時不在注意衛生，戴了口罩，製造了肥皂洗手洗腳，研製了藥物針劑，用牙刷刷牙。正是這頭牛道出了人類的隱痛。人的身體的野性在進化中退化，而一切陰險醜惡卻在這種退化中進化。」充滿野性的牛和被文明異化的人兩相對比，別出新意。

韓少功在散文《山之想》中寫到了對小動物的溫情關愛：「你看到一隻狗的寒冷，給他墊上了溫暖的棉絮，它躺在棉絮裏以後會久久地看著你。它不能說話，只能用這種方式表達它的感激。你看到一隻鳥受傷了，將它從貓嘴

〔註37〕林賢治《自製的海圖》，大象出版社，2000 年 6 月版，第 274 頁。

〔註38〕陳澤環、朱琳《天才博士與非洲叢林：諾貝爾和平獎獲得者阿爾伯特‧史懷澤傳》，江西人民出版社 1992 年版，第 105～106 頁。

裏奪下來，用藥水療治它的傷口，給它食物，然後將它放飛林中。它飛到樹梢上也會回頭看你，同樣不能說話，只能用這種方式銘記你的救助。」〔註39〕動物對人類救助的感恩之情溢於言表，是一種生命之間的悠然神會。余杰在讚美牛的散文《黑炭祭》裏說：「在所有的生命裏，我對牛懷有特殊的敬意。這並不僅僅因為我屬牛，也不僅僅因為我是一個享受著牛耕種的糧食的中國人。牛是最有生命感的動物。在眾多的動物中，只有牛是沒有罪孽的，所以牛能夠充當人類贖罪的祭品。它那龐大的身體匯納眾厄，命定與捨身聯繫在一起。它們以極其悲壯的犧牲，維繫著眾生的終極平衡，把地獄引向天國」。〔註40〕該文對牛的讚美和敬意溢於言表。

　　鐵凝的散文《孕婦和牛》中孕婦和牛停在村頭，一起閱讀斑駁的古碑，孕婦和牛都不識字，但都在「閱讀」，用各自的心在閱讀。這是怎樣的一種天地情懷啊！聖雄甘地在他的《宗教哲學研究》中表達過類似的思想：「對我來說，母牛意味著整個亞人類世界。通過母牛人們得以認識到人與所有生靈的絕對統一。保護母牛意味著保護神的全體不會說話的創造物。保護母牛意味著保護弱者，保護無助者，保護不會說話者，保護聽不到聲音者。」在這裡，牛成了善良、正義與和平的象徵。劉亮程在《賣掉的老牛》一文中提到過他家裏飼養的一頭年邁的老牛：「牛的一生沒辦法和人相比。我們不知道牛老了會怎麼想。這頭牛跟我們生活了十幾年，我們呵斥它、鞭打它、在它年輕力盛的時候，在它年邁無力的時候。我們把太多生活負擔推給了牛。即使這樣，我們仍活得疲憊不堪。常常是牛拉著我們，從苦難歲月的深處，一步一步熬出來。」〔註41〕在這裡，人和牛一樣，都是苦難生活的承受者。但是，劉亮程在反思對牛的粗暴的過程中，多多少少顯示出某種良心的不安。

　　在中國傳統文化語系符碼中，狐狸有「詭詐狡猾，阿諛奉承」的象徵意義。中國人常用「狐群狗黨」比喻勾結在一起的一小撮壞人，用「狐假虎威」比喻依仗有勢力者的權勢來欺壓人。「一窩狐狸不嫌騷」、「狐狸不知尾巴臭」、「狐狸再狡猾也鬥不過好獵手」，「狐狸看不見雞毛，怎能往陷坑裏跳」（意謂對付狡猾的敵人，需要用計謀，引誘他上當）等漢語諺語說明「狐狸是狡猾的」，而它的「騷」和「臭」自然也引起人們的厭惡。但是，著名作家

〔註39〕韓少功《山之想》，《精神生態通訊》2005年第5期。
〔註40〕余杰《火與冰》，經濟日報出版社2008年版，第187頁。
〔註41〕劉亮程《一個人的村莊》，新疆人民出版社2001年1月版，第73頁。

張煒的筆下，狐狸卻是性靈可愛，充滿人性的。人與動物的關係是散文作家在關注人與自然的關係時選擇的一個重要視角。人對自然萬物的視角變化體現在創作中，首先是人對萬物的尊重、關心。作家張煒酷愛小動物，在他的散文中屢次寫到小動物，其中表達了他的向善之心，也表達了對那些肆意殺戮生靈的殘忍貪婪者的詛咒。張煒在《精神的絲縷》中說──「一個人道主義者也會廣愛眾生。人道不僅用於人，人道應該是為人之道，是人類存在的基本原理和法則。他要更好地、健康地存在，就必須與大自然中的一切和諧相處。人不能破壞生態平衡，也不能破壞心態上的平衡。一個雙手沾滿動物鮮血的人是不會心安理得的。」〔註 42〕蔣子丹的生態文學作品《動物檔案》側重於人與寵物的關係問題。故事的主人公是來自北京的張呂萍動物收容基地的幾十隻貓、狗，蔣子丹用擬人和虛構的手法描摹了它們的遭遇：被遺棄、遭虐待、抑或病殘老邁。蔣子丹似乎在借動物的遭遇強烈譴責人類的冷酷無情，控訴被虐待和拋棄的悲慘命運。盧志博在《沉重的「他者」關懷》一文中高度評價了蔣子丹的《動物檔案》和《一隻螞蟻領著我走》的生態文學意義，認為這是深入思考動物命運和「敬畏生命」的倫理學的重要作品。「在思考動物問題的時候，蔣子丹的心靈也在蒙難：她不得不面對來自倫理、法律、觀念、習俗等各方面的挑戰。這是一種始於同情心、良知而終於一系列悖論、困境的沉重、迷茫、甚至絕望。一邊要面對人類對動物愈演愈烈的利用、剝奪、虐待和殘殺；另一邊要面對自身根深蒂固甚至無法超越的物種、基因以及精神的侷限性。」〔註 43〕蔣子丹的《動物檔案》和《一隻螞蟻領著我走》通過文學形象的深情召喚，表達了自己深刻的「敬畏生命」的情懷，深入剖析了人與動物之間的生態關聯，對於激活人類潛藏的善良之心和柔軟情感，有著不同尋常的意義。

在張煒的散文《聖華金的小狐》中，小狐已不再是狡猾放蕩的野獸，而是周身充滿靈性與美的象徵，它的靈目，它的秀鼻，它的軟毛，它的長頸，它的大耳，都透出生命的光澤。然而，就是如此可愛的小生靈，「到本世紀末，它們可能滅絕，」而滅絕小狐的罪人就是我們人類自己。作者表達了對人類殘暴性的痛恨之情，「這樣的一雙目光，一張臉龐，令人心動。可是更多的時候，人類已經在殘酷的追逐和殺戮中失去了感動的能力。對於死亡，

────────────

〔註 42〕張煒《精神的絲縷》，上海人民出版社 1996 年 4 月版，第 17 頁。
〔註 43〕盧志博《沉重的「他者」關懷》，《精神生態通訊》2008 年第 3 期。

流血，可怕的變故和異類的傷痛，已經變得相當冷漠，」「聖華金小狐，還有其他無數的可愛生靈，都將在殘酷的時間和命運的戕害和淘洗下，消失終結。」〔註44〕

張煒最後還警示說，面對小狐的眼睛，應該全面地檢點自己的行為，追索自己的品質。史懷澤在《敬畏生命》一書中說道：「同情動物是真正人道的天然要素，人們不能對此不理不睬。我認為，這是在思想的昏暗中亮起的一盞新的明燈，並越來越亮。」〔註45〕

劉亮程在《狗這一輩子》中以狗的一生暗喻人的一生，可謂匠心獨具。

「一條狗能活到老，真是件不容易的事。太厲害不行，太懦弱不行，不解人意、太解人意了均不行。總之，稍一馬虎便會被人燉了肉剝了皮。狗本是看家守院的，更多時候卻連自己都看守不住。活到一把子年紀，狗命便相對安全了，倒不是狗活出了什麼經驗。儘管一條老狗的見識，肯定會讓一個走遍天下的人吃驚。狗卻不會像人，年輕時咬出點名氣，老了便可坐享其成。狗一老，再無人謀它脫毛的皮，更無人敢問津它多病的肉體，這時的狗很像一位歷經滄桑的老人，世界已拿它沒有辦法，只好撒手，交給時間和命。一條熬出來的狗，熬到拴它的鐵鍊朽了，不掙而斷。養它的主人也入暮年，明知這條狗再走不到哪裏，就隨它去吧。狗搖搖晃晃走出院門，四下裏望望，是不是以前的村莊已看不清楚。狗在早年撿到過一根幹骨頭的沙溝梁轉轉；在早年戀過一條母狗的亂草灘轉轉；遇到早年咬過的人，遠遠避開，一副內疚的樣子。其實人早好了傷疤忘了疼。有頭腦的人大都不跟狗計較，有句俗話：狗咬了你你還能去咬狗嗎？與狗相咬，除了啃一嘴狗毛你又能占到啥便宜。被狗咬過的人，大都把仇記恨在主人身上，而主人又一古腦把責任全推到狗身上。一條狗隨時都必須準備著承受一切。

在鄉下，家家門口拴一條狗，目的很明確：把門。人的門被狗把持，彷彿狗的家。來人並非找狗，卻先要與狗較量一陣，等到終於見了主人，來時的心境已落了大半，想好的話語也嚇得忘掉大半。狗的影子始終在眼前竄悠，答問間時聞狗吠，令來人驚魂不定。主人則可從容不迫，坐察其來意。這叫未與人來先與狗往。

有經驗的主人聽到狗叫，先不忙著出來，開個門縫往外瞧瞧。若是不想

〔註44〕張煒《張煒散文選集》，山東文藝出版社，1997年3月版，第109頁。
〔註45〕〔法〕史懷澤《敬畏生命》，上海社會科學出版社，1996年2月版，第89頁。

見的人，比如來借錢的，討債的，尋仇的便裝個沒聽見。狗自然咬得更起勁。來人朝院子裏喊兩聲，自愧不如狗的嗓門大，也就緘默。狠狠踢一腳院門，罵聲狗日的，走了。

若是非見不可的貴人，主人一趟子跑出來，打開狗，罵一句瞎了狗眼了，狗自會沒趣地躲開。稍慢一步又會挨棒子。狗挨打挨罵是常有的事，一條狗若因主人錯怪便賭氣不咬人，睜一眼閉一眼，那它的狗命也就不長了。

一條稱職的好狗，不得與其他任何一個外人混熟。在它的狗眼裏，除主人之外的任何面孔都必須是陌生的、危險的。更不得與鄰居家的狗相往來。需要交配時，兩家狗主人自會商量好了，公母牽到一起，主人在一旁監督著。事情完了就完了。萬不可藕斷絲連，弄出感情，那樣狗主人會妒嫉。人養了狗，狗就必須把所有的愛和忠誠奉獻給人，而不應該給另一條狗。

人一睡著，村莊便成了狗的世界，喧囂一天的人再無話可說，土地和人都乏了。此時狗語大作，狗的聲音在夜空飄來蕩去，將遠遠近近的村莊連在一起。那是人之外的另一種聲音，飄忽、神秘。莽原之上，明月之下，人們熟睡的軀體是聽者，土牆和土牆的影子是聽者，路是聽者。年代久遠的狗吠融入空氣中，已經成為寂靜的一部分。

在這眾狗狺狺的夜晚，肯定有一條老狗，默不作聲。它是黑夜的一部分，它在一個村莊轉悠到老，是村莊的一部分，它再無人可咬，因而也是人的一部分。這是條終於可以瞑然入睡的狗，在人們久不再去的僻遠路途，廢棄多年的荒宅舊院，這條狗來回地走動，眼中滿是人們多年前的陳事舊影。

狗這一輩子像夢一樣飄忽，沒人知道狗是帶著什麼使命來到人世。狗這一輩子，猶如人這一輩子」。〔註46〕

在這篇文章中，狗作為一條生命，被提高到了人的生命的高度。被人豢養，要看人臉色的狗，在其漫長的一生中受盡世態炎涼的折磨。它默默舐舐著來自外界襲擊的傷痕，走完自己的生命歷程。

早在1789年，著名哲學家邊沁在《道德與立法原理》一文中就提出了愛護動物的觀點：「一個行為的正確或錯誤，取決於他所帶來的快樂或痛苦的多少，動物能感受苦樂。因而在判斷人的行為的對錯時，必須把動物的苦樂也考慮進去。」〔註47〕面對人性的異化，張煒的呼喊是沙啞的、滴血的，從中

〔註46〕劉亮程《一個人的村莊》，新疆人民出版社2001年1月版，第3頁。
〔註47〕高開為：《西方哲學選讀》，社會科學文獻出版社1998年版，第21頁。

可以看到某種絕望的成分。在另一篇散文《老人》裏，張煒關注的是類似的問題，只不過這裡的動物比小狐幸運得多，它們與美麗的花朵一起聚集在兩位棲身山中的老人身邊。老人做著美麗的夢，從動物身上獲得快樂，而動物也得到老人的飼養和呵護。有趣的是，作者對動物進行了擬人化描寫，它們之間甚至它們與老人之間都可以進行交流。張煒在《精神的絲縷》中談到，「我很想伸手撫摸一些小鳥，動一動它們光順的額頭。可是它們不讓我們接近。還有野兔子，它的精明的樣子引人去觸動，你真想去按一按它的活動不停的三瓣小嘴。它們離我們很遠就會跑開。因為它們有過痛苦的經驗。它們不相信會有一個與它們和平共處的人。」張煒發現，生活中有些喜歡小動物的人，寧可忍受極度地貧窮和飢餓，也不願宰殺動物。在田野裏勞動的農人喜歡鳥，甚至連刺蝟、獾、蛇都不願意殺死。倒是一些城裏的人常常挎著獵槍到郊區狩獵，威風凜凜地耀武揚威。張煒認為，對待小動物的情感跟對待生活中的美好事物是一致的。我們無法相信一個無故傷害動物的人會有一顆善良的心。一個人道主義者也會廣愛眾生。「人道應該是為人之道，是人類存在的基本原理和法則。他要更好地、健康地存在，就必須與大自然中的一切和諧相處。人不能破壞生態平衡，也不能破壞心態上的平衡。一個雙手沾滿動物鮮血的人是不會心安理得的。」〔註48〕張煒覺得作家天生就是一些與大自然保持緊密聯繫的人，從小到大一直如此。作家比起其他人來，自由而質樸，敏感得很。在隨筆《綠色遙思》一文中，張煒表達了對大自然中的小動物的喜愛與呵護：「我飼養過刺蝟、野兔和無數的鳥。我覺得最可愛的是拳頭大小的野兔。不過它們是養不活的，即使你無微不至地照料也是枉然。所以我後來聽到誰說他小時候把一隻野兔養大了就覺得是吹牛。一隻野兔不值多少錢，但要飼養難度極大，因而他吹噓的可能是一件了不起的事情。青蛙身上光滑、有斑紋，很精神很美麗。我們捉來飼養，當它有些疲倦的時候，就把它放掉。刺蝟是忠厚的、看不透的，我不知為什麼很同情他。因為這些微小的經歷，我的生活也受到了微小的影響。比如我至今不能吃青蛙做成的田雞菜，一個老實的朋友窗外懸掛了兩張刺蝟皮，問他，他說吃了兩個刺蝟——我從此覺得他很不好。」〔註49〕張煒可以說是一個深刻領悟了史懷澤的敬畏生命的真諦的作家，在他的哲學天地裏，萬物是平等的。作家葦岸在自傳《一個

〔註48〕《精神的絲縷》，張煒著，上海人民出版社，1996年4月版，第17頁。
〔註49〕張煒《綠色的遙思》，文匯出版社2005年5月版，第103頁。

人的道路》中說：「我從小就非常心軟，我甚至有些極端。我不能看屠宰牲畜，或殺一隻雞……一個推崇李敖、誇耀曾攝下過一隻麻雀腦袋的人，多次向我推薦《厚黑學》，但我從未讀過一頁。」〔註50〕這樣心慈手軟的個性和敬畏生命的氣質以及對嗜血行為的本能抵制和厭惡，必然導致長大以後的葦岸成為一位具有梭羅氣質的自然寫作者。

葦岸在《上帝之子》一文中寫道：「在所有的生命裏，我覺得羊的存在蘊義，最為豐富。你們要防備假先知，他們到你們這裡來，外面披著羊皮，裏面卻是殘暴的狼。羊最初便位於對立的一級，它們是草地上的生命，顯示著人間的溫暖的和平精神，它們匯納眾厄的懦弱軀體，已成為人類某種特定觀念標準的象徵和化身。」〔註51〕羊在摩爾的著作中，被成為天空的孩子。它們是從文明之前的險峻高山，來到平原的。「它們的顏色和形態，至今仍然像在天上一樣。它們沒有被賦予捍護自己的能力，它們唯有的自衛方式便是溫馴和躲避。」葦岸始終認為，羊以悲劇性的犧牲，維持著眾生的終極平衡。羊是一支暴力和罪惡之外的力量，微弱而不息地生存在世界上。真正地生態主義者都是維護人類和平的人文主義者，在這裡羊成為衡量善惡的晴雨表。麻雀是人們司空見慣的鳥類，這種極其平民化的鳥兒卻屢屢出現在葦岸的筆下，「在我窗外陽臺的橫杆上，落了兩隻麻雀。那裡是一個陽光的海灣，溫暖、平靜、安全。這是兩隻老雀，世界知道它們為它哺育了多少雛鳥。兩隻麻雀蹲在輝煌的陽光裏，一副豐衣足食的樣子。它們眯著眼睛，腦袋轉來轉去，毫無顧忌。它們時而啼叫幾聲，聲音樸實而親切。它們的體態肥碩，羽毛蓬鬆，頭縮進厚厚的脖頸裏，就像冬天穿著羊皮襖的馬車夫。」〔註52〕可以說，在這樣的平靜敘述裏，我們彷彿看到了葦岸深切的平民情懷。由對普通的鳥類的由衷關懷上升到對樸素的底層勞動人民的深切關愛。字裏行間流淌著一種安詳寧靜充滿愛意的溫暖情愫。在下面的文字中，葦岸更是進一步闡述了他賦予麻雀的平民情懷：「我把麻雀看作鳥類中的平民，它們是鳥在世上的第一體現者。它們的淳樸和生氣，散佈在整個大地。它們是人類卑微的鄰居，在無視和傷害的歷史裏，繁衍不息。它們以無畏的獻身精神，主動親近莫測的我們。沒有哪一種鳥，肯與我們建立如此密切的關係。在我對鳥類作了多

〔註50〕葦岸《上帝之子》，湖北美術出版社2001年4月版，第29～31頁。
〔註51〕葦岸《上帝之子》，湖北美術出版社2001年4月版，第48頁。
〔註52〕葦岸《上帝之子》，湖北美術出版社2001年4月版，第16頁。

次比較後，我發現我還是最喜歡它們。」〔註53〕經過反覆觀察，葦岸做出了這樣的判斷——麻雀是平民化的鳥兒，它們與人類保持著最親密無間的友誼。由於喜愛麻雀，葦岸還刻意為它們寫下了讚美詩般的一段文字：「它們很守諾言，每次都醒在太陽前面。它們起的很早，在半道上等候太陽然後一塊上路。它們彷彿是太陽的孩子，每天在太陽身邊玩耍。它們習慣於睡覺前聚在一起，把各自在外面見到的新鮮事情講給大家聽聽。由於不知道什麼叫秩序，它們給外人的印象好像在爭吵一樣。它們的膚色使我想到土地的顏色，它們的家族一定同這土地一樣古老。它們是留鳥，從出生起便不遠離自己的村莊。」〔註54〕葦岸用一顆水晶般的童心，用深受梭羅的《瓦爾登湖》影響的文字，為麻雀寫讚美詩，這種「萬物有靈」論的文字深深透露出葦岸包容萬象的博大胸懷和悲天憫人的自然之思。遺憾的是，大多數時候，儘管葦岸那麼喜歡鳥兒，他卻很少有機會近距離觀察鳥兒。「每當我從鳥群附近經過，無論它們在樹上還是在地面上，我都不能停下來，不能盯著它們看，我只能側耳聽聽它們興高采烈的聲音。否則，它們會馬上警覺，馬上做出反應，終止議論或覓食，一哄而起，迅即飛離。——我的發現，對我，是生活的一個普通認識；鳥的反應，對鳥，則是生命的一個重要經驗。」〔註55〕經過成千上萬年的與人相處的經驗，鳥兒保持著對人類的高度警惕，這是血淋淋的經驗，已經化為本能滲透到鳥兒的心靈和神經深處。即使對於葦岸這樣富有愛心的人，鳥兒也無法放棄這種高度的敏感和警覺。

　　動物和人類一樣，也有天賦的生存權和自由權，所有的生命都是神聖可愛的。長期以來，人類往往將自己看成是大自然的精靈，萬物的主宰，而將動物看成野獸，而在張煒看來，動物與人都是大自然的子民，他們共生共長共滅，從心性看來，動物並不比人類更殘酷更可怕。作者對動物如此富有愛心，無疑是希望人類與動物與自然和諧相處，修成一顆善良仁慈之心。張煒筆下的動物可以與人類交流、親愛和會通，達成一種榮辱與共，平等友好的關係。更重要的是，張煒站在人性異化的角度來審視動物，對人類的命運深懷憂患之心。誠如史懷澤談及人類對動物世界的傷害時說的：「你踏上了林中小路，陽光透過樹梢照進了路面，鳥兒在歌唱，許多昆蟲歡樂地嗡嗡叫。但

〔註53〕葦岸《上帝之子》，湖北美術出版社 2001 年 4 月版，第 22～23 頁。
〔註54〕葦岸《上帝之子》，湖北美術出版社 2001 年 4 月版，第 23 頁。
〔註55〕葦岸《上帝之子》，湖北美術出版社 2001 年 4 月版，第 27 頁。

是，你對此無能為力的是，你的道路意味著死亡。被你踩著的螞蟻在那裡掙扎，甲蟲在艱難地爬行，而蠕蟲則蜷縮起來。由於你無意的罪過，美好的生命之歌中出現了痛苦和死亡的旋律。當你想行善時，你感受的是那可怕的無能為力，不能如你所願地幫助生命。」〔註56〕

如果我們一位作家或者普通人擁有了一顆博愛眾生（包括人在內的一切動植物）的博大情懷和悲天憫人之心，才能無微不至地平等看待每一種生命形式每一種動物植物，以呵護生命敬畏生命的博大情懷感受每一種具體的生命形式的奇妙奧秘和伶俐可愛。其實，我們現在談論頗多的對昆蟲人為分為「害蟲、益蟲」的做法，在雷切爾·卡遜那裡早有論及：「在農業的原始時期，農夫很少遇到昆蟲問題。這些問題的發生是隨著農業的發展而產生的——大面積土地精耕細作一種穀物。這樣的種植方法為某些昆蟲的數量的猛烈增加提供了有利條件。單一的農作物的耕種並不符合自然發展規律，這種農業是工程師想像中的農業。大自然賦予大地景色以多種多樣，然而人們卻熱心於簡化它。這樣人們毀掉了自然界的格局和平衡，原來自然界有了這種格局和平衡才能保持一定限度的生物種類。一個重要的自然格局是對每一種類生物的棲息地的適宜面積的限制。很明顯，一種食麥昆蟲在專種麥子的麥田裏比在麥子和這種昆蟲所不適應的其他穀物摻雜混種的農田裏繁殖起來要快得多。」〔註57〕所以，所謂害蟲，本來就是人類「製造」出來的，然後再進一步要遭到人類的屠殺。這是欲加之罪、何患無辭啊！

英國倫敦動物園在2005年8月25日，將八名「全新物種」——人類（人類自願者）赤身裸體關進「狗熊山」，遊客們完全可以像對待其他動物一樣，任意逗弄、甚至餵食給他們。動物園意在用這種特殊的方式警醒世人，許多動物處境危險。事實上我們今天展出的動物——人類就是其他動物的兇手。自願者卡爾寫了一首詩「我像一隻猴子般膽戰心驚，我像貓一樣冷漠，我像鸚鵡般健談，我像蝙蝠般倒立，我像土狼般大笑。但是卻有著駱駝一樣的駝峰。所以，用遮羞布將我遮蓋，因為我是最後的哺乳動物。」〔註58〕這種標新立異的方式，是一種極端刺激人類神經的方式，因為人類老是以「萬物靈

〔註56〕〔法〕阿爾伯特·史懷澤著，陳澤環譯《敬畏生命》，上海社會科學院出版社1996年2月版，第22頁。
〔註57〕雷切爾·卡遜《寂靜的春天》，科學出版社1979年6月版第14頁。
〔註58〕《請您做一回動物》，《精神生態通訊》2005年第4期。

長，宇宙精華」自居，已經不自覺地遺忘了自己曾經是——而且現在還是動物的一種。關心動物，就是關心我們自己，因為人類與動物息息相關。著名的生態報告文學作家李青松的《遙遠的虎嘯》是他多年野生動物保護報導的總結性著作和經典性文本。全書在展示虎、豹、獅子、玃、狐狸、野驢、猴子、狼、朱鹮、大熊貓、蛇、古樹、竹子等幾十種動植物尤其是珍稀動植物生存困境的同時，也譴責了破壞生態環境的罪惡行徑、濫殺野生動物的不正確觀念和陋習。李青松說：「改善生態環境的過程實際上也是改善人性和人類靈魂的過程。文學的作用是不可忽視的，因為文學就是人學。文學的作用在很大程度上是矯正人們的靈魂和觀念，並呼籲人們創造出對自然更為合理的空間，以保持現代人與自然之間的平衡，從而使自然環境和社會環境達到高度的協調和統一。」〔註59〕如此，聯繫到 2007 年下半年，在網絡上搞的沸沸揚揚的「陝西華南虎照片」事件，我們不難看出，世道人心和生態環境的惡化實際上是一枚硬幣的兩面。比自然生態惡化更可怕的是人類的貪婪、自私、愚妄和弄虛作假，欺上瞞下，指鹿為馬。老虎的逐漸稀少證明，貌似強悍的野生動物在欲壑難填的現代人面前是那麼氣息奄奄，而妄圖借助製造新聞效應以謀取個人和小團體私利的人類才是華南虎走向滅絕的助推器。生態文學總是與現實的生態災難息息相關的。在這本書的後記裏，李青松告訴我們——這本書取名《遙遠的虎嘯》並沒有什麼特別的寓意。我只是感到人與老虎的關係更能充分反映人類與動物，乃至人類與自然的關係。自然界的虎越來越少了，那撼人心魄的嘯聲離我們越來越遠，我們自己把自己裝進籠子裏，我們拒絕了一切本不該拒絕的東西。人類越是走向文明，就越是要瞭解自己，包括自己的從前和過去。當一切野生物種消失後，人類的捕獵目標就是人類自己嗎？」這種對野生動物慘遭滅絕的深切思考和無情批判發人深省振聾發聵的。然而，自始自終令我們感到無比遺憾的是，許許多多的珍惜野生動物都以令我們吃驚的速度從地球上消失了。地球上林林總總的物種多樣性被嚴重破壞。中國浩如煙海的古書上的「虎嘯猿啼」，「狼奔豸突」，「百獸率舞」的壯觀場景和生動活潑的動物世界，其實早就已經如同消失在歷史深處的虎嘯聲聲一樣令人悵惘和遺憾，令我們無限感傷和追懷往事時的依戀。

　　生態理念和大地倫理思想作為 20 世紀以來最有影響的一股思潮在 80 年代從西方傳入中國之後，每當我們面對工業文明造成的污染和災難人類突然

〔註59〕徐剛，定付林等，《生態文學四人談》，《光明日報》2001 年 4 月 4 日。

發現傷痕累累的自然突然在某一天將全部的仇恨瘋狂地發洩在人類身上，我們人類感到空前的恐懼和迷惑，到底是什麼力量如此異己呢？賈平凹的《懷念狼》橫空出世了，我們認為也許正是這種恐懼感促成了《懷念狼》這樣一部充滿生態思想的作品的問世。作者賈平凹自述：「四十歲以後，我對這個世界越來越感到了恐懼，我也弄不明白是因為年齡所致還是閱讀了太多戰爭、災荒和高科技成果的新聞報導。如果我說對人類關懷的話，有人一定會譏笑我也患上了時髦病而庸俗與矯情，但我確確實實地如此。」〔註60〕我們看到了作家賈平凹對人類生存的深邃的哲學思考，想一想人究竟該怎樣生存，到底人該如何面對自然，正是這種對人類對自然對天地萬物宇宙萬物的終極關懷構成了《懷念狼》的基調和底色。

　　學者吳尚華談及賈平凹的《懷念狼》的主題意蘊時說：「賈平凹的《懷念狼》，第一次真正把對商州的文化反思上升到對整個人類生存命運的憂患和預警，其中散發的環境倫理意識和人與自然和諧共存的生態理想，賦予小說極高的思想價值。小說在顯在的尋找主題層面上，懷念狼就是懷念英雄和懷念勃發的生命；在潛在的生態主題層面上，懷念狼就是懷念世界的平衡和呼喚人與自然和諧共存的生態理想。」〔註61〕俄國作家納布科夫對小說下的定義，他說：「事實上好小說都是好神話」。〔註62〕賈平凹的《懷念狼》正是在這種意義上講，我們認為似乎也的確應該算作是一部奇特的神話或者一篇深刻的寓言，一部本土化的自然環境生態寓言。這篇的小說開篇不久，賈平凹就用一則可考據的傳說將商州變成了一個神秘而恐怖的死亡之城和恐怖之城，在無比誇張的漫長的人狼攻防戰中，「成千上萬隻狼圍住了城池，嗥叫之聲如山洪暴發，以致於四座城門關了，又在城牆上點燃著一堆又一堆篝火。而黑壓壓的狼群竟開始了疊羅漢往城牆上爬，狼死了一層又撲上來一層，竟也有撅起屁股放響屁，將稀屎噴到十米八米高的牆頭上人的身上。」〔註63〕這些老謀深算、深諳人類習性的狼還能運用人類熟諳的兵法，它們組織一支敢死隊從南門口的下水道鑽進了城之後，一口氣就咬死了數百名婦女兒童，此時此

〔註60〕賈平凹《懷念狼》，春風文藝出版社2006年4月版，第183頁。

〔註61〕吳尚華：賈平凹《懷念狼》的生態批評解讀，《安徽師範大學學報·社會科學版》2006年第3期，第178頁。

〔註62〕轉引自王安憶：《小說家的十三堂課》，上海文藝出版社、文匯出版社出版，2005年6月，第8頁。

〔註63〕賈平凹《懷念狼》，春風文藝出版社2006年4月版，第3頁。

刻而同時鑽進了一批狼的同盟軍，勢必造成了一時城池陷落。賈平凹自己說過，我們懷念狼是懷念著勃發的生命力量，追憶懷念英雄世界，懷念著昔日世界的生態平衡。因此賈平凹筆下的狼的意象具有寬泛的多義性和可闡釋性。如果我們從不同的角度解讀都會有不同的發現和心得。高度發達的工業文明帶來的高科技和先進工具技術一方面改變了人類愚昧和落後的舊狀況，大大的改善了生活的狀況，不可否認的是但是另一方面，高度發達的工業文明帶來的高科技和先進工具技術也使人類日益依賴和屈服於機器，我們人類甚至異化成了機器的奴隸，現代文明滋生出的種種惡疾和不良現象，如拜金主義極端個人主義、無休無止欲望的泛濫，如今正使我們人類的原有的旺盛的生命力和自然野性一點一點地消失殆盡。賈平凹筆下的狼，作為一種象徵和一種隱喻，恰恰此時正代表了人類原始的旺盛的生命力和原始的野性力量。賈平凹筆下那活躍的生命力、那雄壯騰躍的身姿讓人感受到強烈的震撼和藝術魅力。賈平凹在懷念狼，他也就是在追尋這種即將消退的生命力和野性力量，從而實現人的自我救贖和自我超越、自我實現。商州人民在人和狼的對抗中和戰鬥中，恰恰使得人的生命力得到了前所未有的激發和被喚醒。而且這種旺盛的生命力的集中表現為英雄情結和英雄思想、英雄敘事。史懷澤在《敬畏生命》中談及對生命敬畏作為一種倫理時說：「敬畏生命的倫理使各種倫理觀念成為一個整體，並由此證明自己的真理性。沒有一種倫理的自我完善只追求內心修養，而不需要外部行動。只有外部行動和內心修養的結合，行動的倫理才能有所作為。敬畏生命的倫理能做到這一切，它不僅能回答通常的問題，而且能深化倫理的見解。」〔註64〕賈平凹筆下的狼作為與人類相伴而生的一種野性力量和異己存在，狼本身既是大自然生態環境平衡發展的標誌意象，它們又需要人類的保護珍愛和尊敬呵護，毋庸諱言儘管在傳統文化觀念裏，兇狠歹毒的狼意味著兇殘和歹毒。賈平凹的《懷念狼》寓言似地發出了生態預警和生態提示。失去了狼的商州，「那些曾經做過獵戶的人家，竟慢慢傳染上了一種病，病十分地怪異，先是精神萎靡，渾身乏力，視力衰退，再就是腳脖子發麻，日漸枯瘦。」〔註65〕那些昔日身強體壯的獵戶生命力的萎靡和萎縮，在賈平凹看來恰恰是與他們相生相剋的對立統一面，大批大批狼

〔註64〕〔法〕阿爾伯特・史懷澤著，陳澤環譯《敬畏生命》，上海社會科學院出版社
　　　　1996 年 2 月版，第 26 頁。
〔註65〕賈平凹《懷念狼》，春風文藝出版社 2006 年 4 月版，第 8 頁。

的死亡造成的，動物的滅絕導致人性的淪喪和塌陷。

賈平凹在《懷念狼》中，幾乎把所有的動物、植物都以意象的存在被賦予了靈性。我們不得不面對現代文明軟骨病、陽痿的大熊貓一樣的性慾喪失和生物種群退化。電話電視電腦、騎車輪船飛機、鋼筋混凝土水泥建造的一座座相似的城市緊緊的禁錮了人類的生命激情與活力，現代人不可避免地走向了異化的不歸路。現代人在肉體異化的同時精神也變得單調冷漠而殘忍自私。現代人的這種冷漠和殘忍比起自然野生狼來毫不遜色，他們割活牛肉吃活牛肉吃活牛牛鞭牛腦牛筋，這不是一種對現實的虛化虛構改造，確確實實在現實生活中，現代人難道不是對於這種暴殄天物的飲食習慣早已經不足為怪麼？人類的兇殘冷漠自私，連自然界的狼都目瞪口呆，而如今社會，瘋牛病、艾滋病、豬流感、非典病毒、禽流感這些不都是動物對人的報復和懲罰麼？伴隨著商州地區狼的數量的減少乃至滅絕，是人性的墮落、淪喪、瘋狂、異化。小說中寫到了用自己的養女往汽車上撞以敲詐過路司機的錢財的「狼性十足」的男人郭財，這裡，人性與獸性進行了巧妙的置換，用舅舅的話講就是：「那男人不是人，是狼，狼變的，你瞧瞧，他那三白眼，他不是狼變是啥變的？子明，子明，你為狼拍照哩，你去把他的嘴臉拍下來！」〔註66〕因此，自然環境的惡化與人性善良的流失是同步的，它們相互依存，休戚與共。

為了表現人類對待動物的殘忍和暴虐，賈平凹為我們真實呈現了一幕血淋淋的屠殺和解剖狼的場景，既是藉以教訓郭財，另一方面也顯示了作為自然界窮凶極惡的狼在作為萬物之靈長的人類面前的弱勢地位。「這是我第一次真真切切地看著剖狼！時間是四月二十三日，天氣晴朗，陽光燦爛，樹的上空低低地凝集了一疙瘩雲。狼是白色的，皮毛幾乎很純淨，像我數年前在省城的一家皮貨店裏見過的銀狐的顏色。它被弔在樹杈上，大尾巴一直挨著了地面。狼頭的原貌已無法看到，因為狼皮是從頭部往下剝的，已剝到了前腿根，剝開的部位沒有流血，肉紅糾糾的，兩個眼珠弔垂著，而牙齒錯落鋒利，樣子十分可怕。……舅舅的雙腿是分叉站著，一身的獵裝，口裏叼著一把刀，一手扯著狼皮，一手伸進皮與肉間來回捅了幾下，然後，猛地一扯，嚓嚓嚓一陣響，狼皮通過前腿一直剝到了後腿上。接著，刀尖劃開了狼的肚腹，竟是白花花的一道縫，咕咕嘍嘍湧出一堆內臟來，熱騰騰腥臭味薰得看熱鬧的

〔註66〕賈平凹《懷念狼》，春風文藝出版社 2006 年 4 月版，第 86 頁。

人往後退了一步。」〔註67〕這樣的描寫為我們提供了嗜血的人類本性。借助於現代化的工具和手段，人類大規模向自然界發起衝鋒和殺戮，導致了生態的巨大災難。阿爾貝特‧史懷澤說：「善是保存和促進生命，惡是阻礙和毀滅生命，如果我們擺脫自己的偏見，拋棄我們對其他生命的疏遠性，與我們周圍的生命休戚與共，那麼我們就是道德的。只有這樣，我們才是真正的人；只有這樣，我們才會有一種特殊的、不會死去的、不斷地發展的和方嚮明確的德性。」〔註68〕這種德行在賈平凹這裡就是一種天人合一的理想道德，在文本敘事的流程中寫實鋪陳和虛構寫虛的交錯中，賈平凹對人類的終極關懷，對人類生存困境的思索，對人與自然關係的拷問，已經遠遠超越了文本，留給我們的是更廣闊的思考空間和迴響餘地。學者雷鳴在論及作為著名生態小說的《懷念狼》的哲學意蘊時寫道：「賈平凹的《懷念狼》以中國化的整體意象，狼與獵人之間的對立以及彼亡此衰的神秘生命聯繫，狼變人，人變狼的魔幻色彩，形象地揭示了生態失衡給人類所帶來的生存危機、精神危機，既有萬物皆有靈性的天人合一的自然倫理觀，又有從《莊子》到《聊齋誌異》的美學血緣，兼備新的文學和生態哲學的質素，走出了生態言說拘泥於真實的閾限，給人以陌生化獨特的新奇體驗。」〔註69〕

　　2004 年，姜戎的《狼圖騰》榮登「中國暢銷書排行榜」的前列，它是一部驚心動魄的生態小說。小說以幾十個關於大草原上狼的片段組合成完整框架和主體梗概，在一個個驚心動魄的狼的故事中，淋漓盡致的向我們展示牧民天然原始但是卻符合科學規律的環保意識、生態理念、大地道德和平衡手段，揭示了游牧民族對生命的無限敬畏和呵護體貼。學者李小江認為，《狼圖騰》中蘊含著四個生態系統。「首先是元生態系統，它的主旋律是和諧；第二個系統是社會生態，它的核心命題是人化自然；第三個系統是人類生態，它的主題是戰爭；最富有啟發意義的是第四個生態體系，人自身的生命生態問題。」〔註70〕四個方面的草原自然生態系統實際上是水乳交融、渾然一體、肝膽相照、同舟共濟、一榮俱榮、一損俱損的。生機勃勃、野性十足的草原和草原狼作為一種參照系統和比對座標，讓我們看到人類

〔註67〕賈平凹《懷念狼》，春風文藝出版社 2006 年 4 月版，第 87 頁。

〔註68〕〔法〕阿爾伯特‧史懷澤著，陳澤環譯《敬畏生命》，上海社會科學院出版社 1996 年 2 月版，第 19 頁。

〔註69〕雷鳴《當代生態小說的審美迷津》，《文藝爭鳴》2008 年第 8 期，第 38 頁。

〔註70〕李小江《〈狼圖騰〉中的四個生態系統》，《精神生態通訊》2008 年第 5 期。

的可持續發展已經產生了極其嚴重的生態平衡問題。荒野和草原是人類生命活力的取之不盡用之不竭的源泉，如果我們毀滅了自然、草原和野生動物，也就同時也毀滅了人類自身的發展前景和未來命運。著名學者周玉林在《中國生態文學歡呼「狼來了」》一文中把該小說的生態思想歸納為：「第一，闡釋了大生命與小生命的生態整體主義觀。第二，蘊涵了敬畏生命的非人類中心主義觀念。第三，揭示了人類欲望與生態的矛盾。第四，思考了原始宗教、樸素生態思想對生態的積極作用。第五，探究了科學對生態的影響。」〔註 71〕其實，動物題材的《狼圖騰》表達的這種生態思想和大地倫理及其敬畏生命的生態理念，法利·莫厄特也曾經表達過：「人類不能沒有動物，而動物卻完全可以不需要人類。」〔註 72〕當然，除了生態思想的弘揚之外，小說還有一層意蘊，那就是要大力張揚中華民族的狼圖騰的陽剛之氣和彪悍的精神力量。青年學者陳佳冀在《時代主題話語的另類表達——新世紀文學中的「動物敘事」研究》一文中，對《懷念狼》《狼圖騰》《藏獒》《銀狐》《豹子的最後舞蹈》等等小說給予高度評價：「這些作品憑藉全新的題材、獨特的視角、驚人的想像力和創造力，對歐美以及中國動物題材小說的汲取、加工、昇華的基礎上切入到當下對人性的迷失、自然生態的憂慮的關注，寄予了對理想生態環境的渴望和對人與自然和諧共存的生態主題。」〔註 73〕我們在利奧波德的《沙鄉年鑒》中，可以斷斷續續的拜讀到這樣驚心動魄的句子：「一聲深沉的、驕傲的嗥叫，從一個山崖迴響到另一個山崖，蕩漾在山谷中，漸漸地消失在漆黑的夜色裏。這是一種不馴服的、對抗性的悲哀，和對世界上一切苦難的蔑視情感的迸發。」〔註 74〕生性敏感、悲天憫人的充滿自然情懷的利奧波德從那隻垂死掙扎的母狼的瀕於絕望的嗥叫中聽到了對生態失衡的世界的萬分焦慮和無限悲憫。自然存在的動物，是與人類一起在這個榮辱與共息息相關的世界上歌哭的。只不過，來自它們的歌哭，未必能夠為大多數人所領悟和聆聽。

〔註71〕周玉林《中國生態文學歡呼「狼來了」》，《黑河學刊》2004 年第 6 期，第 52 頁。

〔註72〕法利·莫厄特《人與獸——一部視覺的歷史》，李揚等譯，山東畫報出版社 2001 年版，第 6 頁。

〔註73〕陳佳冀《時代主題話語的另類表達——新世紀文學中的「動物敘事」研究》，《南方文壇》2007 年第 6 期。

〔註74〕〔美〕利奧波德《沙鄉年鑒》，侯文蕙譯，吉林人民出版社 1997 年 12 月版，第 121 頁。

　　自然界的動物，有時還能夠提醒人類遠離即將發生的自然災害，比如洪水、海嘯、火山、地震等等。著名學者葉舒憲在《文學的災難與救世》一文中談到了發生於 2008 年 5 月 12 日的四川汶川八級地震前夕蛤蟆對人類的警告卻被人類誤讀的事情。「很多農民口裏的諺語，實際上是談防災經驗的。特別要關注青蛙和蛤蟆，所有這些與人類共生的動物，包括昆蟲在內，在古人眼裏都可以是某種徵兆。為什麼聽到布穀鳥的叫聲就要播種呢？那個時候的人類沒有掛曆和手錶，大自然的物象對人類來說就是物候。可是，我們今天學院建構的體制只相信科學，其他的東西全被遺忘了。在汶川大地震之前，四川當地電視臺播出了一個節目，綿竹一帶公路上大規模出現蛤蟆。還請來一位專家表態是否異常災變的前兆。專家說，這是我們當地的生態環境變好了，動物也要喬遷搬家，不用大驚小怪。當然，這樣的專家不能代表科學，只說明把民間的智慧和經驗全部忘記了。有位四川大學的同學說他家裏養的一隻烏龜多少天沒有出現，就在 5 月 12 日早上出來了。如果傳統文化的根都斷了，根本不把動物當回事，就沒有仰觀俯察的本領。」〔註 75〕在波譎雲詭的大自然面前，在神秘的自然災害面前，其實，看似呆傻的動物，應該是災難的警報員和預警者，只是，由於人類的妄自尊大和長期的科技理性的泛濫，這樣的預警很少會進入人類的視野。李存葆在《國蟲》一文中寫到蟋蟀近些年成了人們的娛樂妙品。「人從大自然萬物萬有那裡獲取的無窮樂趣，都是上蒼贈給人類的最完美的禮物。近幾年，我把目光瞄向長僅二十毫米的小蛐蛐，絕不僅是未泯童心的放飛和回歸，而是想從這神秘的小蟲豸身上，去觀察和破譯迴響在宇宙中心的最響亮的音符——人。」〔註 76〕通過對古往今來人們熱衷於飲酒鬥蟲為樂的嗜好的追索，李存葆把人類與動物的關係分析的頭頭是道，挖掘了人類利用其鬥性賭博逗趣的自私。「蟋蟀的確是大自然最高超的歌手。可是如果我們人類僅僅用它那美妙悅耳充滿深情的歌聲來自娛自樂的悅耳，這樣無疑會使人們品味到天人合一、妙趣橫生的歡愉。然而，我們的老祖宗最早發現了蟋蟀的鬥性，有人又將其鬥性用以賭博，這就給大自然中這可愛的小精靈身上，塗上了銅臭和血腥。」〔註 77〕在古往今來漫長的歷史長河中，九州大地上從皇宮到民間，曾經有過多少人們為之玩物喪志一蹶不

〔註 75〕葉舒憲《文學中的災難與救世》，《精神生態通訊》2008 年第 4 期。
〔註 76〕李存葆《綠色天書》，河南文藝出版社 2006 年版，第 140 頁。
〔註 77〕李存葆《綠色天書》，河南文藝出版社 2006 年版，第 146 頁。

振，耗盡家業傾家蕩產走上不歸路。如果我們老是把動物的個性注入人類的劣根性，這的的確確是對無辜動物的戕害、玩弄和摧殘。

第五章　人和植物的關係

　　美國著名的女作家、環保先行者 R・卡遜在《寂靜的春天》中對植物的偉大作用和人類對待植物的狹隘心理有過深入的闡釋：「水、土壤和由植物構成的大地的綠色斗篷組成了支持著地球上生物生存的世界。縱然現代人很少記起這個事實，即假若沒有能夠利用太陽能生產出人類生存所必需的基本食物的植物的話，人類將無法生存。我們對植物的態度是異常狹隘的。如果我們看到一種植物有某種直接用途，我們就種植它。許多植物之所以注定要毀滅僅僅是由於我們狹隘地認為這些植物不過是偶然在一個錯誤的時間，長在一個錯誤的地方而已。」〔註1〕在我們今天的地球上共生存著 40 多萬種各種各樣的植物，當然它們的結構形態各異千差萬別。在思想界和學術界，很早人們就關注人類與植物的關係。奇妙的是美國生態批評家斯耐德曾就文學與野生曠野裏的動植物做過精彩的類比：「普通的好文章就像一座花園，在那裡，經過鋤草和精細的栽培，其生長的正是你所想要的。你收穫的即是你種植的，所謂種瓜得瓜，種豆得豆。然而真正的好文章卻不受花園籬笆的約束。它也許是一排豆角，但也可能是幾株罌粟花、野豌豆、大百合、美洲茶，以及一些飛進來的小鳥兒和黃蜂。這兒更具多樣性，更有趣味，更不可預測，也包涵了更深廣得多的智力活動。它與關於語言和想像的荒野連接，給了它力量。」〔註2〕植物的生態適應性使得它們在各自的生態系統中佔據了一定的生態位，它們姹紫嫣紅豐富多彩的身影遍及大地的每一個角落、人類最好讓它們能夠

〔註1〕R・卡遜《寂靜的春天》，科學出版社 1979 年 6 月版，第 64～65 頁。
〔註2〕轉引自魯樞元主編《自然與人文——生態批評學術資源庫》，學林出版社 2006
　　　年版，第 992 頁。

穩定地生存在各自特定的環境條件。1982 年鄧小平同志發出了「植樹造林，綠化祖國，造福後代。」〔註3〕的號召，開始掀起全國範圍的植樹造林熱潮。植物組成了各種各樣的農田、果園、防護林等農田生態系統，不勝枚舉。張煒在《你的樹》一文中談及作家與植物的關係時動情地寫道：「一棵棵茂長的夜合歡樹開滿了深紅色的小花，在藍天碧海的襯托下，像點亮了一盞盞小紅蠟燭。我躺在大樹下，聞著濃烈的香味兒，從未有過的激動。它們在與我無聲地交談，深情地交流。那一段逝去的歲月裏，它們一直佇立在這個平原上，目睹了陰晴雲晦，在雷雨裏洗滌，在烈日下沐浴，在閃電裏搖動和振作。而我們這些在樹底記下了童年的人，卻因為生活的變遷遠去他鄉，在人生之路上匆匆奔波，雙腳已經裂口，鬍鬚已經變硬，而且已經不像當年那樣，在他的身上攀上攀下。」〔註4〕樹是默然無語的，它給人無數的靈感，無數的現象，它既是我們描述的對象，又是我們汲取力量的源頭，樹的生命與人類永遠相依相伴。在《綠色遙思》一文中，張煒談到了自己的一次野外宿營經歷，由於山間的一所孤房是用從墳墓裏扒出來的石塊建成的，大白天都讓人覺得陰森恐怖，「我大白天就驚慌起來，不敢走進獨屋。接下去的一夜我是在野地裏挨過的，背靠著一棵楊樹。我一點也沒有害怕，因為我周圍是沒有遮攔的坡地和山影，是土壤和一棵棵的樹。那一夜我的心飛到了海灘平原上，回憶了我童年生活過的叢林中去。我思念著兒時的夥伴，發現他們和當時當地的灌木漿果混在一起，無法分割。」〔註5〕張煒把對植物的愛戀與土地、故鄉、童年、友誼緊密相聯，渾然一體。植物成了他安慰孤獨內心和驅逐恐懼寂寞的心靈屏障。無獨有偶，作家周曉楓對植物，尤其是果樹有著細緻入微的傾聽和靜悟：「最小的水系在果實裏流動，我把這個光亮的蘋果舉起來，就聽到了聲音，非常小的聲音，類似於安靜。在表皮之下，清甜的漿汁不斷沖刷著果肉，每個細胞都慢慢膨脹，日漸充盈，這就是成長。我嗅了嗅，香氣猛地衝出來。對於這種強烈氣味的驚訝和迷醉，使我頭腦有點兒發昏，於是，我躺在了草地上，好像一枚剛剛幸福墜地的果實。偷偷聞了聞自己，味道卻是青澀的。果園寂靜的中午，黃澄澄的陽光照著，萬物在溫暖的睡意之中被鍍上薄金。累累果實使枝條呈現微彎的弧度，它們正被自身重量所壓迫，降低了應有的高

〔註3〕鄧小平《植樹造林》（1982 年 11 月），《鄧小平文選》第 3 卷，第 21 頁。
〔註4〕張煒《綠色的遙思》，文匯出版社 2005 年 5 月版，第 152 頁。
〔註5〕張煒《綠色的遙思》，文匯出版社 2005 年 5 月版，第 106 頁。

度。」〔註6〕生機盎然的果園，茂密生長的果樹，讓作者感受到天地之間的大美。植物的絢麗多姿，萌發了詩人的源源不斷的深情。

　　法國思想家盧梭在《自然遐想錄》裏有一句名言：「大樹、灌木、花草是大地的飾物和衣裝，再也沒有比只有石子、爛泥、泥土的光禿禿的田野更悲慘更淒涼的了。」〔註7〕德里達在論及植物時說：「植物成為社會的補充不只是一場災難。它簡直是災難的災難。因為在自然中，植物是最自然的東西。它是自然的生命。礦物與植物的不同之處在於，它是僵死的有用的自然，並隸屬於人類的工業。」〔註8〕生機勃勃的植物遍布在地球的表面，是人類最親密的朋友。地球上各種植物由於其生活環境和形態結構不同而形態各異，這就勢必使得它們的代謝產物和貯藏產物也是各種各樣千姿百態，也就對自然界和人類產生了各種各樣的食品用途、建築用途、美化用途、綠化用途、裝飾用途、醫學用途。幾乎所有的植物可以通過葉片吸收大氣中的毒氣和廢氣等等有害氣體排放物，它們可以大大的減少大氣的毒物含量。許多常綠闊葉植物的葉片能降低和吸附粉塵、淨化氣體、促進其體的循環和更新。一些生長在江河湖海裏的水生植物，還可以來淨化水域的空氣和水質。「植物崇拜大約是和動物崇拜同時發生的。原始人也曾經長期依靠採集植物為生，他們看到植物夏華秋實，冬枯而春芽，感到神秘莫測。這更使他們充滿了敬畏意識，進而奉作神靈，認為某種植物具有某種神力。」〔註9〕謝有順在給謝宗玉的散文集《遍地藥香》所作的書評《散文寫作要有精神根據地》一文中高度評價了該書對六十多種藥用植物，梔子花，七葉樟，臭牡丹，合歡花，蒼耳子，燈心草，望江南，車前子，雞公朵子等等的深情描寫。這些植物有些在鄉下隨處可見，有些則是藏在深山。對草木懷著難以割捨的感情，因此當讀到《遍地藥香》時，記憶彷彿被突然喚醒。那些多年前自己所熟知的植物，在謝宗玉的記述下，蜂擁著來到我的面前，如同一箇舊友，向我訴說自己的經歷，流露自己的性情，這個時刻才發覺自己和草木世界實在是隔絕得太久了。「草木活著，人也活著，但這兩種活法之間，已經天各一方。尤其是生活在城市多年，泥土的氣息、草木的風情，都慢慢地被遺忘了，我們最熟悉的，不過是

〔註6〕周曉楓《斑紋：獸皮上的地圖》，中國文聯出版社2002年2月版，第3頁。
〔註7〕楊通進《生態十二講》，天津人民出版社2008年1月版，第22頁。
〔註8〕〔法〕雅克·德里達著，汪堂家譯，《論文字學》，上海譯文出版社2005年版，第216頁。
〔註9〕王志民主編《齊文化概論》，山東人民出版社1993年版，第391頁。

人聲的喧嘩和水泥的堅硬而已。城市裏也有草木，但那些都是被規整過的，在一種都市美學的強制下，他們的生長只有一個目的，就是為了觀賞。所謂的城市，就是雜草沒有權利生長的地方，它只給觀賞性的植物留存空間。都說城市異化人，把人格式化了，其實城市又何嘗不是異化植物、格式化植物的地方？在城市裏，人活得累，草木也活得不自由。只是，習慣之後，人就不再奢望什麼了」。〔註10〕謝有順說，《遍地藥香》所提及的六十種植物的背後，維繫的是一個村莊，一位少年，一部心史。草木的靈性，村莊的歷史，人情的冷暖，少年的成長記憶，交織在一起——在那一片彌漫的藥香中，我們辨認出的是作者心靈中所潛藏的精神譜系。通過和草木的對話，謝宗玉讓記憶復活，讓思緒回到故鄉的上空，讓心靈重新在那塊土地上扎根，讓草木成為一個地方的靈魂載體。正是沿著這些一花一草的纖細根系，謝宗玉通過寫作，成功地回到了童年和故鄉的腹地。在謝宗玉的散文中我們可以讀到這樣精彩的文字：「我寫它們，只是為了感謝故鄉的那些草木，讓我在懵懂中度過了無災無病的青少年時期。我寫它們，只是為了表達內心深處的那份深深思念。我要敘述的，只是年少時與它們相依相伴那份和諧而美好的感覺罷了。這些草木，有些醫治過我，但更多的並沒有直接醫治過我，可它們卻以自己獨特的藥香製造出瑤村渾然天成的氣場，將我籠罩其中，加以培植。它們對我的影響，每時每刻無處不在。並且，它們在撫育我身體同時，還暗塑了我的心靈。在某種程度上，決定了我一生的命運。由於從小與它們相處久了，我現在都不懂得在人群裏如何生存，我活得非常茫然而麻木，只有在它們中間，我的歡笑和淚水，才那麼純粹，那麼讓我回味無窮」。〔註11〕在這裡，植物彌漫的藥香已經內化為心靈深處的故鄉的氣息了。草木與人類一起在大地上生死榮枯，心心相印。

　　恩格斯曾經語重心長的提出，我們人類對自然界的全部統治力量，就在於我們比其他一切生物強，能夠認識和正確運用自然規律改天換地。青年作家余杰在散文佳作《屠殺的血泊》一文中，痛惜因為擴路而被砍伐和殺戮的高大挺拔的白楊樹。「屠殺的現場還有蛛絲馬蹟，不過很快連蛛絲馬蹟都不復存在。漆黑的瀝青將迅速鋪到柔軟的泥土上，很多年以後的孩子們，不會知

〔註10〕謝有順《散文寫作要有精神根據地》謝有順的博客地址：
　　　　http://blog.sina.com.cn/xieyoushun。
〔註11〕謝宗玉：《草管人命——〈遍地藥香〉自序》，載《都市美文》2006 年第 4 期。

道瀝青下面，曾是樹的根系。我最後一次走向樹的年輪，它散發著濃烈的香氣和潮氣。樹是不流血的，或許流的是一種比血更濃的東西。」〔註12〕余杰借一位搞文字學的老先生的話說——「樹」字是由「木」和「對」組成，因此，「木」總是「對」的，災難會毀滅木，但是毀滅不了木所代表的真理。樹為人們提供了詩意的棲居，背叛樹就意味著背叛自然、背叛歷史、背叛文明。余杰還指責「大煉鋼鐵」的年代，「僅僅把樹看作煉鋼的燃料，於是這個民族將長久地承受沒有樹的災難」。

斯賓格勒在論及植物時有這樣一段富有啟迪意味的話，他說：「一棵植物就其本身而論是無足輕重的。它形成景色的一部分，機遇使它在景色中生了根。朦光、涼爽、每株花草的合閉——這些並不是原因和結果，也不是危險和對危險的回答。它們是一種單純的自然過程，這種過程在植物鄰近、與植物一起並在植物身上自我完成著。個體植物為了本身是沒有期待、希冀或選擇的自由的。反之，動物能夠選擇，它從世界一切其餘事物的奴役中解放出來。奴役和自由，就最終與最深刻的意義而論，是我們鑒別植物生活與動物生活的區別因素。植物僅僅是植物，動物既是植物，又是某種別的東西。」〔註13〕植物作為遍布在大自然中最平凡的生命，默默守望著自然界，連接著大地和動物。白居易詩曰：「離離原上草，一歲一枯榮。野火燒不盡，春風吹又生。」葦岸在論及草的頑強生命力時寫道，在全部的造物裏，最弱小的，往往最富於生命力。例如草——我稱它們為萬物偉大的基礎。葦岸說，「野火燒不盡，春風吹又生」是有史以來，人類對草的堅韌生命力最好的讚頌。「我居住的這個尚未完備的小區南側，有一塊微微隆起的空地。為了小區的地勢一致，春天建設者用鏟車和挖掘車，將布滿枯草的整個地表掀去了一米多。但是，當夏天來到時，在這片裸露的生土層上，又奇蹟般長出了茂密的青草。」〔註14〕被魯迅深愛的野草，是大地的毫毛，它們以其微弱而又堅強的綠色，把大地裝點地富有活力和生機。老百姓被稱為草民，底層社會被稱為草根社會。按照葦岸的解釋，在造物的序列中，對於最底層的和最弱小的「承受者」，造物主不僅保持它們數量上的優勢，也賦予它們高於其他造物的生命力。其

〔註12〕余杰《火與冰》，經濟日報出版社1998年12月版，第187頁。

〔註13〕〔德〕奧斯瓦爾德·斯賓格勒：《西方的淪落》，商務印書館1963年版，第83頁。

〔註14〕葦岸《上帝之子》，湖北美術出版社2001年4月版，第36頁。

實，中國文化中對草一般微弱的生命向來就賦予「柔韌」的生命力的象徵，
王兆勝在《柔韌之道》一文中寫道：「真正具有長久生命力者則是那些柔韌的
事物，秋風摧勁草，狂風斷枯枝，但是款款柔韌的柳條卻不為其所傷；牙齒
和舌頭同是接觸食物，但人到老年少有牙齒完好無損者，而舌頭卻少有受損
的；水柔弱無比，可它卻能滴水穿石；微風難察似也無力，然而它卻能令一
切事物腐朽；種子看來孱弱不足道，而它卻能頂起大石堅強地生長出來；還
有細雨潤物悄然無聲，但生命力的強大也全在於茲」。〔註15〕作家何頻的《看
草》是一部混合著大地「濕淋淋的元氣」的生態文學佳作。按照何頻自己的
說法，就是要克服古人即興賦詩的粗率和衝動，忠實地記錄四季變化的自然
真相，從而獲取一種反芻大地的大感動。何頻的筆觸所寫的都是人們熟悉的
事物，泥土的氣味、天地之間的風雲、陽臺上、公園裏的一株株綠色植物。梅
雨恬在《看草：回歸綠色的大地》一文中這樣分析了何頻的寫作：「看草，絕
不僅僅是植物學上的呈現，而是帶著自己的心性去體察草木的本性。看草，
是在一年四季專注於對草木榮枯的一點一點的觀察、親近、對話、記錄中回
歸這片濕淋淋的元氣充沛的綠色大地。」〔註16〕草是這樣，還有螞蟻、麻雀，
我們人類中的農民也是其中之一，關愛植物，實際上就是關愛最基層的生命
體系，這是生態保護的重要內容。張煒在談到自己融入大自然的時候，竟然
把自己化作一棵樹木，用根鬚抓緊泥土，實現了真正的融入野地。「眼看四肢
被青藤纏繞，地衣長上額角。這不是死，而是生。我可以做一棵樹了，紮下根
鬚，化為故土上的一個器官。從此我的吟哦不是一己之事，也非我能左右。
一個人消逝了，一棵樹誕生了。生命仍在，性質卻得到了轉換。這樣，自我而
生的音響韻節就留在了另一個世界。我尋求同類因為我愛他們，愛純美的一
切，尋求的結果卻使我化作了一棵樹。風雨將不斷梳洗我，霜雪就是膏脂。
但我卻沒有了孤獨。有人或許聽懂了樹的歌吟，注目樹葉在風中相摩的聲響，
但樹本身卻沒有如此的期待。一棵樹就是這樣生長的，它的最大願望大概就
是一生抓緊泥土。」〔註17〕張煒對大地和泥土的摯愛，深入骨髓和靈魂，直
接影響了他的文字風格和審美傾向。

　　樹木花草都會進入作家的眼簾，成為經久不息的深刻記憶，反反覆覆在

〔註15〕王兆勝《天道人心》，山東文藝出版社 2006 年 6 月版，第 3 頁。
〔註16〕梅雨恬《看草：回歸綠色的大地》，《精神生態通訊》2008 年第 3 期。
〔註17〕張煒《張煒自選集·融入野地》，作家出版社 1996 年版，第 15 頁。

內心深處發酵，滋養著作家的靈感源頭。散文尤其適合表現對樹木花草的依戀和讚歎。廣東作家王散木的散文《槐花的記憶》借助回憶的力量，深情吟詠了四月鄉村中槐花的撲鼻清香。在古詩中，有張籍的「街北槐花傍馬垂，病深相送出門遲」的記錄，有白居易的「夜雨槐花落，微涼臥北軒」的情有獨鍾。作家抓住槐花奪人心魄的皎潔雪白和芳香馥郁兩個特質，寫到了槐樹木質堅硬結實，適宜製作家具的特徵。在春暖花開之際，高高低低的槐樹繁花似錦，天生麗質，裝扮著故鄉的田間地頭。槐花還可以在荒年被採摘充饑。人與自然的和諧淋漓盡致地得到展露。作家吳紅霞的散文《芨芨草的情懷》，從牧民們生活中最常見的一種野生植物芨芨草寫起，表現了這種平凡植物的綠色生機的生生不息。芨芨草無論生活在沃土還是貧薄的草場，都頑強地把根扎入土壤汲取養分，越過季節的春夏秋冬，奉獻出生命的綠色，樸實、平凡、不屈不撓的芨芨草，從不與其他植物爭寵，只是默默生長，顯示出坦蕩的胸懷。世界上角角落落野生的草，作為最平凡的植物，不擇生長條件，不講生存境遇，把自己的生命蓬蓬勃勃展示在藍天白雲之下。作家麗琴的《梔子花‧白蘭花》，借助少年時代的一首老歌寫起，把江南的花事放置在三月的春花爛漫的環境裏。雨露滋潤的梔子花鮮綠安閒，與蜂蝶相伴，在雨絲中亭亭玉立。雨巷，油紙傘，叩擊心扉，芳香四溢，情不自禁。趙起越的《紅薯》一文，則是側重於描寫丘陵地帶的紅薯的生長習性。紅薯又名地瓜，易種植，耐乾旱，產量高。從種植、收穫的點點滴滴的記憶，作家還寫了紅薯的保健價值和營養價值。烤紅薯還有預防癌症的奇效，可作點心、冰激凌和糖果、果脯。原來僅僅飢餓時代填肚皮的紅薯，如今成了香餑餑。任劍鋒的《中華草藥》把傳統中醫藥進行讚美，一把草，一束根，一朵花，一片葉，一個果，一粒種子，都是中藥的來源，這些植物的根、莖、葉、花、種子、果實給予病者最溫馨的治療。苦澀的中藥，散發著生命的光輝。

第一節　海子筆下的麥子和任林舉筆下的玉米：神性的糧食

　　著名散文作家葦岸先生在《大地上的事情》第十節中對北方大地上的麥子有這樣的評價：「麥子是土地上最優美、最典雅、最令人動情的莊稼。麥田整整齊齊擺在遼闊的大地上，彷彿一塊塊耀眼的黃金。麥田是五月最寶貴的

財富，大地蓄積的精華。」〔註18〕

　　麥子，這一遍布各地的人世間最平凡也最常見的植物物種，一經海子詩意地詮釋立刻被人們飽含感情地反覆詠唱，從而被賦予了更深遠也更偉大的哲學文化涵義。海子在後來的《黑夜的獻詩──給黑夜的女兒》：「穀倉中太黑暗，太寂靜，太豐收／也太荒涼，我在豐收中看到了閻王的眼睛」，〔註19〕都是取材於農村生活。海子在這詩句裏的稱呼是農民兄弟自己的稱呼，他駕輕就熟地用農民的思維模式和思維慣性，充滿深情地表達對生活苦難的自覺承擔和娓娓道來的深情訴說。少年時代曾經在鄉村生活了十五年的著名詩人海子，他自己或許永遠也不會忘記正是在那望不到邊際的蒼茫大地上那金黃色的麥子在夏風的吹拂下此起彼伏波瀾壯闊，無邊無際的麥海在昭示著生命的全部輝煌與勃勃激情.而恰恰在此時，詩人胸中的詩意也隨之此消彼長源源不斷，一種感動，一種激越，在詩人娓娓道來的句子裏，在壯懷激烈的胸腔裏，激烈的迴旋著、突圍著、激越著、醞釀著、碰撞著。新疆著名散文家劉亮程在《野地上的麥子》一文中深情地書寫了麥子成熟時沁人心脾的麥香：「麥子成熟的香味就在這個時候順風飄來，全村人都聞到麥香了。麥子成熟的氣息依舊彌漫在空氣裏。是哪一塊麥地熟了？彷彿是去年前年隨風飄遠的陣陣麥香，被另一場相反的風刮了回來，又親切又熟悉。」〔註20〕海子是詩歌領域的佼佼者和立法者，海子正穩穩當當的睡在麥子、星星、鮮花、天空與大地之間。海子對麥子的無限深情地書寫，是對人類與植物的關係的充滿深情的珍惜呵護與溫暖體己，如今出入豪華超市、留戀高樓大廈的我們，已經遠離了地氣，我們距離原生態的植物越來越遠，我們的心靈也日益冷硬蒼涼和蒼白無力。

　　海子對人與自然和諧相處的美好祝福和對詩意棲居的真誠期待，也不時的表現在他的詩歌《面朝大海，春暖花開》中：「從明天起，和每一個親人通信。告訴他們我的幸福，那幸福的閃電告訴我的，我將告訴每一個人。給每一條河每一座山取一個溫暖的名字，陌生人，我也為你祝福⋯⋯面朝大海，春暖花開。」〔註21〕這樣溫暖自然的詩句，傳達出天地和諧、萬物通泰的大

〔註18〕葦岸《上帝之子》，湖北美術出版社2001年4月版，第15頁。
〔註19〕海子《海子詩選》，人民文學出版社2001年版，第87頁。
〔註20〕劉亮程《一個人的村莊》，新疆人民出版社2001年1月版，第201頁。
〔註21〕海子《海子詩選》，人民文學出版社2001年版，第24頁。

境界，是自然、友情、山水，人文互相交融的詩意外化，大有「蕙風和暢，天朗氣清」的韻致。

無獨有偶，任林舉的《玉米大地》呈現給我們的是廣袤無垠的泥土和茂密生長的玉米，這是生命最真實厚重的依託。從北國的鄉村走向世界的任林舉關心著田園的農耕、土壤的芬芳和玉米的氣息。傾心於家鄉的田園和農事，注視著賴以存活的泥土和糧食，這應該是作家真正的精神返鄉之旅。自然哺育了我們，對自然的反觀是作家最天然樸素的情懷。從這個意義上講，任林舉筆下的北中國的玉米地堪與魯迅筆下的紹興水鄉、沈從文筆下的湘西世界、孫犁筆下的荷花澱、路遙筆下的黃土高原比肩而立，共同豐富了華夏中國的鄉土風情。

正如葛紅兵所言：「任林舉的散文以深邃的大地意識、濃烈的抒情意蘊、飽滿的底層情懷為特徵，他扎根在北方中國的鄉間，為大地譜寫深情的讚歌，是難得的具有中國大散文意識的作家。他的作品和文化散文不同，他不炫耀智性和知識，而是虔誠地追索著記憶中的故鄉，他行走在精神歸鄉的路上，依靠質樸的情感、依靠強烈的直覺寫作。他的作品和市面上流行的都市散文不同，他的筆下沒有對商品的讚慕，沒有對都市新變的獵奇，有的是鄉間的點點滴滴，那些平凡的植物、動物和人們，在他的記憶中閃閃發光，折射出鄉土中國特有的光芒」。〔註22〕任林舉扎根東北的黑土地，以獨特的視角挖掘東北的鄉村風情和大地倫理的內涵，書寫了一曲關乎鄉土和植物以及人類的精神歌謠。在任林舉這裡，我看到了這種對於大地的親情。「風吹過無邊無際的玉米地，帶著久違了的氣息和熟稔的溫馨，流過村莊，流過人群，流過我迷茫的心頭。」廣袤的玉米，它們在大地上耀眼地、瘋狂地、沉靜地、低調地、歡樂地、悲痛地、喧囂地生長著，「像一種問候，來自時間的深處，悠遠、厚重，但並沒有一絲一毫的蒼老。」玉米地的盡頭，是村莊，是「父親扛著鋤走在田間小路上」，是「母親安靜地坐在父親的身旁」，「她年輕的臉上洋溢著美麗而神聖的光芒」。這是一種哲學，人與村莊、村莊與土地、土地與莊稼、現實與記憶……所有的界限全部消失。有一種神秘的血液，在所有的事物間傳遞、流淌，村莊已經不再是村莊，莊稼已不再是莊稼，人民也不再是人民。在大地與天空之間，我們不過是一種存在方式。我們是同一種事務的不同形

〔註22〕葛紅兵《大地哲學、鄉土詩意書寫傳統的恢復及其他——任林舉〈玉米大地〉讀後》，《文藝爭鳴》2006 年第 5 期。

式，我們是大地之子，是她的一種表達的言詞或者一句傾訴的話語。」玉米、早觸的父親、年輕而散發著光芒的母親、高大的楊樹、毛驢……風平浪靜的日子裏玉米們溫馨的午睡，風雨交加的夜晚玉米葉片盡情的狂舞，它們都是北中國大地生靈高蹈的存在儀式。任林舉，他以他的靈性參透了北中國大地的哲學靈魂：玉米、土地、人民、村莊等等，它們沒有人和物的區分，植物和動物的區分，生命和非生命的區分，它們是平等的，都是北中國大地的精魂，是北中國的哲學形式，由此任林舉也參透了北中國的生存秘密：主客不分，人和自然渾然整一的淳樸而又深沉的生存秘密。

「風吹過無邊無際的玉米地，帶著久違了的氣息和熟稔的溫馨，流過村莊，流過人群，流過我迷茫的心頭。」廣袤的玉米，他們扎根在大地上耀眼地、瘋狂地、沉靜地、低調地、歡樂地、悲痛地、喧囂地生長著，跨越時間和空間的侷限，挑戰著風雨的洗禮，展示了生命最堅強不屈的韌性。「像一種問候，來自時間的深處，悠遠、厚重，但是沒有一絲一毫的蒼老。」玉米地的盡頭，是村莊，是「父親扛著鋤走在田間小路上」，是「母親安靜地坐在父親的身旁」，在任林舉的哲學世界裏「人與村莊、村莊與土地、土地與莊稼、現實與記憶……所有的界限全部消失。有一種神秘的血液，在所有的事物間傳遞、流淌，村莊已經不再是村莊，莊稼已經不再是莊稼，人民也不再是人民。在大地與天空之間，我們不過是一種存在方式。我們是同一事物的不同形式，我們是大地之子，是他的一種表達的言詞或者一句傾訴的話語。」正如葛紅兵在《鄉土詩意書寫傳統的恢復及其他》一文所講——玉米、泥土、毛驢、野兔、風雨、楊樹、親人，這所有的一切都是北國大地的存在形式。任林舉的作品透漏著天地萬物渾然一體的大而化之的哲學理念，在這種哲學理念裏，人與自然和諧平等，天地精神呼吸吐納圓融通透。玉米富有生命的靈氣，與土地、氣候和季節形成了生命的互動效應。「在一些風雨交加的夜晚，人們紛紛躲在自己的蝸居里，守候自己的安寧進入深深的睡眠。而此時的玉米卻要在自己的世界裏進入狂歡。風不停地吹，玉米的葉片在盡情地揮舞，整個玉米的植株在激情與喜悅中不停的顫慄。雨水流過玉米雄健的花莖，流過它微吐縷絡的美麗雌蕊，順著葉根一直流到深入大地的根系。在大地與天空、大地與植物、植物與植物的狂歡裏，玉米們盡情地體味著生命的真意。一夢醒來，如淚的露珠掛在玉米的葉片上，仍讓人們分辨不出發生過的一切到底包含了多少激情、多少悲歡。到底有多少難忘的體驗與記憶珍存在玉米的生命裏。」

在這裡，萬物都是富有靈性的，玉米和人類的精神世界是相互溝通的。玉米的身上閃爍著生命共有的智慧、性情、感覺和悲喜。他所表現出來的玉米，與海子筆下的麥子一樣都是飽含人類氣息的植物，它不僅是一種存在於天地之間的自由生長的植物，更是人類賴以活命的糧食。「玉米是骨性的植物，面對這種堅硬的糧食，我經常會懷疑，如果人不吃玉米還會不會直立行走，如果牲畜們不吃玉米還會不會有那麼大的力氣。」他筆下的玉米成了北中國大地和人民的象徵。在這裡我們不禁想起麥子，想起海子深情禮讚的平凡而偉大的植物麥子。葦岸在《大地上的事情》第十節中對麥子有這樣的評價——麥子是土地上最優美、最典雅、最令人動情的莊稼。麥田整整齊齊擺在遼闊的大地上，彷彿一塊塊耀眼的黃金。麥田是五月最寶貴的財富，大地蓄積的精華。」〔註23〕麥子，這一人世間最平凡也最常見的事物，一經海子詩意地詮釋，飽含感情地反覆詠唱，從而被賦予了更深遠也更偉大的涵義，它象徵著整個民族的秉性與傳統，也洋溢著屬於詩人自己一個人的別樣憂傷。同樣，作為世世代代賴以為食的玉米，也傾注了任林舉的憂傷和甜蜜的詩意，成了一個民族不屈靈魂的意象，成了大地和人民的精神紐帶。而所有的言辭，在任林舉這裡，都飽含著深沉的底層情懷，他是在寫玉米，但是，也是在寫北中國的大地以及大地上像玉米一樣的人們，生活在底層，和大地貼得最近的人們，無論是生活狀態還是精神狀態都是如此，他們和玉米一樣，是北中國大地上的生命形式，通過玉米，任林舉找到了北中國底層的生命形象、生活哲學，通過玉米，任林舉概括了北中國人民的生存經驗，玉米在任林舉這裡不僅僅是北中國的植物意象，還是北中國底層人民的精神意象，它是北中國存在哲學的象徵。玉米在任林舉的筆下成了北中國神秘的象徵。任林舉有著濃烈的感情，他的文字飽含深情，他不像梭羅那樣細膩、委婉，他也不像劉亮程那樣冷靜、理性，他的內心更狂熱、更激烈，「性格粗獷豪放的玉米卻如我們土地上的鄉親一樣，並不懂得拿捏與含蓄」，任林舉，他的抒情方式，是東北的，和玉米的個性、節拍、氣質相通的。他能夠體會北中國的沉重和蒼涼，也能體會北中國鄉土的喜悅和美好幻想，因而它的語調是色彩明亮的，豔麗奪目、鮮活濃烈又沉鬱清澈，它構成了任林舉《玉米大地》獨特的抒情風格。

　　天地人神四位一體，海德格爾在談到人與自然時是這樣說的：「大地是承

〔註23〕葦岸《上帝之子》，湖北美術出版社 2001 年版，第 15 頁。

受者，開花結果者，它伸展為岩石和水流，湧現為植物和動物。天空是日月運行，群星閃爍，四季輪換，是晝之光明和隱晦，是夜之暗沉和啟明，是節氣的溫寒，白雲的飄忽和天穹的湛藍深遠。大地上，天空下，是有生有死的人。」海氏從梵‧高的油畫《農婦的鞋》中感受到了大地無聲的召喚及其對成熟的穀物寧靜的饋贈，冬閒的荒蕪田野裏朦朧的冬眠。人類瞭解自身的同時，也在用心靈傾聽大自然的傾訴。任林舉筆下的玉米也和人類一樣擁有自身的語言系統，請看任林舉是如何走進玉米的語言世界的：「玉米是一個有著自己語言的部落。每一個寧靜的夜晚，當它們不需要向人類傳達自己的信息時，便會進入到僅屬於同類之間的秘語，那是另一種頻道、另一種波段，一種拒絕器官，而只有用細胞才能傾聽的波長。玉米們就這樣靜謐地交談，神秘的心語如天上的星象一樣難以破解。不知道這個時候它們是不是在傾談成長的艱辛、愛的愉悅、生命的尊貴、上天的恩情等等。當一個人和玉米一樣久久地站在植物中間，站在土地之上，站在無人的夏夜，一種難以言說的愉悅和快感將如夜晚的露水一樣，一層層把你濕透。也只有此時，一個人才會認識到人類自身的粗糙、狂妄、愚頑和混濁，我們在漫長的征服自然過程中，幾乎喪失了與自然交流的所有能力，很多的時候，當我們面對動物、面對植物、面對自然的時候，如盲如啞如癡。」這樣的反思和思辨是直逼人類的盲點的。自以為可以上天入地無所不能的狂妄的人類，如何才能在自然面前低下驕傲的頭顱呢？

　　任林舉還寫到了他和父親在深夜坐在地壟上傾聽玉米拔節的聲音：「性情粗獷豪放的玉米卻如土地上的鄉親一樣，並不懂得拿捏與含蓄……那聲音，是斷斷續續，疏密相間的。稀疏時，如臨近年關小孩子在街上邊走邊放鞭炮，東一聲西一聲，莊嚴中夾雜著寂寞；濃密時，此起彼伏不絕於耳，好像一片骨骼躍動的聲響，讓人聽了感覺自己的骨頭都在疼痛。」在這裡，作者和天地萬物平等對視，融身於蒼茫大地，用心靈感應天籟地籟的啟迪。利奧波德在《沙鄉年鑑》一書中提出了人類應該「像山那樣思考」，亦即在牽一髮而動全身的生態世界整體面前，人類應該謙卑地學會「換位思考」，摒棄盲目自大的人類中心主義，與自然世界裏的萬事萬物心連心、同呼吸、共命運。

　　《玉米大地》是一部帶給閱讀者驚喜的作品。在一般人的印象中，北方單調、袒露的土地上是不生長詩意的，而任林舉卻用毋庸置疑的語言事實賦予了這片土地從未很好表達過的生命意象。在這種意象中既有粗獷、宏闊的

陽剛之氣，也有細膩、精巧的陰柔之美，既有縝密、深邃的思辨色彩，也有舒展、自然的直覺描摹。在廣袤的東北大地上鋪展的玉米，在作者筆下，它從普普通通的農作物已不需要多少過度，就不經意的轉化成了一種恢弘的象徵，而與玉米息息相關的樸實、率真的人們則以單純的方式訴說著有關世界的本質和真理。當這樣一部作品擺在我們面前的時候，誰還能吝嗇你的讚美呢？在頗受浮躁、功利干擾的精神生態環境中，有玉米大地這股清新之風吹來，這是令人欣慰的。它為我們這個時代險些被傳媒和網絡終結的文學，險些成為小敘事、小情調的剩餘的文學提供了另外的證明。作者筆下的玉米，是艱難並暗射人性光芒的風情畫，是一串串鮮活的人物，是家族史和對東北大地詩意的表達，是一篇關於玉米的大文化散文。作者在回顧這一切的時候，一定有痛徹心室的感受，有不忍下筆的踟躕。玉米葉子在風中嘩啦嘩啦招呼他堅持寫下來，就有了這麼一本頗具拉美小說意味的描摹東北的土地詩篇。其實，作家張煒在隨筆《田野的故事》中也深情地描寫過玉米：「深秋的夜晚我們走到地裏，走在望不到邊的玉米林子裏，心裏很不平靜。玉米葉像一把把大刀，齊齊地懸成一長溜，長葉兒上的脈絡清清楚楚。玉米開始抽纓了，一股香甜氣味彌漫了四周。玉米秸很粗，很結實，根鬚也很壯，有一大截鼓出地面。我常常在夜晚蹲在玉米田壟裏，久久不動。這裡的空氣吸飽了，它給人靈感，給人真正的激動，這才是一個人所能享受的最好的夜晚。」〔註24〕玉米作為中國北方最常見的農作物，給予作家的是蔥蘢的詩意和靈感的源泉。

　　劉慶邦的《平原上的歌謠》為我們提供了一個上個世紀五十年代後期農村大躍進時代的人為破壞生態，製造人禍的經典例子。為了所謂「保紅旗，爭先進」，文鳳樓村不顧自然規律和農業基本常識，夜間突擊刨紅薯並緊接著種植小麥，最後釀成了大多數紅薯被糟蹋，第二年帶來了餓殍遍野的悲劇。「夜間出紅薯，並耩麥子，在文鳳樓村的歷史上還沒有過。大躍進嘛，就是和老天爺對著幹，就是過去認為不可能的事，現在什麼事都可能。過去說下雨天不能曬紅薯片子，他們不是曬了嗎，頂多把紅薯片子曬黴就是了。」〔註25〕農業生產自古以來必須遵守農時節氣的古訓，而今成了大躍進要「革命」的對象。「人有多大膽，地有多大產」的瘋狂口號和拼命蠻幹的違背自然規律，必然導致可怕的後果。一個生產隊的男女老少在潮濕的夜露裏吆喝著幹農活，

〔註24〕張煒《綠色的遙思》，文匯出版社 2005 年 6 月版，第 94 頁。
〔註25〕劉慶邦《平原上的歌謠》，上海文藝出版社 2004 年 5 月版，第 152 頁。

寒蟲鳴叫，人聲鼎沸，僅僅是為了迎接所謂「公社幹部」的檢查，「紅薯是不能像以前那樣，一棵一棵用釘耙出了。他們把所有的犁子都找出來，套上牲口，用犁子犁紅薯。夜間是牲口吃草和休息的時間，牲口無聲地抵制著，都不願意出來……犁子走過，有的紅薯被翻出來了，有的被埋進了土裏。可惱的是，他們還要接著耩麥，他們開始耩麥時，埋在地下的紅薯還不甘心，還不老實，它們老是在地下絆耬的腿，不好好讓耬再往前耩。紅薯彷彿在說——我是紅薯的果實啊，我可以讓你們填飽肚皮，你們不能扔下我不管，不然你們總會有一天會後悔的。」〔註26〕劉慶邦借紅薯的不滿，控訴了無知蠻幹的大躍進作風給農民和農業帶來的史無前例的破壞。果然，第二年，農民眼睜睜看著爛掉的紅薯在地裏淌酸水，卻要飽受飢餓的折磨。葛紅兵在論及閻連科的《日光流年》時說：「我曾經請一個做氣象學研究的博士為我查找從1959年到1961年的氣象史料，他查了之後告訴我：那三年氣象並無重大反常。我寧可他告訴我那三年期間氣象大反常」。〔註27〕這樣的事實真相在《平原上的歌謠》裏處處可見。無論是違反自然規律的瞎指揮、浮誇風還是挫傷百姓積極性的「大躍進」式的烏托邦理想，都是造成巨大生態災難和人民生活困苦的根源。

韋清琦在談及葦岸的《大地上的事情》的生態價值時說：「散文家葦岸的極具生態性的自然觀與人生觀在其《大地上的事情》中得到了集中的體現。他能夠以其寬厚博愛的胸懷去感受自然、接納眾生，並站在自然的立場上批判現代化進程中的弊病，因而具有深厚的生態哲學思想。他的寫作是藝術性與生態性相互結合的綠色文學的楷模，在生態批評的視角下，他的散文能夠跨入經典的行列。」〔註28〕在《大地上的事情》系列散文中，葦岸精準的描寫了許多為大家司空見慣的植物。其中，談及栗樹時，他是這樣落筆的：「栗樹大都生在山裏。秋天，山民爬上山坡，收穫栗實。它們先將樹下雜草刈除乾淨。然後環樹刨出一道道溝坎，為防敲下的栗實四處滾動。栗實包在毛森森的殼裏，像蜷縮一團的幼小刺蝟。栗實成熟時，它們黃綠色殼鬥便綻開縫隙，露出烏亮的栗核。如果沒有人採集，栗樹會和所有植物一樣，將自己漂

〔註26〕劉慶邦《平原上的歌謠》，上海文藝出版社2004年5月版，第156頁。
〔註27〕葛紅兵《正午的詩學》，上海人民出版社，2001年10月版，第324頁。
〔註28〕韋清琦《生態意識的文學表述：葦岸論》，《南京師大學報·社科版》2005年第2期，第107頁。

亮的孩子自行還給大地。」〔註 29〕葦岸用擬人化的語言，把植物與大地的關係娓娓道來，顯示了他深得利奧波德「大地倫理」的精髓。廣義的大地倫理是存在於所有生物和它們的環境之中的。韓少功在《再說草木》一文中論及草木的「心性」，他說：「草木的心性其實各個不一：牽牛花對光亮最敏感，每天早上速開速謝，只在朝霞過牆的那一刻爆出寶石藍的禮花，相當於植物的雞鳴，或者是色彩的早操。桂花是最守團隊紀律，金黃或銀白的花粒，說有，就全樹都有；說無，就全樹都無，變化只在瞬間，似有共同行動的準確時機和及時聯繫的局域網絡，誰都不得擅自進退。」〔註 30〕韓少功悉心關注一草一木的生死榮枯，給予博大的關懷和呵護。農村房頂上經常可以看到一種植物叫瓦松，別名「瓦蓮花」、「向天草」，那是一種雖然生存環境極其簡陋惡劣卻仍舊堅忍不拔地用綠色裝點大自然的植物，魯樞元在《藍瓦松》一文中寫道：「藍天離我太遙遠。這時，我看到了房頂上瓦壟間苗壯生長著的瓦松，茂密的針葉，堅挺地指向藍天。貧瘠的瓦壟上沒有人澆水，沒有人施肥，甚至連起碼的土壤都極為稀缺，有的只是烈日與暴雨、寒風與酷霜。然而，這些小生靈卻不知在什麼時候、由於什麼原因飛到了房子上，它們已經比我更親近藍天。」〔註 31〕那飽含生命汁液的藍瓦松輝映著藍天，通體閃爍著藍光，像是上蒼的一種昭示。其實，人與草之間如何才能相互理解呢？劉亮程在散文《對一朵花微笑》中這樣寫道：「真正進入一片荒野其實不容易，荒野敞開著，這個巨大的門讓你在努力進入時不經意已經走出來了，成為外面人。它的細部永遠對你緊閉著……走進一株草、一滴水、一粒小蟲的路可能更遠。弄懂一棵草，並不僅限於把草餵到嘴裏嚼嚼，嘗嘗味道。挖一個坑，把自己栽進取，澆點水，直愣愣站上半天，感覺到的可能只是腿酸腳麻和腰疼，並不能斷定草木長在土裏也是這般情景。人沒有草木那樣深的根，無法知道土地深處的事情。」〔註 32〕在這裡，劉亮程試圖打通人與植物的心靈障蔽，進行溝通和理解了。這樣的寫作，讓我們感到一種超越不同生命形態之間的感應，假如我們真正理解在大地上生根發芽的樹木，我們就不會輕易舉起砍伐的屠刀了。

〔註 29〕葦岸《上帝之子》，湖北美術出版社 2001 年 4 月版，第 21 頁。
〔註 30〕韓少功《山南水北》，作家出版社 2006 年版，第 54 頁。
〔註 31〕魯樞元《心中的曠野——關於生態與精神的散記》，學林出版社 2007 年 6 月版，第 127 頁。
〔註 32〕劉亮程《一個人的村莊》，新疆人民出版社 2001 年 1 月版，第 60 頁。

第二節 《事件：棕櫚之死》：綠色的吶喊

　　世紀之交的中國，我們處在改革開放和經濟建設的過程中，城市化的腳步一天天在加快。城市建設和擴展的同時，原來的花草樹木和湖澤林池會遭遇到嚴重的破壞。俄國哲學家別爾嘉耶夫曾經就技術毀滅生活中一切有機的東西表達了對「現代化」的深深憂慮。「我們時代的危機在很大程度上是由技術引起的，因為人沒有能力駕馭這個技術⋯⋯技術使人離開大地，把人轉移到世界空間之中，賦予人以大地的全球感受。技術徹底地改變了人們對空間和時間的態度，技術敵視一切有機的具體化，技術的統治使人的生命中性靈的東西弱化，削弱心靈的熱情、舒適、激情和傷感。」〔註33〕科學技術和工具理性泛濫的發展時代，柏油馬路覆蓋了溫潤的泥土和纖美的草坪，古色古香的小巷古街被大量拆遷，綠茵如蓋的參天大樹被砍伐，一切都在向著工業化和城市化的既定軌道，按部就班的大踏步發展和突飛猛進。詩人于堅深感城市發展對自然環境和綠色植物嚴重的破壞，懷著一顆憂傷的心靈，寫了著名的詩歌《事件：棕櫚之死》表達了自己對大自然本真狀態和綠色原野的呼喚。1986 年秋季，于堅在他的詩集《詩六十首》的自序中曾經提出過「天人合一」的見解，「天人合一乃是與今日現時的人生、自然的合一，而不是與古代或西方或幻想的人生、自然合一」〔註34〕。我們可以清晰無比的看到，在于堅的文學創作思想中，當前，人與自然的關係，佔有至關重要無法取代的重要位置。于堅創作於 1985 年的一首詩——《那人站在河岸》，充分表現了人與自然環境之間，過於嚴重的明顯的無法超越的隔離狀態，同時，又準確地描寫了某些日常用語，在無意識之中，如何微妙的歪曲了人與自然環境之間的本真自然的美好關係。該詩的情節很簡單很清晰，一個血氣方剛的小夥子跟他的美麗可愛的女友一起在河岸散步玩耍，他想向女友，表達自己的感情，卻找不到合適的語言，因為小夥子身邊的河流，與空氣、土壤、水質、植物、遊魚、水草等自然環境，已經遭受嚴重污染，而如今，在這樣髒亂腐臭、不堪入目的環境中散步，小夥子無法借用大自然自身存在的環境的美麗景色來比喻、歌頌、祝福、傾述、讚美他深深摯愛的心愛的美麗的姑娘：「那人沉默不語／他不願對他的姑娘說／你像一堆泡沫／河上沒有海鷗／河上沒有白

〔註33〕〔俄〕別爾嘉耶夫著，張百春譯：《當代世界的精神狀態》，中國人民大學出版社 2003 年版，第 312 頁。

〔註34〕于堅，《詩六十首》，雲南人民出版社，1989 年，第 1 頁。

帆／他想起中學時代讀過的情詩／十九世紀的愛情也在這河上流過／河上有
鴛鴦　天上有白雲／生活之舟棲息在樹蔭下／那古老的愛情不知漂到海了沒
有／那些情歌卻變得虛偽」〔註35〕正如我們在《那人站在河岸》中所看到的
一樣，人類生存的外部環境的嚴重污染、破壞、惡化會使人找不到合適的比
喻，來說他自己蘊藏在內心深處出要說的話，因而很有可能就會陷入一種「沉
默不語、欲言又止、吞吞吐吐、詞不達意、言不由衷」的語言表達窘境。

　　事實上人與樹木之間往往具有天然的巧合緣分。當人類沒有進化還是猿
猴的時候，樹木曾經是他們賴以生存的美好家園。王兆勝在《樹木的德行》
一文中寫道：「今天，人類住進主要由石塊、鋼筋和水泥構築的房屋，他們同
樣離不開樹木的庇護襯托，更離不開家俱木器的柔和、溫暖與芬芳。樹木春
天開花，夏擋烈日，秋天結果，更多的時候被人砍殺，去充當棟樑、桌椅床
棺、書本原料以及燃料，樹木生下似乎就是為了奉獻。」〔註36〕應該說，綠
色蘢蔥的參天樹木是人類最親密的朋友，為人類的衣食住行和治病、綠化、
裝飾等等作出了巨大的不可磨滅的貢獻。可是，很多時候，樹木們並沒有得
到人類的悉心善待，樹木們無法安享天年，它們被無情伐倒在鋒利的刀鋸之
下。對一棵樹木棕櫚的哀悼和追懷，實際上乃是對破壞生態環境的控訴和對
詩意美好的生態文明的強烈渴求。德國作家 H‧H‧楊在《誰能聽見草木的呼
喊》一文中寫道：「我們對植物知道些什麼呢？覺察它們的痛感嗎？每秒超過
二萬往復振盪的吶喊，我們的耳朵聽不見。也許全世界、整個宇宙都在吶喊，
我們卻耳聾。」〔註37〕

　　于堅用詩意的手法，淋漓盡致地表達了對樹木被砍殺的無比悲憤和無可
奈何，深深憂慮著人類賴以存活的但是已被嚴重破壞的自然環境。拉茲洛說
過，「偉大的藝術和文學作品超越作者的地理地點和歷史時間，它們達到普遍
性，它們把我們社會化而進入人類社會，使我們對連接我們彼此和我們與自
然的關係有深刻見解，它們揭示關於整個自然的統一性的深刻而永恆的直
覺。」〔註38〕于堅的詩歌《事件：棕櫚之死》就是這樣一個跨越人類時空的

〔註35〕于堅，《詩六十首》，雲南人民出版社，1989年，第35頁。
〔註36〕王兆勝《天地人心》，山東文藝出版社，2006年6月版，第42～43頁。
〔註37〕〔德〕狄特富爾特編，周美琪譯：《哲人小語：人與自然》，生活‧讀書‧新
　　　　知三聯書店1993年版，第34頁。
〔註38〕〔美〕歐文‧拉茲洛著，王宏昌等譯：《布達佩斯俱樂部全球問題最新報告》，
　　　　社會科學文獻出版社2004年版，第129頁。

自然憂思。在長詩《事件：棕櫚之死》中，于堅進一步展示了他的大地倫理道德和維護生態平衡的責任意識。這首詩利用一種完全普通的場面，來表達詩人的某重根深蒂固的環保生態觀點。于堅通過描寫某城市商業區中，一棵綠色蔥蘢的棕櫚樹，于堅很有效果地展示了人類環境與自然環境的關係，由此形成一種富於戲劇性殘酷真實的對照和衝突。詩歌的最後，因為眾所周知的目前社會所注重的經濟發展，與棕櫚的生長需要之間有不可緩解的激烈衝突，所以，美麗的棕櫚樹最終遭到了毀滅和砍伐。在《事件：棕櫚之死》中，詩人于堅對語言具有的狹隘的人類中心主義傾向，進行了進一步的探索和清算，就于堅經常日常用語和詩歌主要意象而言，連「棕櫚」這兩個字，在「詞彙貧乏的街區」中幾乎都不再存在了。「我的說法充滿現成的修辭／它們出自文學季刊　意蘊豐富　音節婉轉／正適合於讚美一棵棕櫚／但是瞧啊　那是些什麼詞語包圍著這棵樹／在這些長句中間插進一株棕櫚／往往猶如在男子監獄之中　談論妓女」〔註39〕。于堅稱這種比對詞彙的文學為「腐朽意象的詩歌敘事美學」。在這裡，的確如詩人于堅所言，棕櫚是在文學作品中，發揮了一種比較強烈悲壯，而又令人浮想的不可代替的特殊作用，可是，究其在文學語言中真正的詩歌藝術地位而言，棕櫚，在文學意象中可能只不過是一個處處時時遭人蹂躪的柔弱妓女而已，它根本無法擺脫人對它的隨心所欲的擺佈、戲弄、蹂躪、摧殘、玩耍和凌辱欺騙。羅爾斯頓在《哲學走向荒野》一書中談到樹木，他說：「我們認為，與綠色不同，樹本身是客觀存在的，樹有它自身極力想實現的生命計劃。我們認為這樣的樹是有價值的，而不管他們對我們顯得是什麼。我們要說，某些價值是已然存在於大自然中的，評價者只是發現它們，而不是創造它們，是因為大自然首先創造的是實實在在的自然客體，這是大自然的計劃。」〔註40〕《事件：棕櫚之死》在表現出人類中心主義所帶來的負面影響的同時，詩人于堅還致力於達到一種接近以生態為中心以自然為旨歸以環境為目的的大地倫理哲學領域。其實，在某些程度上這首詩是從棕櫚的角度，詩人戴上環保生態的有色眼鏡，仔細觀察周圍人造的環境和城市景觀。在表達對樹木的惋惜和留戀上，著名作家王兆勝寫道：「我還常常被一棵棵老樹深深打動，那是怎樣不同凡響的樹啊！長壽得幾乎如同人類的

〔註39〕于堅，《詩六十首》，雲南人民出版社，1989年版，第109頁。
〔註40〕〔美〕霍爾姆斯·羅爾斯頓著，劉耳等譯：《哲學走向荒野》，吉林人民出版社2000年版，第159頁。

文明史，蒼老中透出盎然的生機，秋風裏以金黃的落葉鋪地，寒冬臘月以赤裸之身與冰冷對峙。每當此時，對老樹的敬仰之情，與老樹相比的自慚形穢，都會充塞於我的胸間。」〔註41〕作家周國平在《自然和生命》一文中談到自己在春天的懷抱裏發現了青草和樹木萌芽時的激動和妙悟：「每年開春，彷彿無意中突然發現土中冒出了稚嫩的青草，樹木抽出了小小的綠芽，那時候會有一種多麼純淨的喜悅心情。記得小時候，在屋外的泥地裏埋幾粒黃豆或牽牛花子，當看到小小的綠芽破土而出時，感覺到的也是這種心情。也許天下生命原是一家，也許我曾經是一棵樹，一棵草，生命萌芽的歡欣越過漫長的進化系列，又在我的心裏復蘇了？唉，人的心，進化的最高產物，世上最複雜的東西，在這小小的綠芽面前，才恢復了片刻的純淨。」〔註42〕李存葆在《綠色天書》一文中寫到了自己置身西雙版納熱帶雨林的時候與植物的心靈對白。「上蒼是最富想像力和創造力的魔幻大師，它從袖口裏輕輕抖出的每件東西，都會讓人驚訝得說不出話來。西雙版納的熱帶雨林，就是上蒼從袖口裏撒落在華夏版圖上的一卷翠得讓人眼亮，美得叫人心醉，神秘得令人窒息的綠色天書。」〔註43〕在這片美麗的土地上，作家李存葆一步一景徐徐道來移步換景，從翠綠的芭蕉參天聳立寫到綠色蔥蘢的棕櫚的亭亭玉立嫋嫋娜娜，從地上的平凡綠色的草類寫到高聳入雲的可愛美麗的闊葉植物。彌漫在大地上的沁人心脾的花香，繚繞在樹林間的清新濃烈的木香，時時刻刻淨化了人類的凡心俗慮和功名利祿之追求。這是綠色大地上花草樹木的啟迪，更是作家對自然綠色的聲嘶力竭的強烈吶喊與溫馨自然的絮語呢喃。

第三節 《屠殺的血泊》與《樹王》：對濫砍濫伐的控訴

遍布世界各個角落的森林，是生物圈不可或缺的重要組成部分之一，是陸地上最大最體系完備嚴整無懈可擊的自然天成的生態系統，是人類賴以生存的物質基礎，森林具有經濟功能、生態調節、社會效應的多重複合立體效益。而現在，在生態學家和自然科學家們看來，森林最大的效益是其生態效

〔註41〕王兆勝《天地人心》，山東文藝出版社，2006年6月版，第43頁。
〔註42〕周國平《人與永恆》，上海人民出版社1996年8月版，第9頁。
〔註43〕李存葆《綠色天書》，河南文藝出版社2006年版，第223頁。

益。「森林對周圍環境產生巨大的影響，具有強大而持久的生態環境效應和調節氣候、涵養水源、保持水土、防風固沙、防止和減少自然災害、淨化環境、消除噪音等多種生態功能。森林有固體水庫的美稱，而一旦森林系統遭到破壞，必然造成嚴重的風蝕和水土流失，使大片肥沃的土地變成不毛之地，造成河流淤塞，水旱災害，導致生態失衡。森林是最大的一種陸地生態系統，是維護陸地生態平衡的樞紐。對於人類文明的發展產生過並繼續產生著巨大的影響。」〔註44〕

　　對於樹木，古今中外的文學家給予許許多多深情的禮讚，葦岸在談及樹木時是這樣說的：「樹木是大地的願望和最初的居民，哪裏有樹木，說明大地在那裡尚未傷失信心。」〔註45〕余杰的《屠殺的血泊》就是反映擴路毀林的佳作。「北京的街道，我最喜歡的是經常行走的白頤路，因為路上有樹。一路都是高大挺拔的白楊、梧桐，夏天綠蔭如傘。我騎自行車飛奔的時候，烈日都被樹蔭篩成點點星光，在車輪前閃耀著。這是唯一的騎車不會汗流浹背的街道。有時，乘坐 332 路公共汽車，總愛眺望窗外可愛的樹們，宛如一群行走的朋友，向我抬手。因為有這些樹，街道才有幾分田園鄉村的詩意，令我想起久已不歸的故鄉。一位西方哲人說過，最容易被毀滅的是美好的事物。今年夏天，白頤路拓寬，樹的生命走到了盡頭。一天我出門去，映入眼簾的是一片淒慘的景象：昔日延綿十幾公里的悠悠綠蔭已蕩然無存，剩下的是一個接一個的樹椿。有關部門說，白頤路太窄，交通擁擠，不得不拓展。要進步，就會有犧牲，樹就只好消失了。確實，海淀區一帶堵車的情形令人頭痛，好幾次打的，一聽去海淀，司機都擺手不願去。然而，我仍然感到心頭像被砍了一刀般疼痛，為這些沒有力量保護自己的、被殺戮的樹。屠殺的現場還有蛛絲馬蹟，不過很快連蛛絲馬蹟都不復存在。漆黑的瀝青將迅速鋪到柔軟的泥土上，很多年以後的孩子們。不會知道瀝青下面，曾經是樹的根系。我最後一次走向樹的年輪，它散發著濃烈的香氣和潮氣。樹是不流血的，或許流的是一種比血更濃的東西，滲入到地下，像把咬碎的牙咽回腹中。旁邊坐有幾個休息的工人，是他們揮起鋒利的電鋸，頃刻之間便將樹們砍殺？我知道，臨刑前你們不曾屈過膝，不曾呼過痛，你們像嵇康一樣，最後一次仰望

〔註44〕楊素梅、閆吉青著，《俄羅斯生態文學》人民文學出版社 2006 年 8 月版，第187 頁。

〔註45〕葦岸《上帝之子》，湖北美術出版社 2001 年 4 月版，第 88 頁。

已經不是蔚藍的天空，然後漸漸仆倒，聲如落髮。廣陵散響起來」。〔註46〕

　　被屠殺的樹木成了余杰哀悼的對象。余杰認為，一個肆意破壞樹木的民族意味著災難和厄運。樹為人在提供詩意的犧居，背叛樹就意味著背叛自然，背叛歷史、背叛文明。在對樹的態度上，現代人是極其遲鈍的。各國的民間故事裏，幾乎都有老樹精這一角色。某些印第安部落認為，人死了以後，靈魂便寄居到樹裏，永遠不滅。一旦有什麼重大的決策，祭司便到森林裏去，聆聽樹的指示，也就是祖先的指示，這些行為並不代表愚昧與弱智，而顯示著：樹是人類某種特定觀念標準的化身。大躍進時期僅僅把樹看作煉鋼的燃料，於是這個民族將長久地承受沒有樹的災難，「我行經千溝萬壑的黃土高原時，一整天沒有遇到一棵樹，那時，我只想哭」。〔註47〕遍及各地的樹怎麼也想像不到，那群當年在它們身上玩耍的猴子——當今社會的人類，會如此殘酷地對待他們昔日的恩人。實際上沒有血泊比血泊更加可怕更加恐怖更加陰森——美麗的多彩的大自然給人類一個幸福可愛的天堂，人類卻自私狠毒地還自然半個地獄。昔日那些彌漫各處的綠蔭統統消失了，參天大樹的老根被拔起來。城市里居民心中的綠蔭也消失了，我們人類自己的根也被無情拔起來，毫不留情。事實上我與故鄉唯一的聯繫被徹徹底底斬斷了，現在的我真的成了流浪兒和無家可歸者。作為美國博物學家和以創建美國國家公園為中心的自然保護事業的先驅約翰·繆爾在《我們的國家公園》的結尾飽含深情地寫道：「任何一個白癡都會毀樹。樹木不會跑開，而即使它們能夠跑開，它們也仍會被毀，因為只要能從它們的樹皮裏、樹幹上找出一塊美元，獲得一絲樂趣，它們就會遭到追逐並被獵殺。伐倒樹的人沒有誰再去種樹，而即使他們種上樹，那麼新樹也無法彌補逝去的古老的大森林。一個人終其一生，只能在古樹的原址上培育出幼苗，而被毀掉的古樹卻有幾十個世紀的樹齡。」〔註48〕可笑的是人類如果認識不到毀壞森林極其容易極其荒謬，而要是一旦決心培育新的森林卻是那麼的艱辛困難任重道遠，狂妄無知的現代人就永遠不會停息向森林開戰，這是多麼的魯莽和短視。在高行健的戲劇《野人》中，生態學家一直在尋找「那壯美的、寧靜的，未經過騷擾、砍伐、踐踏、焚燒、

〔註46〕余杰《文明的創痛》，百花文藝出版社 1999 年 1 月版，第 107～108 頁。
〔註47〕余杰《文明的創痛》，百花文藝出版社 1999 年 1 月版，第 110 頁。
〔註48〕約翰·繆爾，《我們的國家公園》，郭名京譯，吉林人民出版社，1999 年版，第 249～250 頁。

掠奪、未曾剝光過的處女般還保持著原始生態的森林。」可是展現在眼前的卻是與理想中的森林有著天壤之別的混沌的、污濁的泥沙和工業廢水和城市垃圾俱下的江河，哪裏還有被人類紊亂了的生態環境得以恢復平衡的那綠色的森林呢？面對盜伐林木者的欲壑難填的行為，高行健借梁隊長之口進行了強烈的控訴：「人要三十而立，樹呢？一棵樹沒有三、五十年長不成材！可現在都在使用那油鋸、電鋸，一棵樹只要吱啦一下子，就徹底完了。人啊，要由得他發瘋，那就像鋪天蓋地的蝗蟲，好端端的一片莊稼一眨眼的工夫就吃得精光。別看你們這會一個個都那麼乖巧，一個個都像狼一樣貪著呢，恨不得能把我吃了。」〔註49〕面對滿目瘡痍的大自然，作家無可奈何，只能悲天憫人地發出這樣振聾發聵的吶喊和呼籲。摩羅在《建議北京市區多多營造小片森林》的博客文章中寫道：「如果一座城市只有鋼筋混凝土建築，這座城市只能被稱為廢墟。當此城市化運動在中國大踏步推進的時期，那些乾硬單調、面目嚴重雷同的城市正在一天天變成廢墟。生活在這樣的環境中，人類的視覺疲倦而又蒼涼，神經緊張而又脆弱，心理焦慮而又扭曲。久而久之，人類的生命必將一天天萎縮、一天天乾涸，地球上的生命系統將全面退化、凋謝，世界的前景不堪設想」〔註50〕我們如果為了抵制城市的廢墟化和垃圾化，摩羅建議北京市和其他中國大中城市在城市規劃和城市建設中，適當安排小片森林穿插在鱗次櫛比的高樓大廈之間，以此帶來綠色蘢蔥的詩意棲居和美好家園。作家彭程在《樹誄》一文中深情地懷念被砍伐的合歡樹：「不管怎樣，我無法釋然。想到樹幹被齊根斬斷訇然倒地，葉與花零落成泥的場面，一種蒙受欺凌、強暴的感覺便在心中繚繞不去。一棵樹被殺戮了，這個冷冰冰的事實就是一切。誰被賦予權力，如此輕易的奪去一棵樹的生命？」〔註51〕人類為了建設一個小小的加油站，大片蔥蘢的綠樹就被砍伐殆盡。由此，作家發出心中的不盡的質問和強烈的不滿。綠色植物和綠色森林景觀缺席的背後，其實是人心的荒蕪、寂寥、自私、麻木、冷硬。如果我們和伐樹毀林相比而言，更為可怕的是其背後的急功近利的心態和盲目自私的偽善。世紀之交的中國，在經濟利益驅動下美被放逐，大自然的權利遭到無情的踐踏，人與萬

〔註49〕高行健《野人》，選自《高行健戲劇集》北京群眾出版社，1985 年 6 月版，第 206 頁。

〔註50〕摩羅的博客地址：http://blog.sina.com.cn/s/blog_4aff849201000a6x.html。

〔註51〕彭程《漂泊的屋頂》，廣東人民出版社 2001 年 7 月版，第 82 頁。

物的和諧變成了前者對後者的役使奴役、統治剝削和掠奪欺凌。長江流域黃河流域每年可見的大洪水，彌漫在華北平原的沙塵暴都是振聾發聵的警告。這恰恰如同英國詩人鄧恩的千古名句：每個人的死亡裏都有我的死亡，喪鐘為我們每個人而鳴！

　　無獨有偶，八十年代，阿城的《樹王》更是把文革期間下鄉知青在所謂「戰天鬥地、改天換地，趕超英美、人定勝天」的跑步進入共產主義的極左思潮的蠱惑下濫砍濫伐原始森林，大肆破壞自然生態的倒行逆施，被表現的淋漓盡致。故事的主要情節，是圍繞知青們為了開荒種地，而堅決要求砍伐一棵被當地人稱作「樹王」的參天大樹而展開和繼續的，文中的關鍵詞「樹王」其實還有另外一層意思和隱喻，那便是當地一個農民，外號叫「肖疙瘩」的以樹為命的淳樸執著可愛的傳統農民。大樹倒下，意味著人與自然的關係的無法彌合的破裂和隔斷，而肖疙瘩的最終無法逃避死亡，則象徵著大自然對人的懲罰和警告、預警和暗示。不知道欲望的泛濫，何時是一個結尾。

　　張煒在《綠色遙思》一文中表達了與樹木在一起時，人類的孤獨感和恐懼感被戰勝的故事。作者一個人在荒僻的山間的一所孤房裏，心裏格外驚恐。因為周圍墳塋遍布，可是「接下去的一夜我是在野地裏挨過的，背靠著一棵楊樹。我一點也沒有害怕，因為我周圍是沒有遮攔的坡地和山影，是土壤和一棵棵的樹。那一夜我的心飛到了海灘平原上，回憶了我童年生活過的叢林中去。我思念著兒時的夥伴，發現他們和當時當地的灌木漿果混在一起，無法分割。一切都是一樣地甘甜可口，是已經失去的昨天的滋味。當時我流下了淚水。我真想飛回到林子裏，去享受一下那裡熟悉的夜露。……就是那個夜晚我明白了，寬闊的大地讓人安怡，而人們手工搭成的東西才裝滿了恐懼。」〔註52〕這是張煒經過與樹木和大地零距離接觸得到的最深刻的頓悟和啟迪，是的，樹木是我們的值得信賴的朋友，使我們賴以壯大心靈的一劑良藥。

　　葦岸在《去看白樺林》一文中傾訴了自己與大自然中的白樺林的精神交流。秋季的白樺林讓他的內心變得柔軟細膩，他悟到了這樣的真理，「在白樺林的生命歷程中，為了利於成長，它們總會捨棄那些側枝和舊葉。」人的一生也是在不斷否定自我，不斷自新的過程中成長和成熟的。與張煒一樣，觸摸到白樺樹光潔的軀幹時，葦岸如同觸摸到黃河那樣，明顯感覺到了溫暖。

〔註52〕《綠色的遙思》，張煒著，文匯出版社，2005年5月版，第107頁。

「我深信它們與我沒有本質的區別，它們的體內同樣有血液在流動。我一直崇尚白樺樹挺拔的形象，看著眼前的白樺林，我領悟了一個道理——正與直是它們賴以生存的首要條件，哪棵樹在生長中偏離了這個方向，即意味著失去陽光和死亡。正是由於每棵樹都正直向上生長，它們各自佔據的空間才不多，它們才能聚成森林，和睦安平地一起生活。森林世界的這一永恆公正的生存法則，在人類社會中也同樣適用。」〔註53〕其實，把樹和人乃至人類社會聯繫起來類比，在古今中外文學作品中都出現過。

徐剛的報告文學《伐木者，醒來！》驚世駭俗，作家以振聾發聵的聲音，警醒那些亂砍濫伐欲望勃勃者，告訴人們，森林對於人類是何其重要何其珍貴。本來人類的祖先，就是來源於大森林之中，人類和森林是榮辱與共同舟共濟休戚相關的，濃密的森林為我們提供了源源不斷的生態資源和日常用品，是我們生存和發展的重要源泉和不竭動力系統。可是自私和短視，導致的濫砍濫伐正在天天減少森林覆蓋的面積。我們人類砍下的每一棵樹，他們都是無辜的，樹的不幸和人類的不幸是緊密相聯的，須臾不可機械分割。「人類有多少災難，森林就有多少災難，護衛著人類的森林，它所承受的又往往是人類強加給它們的災難。自然界的奧秘最終卻又在於：隨著時間的流逝，人類才發現所有的懲罰都是屬於人類自己的。」〔註54〕徐剛用令人驚心動魄的語言，描寫了森林被毀壞的慘劇，盲目砍伐森林，已經並將繼續給我們的未來造成巨大的損失。報告文學立足於生態危機的現實層面，冷峻的解剖現實，思考解決之策。在他的筆下，「無論在陽光下還是月光下，只要屏息靜聽，就會聽見從四面八方傳來的中國的濫伐之聲，正是這種濫伐的無情、冷酷、自私組成了中國土地上生態破壞的惡性循環：越窮越開山，越開山越窮，越窮越砍樹，越砍樹越窮。毫不誇張地說，陽光下和月光下的砍伐之聲，遍布了中國的每一個角落，我們的同胞砍殺的是我們民族賴以生存的肌體、血管，從這個意義上說，中國是一個天天在流血的國家。」〔註55〕

由此我們不禁想到，二十世紀中期，在那個史無前例的瘋狂顛狂的大躍進時代，當時，整個中國沉浸在「趕英超美」、「跑步進入共產主義社會」的迷夢中，大煉鋼鐵，砍伐了很多原始森林。那個時候在全國流行著一首氣壯山

〔註53〕葦岸《上帝之子》，湖北美術出版社2001年版，第57頁。
〔註54〕徐剛《伐木者，醒來！》，吉林人民出版社，1997年版，第37頁。
〔註55〕徐剛《伐木者，醒來！》，吉林人民出版社，1997年版，第39頁。

河的民歌《我來了》，詩曰：「天上沒有玉皇，地上沒有龍王，我就是玉皇！我就是龍王！喝令三山五嶽開道，我來了！」，該詩向我們展現了一種藐視自然的盲目樂觀主義和極端狹隘的人類中心主義的不良傾向，該詩從一個側面，顯示了那個時代無孔不入的蒙昧無知和單純可笑。已經進入二十一世紀的我們，冷靜回首文化大革命和大躍進的狂熱非理性和無原則的盲從盲動，我們必須牢牢記住歷史留給我們的經驗教訓，嚴格遵守來自大自然的客觀規律和運行法則，科學、理性、統籌、系統、平衡、和諧地發展經濟提高人民生活水平，保證人與自然的和諧和生態良好的局面，建設生態文明和和諧社會乃是我們今天的當務之急。在張煒的小說《刺蝟歌》中，開發商的機器最終開進農場，把原生態的自然環境粗暴劫掠。「鏈軌鏟車和推土機組成了如此盛大的場面，聞所未聞。轟鳴聲，太陽下的反光，襯托著一群鐵甲怪物。整個塵土飛揚的場地上沒有人影，只有鋼鐵的軀體和手臂在活動。由於南部和東部的小村已經徹底拆除，視界漸漸開闊起來，更遠處青黢黢的巨影就是紫煙大道，他身旁的村落則伏在地上，顯得微不足道。」〔註56〕在轟隆咆哮的大功率機器的碾壓和剿殺下，肥沃富饒的土地失去了昔日的綠色植物，一切樹木植被都葬身在廠房的地皮之下了。如今，我們無論到哪個城市那個小區，都會見到郊區大片大片的土地被圈圍起來搞「投資開發招商引資發展工商業」，粗鄙而且急功近利的工業化和市場化體系，已經破壞了大自然的生態平衡，如果我們不努力貫徹科學發展觀並且保持人與自然的和諧雙贏，那麼，大地上的綠色植物將會愈來愈稀少。正如徐剛在《伐木者，醒來！》中所言：「如果一個人由於熱愛森林而在林子裏散步，消磨他的光陰，他將被看作一個游手好閒的人；但是如果他作為一個投機者，整天在森林裏砍伐那些樹木，卻被認為是勤勞和有魄力的。」〔註57〕的確，是該猛醒了，伐木者們！

〔註56〕張煒《刺蝟歌》，人民文學出版社2007年1月版，第452頁。
〔註57〕徐剛《伐木者，醒來！》，吉林人民出版社1997年版，第80頁。

第六章　世紀之交的中國生態文學的
　　　　評價與定位

第一節　作家生態觀的形成

一、世紀之交中國作家生態觀形成的語境

　　生態美學在中國興起較晚，大約是在 20 世紀 80 年代中期以後或者稍晚，自然科學界的生態環保學學科業已取得長足發展，並且逐步滲透到其他相關學科的情況下，逐步萌生、形成、發展、成熟起來的。法國著名社會學家費里在 1985 年指出：「生態學以及有關的一切，預示著一種受美學理論支配的現代化新浪潮的出現。」1994 年前後，我國學者提出生態美學論題，並且多次開會組織探討，相關的學術討論會此起彼伏。2000 年，陝西人民教育出版社出版徐恒醇的《生態美學》和魯樞元的《生態文藝學》，生態美學在中國學術界和文化界應運而生並且雨後春筍般勃勃興旺。中國當代作家的生態文學創作伴隨著理論的生長雨後春筍般繁盛起來，作家的生態觀的形成立足於中國已經漸趨進入經濟、文化、工業以及許許多多的不同領域後現代進程加劇的特殊語境。

　　首先，現代化弊端的充分暴露及其對人的生存的巨大威脅，無時無刻不在呼喚新的藝術美學出現。現代化給人類帶來巨大進步的同時，又不可避免的帶來巨大災難。這些災難直接威脅到地球上人類的生存和發展。美國後現代理論家大衛・格里芬指出，現代性實際上總是在持續危及我們星球上的每

一個幸存者和發展者。隨著人們對現代審美觀觀與現代社會中存在的狹隘人類中心主義、盲目發展主義和環境污染生態失衡災難叢生的相互關係認識的加深加劇，這種意識極大地推動人們，去考核研究後現代世界觀的根據，去構建人與人、人類與自然界及整個宇宙之間關係的切實可行的發展進程。

其次，作家生態觀形成於對極端狹隘自私的人類中心主義的無情批判譴責。20 世紀後半期，人類對世界的總體認識由狹隘的「人類中心主義」向人類與自然構成系統統一的生命體系這樣一種新的觀點轉變。「控制自然征服自然」、「戰天鬥地無所不能」、「人定勝天功力無邊」、「讓自然低頭讓山河改道」等口號逐漸被人類厭倦和唾棄，進而提出「人與自然和諧發展」的科學發展觀和生態文明建設的思路。人類必須徹底改變那種以科技理性實用主義和數理邏輯工具理性盲目征服算計、攫取自然的慣性思維的僵化模式。因為「科學與理性分解自然，把它當成質料與場地，把它當作被動僵硬之物，或把它當作機械的數理世界。市場化心理使人們在打量自然時充滿了算計與利害計較。這種交易心理使自然也失去了任何神聖的色彩，失去了創造性的神秘，失去了詩意，最終當然就失去了美的光彩。」〔註 1〕

再次，國外生態文學創作的影響與滲透。梭羅的《瓦爾登湖》《緬因森林》，史懷澤的《敬畏生命》、利奧波德的《沙鄉年鑒》《沼澤地的哀歌》《綠色的牧場》《伽維蘭的歌》，雷切爾·卡森的《寂靜的春天》的譯介，勢必與中國傳統的生態思想形成合力影響中國作家的創作理念，孕育產生屬於自己國家的生態文學作品。

最後，改革開放的深化發展和我國自然生態的危機，促使作家們思考人與自然關係的定位，書寫人與自然和諧相處的理想和對生態的憂思。荒野和田園被破壞之後，人們才逐漸認識到大自然與人類的心靈是多麼心心相印，「田園荒野是人類最初的家園所在，自然在這裡還保留著它的神性和野性，生命能夠如其所是地展開。鄉村的生活是本然古老，與自然同一的生活，不受促逼，艱難然而怡然，荒野充滿自然生命的呼喚，這裡遵循的是自然古老的法則，也是生態的法則。」〔註 2〕

〔註 1〕丁來先《自然美的審美人類學研究》，廣西師範大學出版社 2005 年版，第 89 頁。

〔註 2〕薛敬梅《自然的湧現與詩意的想像——論生態文學中的自然意象》，《泰山學院學報》2008 年第 2 期，第 49 頁。

二、世紀之交中國作家生態觀的內容

1. 致力於全面清理反思極端功利主義、工具理性的現代工業文明模式下的思想文化。王英琦的《願地球無恙》是一篇自然景觀與人文景觀相互交織的散文。在此文中王英琦從寓所附近一條綠樹成蔭的美麗的小路的消失寫起，寫到了目前的大吃飛禽走獸之風，由此聯想到了古羅馬因驕奢淫逸揮霍無度而導致滅頂之災，發出了振聾發聵的世紀警告。「自然之死使人的控制合法化，殖民主義資源提取連同工業污染和損耗今天已將整個地球推向生態毀滅的邊緣。」〔註3〕一旦違反這一生態原則，觸犯生態世界的基本秩序，人類就要受到大自然的無情報復，宇宙最高規律的嚴正審判。人類不能不承認科學技術和工具理性所具有的弊端和極限。由於它的終極價值的缺失，因而失去了人對生命存在意義的反芻。又由於它不能解決人的生存根柢問題，不指向人的精神生活的高級狀態——尤其是道德狀態，因而它最終必然走向「理性神話」的全面崩潰。作者發出了這樣的呼籲：「讓我們懷著虔誠的心向地球母親深深懺悔吧——讓我們摯愛每一棵樹，每一根草，每一條河流，每一寸土地，每一個有情眾生吧！願生態宗教成為全人類的共同宗教！」在文章的末尾更是指出了這樣一條出路——人類道德法則將與自然法則一樣是「絕對規律」，是人類自救的唯一出路！學者嚴春友在《大自然的智慧》一文中，對宇宙間各事物的最根本關係的追尋，更是一種全新的哲學理念的發掘。大自然的偉大在於它的和諧性，任何不珍視大自然的行為，都會遭到大自然的報復。作者對宇宙的探究，就是對哲學的闡釋，對大自然的禮讚。

2. 超越文藝復興以來的狹隘的人類中心主義傳統。生態文學並不一概地反對人權，它只不過是反覆強調人是自然的一部分，來自於自然，依靠自然，與自然和諧共處。重視自然從根本上也是重視人與自然的休戚相關。人類文明的創建應該「師法自然，彰顯人文」。自覺維護生態平衡，反對冷酷的科學主義和工具理性。生態平衡是自然界的一個重要法則。隨著人類征服自然和改造自然的能力的增強，人類的攫取欲和佔有欲給大自然帶來了不少破壞，殺傷珍貴動物或獵獲飛禽走獸必然破壞大自然的生態平衡。人為的因素所導致的生態平衡的破壞往往會造成一系列的惡果。從維熙的《走出文明的盲區》一文就是力倡生態保護的代表作。這篇文章談到發生於1958年的全國捕雀運動，當

〔註3〕〔美〕卡洛琳·麥茜特《自然之死》，吉林人民出版社1999年版，第327頁。

時由於生態知識和環保意識的缺乏，僅僅從麻雀破壞莊稼的狹隘角度出發認識麻雀，因而發起了一場全國性的捕雀運動。僅僅上海市的第一次捕雀運動中，就捕殺 88171 隻麻雀，搗巢取卵 265968 個。這僅僅是一個城市的記錄，要把全國捕殺麻雀的總數加起來，那恐怕是一個十分驚人的數字。由於濫殺麻雀，導致了森林害蟲的大量繁殖。其實，據《知識的批判》一書中記載，早在1774 年，普魯士王朝就曾有過捕雀之舉，當時國王認為麻雀有害農業，下令每捕一隻麻雀者獎勵 6 勞尼。等到麻雀在普魯士絕跡之後，發現無飛鳥則百蟲肆虐果園；沒辦法醫治蟲害之際，只好又花錢從國外買麻雀回來。二十世紀五十年代的中國又上演了一幕捕雀的愚蠢之劇，此事可謂「無獨有偶」。

　　3. 呼籲把人性的解放和自然的解放結合起來。正如馬爾庫塞所言，應該對科學技術進行藝術改造，讓科學技術成為藝術技術。余杰在《火與冰》中說：「人類精神創造只有兩種形式：科學和詩歌。前者給我們便利，後者給我們安慰。更通俗地說，前者讓我們在肚子餓的時候有飯吃，後者讓我們意識到吃飯不僅是吃飯，吃飯是一件很有情趣的事。只有科學，沒有詩歌，原子彈便會被引爆；只有詩歌沒有科學，詩人便會成為路上的凍死骨。科學家不應該蔑視詩人，詩人不應該疏遠科學家。兩個領域若互相對立，人類也就大禍臨頭了。實際上，最偉大的科學家都是具有詩性的人，如牛頓、愛因斯坦、居里夫人。我堅持認為，牛頓在觀察落地的蘋果時，既發現了萬有引力定律，也寫了一首優美的詩。」〔註4〕人類只有把科學技術和人文精神以及生態理念有機結合起來，齊頭並進地穩步前進，才能獲得幸福、健康、富足、快樂的生態文明社會建設的美好前景。

第二節　生態文學的警示意義和藝術探索及其缺失

　　生態文學的警示意義：

　　第一，生態文學以審美的方式，訴諸人們的生態責任意識，運用藝術思維的方式，潛移默化地教導人們，啟迪人們，讓人們認識到污染環境的危害，努力喚醒人們的環保責任感。陳桂棣的報告文學《淮河的警告》把觸目驚心的「吃水有污染，洗澡身起癬，大魚光，小魚完，青蛙老鱉爬上岸」的慘象擺在世人面前。紀實文學《毀滅之災──動植物群落與人的思考》，作者朱幼棣

〔註4〕余杰《火與冰》，經濟日報出版社 1998 年 4 月版，第 68 頁。

向人們的良知和理性述說了一場「人性與獸性、善良與邪惡、科學與愚昧的強烈而漫長的較量。華南虎、東北虎、美人松、中華鱘、白鰭豚等野生動植物瀕臨滅絕。規模之大，速度之快，令人揪心。要治理環境污染，維護生態平衡，就要同環境污染和生態平衡的破壞者──人類自身作鬥爭。王英琦說：「不妨說，人的心態污染才是最大的污染源！沒有人心的污染，豈會有生態的污染？拯救人心，改造人性，才是當代人類走出生存困境的最根本出路。無數事實已經證明並繼續證明，人類最大的敵人，往往正是人類自己，是對欲望的貪得無厭，以及公共道德和生態意識的淪喪。表現在群體上，是國家和民族利己主義惡性膨脹」。

　　第二，強烈質疑人類干擾破壞自然進程、盲目征服掠奪自然的權利，挖掘征服和統治自然向自然無限索取的思想和意識形態根源，揭示征服和統治自然的極其可怕的嚴重後果和無法彌補的罪責。誠如梭羅在日記裏質問道：「非得把河濱的櫻草花移植到山坡上嗎？此地即它萌芽生長之處，此刻即它姹紫怒放之時辰。設若陽光、雨露降臨此地，催促它綻放成長，我們應否攀折它，可否因為私心而將它移植到暖房去呢？」龔自珍早在幾百年前就寫下《病梅館記》，怒斥人類對自然生長的植物的刀砍斧削。華海的《鐵軌，穿過風景線》一詩用憤激的詩句吶喊道：「我們向前逼近，大山向後退去，這烏亮烏亮的鐵軌，恍惚凌空而起，像兩枝箭，尖銳地射向，自然的深處，嗖嗖的，突然感到寒氣襲來，感到最後被射穿的，卻是我們的後背。」詩人憤怒地一針見血的指出，盲目瘋狂地征服掠奪自然蹂躪自然破壞生態平衡必將殃及人類自身的可持續發展。按照美國著名生態環保先行者雷切爾·卡遜女士的深刻追問和理性思考，人類征服和統治自然的根源，就是支配了人類意識和行為長達數千年的極其狹隘的人類中心主義和唯我獨尊妄自尊大的獨斷。無所不能的人類將自己視為地球上所有物質的主宰和帝王，認為地球上的一切存在──所有生命的和無生命的動物、植物和礦物和微生物──甚至連地球本身──都是專門為人類創造的，他們本身沒有存在的合理性和主體性，他們是作為人類的附屬物和服務者而存在的。

　　第三，揭示日新月異的工業化、全球化、市場化和高消費理念對自然美和詩意棲居、詩意生存的干擾破壞。自從十八世紀以來，人類的工業生產效率與科學技術進步飛速發展，一路高歌猛進。然而工業和科技的發展，並不都表現為正確認識自然規律、均衡合理協調地改造自然和利用自然為人類造

福、一定要在自然能夠承載的範圍內，穩妥適度地增加人類日益增長的物質
財富、生存資料、營養食品和保健用品。大多數時候甚至往往恰恰相反，在
很多人與自然衝突的情況下，卻表現為無端干擾自然進程、明顯地違背自然
規律、破壞自然特定的有規律的秩序和倫理、嚴重打破生態平衡的自然法則、
大規模透支甚至竭澤而漁、殺雞取卵耗盡自然資源和地球原生態存在物。工
業生產和科技文明、工具理性對自然的盲目征服和大規模破壞，在 20 世紀達
到了前所未有的劇烈程度。中國世紀之交的生態文學反思和質疑、批判了大
規模工業化和科學技術手段、工具理性對自然世界和詩意棲居的嚴重破壞。
在一定程度上儘管存在矯枉過正的思想傾向，可是生態文學作家藝術家都有
著良好的動機和願景，都期望我們人類過上永遠安全、健康、持久、穩妥、平
和的詩意化生活。我們要清醒的認識到生態文學對工業和科技的批判並不是
要完全否認工業生產和科技手段、工具理性、消費模式本身，而是要凸顯人
類現存的高度發達的工業文明和日新月異的科技文明的致命缺陷和內在軟
肋，強烈呼籲人類積極地思考和永不停息地探尋發展現代生態工業和綠色科
技的正確途徑和可持續模式，開創綠色科技和綠色工業的新局面。

　　世紀之交的人類自然生態活動中一切涉及倫理性的方面，都相輔相成地
構成了生態倫理和大地倫理的現實內容，這些現實內容包括協調、有序。合
理指導自然生態活動和生產生活、保護大自然的生態平衡與地球生物物種的
多樣性、積極有效地保護與合理使用動物植物自然資源、對嚴重影響自然生
態與生態平衡的重大社會生產生活活動和不合理的發展計劃進行科學民主決
策，以及促使人們積極行動起來，保護自然生態平衡與地球物種多樣性的道
德品質情操倫理與道德責任意識風範等。生態倫理和大地倫理的核心所在，
就是為了人類的健康發展與穩妥進步，積極有效保護自然資源，最終要實現
大自然的生態平衡。

　　第四，反思人類對待自然的策略和心態，回首上個世紀以來人類走過的
發展彎路，強烈質疑批判不合理的惡性膨脹的人類欲望。日益膨脹的不合理
欲望帶來人類日益放縱自己對自然瘋狂的蹂躪掠奪，同時，這種蹂躪和索取
也扼殺了人類與生俱來的美好天性。現代生活之中，這種過分膨脹的人類欲
望，往往會相應地衍生出泛濫成災的消費慣性與消費主義，毫無節制的消費
主義是當今世界的另一重要意識形態，這種意識形態強調刺激內需、大力提
倡消費，這種消費注意的思維模式目前也是發展中國家刺激經濟增長和擴大

內需的重要策略。琳琅滿目的各種商品和毫無節制的消費主義從另一方面來講也製造了現代人無盡的生活欲望與心理衝動，舉目世界範圍內超級豪華市場、五星級旅館、形形色色的博覽會、豪華奢侈的遊樂園、面積特大的娛樂廣場等公共設施彙集和陳列著各種近在咫尺的特殊享受、消費商品、和尋歡作樂的模式。毫無節制的消費主義喋喋不休的大規模宣傳新技術給人們帶來的享受幻覺，從各種價格昂貴的護膚液護膚品到治療陽痿早洩的保健藥，從富麗堂皇的家庭裝飾到價格不菲的高速豪華轎車跑車賽車，從所謂的環保綠色節能冰箱到全自動智慧洗衣機，從屏幕特大的高清晰彩電到像素極高的數碼攝相機攝影機，還有不斷升級的各種各樣的手提電腦和寬帶互聯網。顯而易見的是消費主義的一大悖論卻無法迴避——伴隨著琳琅滿目各式各樣的人造物品的極端豐富乃至絕對過剩，人類與生俱來的自然權利卻無法逆轉的日益匱乏。「空間和時間、純淨空氣、綠色、水、寧靜……在生產資料和服務大量提供的時候，一些過去無需花錢唾手可得的財富卻成了唯有特權才能享用的奢侈品。」〔註5〕魯樞元在批判日益膨脹的物慾橫流的同時，呼喚一種低能耗、高質量的藝術審美的簡樸生活，即「以精神資源的開發替代對自然資源的濫用，以審美愉悅的快感取代物質揮霍的享樂，以調整人類自身內在的平衡減緩對地球日益嚴重的壓迫。」〔註6〕

　　生態文學的藝術探索：

　　首先，各種文體的互補滲透。報告文學融紀實性與新聞性於一爐，天然地具備反映日益嚴峻的生態危機的優長。報告文學作為一種非虛構的文體，借助形象思維進行構思，運用特殊的典型化的方法，運用形象性、個性化和富有感情色彩的語言增強感染力。借助大量準確的科學數據的分析，真實有力地揭示觸目驚心的生態危機現實。1988年，作家徐剛在《新觀察》雜誌第二期發表了堪與美國的《寂靜的春天》相媲美的生態報告文學力作《伐木者，醒來！》。二十世紀九十年代，一大批關注生態的報告文學噴薄而出，如徐剛的《中國風沙線》《地球傳》《長江傳》《大地書》；陳桂棣的《淮河的警告》；喬邁的《中國：水危機》；沙青的《北京失去平衡》；楊朝飛、林風的《地球‧人類‧警鐘》；陳祖芬的《一個人、一隻熊貓和一座山》；哲夫的

〔註5〕波德里亞《消費社會》，劉成富、全志鋼譯，南京大學出版社2000年版，第43頁。

〔註6〕魯樞元《生態文藝學》，陝西人民出版社2000年版，第353頁。

《淮河生態報告》《黃河生態報告》《長江生態報告》；趙瑜的《第二國策》；
詹克明的《杞人憂天》；金輝的《千秋萬代話資源》；何建明的《生死一瞬
間》；曹岩的《北中國的太陽》等。韋清琦的博士論文《走向一種綠色經典：
新時期文學的生態學研究》更多地關注散文文體，他認為這一文體比較適
合更直接地展現生態主題。葦岸的《大地上的事情》、張煒的《融入野地》、
王英琦的《原地球無恙》、劉長春的《雁蕩無蕩》、任林舉的《玉米大地》、
劉亮程的《一個人的村莊》等等皆是生態散文的傑作。生態詩歌領域的創作
也在不斷深化，如海子的《梭羅這人有腦子》、葦岸的《早晨》、于堅的《那
人站在河邊》《事件：棕櫚之死》《避雨的鳥》《黑馬》；翟永明的《拿什麼來
關愛嬰兒》，華海的《天湖》《把筆從筆架河中提起》《鐵軌，穿過風景線》
《懸崖上的紅燈》《月影》《山行》等等。從對生態現狀的批判和對生態問題
的反思入手，發出對自然奧秘的感悟和構建詩意家園的嚮往。「在自然和生
態的維度上，賈平凹更是自覺的踐行者。從他早期作品開始，自然的人化和
人與自然的協調就一直是他寫作的基本母題。無論是小說，還是散文，賈平
凹都大量地寫到了山石、月亮、流水，狐狸、狼、牛等事物，並將自然生態
和人文生態緊密相連」〔註7〕作家賈平凹在這方面典型的作品是《懷念狼》。
當他寫到當狼這種野性的生物消失之後，人的命運和人性也會隨之變得可
怕而瘋狂，原來，人和狼的敵對關係中，也是存在著榮辱與共、相輔相成、
相互依存的平衡關係的，這就是賈平凹關於自然生態的自然辯證法。他就
這部作品接受廖增湖訪問時說，世世代代以來人是在與狼的鬥爭中逐漸成
為人的，數量龐大的狼的消失使人陷入了慌恐不安、孤獨無助、體質衰弱和
心靈卑鄙，乃至於瀕臨死亡的不幸境地。賈平凹告訴我們懷念狼其實就是
人類懷念著勃發的生命強力，懷念大義凜然的英雄，懷念著原生態自然世
界的平衡不被無端打破。的的確確，在任何時候人自下而上不能沒有狼，有
那麼一天，在未來一旦狼從人的視野中徹徹底底地消失不見，野性十足的
狼就會在人的心中永遠存在。」〔註8〕這樣的寫作方式和獨特的思維模式，
從道理上來講雖然不無生硬和牽強附會之處，但賈平凹在人的自然生態、
自然平衡、人文情懷和人文生態以及大地情懷如何緊密結合的探索上所給

〔註7〕摘自謝有順的博客：《賈平凹〈秦腔〉及其敘事倫理》
　　　　http://blog.sina.com.cn/s/blog_59380f500100b6ky.html
〔註8〕廖增湖：《賈平凹訪談錄》，載《當代作家評論》2000 年第 4 期。

出的思考路徑，還是有獨特價值的。它甚至成了賈平凹寫作中最為持之以恆的思考主題。從他的「商州」系列散文隨筆，到《高老莊》《土門》《懷念狼》《我是農民》《秦腔》《靜水深流》《製造聲音》，以及《獵人》等一系列紀實性或虛構性作品，懷念大自然、弘揚大地倫理的詩意情懷就一直是賈平凹作品中潛在的情感線索和獨特內蘊。

　　其次，詩性語言的藝術呈現。文學作品的語言表達往往和其思想內涵及其表達對象息息相關，由於生態文學的內容側重呼喚人與自然的和諧，渴望詩意地棲居在大地上，所以其語言風格多呈現詩意盎然的特點。詩哲荷爾德林感歎到：「自然的輕柔懷抱培育詩人們，強大聖美的自然，它無所不在，令人感歎。」〔註9〕比如，葦岸的《大地上的事情》，任林舉的《玉米大地》，張煒的《九月的寓言》，賈平凹的《懷念狼》等等無不詩意淋漓妙趣橫生。我們且看這樣一些精彩片段——「風吹過無邊無際的玉米地，帶著久違的氣息和熟稔的溫馨，流過村莊，流過人群，流過我迷茫的心頭。像一種問候，來自時間的深處，悠遠、厚重但並沒有一絲一毫的蒼老。在細碎的摩擦聲中，所有的事物漸漸的顯現出舊有的輪廓。耳畔沈寂已久的聲音、視野裏消隱已久的形象，紛紛從情感及記憶的底片上漸次地清晰起來。時間之水晃動著暗紅色的波紋。在一些風雨交加的夜晚，人們紛紛躲在自己的蝸居里，守候自己的安寧進入深深的睡眠。而此時的玉米卻要在自己的世界裏進入狂歡。風不停地吹，玉米的葉片在盡情地揮舞，整個玉米的植株在激情與喜悅中不停的顫慄。雨水流過玉米雄健的花莖，流過它微吐縷絡的美麗雌蕊，順著葉根一直流到深入大地的根系。在大地與天空、大地與植物、植物與植物的狂歡裏，玉米們盡情地體味著生命的真意。一夢醒來，如淚的露珠掛在玉米的葉片上，仍讓人們分辨不出發生過的一切到底包含了多少激情、多少悲歡。到底有多少難忘的體驗與記憶珍存在玉米的生命裏。」〔註10〕

　　再次，生態文學作家每每爆發出發人深省令人醍醐灌頂的吶喊、呼籲和質問。生態文學作品不遺餘力地發出令人震撼的吶喊，以警醒昏昧的以自我為中心的狹隘的人類中心主義者。王英琦在《願地球無恙》一文的結尾發出了這樣的呼籲：「讓我們懷著虔誠的心向地球母親深深懺悔吧——讓我們摯愛每一棵樹，每一根草，每一條河流，每一寸土地，每一個有情眾生吧！願生

〔註9〕〔德〕海德格爾《荷爾德林詩的闡釋》，商務印書館2000年版，第55頁。
〔註10〕任林舉《玉米大地》，時代文藝出版社2005年8月版，第94頁。

態宗教成為全人類的共同宗教。」〔註11〕這樣的吶喊如空谷足音，驚世駭俗，氣貫長虹。

生態文學的缺失：

楊劍龍批評中國當前的生態文學創作僅僅停留在生態被破壞的揭露和展示方面，缺乏對於生態問題更為深入的思考和探討，可謂切中肯綮之言。〔註12〕應該說，起步較晚的中國生態文學不乏拍案而起的憤激之作和大膽揭露破壞環境污染和生態平衡的力作，但是感性的憤激和撕心裂肺的呼喊畢竟無法代替理性的分析和冷靜的思考。

第一，多數生態文學作品缺乏對生態整體問題把握的全局性眼光，停留在「頭疼醫頭，腳疼醫腳」的侷限性階段。美國的前副總統阿爾·戈爾曾經指出：「我對全球環境危機的研究越深入，我就越加堅信，這是一種內在危機的外在表現。」〔註13〕

第二，對生態失衡、環境惡化的災難性現狀痛心疾首，卻沒能更深入地探討其災難性後果的深層文化動因。

第三，對中國生態的關注的背後，缺乏更為寬廣的全球性視野。沒能站在世界一體化的高度把握環境生態的全球化走向。

評論家張韌曾經專門談論過環境、生態文學存在的問題，他說：「當下環境文學只重生態環境受破壞的揭露，卻忽視了人的主體，很少在靈與肉激烈的衝突中創造出人物形象。環境文學固然要揭露人們危害環境的行為，但更為重要的是作為主體的人的靈與肉的衝突。」〔註14〕吳尚華認為，「對於環境文學能否成為一種新的文學樣式，能否建構一種新的文學觀念也還有一定的分歧。許多論者只是在擴大文學創作題材、豐富文學創作主題的層面上肯定環境文學的價值，或者就環境文學對當下中國社會現實和生態文化建構成生強大的衝擊和干預的力量給予肯定，還沒有把環境文學提升到一種新的文學思潮、一種新的文學思維和審美理念的高度來加以闡釋。在筆者看來，中國的環境文學雖然還沒有成為主流，但是作為一種極具前瞻性的文學，在新世

〔註11〕韓小惠編輯《九十年代散文集萃》，十月出版社 2000 年版，第 199 頁。

〔註12〕楊劍龍，周旭峰《論中國當代生態文學的創作》，《上海師範大學學報·社科版》2005 年第 3 期，第 43 頁。

〔註13〕〔美〕阿爾·戈爾《瀕臨失衡的地球——生態與人類精神導論》，陳嘉映譯，中央編譯出版社 1997 年版，第 27 頁。

〔註14〕張韌《環境文學談》，《光明日報》1999 年 5 月 6 日。

紀的文學格局中正從邊緣走向中心，必將對未來的文學發展產生強烈衝擊和影響。」〔註15〕吳秀明曾經就「生態文學的非文學化傾向」進行深刻論述過：「生態觀念進入文學，擴大了文學創作的領域，也豐富了文學創作的題材，它完全契合價值和審美多樣化的時代要求。但由於生態觀念本質上是倫理學的觀念（是一種大地倫理的觀念而不是人學倫理的觀念），它具有生態學固有的強烈的現實憂患、參與和警示意識，這就很容易導致只關注生態危機的事實揭露和生態價值理念的傳達，而放鬆了作為文學作品的審美價值以及作家在敘述生態時所顯現出來的藝術轉換能力。」〔註16〕對生態文學而言，這是關係到現實生存和未來發展的方向性大事，它涉及到生態文學的定位和作家藝術資質的考驗。

第三節　生態文學的「語法形式」：對象徵主義的剔除

　　生態文學自產生以來就著力考察和表現人與大自然的關係，積極主動地探尋生態危機的社會根源、思想根源和文化根源，淋漓盡致地表達人類與自然萬物和諧相處的理想模式。極端狹隘的人類中心主義的「人定勝天法力無邊」和「控制自然改造自然」將人與自然的關係看成是敵對的衝突的、奴役與被奴役的、控制與被控制的主客二分的關係。這種狹隘的人類中心主義的理論和實踐，造成了生態環境被嚴重破壞生態平衡被無情打破和顛覆，進而直接威脅到人類的可持續發展和詩意美好的生存。由此可見，在這種語境下應運而生的生態文學開始摒棄傳統的狹隘的人類中心主義觀點，決意揭示和展現生態危機，反躬自省人類自身的行為模式，探尋造成當今世界生態環境問題的根本實質和思想意識根源，嚴厲批判強烈譴責狹隘的人類中心主義在現代化進程中對自然環境的種種負面影響和不可挽回的巨大損失。生態文學作品主張把自然從人類肆無忌憚的蹂躪奴役和征服掠奪凌辱下解放出來，改變「人是世界上萬事萬物的唯一尺度」，人是自然界的「唯一主人」和「合法君王」等等極端狹隘的人類中心主義自然觀、生態觀、環保觀、審美觀、世界觀、人生觀、價值觀。生態文學作品致力於消除文化與自然的二元對立和機

〔註15〕吳尚華《走向和諧：人與自然的主題變奏──試論當代文學中的環境文學》，《安慶師範學院學報‧社會科學版》2006 年第 2 期第 10 頁。

〔註16〕吳秀明、陳力君《論生態文學視野中的狼文化現象》，《中山大學學報‧社科版》2008 年第 1 期，第 41 頁。

械隔斷。生態文學要超越狹隘的人類中心主義僅及從人類自身考慮問題的狹隘立場，轉而從整個生態系統的角度考慮問題和制定發展策略。生態文學認為尊重自然同時也是在愛護人類本身，因為人是整個生態系統中不可分割的一個重要組成部分，人類與自然是不可分割的倫理序列與生命體系，人類的命運從屬於整個生態系統的命運，他們之間相輔相成不可或缺、一榮俱榮一損俱損。在生態文學的「語法形式」中，動物、植物、山水、天地、日月、星辰等等都是作為主語的形式出現在文學敘事中的。這是對傳統的文學創作中僅僅把這些事物作為意象的一種徹底顛覆和突破。其實，在深層生態學理論看來，生態意識是潛藏在人的內心世界中的。比如，喬治・塞欣斯指出：「生態意識是一種狹隘的自我觀念在心理上擴展的結果，這種狹隘的自我觀念被埋藏在分離的本我中。通過與全人類的認同，最終成為一種與生態系統和生物圈的認同和相互滲透的自我意識。」〔註17〕

在先前的文學創作中象徵主義者認為，文學藝術所應表達的不是現實生活，而是意識所不能達到的超時間、超空間，超物質、超感覺的另一個虛擬的世界，這種超感覺的不平凡事物，只有通過象徵主義才能表達出來。他們認為，現實黑暗無常捉摸不定，變化多端虛幻痛苦，只有另一世界亦即文學所虛構幻化的世界才是真、善、美。是用恍恍惚惚若即若離、欲言又止半隱半現的景物來暗示另一世界，而象徵就是溝通這兩個世界的媒介。因此，一直以來詩體格律的自由化，是象徵派的重大特色和藝術價值取向，也是對現代詩歌的一大傑出貢獻和自然超越。在象徵主義的語法體系中，我們的作家筆下出現的一切動物、植物、山水、天地、日月、星辰都是外在於人的，都是「賓格」的。比如，「大漠孤煙直，長河落日圓。」在這樣的詩句背後，我們看到的恰恰是那個天地之間的詩人，他是大漠、長河、孤煙、落日的欣賞者和體悟者，那些自然存在的事物恰恰因為有了人類的觀察、體悟、思考才被賦予意義，才擁有了自身被認可了的價值。這是「人類中心主義」在文學創作中的凸顯。而在生態文學中，人類恰恰要站在於天地萬物平等的位置上。這與中國古代的天人合一思想不謀而合。「天人合一的思想揭示的是：天地萬物與人共同處於同一生命系統中，是一個有機的整體，人與自然萬物一起處於和諧、均衡、統一的天地之中，這才是人的健全心理和人生存的本真狀態。天人合一思想所觀照的人與自然是統一的，是人與自然環境交互感

〔註17〕雷毅《深層生態學思想研究》，清華大學出版社2001年版，第46頁。

應，大化合一的有機整體，也就是生態心理學的生態自我。」〔註18〕我們在
劉亮程的《一個人的村莊》中看到了劉亮程對一棵樹、一粒蟲、一條狗、一
匹馬、一片荒野、一陣清風的充分理解和尊重，它們和人一樣，彼此之間沒
有高低貴賤之別。這樣的生命哲學是史懷澤的「敬畏生命」的理論所感染的。
史懷澤說：「我們越是觀察自然，我們就越是清楚地意識到，自然中充滿了
生命，每個生命都是一個秘密，我們與自然中的生命密切相關。人不再能僅
僅只為自己活著。我們意識到，任何生命都有價值，我們和它們不可分割。
出於這種認識，產生了我們與宇宙的親和關係。」〔註19〕對生命和非生命的
尊重，使得劉亮程的文字閃耀著天人合一的生態理念。劉亮程在《一個人的
村莊》裏談及對生命的敬畏時，把人的生命和動物、植物的生命緊緊聯繫在
一起：「任何一株草的死亡都是人的死亡，任何一棵樹的夭折都是人的夭折，
任何一粒蟲的鳴叫也是人的鳴叫。」〔註20〕因為有了這樣「眾生平等」的哲
學觀念，劉亮程可以打通鄉村生活中各種生命形態的靈魂，他在一條狗、一
棵樹、一隻野兔、一場大雪的背後，勾勒出大西北農村的生命輪廓。這裡陽
光充沛，貧瘠的土地卻孕育著豐富的生命。他的作品致力於探討一種對人類
生活和動物生活橫向比附的關係。在《別人的村莊》中，劉亮程談及人的生
活時，是那麼的謙卑，絲毫看不出身為萬物靈長的人類的高傲和凌駕於生態
金字塔尖的優越感。「人的一生的某個年齡可能專為某個器官活著。十七歲
之前的我的手和腳忙忙碌碌全為了一張嘴——吃；三十歲左右的幾十年間，
我的所有器官又都為那根性器服務，為它手舞足蹈或垂頭喪氣，為它費盡心
機找女人、謀房事。它成了一根指揮棍，起落揚萎皆關全局；人生最後幾年，
當所有器官都懶得動了，便只有靠回味過日子。」〔註21〕讀這樣的文字，讓
人想起老莊哲學裏「絕聖棄智」一類的智慧。劉亮程經常把人類的生存和一
條狗、一匹馬、一頭驢進行對比，悲天憫人。在比如，「我在草中睡著時，
我的身體成了眾多小蟲子的溫暖巢穴。那些形態各異的卑小動物，從我的袖
口、領口和褲腿鑽進去，在我身上爬來爬去，不時地咬兩口，把它們的小肚

〔註18〕秦春《生態心理批評：生態批評的內向視角》，《文藝爭鳴》2008 年第 9 期，
　　　　第 130 頁。
〔註19〕陳澤環、朱琳《天才博士與非洲叢林：諾貝爾和平獎獲得者阿爾伯特‧史懷
　　　　澤傳》，江西人民出版社 1995 年版，第 156 頁。
〔註20〕劉亮程《一個人的村莊》，新疆人民出版社 2001 年 1 月版，第 53 頁。
〔註21〕劉亮程《一個人的村莊》，新疆人民出版社 2001 年 1 月版，第 130 頁。

子灌得紅紅鼓鼓的。」〔註22〕在這裡，人與動物是平等的，共同存在於大自然的懷抱中。象徵主義的成分是不存在的，天地萬物回歸到自己本來的面目。

在原生態的大自然中本真的風景是自然而然原本存在的，只有人類賦予獨特的理解和觀察視角，才真正點燃和激活了自然的生命力。1970 年代末期，日本思想家柄谷行人在《日本現代文學的起源》一書中把「現代性」這個概念看作一個發現原始風景的奇特的不可取代的「認識論裝置」，他認為這個不可取代的認識「裝置」帶來的結果就是主體與客體之間秩序的重新「顛倒」。炳谷行人試圖從發現風景的視角來觀察審美觀被喚醒了的「現代文學」。在思想家柄谷行人的《日本現代文學的起源》書裏的所謂風景與以往被視為名勝古蹟、名山勝水、引人入勝的風景不同，根據著名哲學家、思想家康德的區分，被視為名勝的風景是一種樸素原始的大美，而如原始森林、沼澤、綠地、戈壁、冰川、雪山、高山、峽谷、沙漠、冰河那樣的風景則為崇高之美。美是通過想像力在對象中發現合目的性而獲得的一種快感，崇高則恰恰相反，是在怎麼看都不愉快且超出了想像力之界限的對象中，通過主觀能動性來發現其合目的性所獲得的一種快感。因此康德說：「對於自然美，我們必須在我們自身之外去尋求其存在的根據，對於崇高則要在我們自身的內部，即我們的心靈中去尋找，是我們的心靈把崇高性帶進了自然表象中的。」炳谷行人在該書中發現：風景是通過某種「顛倒」，即對外界不抱關懷的「內面之人」發現的。他在書中舉了一個著名的例子——「風景之發現」——來進一步說明這個問題。一般認為，風景作為自然風光是先於描寫風景的作品而存在的。也就是說，風景是第一位的，而描繪風景的作品——包括文字作品和視覺作品如攝影、電影等——都是第二位的。但柄谷行人指出，這樣視之為當然的看法，其實是現代性認識論裝置「顛倒」的結果。我們誰也不會否認自然風光是第一位的存在，但它作為「自然物」的存在和作為「風景」的存在是不一樣的。作為「風景」的存在，恰恰是被描寫風景的這些作品以及隱含在描寫背後的一套透視法所生產出來的，這就是「風景之發現」。〔註23〕於是我們發現，被當成是「起源」的「風景」恰恰是由「表層」作創造出來的，「表層」變成了「深層」。自然環境的客觀存在，等待著作家慧眼的發現。那些原生態

〔註22〕劉亮程《一個人的村莊》，新疆人民出版社 2001 年 1 月版，第 28 頁。
〔註23〕〔日〕炳谷行人，《日本現代文學的起源》，三聯書店 2003 年 1 月版，第 17 頁。

的風景被轉化成了文學化的景觀。「從物理學到生態學的範式轉換，對心理學的發展產生了深遠影響，它喚醒了人與自然原在關係的回歸。」〔註24〕

　　在生態文學作品中，植物和動物以及山水、田園、土地不再承擔象徵意義的語法功能。比如，「在一些風雨交加的夜晚，人們紛紛躲在自己的蝸居裡，守候自己的安寧進入深深的睡眠。而此時的玉米卻要在自己的世界裏進入狂歡。風不停地吹，玉米的葉片在盡情地揮舞，整個玉米的植株在激情與喜悅中不停的顫慄。雨水流過玉米雄健的花莖，流過它微吐縷絡的美麗雌蕊，順著葉根一直流到深入大地的根系。在大地與天空、大地與植物、植物與植物的狂歡裏，玉米們盡情地體味著生命的真意。一夢醒來，如淚的露珠掛在玉米的葉片上，仍讓人們分辨不出發生過的一切到底包含了多少激情、多少悲歡。到底有多少難忘的體驗與記憶珍存在玉米的生命裏。」〔註25〕在這裡，玉米作為一種植物被關注，並沒有什麼象徵意義，它的生命就是內在於自身的。

第四節　生態文學發展趨勢的展望

　　中國生態文學必將隨著生態環保意識逐漸深入人們的思想意識而更加繁榮，進入新世紀以來，伴隨著非典、禽流感、松花江水體污染等公共衛生事件和太湖流域藍藻泛濫、洞庭湖流域鼠患成災等區域性大規模生態失衡引發的突發事件，以及各地由於環境污染引發的連年上升的民間群體性上訪維權活動，生態文學的重要性得到凸顯。未來的生態文學將是構建和諧社會的重要元素——人與自然的和諧的不可或缺的精神力量。「人類所創造的文學不能只是為了人類族群自身。文學家要有為天地立心、為生民立命、為萬世開太平的大境界，這個萬世不只是人類的，也是所有生命的，是整個自然界的。文學家必須跳出『人之子』的狹小的格局，真正以『自然之子』的精神寫作。這種精神集中體現在以環境問題為主的自然寫作中，也可以他現在一切寫作中。我們期待著重新扎好自然之根的中國文學，呈現宇宙氣象，表現天地大愛，傳達天籟之音，在捍衛自然與生命尊嚴的過程中發出更響亮的聲音。這

〔註24〕秦春《生態心理批評：生態批評的內向視角》，《文藝爭鳴》2008年第9期，第128頁。
〔註25〕任林舉《玉米大地》，時代文藝出版社2005年8月版，第94頁。

是文學在今天的天職，也是文學重獲新生的必由之路。」〔註 26〕

生態文學的發展，有以下趨勢：

首先，從思想內容方面來講，將會從淺層次的揭露批判環境污染和生態失衡逐漸向深入剖析人與自然的關係，全面把握生態系統整體脈動，樹立科學發展觀念，摒棄人類中心主義的野蠻專橫。堅持以人為本，樹立全面、協調、可持續的發展觀，促進經濟社會和人的全面發展。可持續發展就是要促進人與自然的和諧，實現經濟發展和人口、資源、環境相協調。「作家就是一些天生與大自然保持聯繫的人，從小到大，一直如此。他們比起其他人來，自由而質樸，敏感得很。這一切我想都是從大自然中汲取和培植而來。一個作家一旦割斷了與大自然的這種聯繫，他也就算完了，想什麼辦法去補救都沒有用。」〔註 27〕

其次，從文學體裁來講，生態文學將會在繼續發揮傳統文體的基礎上，開闢更新的表現樣式。詩歌、散文、小說、報告文學等傳統文體將會和電視記錄片、專題新聞以及類似於《動物世界》《人與自然》《中華環保世紀行》等節目聯合打造生態文學的新模式。在大自然環境惡化的同時，是現代大工業和大市場把包括生命在內的一切都納入了生產和消費之網。「森林變成了木材，江河變成了電力，雞牛羊變成了肉蛋奶，人也被簡化成了人力資源，甚至更為嚴重的是隨著科技的進步和過剩人口不斷增加，人的生命本身也成了這個世界的垃圾——人類廢品。」〔註 28〕文學將要與其他的新聞媒介一起，共同完成對生態失衡現狀的補救。

再次，呼喚詩意的棲居，探討人類的生存意義。學者劉文良在談及生態文學的藝術化敘事方式時建議，新世紀的生態文學應該「一，建立生態意象，構築生態理想。二，創新敘述視角，激發共鳴效應。三，巧置多元對話，傾聽自然聲音。」〔註 29〕當人們為擁有城市文明而自我陶醉樂而忘返的時候，浪漫主義的詩哲荷爾德林和海德格爾已經冷靜地透視到了文明背後的危機，他們悲天憫人地發現了繁華盛世背後的千瘡百孔和災難橫生、疾病無中生有、

〔註 26〕張守海《文學的自然之根——生態文藝學視域中的文學尋根》，《文藝爭鳴》2008 年第 9 期，第 126 頁。
〔註 27〕張煒《綠色的遙思》，文匯出版社 2005 年版，第 102 頁。
〔註 28〕〔法〕齊格蒙特‧鮑曼《廢棄的生命》，江蘇人民出版社 2006 年版，第 6 頁。
〔註 29〕劉文良《生態文學的藝術化敘事方式》，《河北學刊》2008 年第 3 期，第 113～115 頁。

生態失衡、自然遍體鱗傷，心靈蒼白無助，詩意蕩然無存。他們提出了「浪漫情懷的詩意還鄉」和「詩意的棲居、美好的存在」的自然嚮往。時值世紀之交的人類社會，科技理性的二律背反導致的環境惡化迫使我們不得不直面和正視生態危機和生存危機。未來的生態文學將發出呼喚「詩意的棲居」的深切召喚，重新選擇有詩意的綠色生存，尋找生存的意義。

參考文獻

一、國內理論著作

1. 曹靜：《一種生態時代的世界觀》，中國社會科學出版社，2007 年。

2. 范躍進：《生態文化研究》，文化藝術出版社，2004 年。

3. 郭吉軍：《自然的信仰》，中國社會科學出版社，2003 年。

4. 顧彬：《中國文人的自然觀》，上海人民出版社，1990 年。

5. 張全明、王玉德：《中華五千年生態文化》，中國環境科學出版社，1999 年。

6. 張法：《中西美學與文化精神》，北京大學出版社，1994 年。

7. 周憲：《現代性的張力》，首都師範大學出版社，2001 年。

8. 龍娟：《環境文學研究》，湖南師範大學出版社，2005 年。

9. 劉長林：《中國系統思維》，中國社會科學出版社，1990 年。

10. 黃秉生、袁鼎生：《生態美學探索》，民族出版社，2005 年。

11. 林其屏：《全球化與環境問題》，江西人民出版社，2002 年。

12. 張華：《生態美學及其在當代中國的建構》，中華書局，2006 年。

13. 陳嘉映：《海德格爾哲學概論》，生活·讀書·新知三聯書店，1995 年。

14. 陳劍瀾：《現代人與自然關係的知識學批判：環境危機的哲學根源分析》，北京大學博士論文，2001 年。

15. 程虹：《尋歸荒野》，三聯書店，2001 年。

16. 郭湛：《主體性哲學——人的存在及其意義》，雲南人民出版社，2002 年。

17. 何懷宏:《生態倫理,精神資源與哲學基礎》,河北大學出版社,2002 年。

18. 何建宗:《生態神學初探》,臺灣雅歌出版社,1995 年版。

19. 侯維瑞主編:《英國文學通史》,上海外語教育出版社,1999 年。

20. 胡志紅:《西方生態批評研究》,四川大學比較文學專業博士論文,2005 年。

21. 雷毅:《生態倫理學》,陝西人民教育出版社,2000 年。

22. 雷毅:《深層生態學思想研究》,清華大學出版社,2001 年。

23. 李培超:《自然的倫理尊嚴》,江西人民出版社,2001 年。

24. 劉海平、王守仁主編:《新編美國文學史》,上海外語教育出版社 2002 年。

25. 劉小楓:《現代性社會理論緒論》,上海三聯書店,1998 年。

26. 劉小楓:《拯救與逍遙》,上海三聯書店,2001 年。

27. 劉小楓主編:《人類困境中的審美精神》,上海,東方出版中心,1994 年。

28. 劉若端編:《十九世紀英國詩人論詩》,人民文學出版社,1984 年。

29. 魯樞元:《猞猁言說》,社會科學文獻出版社,1999 年。

30. 魯樞元主編:《精神生態與生態精神》,南方出版社,2003 年。

31. 魯樞元:《生態文藝學》,陝西人民教育出版社,2000 年。

32. 魯樞元:《自然與人文──生態批評學術資源庫》,學林出版社 2006 年 12 月版。

33. 陸江兵:《技術、理性、制度與社會發展》,南京大學出版社,2000 年。

34. 毛崇杰:《顛覆與重建:後批評中的價值體系》,社會科學文獻出版社 2002 年。

35. 梅雪芹:《環境史學與環境問題》,人民出版社,2004 年。

36. 裴廣川:《環境倫理學》,高等教育出版社,2002 年版。

37. 蘇貴賢:《生態危機與當代基督教思想》(博士學位論文),北京大學 1985 年。

38. 孫儒泳、林特溟:《近代的生態學》,科學出版社,1986 年。

39. 佘碧平:《現代性的意義與侷限》,上海三聯書店,2000 年。

40. 佘正榮:《生態智慧論》,中國社會科學出版社,1996 年。

41. 宋麗麗:《文學生態學建構──生態批評的思考》,北京語言文化大學比較文學專業博士論文,2005 年。

42. 孫周興選編：《海德格爾選集》，上海三聯書店，1996 年。

43. 王岳川等編：《後現代主義文化與美學》，北京大學出版社，1992 年。

44. 王岳川等編：《後現代主義文化研究》，北京大學出版社，1992 年。

45. 王岳川：《二十世紀西方哲性詩學》，北京大學出版社，2002 年。

46. 王加豐、張衛良：《西歐原工業化的興起》，中國社會科學出版社，2001 年。

47. 王逢振、盛寧、李自修編：《最新西方文論選》，灕江出版社，1991 年。

48. 王諾：《歐美生態文學》，北京大學出版社，2003 年。

49. 王先霈、王又平主編：《文學批評術語詞典》，上海文藝出版社，1999 年。

50. 韋清琦：《走向一種綠色經典：新時期文學的生態學研究》，北京語言文化大學較文學專業博士論文，2004 年。

51. 吳國盛：《追思自然》，遼海出版社，1998 年。

52. 吳國盛：《現代化之憂思》，三聯書店，1999 年。

53. 徐剛：《拯救大地》，中國文聯出版社，2000 年。

54. 解保軍：《馬克思自然觀的生態哲學意蘊》，黑龍江人民出版社，2002 年。

55. 徐恒醇：《生態美學》，陝西人民教育出版社，2000 年。

56. 徐嵩齡主編：《環境倫理學進展：評論與闡釋》，社會科學文獻出版社，1999 年。

57. 葉文虎：《可持續發展引論》，高等教育出版社，2001 年。

58. 葉文虎主編：《可持續發展：理論與實踐》，中央編譯出版社，1997 年。

59. 殷企平：《英國小說批評史》，上海外語教育出版社，2001 年。

60. 余謀昌：《生態文化的理論闡釋》，東北林業大學出版社，1996 年。

61. 余謀昌：《生態學哲學》，雲南人民出版社，1991 年。

62. 余謀昌：《生態文化論》，河北教育出版社，2001 年。

63. 張世英：《天人之際——中西哲學的困惑與選擇》，人民出版社，1995 年。

64. 張祥龍：《海德格爾與中國天道》，三聯書店，1996 年。

65. 張皓：《中國文藝生態思想研究》，武漢出版社，2002 年。

66. 張首映：《西方二十世紀文論史》，北京大學出版社，1999 年。

67. 曾繁仁：《生態存在論美學論稿》，吉林人民出版社，2004 年。

68. 曾永成：《文藝的綠色之思——文藝生態學引論》，人民文學出版社，2000年。

69. 曾建平：《自然之思》，中國社會科學出版社，2004年版。

70. 洪子城：《中國當代文學史史料選》，長江文藝出版社，2002年版。

71. 許志英、丁帆：《中國新時期小說主潮》，人民文學出版社，2002年版。

72. 葛紅兵、梁豔萍：《文學史學》，北嶽文藝出版社，2000年版。

73. 王曉華：《西方生命美學侷限研究》，黑龍江人民出版社，2005年版。

74. 陳曉明：《表意的焦慮——歷史祛魅與當代文學變革》，中央編譯出版社，2002年。

75. 劉小楓：《沉重的肉身》，上海人民出版社，1998年版。

76. 劉小楓：《現代性社會理論緒論》上海三聯書店，1998年版。

77. 李揚：《50～70年代中國文學經典再解讀》，山東教育出版社2003年版。

78. 倪梁康：《面對實事本身一現象學經典文選》，東方出版社，2004年版。

79. 程文超：《欲望的重新敘述——20世紀中國的文學敘事與文藝精神》，廣西師大出版社，2005年版。

80. 黃作：《不思之說——拉康主體理論研究》，人民出版社，2005年版。

81. 王宇：《性別表述與現代認同》，上海三聯書店，2006年3月版。

82. 王豔芳：《女性寫作與自我認同》，中國社科出版社，2006年版。

83. 江怡：《理性與啟蒙一後現代經典文選》，東方出版社，2004年版。

84. 方成：《精神分析與後現代批評話語》，中國社科出版社，2001年版。

85. 黃書泉：《文學轉型與小說嬗變》，安徽教育出版社，2004年版。

86. 雷龍乾：《中國社會轉型中的哲學闡釋》，人民出版社，2004年版。

87. 王曉華：《個體哲學》，上海三聯書店，2002年版。

88. 許子東：《為了忘卻的集體記憶——解讀50篇文革小說》，三聯書店2004年。

89. 鄒詩鵬：《實踐——生存論》，廣西人民出版社，2002年版。

90. 周與沉：《身體：思想與修行——以中國經典為中心的跨文化觀照》，中國社科出版社，2005年版。

91. 楊大春：《感性的詩學：梅洛一龐蒂與法國哲學主流》，人民出版社，2005年。

92. 馮俊等著:《後現代哲學講演錄》,商務印書館,2003 年版。

93. 汪民安、陳永國、馬海良主編:《後現代性的哲學話語─從福柯到賽義德》,浙江人民出版社,2000 年版。

94. 陳順馨、戴錦華選編:《婦女、民族與女性主義》,中央編譯出版社,2004 年。

95. 何兆武、陳啟能主編:《當代西方史學理論》,上海社會科學院出版社,2003 年。

96. 陳嘉明等著:《現代性與後現代性》,人民出版社,2001 年版。

97. 陳建華:《「革命」的現代性──中國革命話語考論》上海古籍出版社,2000 年。

二、國外理論著作

1. 安德魯‧桑德斯:《牛津簡明英國文學史》(上、下),人民文學出版社,2000 年。

2. 阿爾貝特‧史懷澤:《敬畏生命》,陳澤環譯,上海社會科學院出版社,1999 年。

3. 奧爾多‧利奧波德:《沙鄉年鑒》,侯文蕙譯,吉林人民出版社,1997 年。

4. 愛默生:《自然沉思錄》,博凡譯,上海社會科學院出版社,1993 年。

5. 艾伯拉姆斯:《鏡與燈》,酈稚牛等譯,北京大學出版社,1989 年。

6. 鮑曼:《現代性與大屠殺》,楊渝東、史建華譯,譯林出版社,2002 年。

7. 鮑曼:《流動的現代性》,歐陽景根譯,上海三聯書店,2002 年。

8. 貝塔朗非:《生命問題──現代生物學思想問題》,商務印書館,1999 年。

9. 伯克:《崇高與美──伯克美學論文選》,李善慶譯,上海三聯書店,1990 年。

10. 策勒爾:《古希臘哲學史綱》,翁紹軍譯,山東人民出版社,1990 年。

11. 達若,R‧Dajoz:《生態學概論》,張紳等譯,甘肅人民出版社,1986 年。

12. 達爾文:《物種起源》,舒德乾等譯,陝西人民出版社,2001 年。

13. 恩斯特‧卡西爾:《人論》,甘陽譯,上海譯文出版社,1985 年。

14. 飯島伸子:《環境社會學》,包智明譯,社會科學文獻出版社,1999 年。

15. 福柯：《知識考古學》，謝強，馬月譯，生活・讀書・新知三聯書店，1998年。

16. 弗羅姆：《佔有還是生存》，關山譯，生活・讀書・新知三聯書店，1988年。

17. 格襄芬主編：《後現代科學》，馬季方譯，中央編譯出版社，1998年。

18. 格襄芬主編：《後現代精神》，王成兵譯，中央編譯出版社，1998年。

19. 漢斯・薩克塞：《生態哲學》，文韜、佩雲譯，東方出版社，1991年。

20. 亨利・梭羅：《瓦爾登湖》，徐遲譯，上海譯文出版社，1997年。

21. 懷特海：《自然的概念》，張桂權譯，中國城市出版社，2002年。

22. 懷特海：《科學與近代世界》，何欽譯，商務印書館，1959年。

23. 霍克海默、阿多諾：《啟蒙辯證法》，洪佩郁，藺月峰譯，重慶出版社，1990年。

24. 霍克海默：《批判理論》，李小兵等譯，重慶出版社，1989年。

25. 吉登斯：《現代性的後果》，田禾譯，黃平校，譯林出版社，2000年。

26. 卡爾・雅斯貝斯：《時代的精神狀況》，王德峰譯，上海譯文出版社，1997年。

27. 康德：《論優美感和崇高感》，何兆武譯，商務出版社，2004年。

28. 科恩：《科學中的革命》，魯旭東、趙培傑等譯，商務印書館，1999年。

29. 科林伍德：《自然的觀念》，吳國盛、柯映紅譯，華夏出版社，1999年。

30. 克里希那穆提：《自然與生態》，何美儀譯，學林出版社，2007年。

31. 萊斯：《自然的控制》，岳長齡、李建華譯，重慶出版社，1993年。

32. 朗松：《方法、批評及文學史》，徐繼曾譯，中國社會科學出版社，1992年。

33. 蕾切爾・卡遜：《寂靜的春天》，呂瑞蘭、李長生譯，吉林人民出版社，1997年。

34. 雷內・韋勒克：《批評的概念》，張今言譯，中國美術出版社，1999年。

35. 利奧塔：《後現代道德》，莫偉民等譯，學林出版社，2000年。

36. 羅蒂：《哲學與自然之鏡》，李幼蒸譯，三聯出版社，1987年。

37. 羅斯諾：《後現代主義與社會科學》，張國清譯，上海譯文出版社，1998年。

38. 羅爾斯頓：《環境倫理學》，楊通進譯，中國社會科學出版社，2000 年。

39. 羅爾斯頓：《哲學走向荒野》，劉耳、葉平譯，吉林人民出版社，2000 年。

40. 馬克思：《1844 年經濟學——哲學手稿》，劉丕坤譯，人民出版社，1979年。

41. 馬爾庫塞：《單向度的人》，劉繼譯，上海譯文出版社，1989 年。

42. 馬爾庫塞：《理性和革命》，程志民等譯，重慶出版社，1993 年。

43. 馬爾庫塞：《審美之維》，李小兵譯，廣西師範大學出版社，2001 年。

44. 馬布雷德伯里等編：《現代主義》，胡家巒等譯，上海外語教育出版社，1992 年。

45. 麥金太爾：《德性之後》，龔群、戴揚毅譯，中國社會科學出版社，1997年。

46. 邁克·克朗：《文化地理學》，楊淑華、宋惠敏譯，南京大學出版社，2003年。

47. 納什：《大自然的權利》，楊通進譯，梁治平校，青島出版社，1999 年。

48. 尼古拉斯·布寧、余紀元編：《西方哲學英漢對照辭典》，人民出版社，2001 年。

49. 歐文·白璧德：《盧梭與浪漫主義》，河北教育出版社，2003 年。

50. 塔迪埃：《20 世紀的文學批評》，史忠義譯，百花文藝出版社，1998 年。

51. 特里·伊格爾頓：《後現代主義的幻象》，華明譯，商務印書館，2000 年。

52. 沃斯特：《自然的經濟體系——生態思想史》，侯文蕙譯，商務印書館，1999 年。

53. 英格爾斯：《人的現代化》，殷陸君編譯，四川人民出版社，1985 年。

54. 約翰·繆爾：《我們的國家公園》，郭名倞譯，吉林人民出版社，1999 年。

55. 約翰·穆勒：《論邊沁與柯勒律治》，余廷明譯，中國文學出版社，2003年。

56. 約翰斯頓：《哲學與人文地理學》，蔡雲龍、江濤譯，商務印書館，2000年。

57. 黑格爾：《小邏輯》，商務印書館，2005 年版。

58. 斯拉沃熱·齊澤克：《意識形態的崇高客體》，季廣茂譯，中央編譯出版社，2002 年。

59. 梅洛‧龐蒂：《知覺的首要地位及其哲學結論》，三聯書店，2002 年 7 月版。

60. 梅洛‧龐蒂：《知覺現象學》，姜志輝譯，商務印書館，2001 年版。

61. 布迪厄、華康德：《實踐與反思》，中央編譯出版社，2004 年版。

62. 胡塞爾：《純粹現象學通論》，商務印書館，1992 年版。

63. 約翰‧B‧湯普森：《意識形態與現代文化》，高銛等譯，譯林出版社 2005 年版。

64. 布賴恩‧特納：《身體與社會》，春風文藝出版社，2000 年版。

65. 彼德‧布魯克斯：《身體活》，朱生堅譯，新星出版社，2005 年 5 月版。

66. 安東尼‧吉登斯：《親密關係的變革——現代社會的性、愛和愛欲》，陳永國，汪民安等譯，社科文獻出版社，2001 年版。

67. 約翰‧奧尼爾：《身體形態——現代社會的五種身體》張旭春譯，春風文藝出版社，1999 年版。

68. 米歇爾‧福柯：《性經驗史》上海人民出版社，佘碧平譯，2000 年版。

69. 鮑德里亞：《消費社會》劉成富、全志鋼譯，南京大學出版社，2000 年版。

70. 居易‧德波：《景觀社會》，南京大學出版社，2006 年版。

71. 馬克思‧霍克海默、西奧多‧阿多諾：《啟蒙辯證法》，上海世紀出版集團，2006 年。

72. 簡‧蓋洛普：《通過身體思考》楊莉馨譯.江蘇人民出版社，2005 年版。

73. 本尼迪克特‧安德森：《想像的共同體——民族主義的起源與散佈》，上海人民出版社，2003 年版。

74. 尼爾‧波茲曼：《娛樂至死》，廣西師範大學出版社，2004 年 5 月版。

三、生態文學作品

1. 昌耀：《昌耀抒情詩集》，青海人民出版社，1986 年版。

2. 方東美：《生生之德》，黎明圖書公司，1987 年版。

3. 鐵凝：《女人的白夜》，上海文藝出版社，1992 年版。

4. 哲夫：《世紀之癢——中國生態報告》，長江文藝出版社，2006 年 10 月版。

5. 鄧一光：《狼行成雙》初載於《當代》2000 年第 2 期。

6. 鄧一光：《我是太陽》，人民文學出版社，2004 年版。

7. 賈平凹：《懷念狼》作家出版社，2000 年 6 月版。

8. 楊志軍：《藏獒》，人民文學出版社，2005 年 9 月版。

9. 楊志軍：《遠去的藏獒》，東方出版中心，2006 年版。

10. 姜戎：《狼圖騰》，長江文藝出版社，2004 年 4 月版。

11. 李青松：《遙遠的虎嘯》，中國和平出版社，1997 年 8 月版。

12. 周曉楓：《鳥群》，雲南人民出版社 2000 年 5 月版。

13. 閻連科：《日光流年》，春風文藝出版社 2004 年 3 月版。

14. 郭雪波：《大漠狼孩》，中國文聯出版社，2003 年 1 月版。

15. 郭雪波：《銀狐》，灕江出版社，2006 年 6 月版。

16. 鄧剛：《迷人的海》，初載於《上海文學》1983 年第 5 期。

17. 徐剛：《伐木者，醒來！》，初載於《新觀察》1988 年第 2 期。

18. 張抗抗：《沙暴》，初載於《小說界》，1993 年第 2 期。

19. 陳應松：《豹子的最後舞蹈》，初載《鍾山》，2001 年 3 月版。

20. 陳應松：《太平狗》，百花文藝出版社，2006 年版。

21. 胡發雲：《老海失蹤》，初載《中國作家》1999 年第 1 期。

22. 李杭育：《最後一個魚佬兒》，初載《當代》1983 年第 2 期。

23. 孔捷生：《大林莽》，初載《十月》1984 年第 6 期。

24. 邱華棟：《城市戰車》，作家出版社，1997 年版。

25. 西川主編：《海子詩全編》，三聯書店，1997 年版。

26. 楊志軍：《隨心所欲》，花山文藝出版社，2000 年版。

27. 魯樞元：《猞猁言說》，社會科學文獻出版社，2001 年 1 月版。

28. 楊文豐：《自然筆記》，上海教育出版社，2007 年 7 月版。

29. 周曉楓：《鳥群》，雲南人民出版社，2000 年 5 月版。

30. 周曉楓：《斑紋——獸皮上的地圖》，中國文聯出版社，2002 年 4 月版。

31. 任林舉：《玉米大地》，時代文藝出版社，2005 年 8 月版。

32. 張煒：《聖華金的小狐》，華夏出版社，1999 年 1 月版。

33. 張煒：《刺蝟歌》，人民文學出版社，2007 年 1 月版。

34. 張煒：《融入野地》，作家出版社，1996 年版。

35. 張煒：《你在高原‧西郊》，春風文藝出版社，2003 年版。

36. 張煒：《秋天的大地》，中國青年出版社，2007 年 12 月版。

37. 哲夫：《世紀之癢──中國生態報告》，長江文藝出版社，2006 年 10 月版。

38. 哲夫：《長江生態報告》《黃河生態報告》《淮河生態報告》，花山文藝出版社，2004 年 12 月版。

39. 哲夫：《天獵》中國文聯出版公司，1994 年 5 月版。

40. 林宋瑜：《藍思想》，中國工人出版社，2004 年 1 月版。

41. 杜光輝：《哦，我的可可西里》，初版《小說界》2001 年第 1 期。

42. 葦岸：《上帝之子》，湖北美術出版社，2001 年 2 月版。

43. 葦岸：《太陽升起以後》，中國工人出版社，2000 年 5 月版。

44. 溫亞軍：《馱水的日子》，初載《天涯》，2002 年第 3 期。

45. 陳應松：《獨搖草》，初載《鍾山》2003 年第 6 期。

46. 包國晨：《尋覓第一峰》，中國文聯出版社，2000 年 2 月版。

47. 徐剛：《長江傳》，福建教育出版社，2000 年 2 月版。

48. 徐坤：《女媧》，河北教育出版社，2000 年 4 月版。

49. 王治安：《悲壯的森林》，四川人民出版社，2000 年 7 月版。

50. 龐培：《憂鬱之書》，上海文藝出版社，2001 年 1 月版。

51. 賽尼婭、劉亮程主編：《鄉村哲學的神話》，2002 年 3 月版。

52. 魯樞元：《生態批評的空間》，華東師範大學出版社，2006 年 9 月版。

53. 魯樞元：《走進大林莽》，上海文藝出版社，2008 年 6 月版。

54. 魯樞元：《心中的曠野‧關於生態與精神的散記》，學林出版社，2007 年 6 月版。

55. 李青松：《林區與林區人》，花山文藝出版社，2000 年 5 月版。

56. 李潔非：《城市像框》，山西教育出版社，1999 年 2 月版。

57. 陳桂棣：《淮河的警告》，初載於《當代》1996 年第 6 期。

58. 于堅：《一枚穿過天空的釘子‧詩集》，雲南人民出版社，2004 年 9 月版。

59. 于堅：《雲南那邊》，山西師範大學出版社，2002 年版

60. 馬役軍：《黃土地，黑土地》，初載於《當代》，1991 年第 5 期。

61. 沙青：《依稀大地灣》，初載於《十月》，1988 年第 5 期。

62. 麥天樞：《挽汾河》，初載於《山西文學》，1989 年第 1 期。

63. 劉貴賢：《生命之源的危機》，崑崙出版社，1989 年 8 月版。

64. 周濤：《鞏乃斯的馬》，初載於《解放軍文藝》，1984 年 8 月號。

65. 謝宗玉：《遍地藥香》，湖南文藝出版社，2006 年版。

66. 葉廣岑：《黑魚千歲》，中國廣播電視出版社，2005 年版。

67. 方敏：《大絕唱》，湖南少年兒童出版社，2000 年版。

68. 李存葆：《綠色天書》，河南文藝出版社，2006 年版。

69. 陳從周：《陳從周園林隨筆》，人民文學出版社，2008 年 1 月版。

70. 劉慶邦：《紅煤》，北京十月出版社，2006 年 1 月版。

71. 彭城：《漂泊的屋頂》，廣東人民出版社，2001 年 7 月版。

72. 蔡翔編選：《融入野地》，社會科學文獻出版社，1998 年版。

73. 李晉瑞：《原地》，長江文藝出版社 2006 年版。

74. 洪素麗：《臺灣百合》，臺中晨星出版社，1986 年版。

附　錄

空靈如水的心靈痕跡——
讀趙靜怡散文集《疏山梅影》

　　趙靜怡的散文有一種清淡疏朗的自然之美，但也不乏睿智、清新和思索。她悲天憫人的詩意書寫，發軔於對這個轉型期社會中真善美的熱情禮讚和誠摯守望，也是對山光水色、真純情感和心靈家園的祝福和感恩。她的語言溫馨、淡雅，沖和，襟懷博大、寬廣，對人性之美心存憐惜，對現世浮華不乏驚醒，既聆聽人類的苦難，又與喧囂的世界保持守望的距離。她的散文是自然世界、現實境遇和生存記憶的浩瀚留影，也是她勵志前行的勇氣結晶，裏面既有解剖自我、社會、人生的勇氣，也有女性細微思緒和溫潤性情的全息滲透，這是散文這一文體自由、空靈、蘊藉、感傷的完美展現。那些並不遙遠縹緲的童年和青春往事，通過作者深情的尋訪，閃現出一種令人扼腕歎息的憂傷、甜蜜和悒鬱；而那些熨帖的生命細節，帶著人文溫度和理想主義的緬想，被精緻地鑲嵌在作者自我的心路歷程和情感履印中，它讓我們讀者深深地感悟到——個人的生命記憶和一種精神氣質的養成之間有著隱秘深邃的關聯，一種有生命力和精氣神的寫作，也往往是作者朝向童年、青春、母愛、自然的一次心靈回眸。趙靜怡對個性化記憶的捍衛與打撈，對瑣屑事物的悉心留神，對往昔日重現的溫婉回望和滿懷敬畏，持續地向我們表達了那些不絕如縷的人文關懷和精神氣場對一代人成長經驗的浸潤與迴響。

追憶似水流年

　　趙靜怡對時間流逝是非常敏感的，她的回憶總是伴隨著時光的律動和歲

月的印痕。她有意識地以閒聊和回述的方式，讓散文直接與讀者對話，把面對光陰荏苒的種種生命情狀作為敘事內容，把耐心緬想和感謝生活作為基本的寫作倫理，從而使最為普通的成長履歷和情感生活發出自己的聲音。閱讀趙靜怡的散文，讓我記起梭羅在《瓦爾登湖》中寫下的一句話：「時間只是供我垂釣的溪流，我飲著溪水，望見了它的沙床，竟覺得它是那麼淺啊。淺淺的一層溪水流逝了，但永恆卻留在了原處。」時間的本原就是事物的存在過程。時間是所有事物皆具有的天然屬性，時間是存在的表徵，是過程的記錄，是人們描述事物存在過程及其片段的參數。事物的存在狀態無外乎靜止及運動變化，事物的運動變化既有其在空間上的位移，也有其性狀的改變。時間是判別一般事物是處於靜止階段還是運動變化階段的關鍵。趙靜怡在《一直很安靜》中寫道：「時光如水，澆澈所有的萌動，與不安的焦躁。十年的時光，再伸入溪水，觸到的是輕輕的溫潤。我知道，那涼意中的溫暖，來自對世事的日漸體悟，來自由心而起的微微手溫。安靜，是一種默長的力量，它棄了華麗的外衣，丟了繁靴的腳步，與星子同眠，與朝日同醒，也與溫柔的愛同在。」她對時光的感悟是感性的，逝者如斯的流水盈科而進，裏挾著世事流轉的沙塵，讓人的心靈在不期而至的惆悵中猝不及防。成長的歷程，就是學習面對時光流轉的過程。趙靜怡在《音樂筆記：月光水岸》中寫道：「這種安寧，是大安寧。是超越時空超越生死的安寧。這即是月的魅力所在。它或許有千瘡的經歷，或許有坑窪的月海，卻總是把最柔美最明亮的一面賜予人間，給人以無盡的返思與暢想。自古金錢帛馬，何者最可珍惜，月啊。歷史無聲無息地走過，它見證了塵煙彌漫或鶯回燕轉，卻永保持了那麼一份珍潔。」她對時光的體驗還常常放置在大宇宙的廣闊時空中，超越生死，與日月光華同呼吸共命運。趙靜怡在《生命中的歎息》中寫道：「生命永遠不是卑微的，值得我們去讚揚，去頌歌。單薄的身軀支起一片天，雖死猶可贊；黑暗中落淚的雙眼，點亮了許多人心中的明燈；奔波勞碌的身影，成全了身邊一杳杳人的希望；佝僂蹣跚的步伐，將遙遠的距離一點點的縮短。」對生命價值的正面肯定，對理想主義的矢志不渝，對意志力和行動力的禮讚，照亮了歲月的夜空，呈現出一種「天行健，君子以自強不息」的剛健之美。趙靜怡在《趟過歲月的河流》中寫道：「在這時光的河流裏，也許唯有樹，是經得起歲月磨蝕的吧？大半的人，大半的物，都被這河波無形地改變了。多少甜蜜的相聚，因了時光的岔路，也被迫分開了。一個一個故事，一串一串熟悉的名字，幾

年後的今天，都變成了難以辨識的纖痕。歲月的風煙紗紗，可曾為何人駐足過呢？」她參透了歲月無聲的威力，其實，十年樹木，百年樹人，樹猶如此人何以堪？一切存在之物都在時間的隱蔽下驀然之間滄海桑田，那些人，那些事，在歲月的風雨中漸漸褪色，留給人們無盡的歡惋。趙靜怡在《暮春》中寫道：「小村踏著暮春的腳步，零零脆脆的走著，抖落身上的繁花，生出漸次成熟的崢嶸。失去了的，壓在心底，未知的，一往如故的邊行邊珍惜，從不會因了時光匆匆，紊亂了應當的步調，也不會因了時歲不回，發出無由的喟歎。小村，多像一位安寧的智者，於無聲處，讓你體會到生之哲理，在暮春時節，哪怕在今後的暮年，都能從容回看，善待花開花落。」跨越時光的河流，趙靜怡更多的體會到面對時光律動的從容不迫和雍容大度。生命的哲理，在對暮春的感動中昇華到了對暮年的想像，跨度之大，實在是驚世駭俗。不歎息，不後悔，寵辱不驚，去留無意，這種智者的豁達，彌漫在她的字裏行間。趙靜怡在《秋夜私語》中寫道：「很多的時候，命運不是我們能夠左右的。秋葉泛黃，終會消逝掉高高在上俯視一切的年華；嬌豔欲滴傾國傾城的鮮花兒，照舊躲不過秋風秋雨無聲卻有力的摧殘。翩翩落地時哀弱的呻吟，寫滿了對不可自主枉自回盼的垂憐。」面對飄零於秋風中泛黃的落葉，她觸發了自己對自然四季周而復始的感傷。莊子曰：「天地有大美而不言，四時有明法而不議，萬物有成理而不說」，這種彌散在自然中的規律就是天地大道，不可自主是因為無法違背自然新陳代謝的鐵律。

感悟人與自然

趙靜怡的散文是廣袤大地的深情讚歌。她的寫作視野，既有蔚藍天空般的廣闊，又像茫茫大地一樣具體真實。她站在鄉村經驗的立場上，懷想往昔鄉村天真質樸的面貌，也以誠懇的自然倫理視角，摒棄了消費主義的喧囂。她的目光在山光水色、花草樹木之間遊弋，並以童心未泯的溫潤天真，描繪了大自然本色的燦爛以及她對生命、自然、人類、生態獨到而深入的理解。

目之所及的自然風物都會進入趙靜怡的文學世界，她透過對大自然本真存在的觀察和思考，展示出對原生態事物的深情禮讚。趙靜怡在《伊心似井》中寫道：「井水是天空與土地的愛戀，是它們未果的眼淚。天空眷戀著大地，卻因三萬英尺的距離難以貼近，便將滿腔癡情化作濃濃的雲，因了相思的折磨，這雲變得陰鬱，日復一日，終於，上蒼撲簌簌的落下淚來，深深地滲入它

所衷愛的泥土。井水是溫潤的，是沉涼的，是情感的積澱，是彌珍的精華；是經過深沉思考的玉露，是捧貯你心的瓊漿。它不因四時變化，不因地形悄走。」井代替江河湖海聚攏著人氣和城鄉的繁榮，是生活氣息和生存繁衍的象徵。井水與自來水不一樣，它屬於上天賜予，井水滋養了人類的身心，是天人合一、厚德載物最直接的哲學反映。趙靜怡在《夜半子規》中寫道：「杜鵑啼唱多半是暮春時節，過了這個時節，它便隱逝了。它像這個時令的守關者，它的使命，便是應暮春而來，提醒人們，珍惜當珍惜的，莫待無花，空折枝。」杜鵑啼血猿哀鳴，自然世界的鳥兒，在她的筆下充滿靈性，彷彿是暮春時節的守關者，警告人類必須珍惜歲月，因為光陰荏苒，逝者如斯夫。這樣的文字，可以看見趙靜怡那顆水晶般的自然之心。趙靜怡在《丟失的自然》中寫道：「噯，自然，寬厚而甜潤的自然，我已多久沒有親近？每日，趴在寬大的辦公桌上，守著方方正正的電腦，腿懶得伸，腳懶得動，離自然愈來愈遠，隔閡愈來愈深，就是擺了幾株鳳尾，幾盆綠蘿，也因少見陽光，慢慢枯萎了。也許，現時代的我，就像困在缸裏的魚，雖有水，卻因了內心的繁碎，難以真正進入自然的角色，游來游去，都離不了這一寸的水壤，脫不了約俗的桎梏。」這是一個現代社會的白領麗人對人與自然之間形成了可怕的厚障壁的深入反思，辦公室的電腦恰恰是科技理性的隱喻，而盆栽植物鳳尾竹和水養植物綠蘿的枯萎，也是人類忘記了呵護自然的結果。身心勞頓和工作繁忙，使我們漸漸與美麗的大自然疏遠進而隔膜，來自於大自然的人類漸漸失卻了自然之心和心靈返璞歸真的能力。趙靜怡在《不「知了」的蟬》中寫道：「蟬左右不了自己的命運，一個小小的頑童就可以輕易把它畢生的心力化為泡影。它的存在，處處充滿了險機，甚至在它蛻變將成為終生的殘廢，不能飛行。」記得法國生物學家法布爾曾經充滿深情地描寫過蟬這種可愛的小生靈，趙靜怡對蟬也飽含憐愛與珍惜，在強大的人類力量面前，小小的蟬是孱弱無力的，根本無法逃脫被戕害的命運。如今，生活在都市中的現代人，面對水泥、柏油鋪就的路面，到哪裏去尋覓鳴蟬的倩影呢？古詩文中「高蟬正用一枝鳴」的美好意境何處去尋覓？趙靜怡在《白樺林》中寫道：「夕陽淺淺的餘暉中，我又來到了這片白樺林，一年四季憂傷而落寞的白樺林。它們寧靜、安詳而有序地擁在一起，碧綠的卵形葉子微微低垂，迎著淺淺的藍風舒展，陽光過處，掀起暗暗的一角。絲絲的脈絡輕現，藏了多少不可解說的心事。整個樹軀，不似窮武般英勇，卻多了，女兒般柔柔順順的眉眼。」樹木是地球的毛髮，綠

色的森林蔥蔥鬱鬱給予人類無窮無盡的靈感。她對白樺林的詩意描摹，讓我
們與美好的森林融為一體，呼吸著自然清純的氣息，忘卻了塵世的煩擾。其
實，著名散文家葦岸也有過對白樺林的書寫。葦岸在《去看白樺林》一文中
寫道：「我從內心深處感到，在白樺與我之間存在著某種先天的親緣關係，無
論在影視或圖片上看到它們，我都會激動不已。我相信，白樺樹淳樸正直的
形象，是我靈魂與生命的象徵。秋天到白樺林中漫步，是我嚮往已久的心願。
我可以想像，紛紛的落葉像一隻隻鳥，飛翔在我的身旁，不時落在我的頭頂
和肩上。我體驗這時的白樺林，本身便是一群棲在大地上的鳥，在一年一度
的換羽季節，抖下自己金色的羽毛」。無論是趙靜怡還是葦岸，都對這種淳樸
正直的樹木充滿真摯的情感，兩文珠聯璧合，相映生輝。趙靜怡在《音樂筆
記：雲水禪心》中寫道：「清風是禪，自如舒卷。平常心，平常意，容易抵達
禪境。讀得懂四季，握得住內心，才會從容不迫，真切生活。知足者近禪。莫
與他人攀，時時自省念。不足之處常常視檢，有長之處處處發揚，方能遠離
了妒忌之火，輕愉前進每一步。」她對四季和物候的變遷是敏感多思的，雲
朵和流水，喚起了她參禪般的心境，從容不迫的心靈來自於內心世界清淡如
水的感悟，趙靜怡的悟性來源於與大自然的傾心交流和對話。趙靜怡在《苦
雪烹茶》中寫道：「梅花暗香浸浸，兀自繚繞。拂著塵古琴，為君彈奏一曲流
水知音。水聲淙淙，如略山澗，如墜幽谷，與卵石廝磨，與懸浮的葉兒呢喃。
走過這一彎，來到心之平川，緩緩謐謐，你猜不懂，一汪水盈盈的心事。」這
樣的文字讓我想起了「梅妻鶴子」的林逋，她的文字與林逋「疏影橫斜水清
淺，暗香浮動月黃昏」有異曲同工之妙。琴聲悠揚，水聲潺潺，幽壑深山，虛
懷若谷，一個人有了清淨的心胸，方可接近如此超凡脫俗之境。趙靜怡筆下
珠璣玲瓏的文字，閃現出宋詞般瀏亮的光澤，讓人讀畢齒頰留香。趙靜怡在
《空谷幽蘭》中寫道：「生命，如一條彎彎曲曲的長長的河，魚龍混雜，泥沙
俱下，夕陽朝日的光輝使之粼粼閃動，內裏，卻是寒雪似的酷涼，且要歸之
於無際的海，湮逝了征程；紅塵滾滾，任霓虹光亂，觥籌笑歡，卻多逢場作
戲，欲望不淺。於是，幽蘭生於空谷，僻於空谷，終其一生。」在這篇散文
中，空谷幽蘭和生命體悟妙合無痕，達到化境。表面煩囂浮華的生命，其內
裏卻是冰霜一樣質地。這樣的文字，與張愛玲「生命是一襲華美的袍，上面
卻爬滿了蝨子」可堪媲美。她在《天國的女兒》中寫道：「素月分輝的梅花，
只有雪是它的伴侶。一滴淚融入雪裏，化作清清的水，根莖吸收，瓣兒變得

更加淒清。蝶兒難以飛過嚴冬的距離。在梅為它綻放的時候，它正睡在自織的錦繡裏。」梅與雪，自古就是詩人筆下的冰清玉潔的意向，趙靜怡把梅花比作天國的女兒，就是對天意的感恩。可貴的是，趙靜怡的領悟力與對自然的感性體察完美結合，天衣無縫。

　　我一直認為，散文作品的創作有如繪畫和作曲一樣，蘊涵著創作者的價值體系和思想內涵。成功散文作品的問世，緣於獨特思想和靈魂的誕生。趙靜怡的寫作根基有俯身大地的沉穩。正如我理解的生命的全部意義在於思想的尊嚴一樣，寫作的意義在於找尋和重建思想的光芒。找尋思想是一次打通和介入，重建靈魂則是一種皈依和完美。散文作品的品質取決於寫作者的精神質地。趙靜怡的內心質地明潤而清澈，所以她的作品就散發出純粹素樸的亮色和澄明通透的清輝。

　　趙靜怡的自然情懷表明了這樣一個樸素的真理：每一個人人、尤其是作家，必須是一個不斷努力走近自然世界、關心人與自然的關係、向著鍾靈毓秀的自然之境邁進的人──這在生態環境日益惡化的二十一世紀顯得更加急迫。趙靜怡的散文多描寫大地上的花草樹木、江河湖海、日光大地，飛禽走獸和晨昏暮靄，她的筆觸細膩、質樸、莊重、清雅。其中閃現出的「大地倫理」這一主題也必將隨著人類對自身及其生存環境認識的進一步加深而受到更多讀者的青睞，這是文學持守的自然關懷在散文領域的直接體現。

書寫心靈內蘊

　　趙靜怡為自己剖白心靈內蘊的寫作，儲備了豐盈的個性化經驗和細節，她的內省、迷茫、惆悵、感奮，連同她對當代社會生活和時代症候的細緻觀察，構成了她散文思想的內裏。那些深水靜流的心靈河床──寧靜的生活，夢想的衝動，無法遏制的激情不斷閃現出溫暖和善意的人間情懷。趙靜怡的寫作倫理是謹嚴、細密而內斂的。

　　她的散文是中國當代生活變遷和世紀之交個人精神史的雙重見證；她善於以身邊平凡小事書寫大時代，以文字中深藏的靈氣表達塵世的夢想，以世俗生活的瓷實描寫映像中國人素樸渾厚的人生。王安憶堅持在精神的遊歷中積攢文思，在逼仄的生活夾縫中尋找柔情，在光怪陸離的現實生活裏發現潤澤心靈的事物並有力地重申了理想主義在散文寫作裏的精神價值。她在《也說餃子》中寫道：「餃子，真是赴湯的餃子，赴火的餃子，是沐浴的餃子，沉

浮的餃子。其間，包含了多少人生況味。餃子，恍如那滾水裏擺渡的船，於一片迷霧中，渡你上岸。」作為北方常見的食品餃子，在趙靜怡的筆下承載了赴湯蹈火、榮辱沉浮的象徵意義。司空見慣的事物被賦予了令人耳目一新的人生內涵，顯得別出心裁。曹雪芹的筆下，女兒是水做的，是真善美的濃縮和象徵，而趙靜怡在《女兒是雲》中寫道：「一個女兒，就是一朵柔柔的雲，生來，就注定了。它沒有自己的翅膀，以淚做心，因風的助力，無著的飄搖。有的時候，相中了一棵梧桐，剛想憩下身子歇一歇，無情的風，卻拽著它的衣襟把它拖走了。」女兒與天空中的白雲有了可比性，美麗飄忽卻又難以主宰自己的命運。趙靜怡是個喜歡在閱讀中感受心靈悸動的淑女，她在《心靈絮語之冬韻》中寫道：「讀了一下午席慕容的書，很是嫉妒這個並不怎麼精緻的女子怎麼可以把人生過得這樣美。一朵花，一幅字，一張剪影，一片月下，都能勾起她無邊的情思，彷彿她的心中，隨時儲滿了諸多的愛，與和諧，只在念叨的瞬間，就如泉水般湧出，汩汩地顯現。」作家喜歡閱讀什麼樣的文字，自己通常心嚮往之，其實，趙靜怡的文字與席慕容的詩歌是神魄相通的，一朵花，一幅字，一張剪影，一片月下，都能觸發她們無邊的情思，作家心中儲滿了諸多的愛與和諧，一旦思路如茅塞頓開就如泉水般汩汩噴湧。對音樂的欣賞和體悟，也常常給趙靜怡帶來深沉的思索，她在《聽簫：妝臺秋思》中寫道：「簫表達的是一種生命的厚重，是氣勢磅礡河流蕩蕩而息後的靜美、純粹。就像人生，許多人歡喜高調的嗩吶，纏綿的提琴，跳躍的鋼琴，這些，就像一個豆蔻初開的女子，走上繁華旅途，被霓虹光影所迷，為舳艫交錯所惑，一路走著，身上，也漸漸著了棉衣華服，一襲青澀白衣不再浮現，甜甜酒窩變為魅力女人揪緊這世的漩渦。」高調和喧嘩的背後，是精美純粹的安詳，簫聲啟迪了趙靜怡的心扉，讓她悟透了生命的真諦。無獨有偶，笛聲賦予趙靜怡別樣的沉思，她在《永不消逝的笛聲》中寫道：「也許秋水融盡斜陽，鷺鷥鳥才會放聲高唱；也許淚水柔化了風霜，才會換回前生點滴的滄桑；也許枯蝶飛至萬里的海畔，才會有你燈塔的纖光；也許一越過百年，才會有脈脈淚眼無言的相望。」面對秋水共長天一色，落霞與孤鶩齊飛的斜陽秋湖，趙靜怡一邊聆聽悠揚的笛聲，一邊欣然命筆，記下了穿越時空的心靈絮語。月光如水的夜晚，趙靜怡常常仰望一輪圓月沉思默想，明月千里寄相思，月下飄渺的思念打通了她與林清玄的文思，她在《望月》中寫道：「下午讀林清玄的《紅豆》，說起人之思慕，言道不會相思的人是貧窮的，是人生的貧窮。大

抵世間不如意者十之八九，折磨人的痛苦一定程度上又象徵著甜蜜，因其痛苦，更能體味甜蜜的珍貴。」在甜蜜與痛苦之間，趙靜怡擺渡著自己的情感，驅遣著詩興盎然的文字，雋永的散文意境氤氳在字裏行間。對閱讀的癡迷使得趙靜怡的散文散發出濃鬱的書卷氣息，她在《讀書小記》中寫道：「是的，生命中只卷藏愛、美、與智慧。醜的惡的統統拋離，棄之於無盡大海，讓肮髒腐朽難以著身；像明月般澄淨，風霜雨雪難掩其熠熠生輝；像蘭芝般淨雅，蕪草群芳難掩其秀質。」拋棄醜惡，才能接近真善美，這是思想者必須具備的甄別能力和選擇能力，趙靜怡的文字本身就引領讀者在明月澄淨的思想夜空翱翔天際。

趙靜怡感悟心靈的文字謙遜沉靜而質樸無華。她的寫作因為來自對命運的醒悟、詩意的呢喃、靈魂的吶喊而深具浪漫主義和理想主義的光輝。她生命中那些悲欣交集、喜怒哀樂的生活樂章洋溢著感人肺腑的人性力量，而她浩瀚的悲天憫人意識也不時地流淌在文字中間。她以生命的虔誠領會成敗，以往事的回憶化解孤獨，以自己的思考和洞察成功地捍衛了生命的尊嚴。她所描述的那些難忘的記在今天這個物慾橫流的時代，雖然難以重現，但卻溫暖了滄桑乾燥的文心。

回眸故鄉田園

趙靜怡的散文中有不少篇章涉及到對自己賴以成長的故鄉田園的深情回眸。她的故土之思縈繞著沉著從容的心緒，充滿柔情似水的依依不捨。她的思鄉散文優雅而清麗，她的語言簡單而凝練。她置身於喧囂都市的現實世界，總總是心存家園之念，敬畏淳樸生活，摯愛著往昔歲月中平凡而溫馨的事物。她堅信記憶的力量，並渴望每一個細節和語詞都在她筆下彌散出情感的光澤和蔥蘢的詩意，她的鄉村情懷的寫作深刻地闡明了自己內心的寬闊、澄澈、溫柔和悲憫，也證明了她在散文語言和敘事節奏上的良好稟賦。

每當趙靜怡在異地遊覽名勝古蹟時，故土的風物總是湧上心頭，讓她思之念之。趙靜怡在《故鄉記憶：古井》中寫道：「記得前年遊南京的時候，秦淮河南岸謝安的老宅，門前就有一口古井，千年了，白色的井欄依舊光鮮，柔手觸摸厚重的井蓋，依稀聽得到昔日井水脈脈的湧動，和汨汨的歡欣。古井隨著舊時王謝堂前燕，依依不變地飛入了尋常百姓家。而今，村裏的古井死了，心也隨之歿了，那甘醇的回味，那永不會再來的清冽。」古井的死亡，

讓她永懷惆悵的記憶，畢竟，那清冽的井水滋養過村民的靈魂和身心。每逢秋高氣爽、果實累累的收穫季節來臨時，趙靜怡都走向故鄉的田園，好像一個農夫一樣心懷對大地的感恩，她在《故鄉的秋》中寫道：「四周彌漫著禾田的清香，任何香味無可比擬。地上偶見雨後蚯蚓拱土的泥泥，彎彎的，層層交疊，曲成一個環似的夢。隨手捧起一把泥土，細細的看著，黃色微塵，卻又如此親切。怪不得張煒曾說：握著泥土，就像找到了自己的歸宿。人只有在立足的土地上，才是最安心的，才會有萌生、抽芽、茁長、愛戀、以及殞逝，等等。離開了土地的人，是多麼的可憐。」故土難離，樹高千丈葉落歸根，手捧故鄉的泥土，趙靜怡找到了心靈的歸宿。夜色籠罩下的鄉村別有一番詩情畫意，安詳寧謐的月下鄉村似乎在趙靜怡筆下成了一張水墨畫，她在《月下的村莊》中寫道：「村莊的夜，如此的安謐。不惹喧囂，一派澄淨。生命，在此像一條無聲的河，舒緩的流淌，一些落葉、一些荊刺，深深刺痛它的心底，卻終於，遮不住它臉上頑強的微笑，和對生活切實的感恩。」鄉村的生命如無聲的河流，緩緩流淌在歲月寂靜的河床，一些落葉和荊棘都會使我的心靈感到疼痛，這是怎樣一份濃釅的鄉情呢？夕陽梧桐，苔痕階綠，古屋窗櫺，蛛網塵封，故鄉的風物鏈接著久遠的回憶，趙靜怡深情款款地在《故園戀曲》中寫道：「暮陽透過高大的梧桐葉子，斜斜地灑在光滑的石階，青苔的痕跡全無，似被遠去的歲月濯得皙白。古樸的小屋裏沒有燈，灰暗的窗櫺上蜘蛛結了晶絲的網，風吹欲墜不墜。園子裏雜草蔓生，經過冬的漫長蟄伏，於二月的初春，萌生點點綠意。爬山虎的腳扭了，經過一冬的休養，無比活潑地亮起笑聲，漏在風的衣梢，懸在牆的簷角。夢裏你是那親愛的人兒，憂傷的眼睛望著我，粗糙的手要拉我迴向歸途。我在你的懷抱裏無助地痛苦，突然一道天河呼啦地扯開，析離了你，擋住了我永遠的歸路。故園，我的故園。」這樣深沉的鄉情雋永的書寫貫穿著趙靜怡的情感空間，無論置身何處，有了這樣的鄉村背景作為精神底色，她都會淡定從容。感時花濺淚，恨別鳥驚心，遠去的家園之思念總是伴隨著對自然界的花鳥蟲魚的觀察與思考，趙靜怡是一個寄情天地萬物的作家，請看她在《遠去的家園》中寫道：「燕子飛跑了，剩下兩隻畫眉籠中沒完沒了地叫。它的叫含著哭，我聽得出來。它抬頭望，天空無遮攔，也不再有逗趣的麻雀探頭，攪得它心神激蕩而頗難受。它會死的，不是自然的死去，而是心的饑荒。鳥兒，和人是一樣的。」自然界的鳥兒與人的情感是息息相通的，自然的枯死，導致了鳥兒心靈的荒蕪。理想中的

家園消泯了，趙靜怡在用文字和心靈經營著別樣的故鄉原生態風景。她在《故鄉的原風景》中寫道，而今，在這裡，悉心的經營著一座花園。月季瓣兒如乍滿之月，薔薇爬上架子微探著頭，滿天星安靜地眠在草叢裏，與銀河遙遙相對。你來了，我躲在門簾後，靜靜注目，卻不與你相認。多少年，誰還能伸出雙手，挽住流過的時間，多少的哀樂，已改換了受與被受者的心田。相望，勿如相忘，一路前行，變幻了彼此的方向。

　　趙靜怡的散文清晰地為我們描繪出了她複雜的寫作面影，並由此展現出她理想中的思想景觀。她深厚的情感積澱，豐盈的生活細節，緩緩流淌在字裏行間。趙靜怡的不凡才情和高屋建瓴的思想高度令人欣喜。她純真而馥郁的文字，蘊藏著豐沛的青春激情以及一種未被時代喧囂所損毀的精神質地。她迷戀內心世界的複雜感受，打量世界的眼神滿布哀傷和迷惘，她的寫作既是對往昔記憶的惦念和回望，也是對理想情懷的詩性肯定。她那婉約的言說姿態、細膩豐滿的想像、富於思想洞見的哲學感悟、對內心世界的細緻描摹，充分顯示出了她卓越的散文寫作才能。我們期待她走向更為廣闊高遠的寫作境界。

張煒：傾心自然　守望大地

　　世紀之交的中國文壇上，張煒以其一以貫之的道德理想主義情懷和對全球化、市場化世俗消費主義浪潮的反思著稱於世。他通過對城市化、城鎮化進程的深入觀察和理性思索，進一步發現了自然生態的逐步失衡和人類心靈的荒漠化，對大自然的緬想和守望憶及對綠色故鄉的遙想和追憶是張煒創作理念的一條清晰明亮的精神線索。他在作品中曾寫道：「只有在真正的野地裏，人可以漠視平凡。我反對很狹窄地理解大自然這個概念。當你的感覺與之接通的時刻，這一切才和藝術的發條連在一起，並且從那時開始擰緊，使我有動力做出關於日月星辰的運動即時間的表述。」大自然是張煒精神底色的體現，還是他創作精神的寄託。他的小說和散文如同徜徉在綠色家園中的隨想錄、他的文字是自然生命與文學思想的共同結晶。張煒在一次講演中說——我們的「自然生態文學」——國內常稱為「環保文學」，它作為一個文學的主題，反對為了滿足物慾而向大自然無限度地索取，主張節制開發和保護環境。它闡述的主題和內容直接涉及到人類的生存之危，並預兆了更多、更複雜的問題，其意義遠遠超出了文學本身。面對千瘡百孔滿目瘡痍的自然生態環境，張煒在小說中感慨道：「人要破壞過去的痕跡，有多大的力量，有多麼的徹底，看看這裡的變遷就知道了。那些參天大樹都哪裏去了？潮濕蒼茫的林子哪裏去了？我印象中過去大海邊上幾十里的地方都是被林子包裹的村莊，村子裏的人都有一種對荒野的敬畏和驚奇。這是我當時能夠清晰感覺到的。現在這一切消逝得可真乾淨」。波及全球環境污染和生態失衡必然引發人類精神的危機，在自然生態系統嚴重失衡時，人的精神狀態和心靈世界也會隨之惡化和荒蕪。

　　張煒，生於 1956 年 11 月，山東龍口人，原籍山東棲霞，當代著名作家，山東省作家協會主席。1978 年畢業於山東煙臺師專中文系。1975 年開始發表作品，著有長篇小說《古船》《九月寓言》《我的田園》《懷念與追記》《柏慧》《家族》《外省書》《能不憶蜀葵》《醜行或浪漫》《刺蝟歌》《你在高原》等；中篇小說《秋天的憤怒》《蘑菇七種》《瀛州思絮錄》等；短篇小說《玉米》《聲音》《一潭清水》等；散文《融入野地》《夜思》等；詩集《皈依之路》《家住萬松浦》等。2011 年 8 月 20 日，張煒的長篇小說《你在高原》獲第八屆茅盾文學獎，此前，《你在高原》還獲得了華語傳媒文學大獎。這部小說長達 450 萬字共 39 卷，歸為 10 個單元：(《家族》《橡樹路》《海客談瀛洲》《鹿眼》《憶阿雅》《我的田園》《人的雜誌》《曙光與暮色》《荒原紀事》《無邊的游蕩》)。《你在高原》是目前世界文壇上篇幅最長的長篇小說。張煒用 20 年的漫長歲月，數易其稿，最終完成了這部長篇小說的創作。由著名作家、青年評論家謝有順先生撰寫的頒獎詞是這樣評價張煒的：「張煒的罪感、洞察力和承擔精神，源於憂國憂民的士人情懷，也見之於他對現實的批判、對個體的自省。如何在虛構中持守真誠，在廢墟與荒原上應用信念，在消費主義的潮流裏展示多變的文體，這已成了一個寫作的悖論，正如張煒出版於二〇一〇年度的多卷本長篇小說《你在高原》，在豪情與壯麗下面，藏著的其實是難以掩飾的孤寂。他二十年來不捨晝夜，體恤世情，辨析惡，想像存在的悲欣，寄情烏托邦，見證人類無處還鄉的飄泊際遇，進而為國族的苦難身心、同時代人的曲折生命，也為自我囚禁而有的莫名痛楚，留下了體量龐大的史證和心跡」。這樣的評論可謂實至名歸、恰如其分地表達了對張煒文學實績的凝練概括。張煒短篇小說《三想》中充滿懺悔意識地寫道：「我在請求大山的諒解和同情。人只有走到大自然中才會知道自己是那麼渺小、多麼孤單。要解除這些心理障礙，也只有和周圍的一切平等相處。人在人群中常常有恃無恐，在大樓中更是神氣活現。如果他有機會支配同伴，也就變得更加傲慢和愚蠢。同樣一個人，他走到茫無邊際的草原上，呆在雷聲滾滾的大山裏，就會發出哀憐的呻吟。這時候你能區分人是可憐的還是驕橫的嗎？都是，又都不是。他的一切毛病，實在是與周圍的世界割斷了聯繫的緣故。」對於人與自然之間的關係，張煒做了深入淺出的思考，他得出的結論是，人類必須敬畏自然並與大自然榮辱與共和諧相處。著名評論家洪治綱認為，《你在高原》是一部反叛之書，也是一部超越之書。在那裡，遙遠的傳說，古老的寓言，魔幻的情節，迷

離的想像，滲透在一個又一個現代故事之中，鎔鑄在一個又一個鮮活的人物性格中，使生命與自然、歷史與現實、理想與欲望……形成了各種複雜而又微妙的糾纏。《你在高原》長達十部，容納了豐富的題材和作者對現實世界的全面的思考，卻不是鬆散的拼接。更重要的，是作品中所顯示出的作者完整的世界觀，它冷靜、獨立、穩定、持續，絲毫不受世俗觀念的影響，具有超乎物外的立場和信念，因而保持了與現實的距離和批判的餘地。

　　張煒是國內有名的生態環保主義者，他積極倡導簡樸自然的生活原則，他經常融入山野鄉村體驗生活、在大自然的懷抱裏淬煉自己的思想情懷。張煒說，人直接就是自然的稚童，無論他願意不願意，也只是一個稚童而已。對自己和自然的關係稍有覺悟者，就會對大自然產生一些莫名的敬畏，人力不可能勝天，人只能在大自然的允諾下獲得一定程度的自由。他回憶自己山東半島的童年鄉村，「村邊有一望無際的稼禾，有鬱鬱蔥蔥的林木，有汨汨流淌的小河」，更重要的是，張煒摯愛的「離海五六華里的一片樹林深處」的學校就在此地，他的小學和中學是在這讀完的。張煒愛這裡一切，學校校園沒有圍高牆，沒有鐵門，只是靜藏於果樹林裏，與之相連的是無邊茂盛的喬木林。一幢幢校舍整齊排列在園林深處，夏秋天是一派蔥綠，林中有許多鳥兒，叢林下面滿是野生白菊花。「我們上學，要穿行在樹林裏；放學回家，家在果園裏；到河邊玩，出門就是樹林子；割草、採蘑菇、捉鳥，都要到樹林裏；去河邊釣魚，到海上游泳，也要踏過大片濃綠的樹林……我們學校那時候上勞動課，老師帶領我們到林子深處採草藥；有的課，比如音樂課，有時也到林子裏上，大家把歌聲撒落在枝枝葉葉中間了」。這片自由天空給予了張煒一顆水晶般的文心，也奠定了他傾心自然守望綠色的文學情懷。《你在高原》主要講述的是一批上世紀 50 年代出生的地質隊員野外探險的經歷。主要圍繞地質隊員寧伽不斷探究父輩及家族的興衰、苦樂、得失和榮辱，在廣闊的背景下展示當代人的生活狀態和心理特質。《你在高原》正式出版前，張煒擬了副標題「一個地質隊員的野外工作手記」。《你在高原》因此滲透了自然地理學、人類考古學、綠色植物學、礦產地質學，地方史志學等學科門類。這部小說以地質考察隊員的野外生活為展開背景，對大自然中的山川河流、森林瀑布、進行了翔實的書寫和描摹。通過對原生態自然景觀的歌頌與禮讚，寄予了張煒對人類生存境遇的呵護與眷注。其字裏行間還對消費主義、盲目發展和破壞生態自然的喧囂進行了反駁和質疑。張煒傾心綠色大地，在青山綠水的自

然環境中尋找到了精神的皈依之地。張煒認為，人如果陷入物質主義之後，再要保持對大自然的敏感和敬畏之心是十分困難的。歷經了現代主義對「心智」的全面開發，又進入了一個物質與網絡的時代，作家讓自己的心身重新感知大地，這是需要用心體會的事。「中國是一個農業國，人與自然的關係理應是比較親密和貼近的，但是進入市場競爭之後，這種關係中出現了實用主義的傾向。表現在文學寫作上，就是機會主義的表演，這個時期的文學表達物慾化且伴隨犬儒主義、粗製濫造等等現象。涉世不深的年輕一代因為昨天的記憶不多，成長在新的物質環境中，於是擁有了格外隨意和潑辣的表達」。在張煒的心目中，作家天生就是一些與大自然保持密切聯繫的人，他們比其他人更自由而質樸，敏感而羞澀。一個作家一旦失去了與大自然的血脈相連，也就失去了文學創作的精神氣場。在張煒的《你在高原》中，人類社會盲目開發的歷史變成了自然受難的歷史。自然界滿目荒涼、一片狼藉、土地沙化、沙漠擴展、空氣污染、全球變暖、冰川消融、物種滅絕等等，地球母親也正遭受有史以來最嚴重破壞。而作為自然之子號稱萬物靈長的人類，卻仍囿於一己之私，不知禍之將至。其實，恩格斯早就告誡人們：「我們不要過分陶醉於我們人類對自然界的勝利。對於每一次這樣的勝利，自然界都會對我們進行報復。每一次勝利，在第一線都確實取得了我們預期的結果，但在第二線和第三線卻有了完全不同的、出乎預料的影響，它常常把第一個結果重新消除。」它告訴人們不要企圖征服大自然，不應當與自然為敵。自然是人的生境，是人類賴以生存的基礎和家園。如果人類肆意妄為，不顧大自然的法則，踐踏自然，人類也終會絕跡。而這是誰也不願看到的結局。

　　張煒以其謙卑的自然情懷，傾心關注大地上的事情，把自己的思考融入野地，譜寫了一曲曲人與自然和諧共贏的奏鳴曲。

可可西里的生態思考——
評杜光輝的《可可西里狼》

　　雄渾蒼莽的可可西里是一片蒼涼遼闊、美麗富饒卻又危機四伏的生態典型區域，美麗的藏羚羊、野生的犛牛、駱駝、斑馬、野兔、黑熊、禿鷲、灰狼以及各種各樣的植物如雪蓮花、靈芝、何首烏、冬蟲夏草隨處可見，共同組成一個原生態的生態群落。近幾十年來，隨著人們在這一區域活動範圍的加劇，原來神秘美麗的可可西里正在被破壞，生態失衡的局面引起了有識之士的憂慮。呼籲加大對可可西里進行生態保護的文學作品和影視藝術如雨後春筍，其中，在著名作家杜光輝的筆下，《哦，我的可可西里》《金色的可可西里》《吉祥如意的可可西里》《可可西里的格桑花》等等一些列關注生態平衡的作品尤以峻急的呼喊、冷靜的筆觸、尖銳的問題意識引起了讀者的共鳴。近由作家出版社發行的長篇生態小說《可可西里狼》是他又一部表現可可西里生態憂患意識的得力之作。

　　「可可西里」蒙語意為「青色的山梁」。藏語稱該地區為「阿欽公加」。可可西里是目前世界上原始生態環境保存最完美的地區之一，也是目前中國建成的面積最大、海拔最高、野生動物資源最為豐富的自然保護區之一。可可西里氣候嚴酷，自然條件惡劣，人類無法長期居住，被譽為「生命的禁區」。然而正因為如此，給高原野生動物創造了得天獨厚的生存條件，成為「野生動物的樂園」。杜光輝的這部長篇小說，就是立足於可可西里艱難的生活環境和自然風貌，小說主要內容是敘述描寫中國人民解放軍的一個測繪分隊在上個世紀七十年代初期，受命進入可可西里無人區執行區域測繪軍務，在工作

過程中深入全面的接觸野生動植物、與大自然中的處女地相依為命、在極其險難的自然環境中發生的一系列鮮為人知的人與自然關係的糾葛與變遷。故事的時間脈絡一直延續到二十一世紀的今天，那些執行任務的軍人在可可西里又發生著與動植物為鄰為壑、利益既相互聯繫又劇烈衝突的故事，的確是一部視角獨特新銳、人物性格鮮活立體，深具環保意識的精彩無比的生態小說。荒無人煙極端野蠻的自然生態，飛禽走獸的隱沒蟄伏，為了個人利益不惜屠殺珍惜動物和採摘野生植物的不法行為，人性的貪婪自私欲壑難填，人與自然關係的若即若離，無不纖毫畢現於杜光輝那支生花妙筆之下。圍繞著對待野狼和藏羚羊的利益鬥爭，一系列個性鮮明栩栩如生的人物形象呼之欲出，堅守天人合一觀念的仁丹才旺，摯愛戰友感情深沉的石技術員、果敢直爽的林副指導員、脾氣火爆而又從善如流的小隊長、樸實憨厚見義勇為的王永剛，見錢眼開急功近利的劉皮貨批發商……人性的豐富與多維被表現的淋漓盡致，人性的對立展示出人類對待大自然的截然不同的立場和態度。小說把測繪隊員的生存環境置之於野獸出沒的險境，讓隊員們時時刻刻思考這樣一個問題：我們如何與自然界的動物相處？我們如何維護大自然的既定利益？後來，隨著時間的轉移，測繪隊員們復原之後，由於受到金錢、利益、權勢的誘惑，人性發生了變異。有的測繪隊員經不起利益的誘惑，鋌而走險幹起了屠殺和走私的不法行為，人性與獸性發生了疊合，生態理念被發財致富的利益驅動所吞沒。杜光輝在描寫這種人性的變遷時，實際上是懷著悲天憫人的大地倫理觀念的。對天地萬物的敬畏，對自然秩序的維護，對動植物的呵護和守望，對地球上珍稀物種日漸消逝的憂慮，始終滲透在《可可西里狼》的字裏行間，顯示出作者深謀遠慮的生態思考和敬畏生命的大地情懷。在長篇小說《可可西里狼》的故事背景裏，杜光輝深刻展現了二十一世紀人類面臨的生態災難的思想淵源，在局部利益與長遠利益之間，在發展經濟增加經濟收入和保護野生動植物生態平衡之間，人性的齟齬成為生態失衡的助推器。破壞環境生態的惡性令讀者感到觸目驚心。杜光輝突破了傳統的道德二元對立的寫法，而是從大自然的生態平衡和人性的道德異變兩個方面步步深入，一層層展現作者的生態思想內涵。杜光輝的生態理念是與他曾經在可可西里生活和戰鬥過分不開的，他身體力行了自己的生態理念。杜光輝的身體寫作具有思想性與藝術性、現實性與歷史性、趣味性與知識性、可讀性與普及性、傳奇性與驚險性緊密結合的特質。他對可可西里生態環境的悉心關注和深刻

展示，變現了一位作家的生態良知和大地情懷。扣人心弦的故事情節與栩栩如生的環境描寫相得益彰，共同凸顯嚴峻的生態現狀。著名作家陳忠實對這部生態文學作品評價甚高。他說：「杜光輝之所以掌握了第一手的資料是由於他當年曾作為進入可可西里的解放軍部隊的一員，親身經歷了無人區驚心動魄的一幕，他在青藏高原多年汽車兵生活，為他創作這部小說積累了豐厚的又是獨有的生活素材，寫出了一個個扣人心弦的故事。這部小說的文字極富張力，勾勒出一幅幅雄渾蒼茫的畫面，真實地展現出蒼涼、美麗卻又危機四伏的可可西里。」杜光輝的長篇小說《可可西里狼》中犀利地剖析著人類的靈魂中的真善美與假惡醜，人類的純真友善、道德關懷和生態思想都在盪氣迴腸的描述中表露無遺。

　　深刻犀利的大地倫理觀念，發人深省的敬畏自然的道德律令，環保生態的自然嚮往，在這部小說中呈現出三位一體的價值皈依。美國著名生態思想家利奧波德在《沙鄉年鑒》中寫道：「一聲深沉的、來自肺腑的嗥叫，在四野的山崖間迴響著、然後滾落山下，漸漸地隱匿於漆黑的夜色裏。那是一聲不馴服的、對抗性的悲鳴，是對世界上一切苦難的蔑視情感的迸發。一切活著的生物（也許包括很多死者），都留心傾聽那聲呼喚」。對鹿來說，它是近在咫尺的死亡警告；對松林來說，它是預測半夜裏格鬥後留在雪地上的流血預言；對野狼來說，就是要來臨的一種有殘肉可食的允諾；對牧牛人來說，那是銀行帳戶裏透支的威脅；對獵人來說，那是獠牙抵禦子彈的挑戰。然而，在這些明顯的而迫近的希望和恐懼之後，還隱藏著更加深奧的含義；只有山知道這個含義，只有這座山長久地活著，可以客觀地去聆聽狼的嗥叫。其實，杜光輝在《可可西里狼》中表達的思考，正是要像山巒那樣思考的範本。在一次接受記者採訪時杜光輝說：「我不敢說我是人類中第一批進入可可西里的，但我可以說我是第一批進入可可西里活著出來的。之前有很多英國探險家進入可可西里，進去之後沒有出來，而且之後有幾批探險家進去之後也沒有出來的。我是第一個活著出來的。活著的但沒有進去過的人沒有人知道可可西里原生態到底是怎樣的。對可可西里原生態瞭解的人恐怕只有我一個」。杜光輝憑藉對可可西里環境的熟稔，向讀者奉獻出一步又一部生態文學傑作，這是他一次次的自我超越。杜光輝取得文學成就，是可可西里艱辛的生活環境給與他的最好饋贈。

守望地球家園的呼喚：徐剛的
生態文學寫作

　　徐剛，上海崇明人，1945 年出生，現任中國作家協會會員、中國環境文學研究會理事、國家環保總局特聘環境使者等，以詩歌散文成名。徐剛在中國的生態文學創作領域中以其報告文學的峻急呼籲和生態散文、詩歌的呵護綠色具有舉足輕重的巨大影響。徐剛的生態文學是保護自然的宣言書和守望大地的交響樂。他的生態寫作宗旨，既有保持生態平衡的急切憂慮，又有對破壞自然原因的深入追索。他站在世紀之交中國日益急迫的環保立場上，關注山水、河流、森林、草原的現狀，懷想童年時代原汁原味的自然環境，發出了振聾發聵的環保呼喊。他以樸素的文字，有力地反駁了盲目發展經濟、肆意透支自然資源的狹隘思路。正如他的目光在長江黃河、三北防護林、廣袤草原上移動和注視一樣，他同樣能夠發現令人驚駭的生態憂慮。他的生態文學語言大氣磅礡、細節翔實、數字真實、結論沉痛而富有責任感。他一以貫之地記錄人類生活中破壞自然的實例，關懷環保理念對人類家園的微妙影響，並以赤子之心的拳拳愛意，描繪了大地母親的容顏以及他對生態文明的理解。徐剛的寫作，已經成為一代環保作家生態創作走向成熟的楷模。其主要著作有：《徐剛九行抒情詩》《抒情詩 100 首》《小草》《秋天的雕像》《夜行筆記》《傾聽大地》《伐木者，醒來！》《沉淪的國土》《江河並非萬古流》《中國風沙線》《中國；另一種危機》《綠色宣言》《守望家園》《國難》等。其作品近幾年來曾獲中國圖書獎、首屆徐遲報告文學獎、首屆中國環境文學獎、第四屆冰心文學獎等。徐剛曾獲選「世界重大題材寫作 500 位」之一。

徐剛具有自覺關注人與自然關係的寫作旨歸。他在一篇名為《我低頭看腳下的立足之地》的創作談中寫道：「文學不僅僅要寫世界上人與人的關係，還要時時刻刻眷注人與自然的關係。生命並非僅僅屬於人類所有，她同時也屬於廣闊大地上的萬類萬物，一個作家不能再去助長人類的貪婪和自私，而要謳歌禮讚生命的廣大和美麗。」他的這一綱領性宣言乃是支撐其生態文學創作的理性選擇。今天環境保護作為一種理念改變著人們的思維和生活方式，早在 1988 年徐剛在《新觀察》雜誌發表了震驚國人的著名報告文學《伐木者，醒來！》。他以大量的數據、資料和事實讓人痛心疾首心急如焚。他以心急火燎的主人公責任感，報告了國內很多地方存在的大肆砍伐森林乃至造成生態失衡、水土流失、災害加劇的現狀。徐剛大聲疾呼：「毫不誇張地說，陽光下和月光下的砍伐之聲，遍布了中國的每一個角落，我們的同胞砍殺的是我們民族賴以生存的肌體、血管，從這個意義上說，中國是一個天天在流血的國家……」。他尖銳指出：「人類創造文明史的同時也留下了大自然的破壞史，或者可以這樣說，人類的浩繁的文明史中有一些章節本身就是赤裸裸地志德意滿地對人的破壞力地宣揚和稱頌。」正是因為他對祖國的森林資源深切關注和發自肺腑的摯愛，才能寫出深刻的作品，這篇報告文學以其尖銳的視角震撼了國人麻木的心靈。徐剛的視野從武夷山下延伸到海南島的原始森林，再到武夷山、大興安嶺以及中國的邊疆林區。中國殘酷的森林現狀一步步進入他的視野，於是，作家奮筆疾書，成就了環保文學的傑作。「無論在陽光下還是月光下，只要屏息靜聽，就會聽見從四面八方傳來的中國的濫伐之聲，正是這種濫伐的無情、冷酷、自私組成了中國土地上生態破壞的惡性循環：越窮越開山，越開山越窮，越窮越砍樹，越砍樹越窮！」我們透過徐剛的字裏行間看到了他憂患的心靈和沉重的憂思。後來徐剛又把目光轉向萬里長江，他決心做一件前無古人的事情，那就是要為這條母親河書寫傳記。「長江是中華民族的先行者，在開山闢嶺穿插迂迴間啟示著某種方向；長江是華夏大地的播種者，在水流濕潤草木枯榮時暗示了某種創造；長江是古老文明的釀造者，在不斷墜落以柔克剛中吐露出神聖的東方哲學。」沒有對自然、歷史和現實社會的思考，如此深刻而極具哲理的感受由何而發？這兩篇報告文學彷彿打開了他寫作的思路，隨後《中國，另一種危機》《綠色宣言》《沉淪的國土》《中國風沙線》《江河並非萬古流》《黃河傳》《地球傳》《高壩大環境何時了，往事知多少！——中國江河大壩的思考》《大地工程——內蒙古田野調查》

《國難》《大山水》和《伏羲傳》等一大批報告文學相繼問世。徐剛的報告文學作品或反思人類，或探索自然，或慟問蒼穹，或守護家園，在踏尋中探索，在痛苦中感悟，在無奈中沉思。徐剛的報告文學顯示出極為波瀾壯闊的視角和大開大合的文氣，內容貫穿水土流失、土地沙漠化、森林面積銳減、氣候水文異常、植被嚴重退化、生物物種多樣化減少等等敏感問題。徐剛對生態報告文學的主題拓展主要體現在三個方面，即對生態失衡的嚴密關注、對生態文明的激情呼籲和對人與自然關係的深刻洞察。三個方面既息息相關又相輔相成，共同組成了三足鼎立的立體生態文明思考和超越。

徐剛的生態散文強烈反對狹隘的人類中心主義。狹隘的人類中心主義主張，人由於是一種自在的目的，是最高級的存在物，因而他的一切需要都是合理的，可以為了滿足自己的任何需要而毀壞或滅絕任何自然存在物，只要這樣做不損害他人的利益，把自然界看做是一個供人任意索取的原料倉庫，人完全依據其感性的意願來滿足自身的需要，全然不顧自然界的內在目的性。只有人才具有內在價值，其他自然存在物只有在它們能滿足人的興趣或利益的意義上才具有工具價值，自然存在物的價值不是客觀的，而是由人主觀地給予定義：對人有價值還是沒有價值。顯然，狹隘的人類中心主義是生態文明的對立面。對此，徐剛在《我將飄逝》一文中表達了自己的獨立見解：「人類總想知道一切，人不承認自己是萬類之一併且相當渺小和虛榮，人總是在科學的標榜下以狂妄的面目出現。當大地退隱，當家園不再穩固，一場颶風之後，人的世界便風雨飄搖了，我們將為自己變得一無所有而哭泣。」這樣的警鐘長鳴是具有深遠的現實意義的。徐剛還把對生態文明的思考放置在生態整體性的基礎上，他在《邊緣人劄記》一文中語重心長地告誡讀者：「地球自然生態環境的演變與惡化，從來都是牽一髮而動全身的，它細密地互相關聯著，像一張網，像一根鏈條，環環相扣，既細緻微妙又真實具體。蝴蝶效應說的就是這個道理。」徐剛站在地球生態一體化和全息化的高度，高屋建瓴統攬全局地發出了自己的環保宣言，這對世紀之交的中國環保事業具有很大的針對性。隨著綠色文明的深入人心，徐剛對歷史上瘋狂毀滅生命、肆意踐踏自然世界的倒行逆施進行了深入思考，他在散文《沉淪的國土》一文中包含憂患意識地寫道：「綠色文明的毀滅，大體上經歷過兩個過程。先是人類的掠奪性破壞，而後是沙漠的無情吞噬。人被沙漠驅趕著離開。在這被沙漠追趕的過程中，人格日益矮化，環境日益惡劣，絕望是沙漠中最可怕的遺傳基

因。」對歷史的反思指向對未來的憂慮和前瞻，徐剛希望看到人與自然和諧相處共生共榮，世世代代保持生態平衡，綠水青山永伴地球的每個角落。

　　人類只有一個地球，這是徐剛生態文學創作反覆表達的一個觀點。徐剛以自己的身體力行和大聲疾呼，為維護自然平衡和呵護綠色家園做出了一個具有人文精神的作家最峻急的呼喚。

葦岸：思想的蘆葦

　　我的博士論文選題是關於文學中的人與自然關係，因此對文學作品中的自然之思情有獨鍾。記得十年前第一次在《作家》月刊上讀到葦岸的一組隨筆，就被葦岸的文字打動了。那一期還配發了葦岸的一張照片。他站立的姿勢與眾不同，非常自然，像是一棵葦草，讓人想起帕斯卡爾。後來我還在《中國攝影》雜誌看到過葦岸的一幅照片，他與詩人海子在昌平街頭的合影，大風中，大樹下，突出的是大樹和風，葦岸的名字因此顯得很陌生，他的文字隱沒在自然的本色之中。

　　葦岸的文字閃動著一種光亮，是露珠和星辰在閃動　我的心境因為露珠和星辰的作用，越來越平靜。葦岸以及文字的力量使我無法抗拒，不能自己，它流水般平靜地出現在我閱讀的屏幕上。「看到一條河流，彷彿看到一群遷徙的候鳥，總使我想到很多東西。想到它的起源，想到它路過的地方，遇見的事情，想到它將要路過的地方，將要遇見的事情，想到它或悲或喜的結局……河流給我們帶來了遙遠之地森林和土地溫馨的氣息，我常常想，無論什麼時候來到河流旁，即使此刻深懷苦楚，我也應當微笑，讓它把一個陌生人的善意與祝福帶到遠方，使下游的人們同我一樣，對上游充滿美好的憧憬和遐想。」我的心跟著葦岸的文字一起在走，我在秋天的河流旁散步，我的心被帶得很遠很遠……那裡沒有對物質生活的貪婪，欲望只是停留在青山綠水白雲之間，它是一片綠色的草地，永遠只閃動一種綠色。那裡沒有污染，蝴蝶在飛，雲雀在歌唱，花兒萬紫千紅。

　　我看見葦岸像是一棵隨風搖曳的葦草，第三隻眼睛在閃閃發光。第三隻耳朵豎得筆直，他告訴我們時常相處卻又陌生的「大地上的事情」，這些事情

人們原本都不陌生，現在則已經被人類遺忘了。比如葦岸告訴我們的：「日出比日落緩慢，觀看日落，大有守待聖哲臨終之感；觀看日出，則像等待偉大英雄輝煌的誕生，彷彿有什麼阻力，太陽艱難地向上躍動，伸縮著挺進。太陽從露出一絲紅線，到伸縮著跳上地表，用了約 5 分鐘。世界的事物在速度上，衰落勝於崛起。」他還告訴我們螞蟻營巢有三種方式，告訴我們麻雀在地面的時間比在樹上的時間多，麻雀在日出前和日出後的叫聲不同，「日出前它們發出『多、多、多』的聲音，日出後便改成『喳、喳、喳』的聲音」。

葦岸的文字縮短了人和自然的距離，使人憶起自己的童年和祖先。《二十四節氣》《放蜂人》《鳥的建築》《我的鄰居胡蜂》等篇，講述的均是有關人類童年和祖先的故事。葦岸的文字，又使我想起了梭羅的《瓦爾登湖》，那些經典的人和文字。投緣於葦岸，除了心靈的呼應，似乎還有一種冥冥之中的東西。葦岸在《我與梭羅》的一文中寫到這樣一層意思，《瓦爾登湖》是葦岸惟一從版本上多重收藏的書籍。這部富於思想的著作，對於葦岸的寫作和人生具有「奠基」的意義，葦岸本是詩人，詩歌的意義顯然更為重要；然而，因為梭羅及其《瓦爾登湖》的出現，葦岸改變了自己的寫作和對文字的認識，甚至包括對生活的態度。葦岸手頭曾保存有五種版本的《瓦爾登湖》，無獨有偶，在我不多的藏書中，四種不同版本的《瓦爾登湖》非常規則地站立在書櫃裏，隨時滋養我的自然情懷。

人類非常脆弱，人類又極其堅強。因為，人類是會思想的蘆葦。讀著葦岸的《大地上的事情》，我的目光彷彿掠過泛起漣漪的湖面，湖岸上，是隨風起伏的翠綠的蘆葦。

于堅：綠色大地的守望者

詩人于堅的創作源於對蒼茫大地的呵護與守望，踐行大地道德的靈魂律令，為天地萬物歌哭，喚醒現代化進程中迷失在物慾橫流中的夢中人，尋覓城鄉之間生活鐘擺的平衡，達成人與自然和諧的美好生活目標，使得他的詩歌凸顯著尖銳的生態意識。

于堅的很多詩歌表達了對生態平衡的渴望。詩歌《作品89號》中使人寫道「世界日新月異／在秋天／在這個被遺忘的後院／在垃圾／廢品／煙囪和大工廠的縫隙之間／我像一個嘮嘮叨叨的告密者／既無法叫人相信秋天已被肢解／也無法向別人描述／我曾見過這世界／有過一個多麼光輝的季節。我承認在我的內心深處／永遠有一隅／屬於那些金色池塘／落日中的鄉村。」這樣的詩句表達了工業文明對鄉村大地的割裂、破壞和戕害，原生態的自然世界在機器的轟鳴和滾滾的濃煙中銷聲匿跡，詩人于堅在家鄉的秋野中迷茫彷徨於無地，發出了對落日和池塘的追憶和禮讚。失魂落魄的遊子在家鄉的土地上深情的摯愛著每一棵風中的樹木，在失血過多的農田裏，感受著蒼涼的記憶。「站在收割過的田裏／聽打穀場上的聲音／風愛每一棵樹／人也愛風」。這樣的詩句彌漫著農耕文明時代的天人合一與道法自然。以致於，當詩人身體不適的時候他面對探望者屢屢發出如下的幻想——「想起生命中最美好的日子／想起大地／想起樹林和山岡」（《探望者》）。

對綠色植物的愛戀滲透在于堅詩作的字裏行間。詩歌《禮拜日的昆明翠湖公園》傾注了詩人于堅對綠色植物的惺惺相惜「一個被陽光收羅的大家庭／植物是家什／人是家長／活著的／都是親屬」。閱讀這樣的詩句，我們被于堅深厚的大地道德所感化，植物也是與人類息息相通的生命形式，值得詩人

深情眷注。《事件：棕櫚之死》中于堅凝視著即將被毀滅的「堅硬／挺直／圓滿／充盈彈性和汁液。蓬勃向上／高尚正直／與精神的向度一致」的綠色植物棕櫚，刻骨銘心的愛凝聚在心中，歌頌植物的美好和正直，是因為植物總是給人類帶來綠蔭和幸福。記得一位古文字學家講過，樹木的「樹」這個字是由木和對這兩個字組成，暗含了「樹木代表著正確和正義「的意思。現代人距離植物越來越遙遠，心靈也越來越麻木堅硬，詩人試圖破解這種生存的悖論，打破人與自然之間的堅冰。

美麗的小動物是大自然的精靈。詩人于堅在《讚美海鷗》中寫道：「一隻海鷗就是一次舒服的想像力的遠行／它可以引領我抵達／我從未抵達／但在預料之中的天堂／抵達／我不能上去／但可以猜度的高處／十隻海鷗就可以造就一個抒情詩人／一萬隻海鷗之下／必有一個詩人之城。」于堅用飽含深情的筆墨，把海鷗和詩人的心靈溝通了。飛鳥在泰戈爾的筆下象徵的是自由和遐想的力量，寄託了激情和嚮往。《烏鴉》一詩中使人寫道「烏鴉的居所／比牧師／更挨近上帝」，「烏鴉是永恆黑夜飼養的天鵝」。詩人于堅打破了世俗化的既有偏見，把烏鴉這種不被普通人歡迎和愛戀的鳥兒賦予神秘的氣息和可人的氣質，甚至與美麗的白天鵝相提並論。「鳥兒是天地間盛開的移動的花朵」，梭羅如是說，于堅賦予鳥兒以天地之靈氣。

詩人于堅立足於人類現代化進程中人與自然關係的探索，在他的詩句中，無論是大地、禾苗、漁火還是天鵝、棕櫚、遊魚，無不深深的寄託了他那顆憂傷而惆悵的心靈，他為生態文明的前途焦慮和吶喊，因為，他是大地的守望者。

自然與人文的協奏——
讀任林舉《玉米大地》

　　一個擁有靈魂深度的作家必然關注與自身息息相關的一切存在，誠如魯迅先生所言：「心事浩淼連廣宇，於無聲處聽驚雷」。他會在平凡的大地上，凝神於一草一木的生死榮枯，聆聽來自地層和天空的音響，尋覓人類與自然的神秘互動，挖掘凡俗生活背後的人文內涵。他會悉心洞察歷史與現實的脈動，於昨天、今天和明天的連綿銜接處呼吸吐納，神遊於先輩的傳奇故事和自己的童年記憶中，胸懷歷史，接納現實並展望未來，體驗生命的尊嚴、人文的光輝和歷史的厚重。近來閱讀任林舉先生的《玉米大地》，我體驗到一種前所未有的驚喜，這則長篇散文蘊涵著的自然情懷、人文精神和歷史份量讓我由衷欽佩作者的才情和襟懷。詩人艾青那句被我們反覆吟詠傳誦的「為什麼我的眼裏含滿淚水？因為我對這土地愛的深沉」可以作為這篇散文最真實的寫照和最準確的詮釋。

寬廣的自然情懷

　　《玉米大地》呈現給我們的是廣袤無垠的泥土和茂密生長的玉米，這是生命最真實厚重的依託。從北國的鄉村走向世界的任林舉關心著田園的農耕、土壤的芬芳和玉米的氣息。傾心於家鄉的田園和農事，注視著賴以存活的泥土和糧食，這應該是作家真正的精神返鄉之旅。自然哺育了我們，對自然的反觀是作家最天然樸素的情懷。從這個意義上講，任林舉筆下的北中國的玉米地堪與魯迅筆下的紹興水鄉、沈從文筆下的湘西世界、孫犁筆下的荷花澱、

路遙筆下的黃土高原比肩而立，共同豐富了華夏中國的鄉土風情。

「風吹過無邊無際的玉米地，帶著久違了的氣息和熟稔的溫馨，流過村莊，流過人群，流過我迷茫的心頭。」廣袤的玉米，他們扎根在大地上耀眼地、瘋狂地、沉靜地、低調地、歡樂地、悲痛地、喧囂地生長著，跨越時間和空間的侷限，挑戰著風雨的洗禮，展示了生命最堅強不屈的韌性。「像一種問候，來自時間的深處，悠遠、厚重，但是沒有一絲一毫的蒼老。」玉米地的盡頭，是村莊，是「父親扛著鋤走在田間小路上」，是「母親安靜地坐在父親的身旁」，在任林舉的哲學世界裏「人與村莊、村莊與土地、土地與莊稼、現實與記憶……所有的界限全部消失。有一種神秘的血液，在所有的事物間傳遞、流淌，村莊已經不再是村莊，莊家已經不再是莊稼，人民也不再是人民。在大地與天空之間，我們不過是一種存在方式。我們是同一事物的不同形式，我們是大地之子，是他的一種表達的言詞或者一句傾訴的話語。」正如葛紅兵先生在《鄉土詩意書寫傳統的恢復及其他》一文所講——玉米、泥土、毛驢、野兔、風雨、楊樹、親人，這所有的一切都是北國大地的存在形式。任林舉的作品透漏著天地萬物渾然一體的大而化之的哲學理念，在這種哲學理念裏，人與自然和諧平等，天地精神呼吸吐納圓融通透。玉米富有生命的靈氣，與土地、氣候和季節形成了生命的互動效應。「在一些風雨交加的夜晚，人們紛紛躲在自己的蝸居里，守候自己的安寧進入深深的睡眠。而此時的玉米卻要在自己的世界裏進入狂歡。風不停地吹，玉米的葉片在盡情地揮舞，整個玉米的植株在激情與喜悅中不停的顫慄。雨水流過玉米雄健的花莖，流過它微吐繚絡的美麗雌蕊，順著葉根一直流到深入大地的根系。在大地與天空、大地與植物、植物與植物的狂歡裏，玉米們盡情地體味著生命的真意。一夢醒來，如淚的露珠掛在玉米的葉片上，仍讓人們分辨不出發生過的一切到底包含了多少激情、多少悲歡。到底有多少難忘的體驗與記憶珍存在玉米的生命裏。」在這裡，萬物都是富有靈性的，玉米和人類的精神世界是相互溝通的。玉米的身上閃爍著生命共有的智慧、性情、感覺和悲喜。他所表現出來的玉米，與海子筆下的麥子一樣都是飽含人類氣息的植物，它不僅是一種存在於天地之間的自由生長的植物，更是人類賴以活命的糧食。「玉米是骨性的植物，面對這種堅硬的糧食，我經常會懷疑，如果人不吃玉米還會不會直立行走，如果牲畜們不吃玉米還會不會有那麼大的力氣。」他筆下的玉米成了北中國大地和人民的象徵。在這裡我們不禁想起麥子，想起海子深情禮讚的

平凡而偉大的植物麥子。葦岸在《大地上的事情》第十節中對麥子有這樣的評價——麥子是土地上最優美、最典雅、最令人動情的莊稼。麥田整整齊齊擺在遼闊的大地上，彷彿一塊塊耀眼的黃金。麥田是五月最寶貴的財富，大地蓄積的精華。」（《上帝之子》第 15 頁）。麥子，這一人世間最平凡也最常見的事物，一經海子詩意地詮釋，飽含感情地反覆詠唱，從而被賦予了更深遠也更偉大的涵義，它象徵著整個民族的秉性與傳統，也洋溢著屬於詩人自己一個人的別樣憂傷。同樣，作為世世代代賴以為食的玉米，也傾注了任林舉的憂傷和甜蜜的詩意，成了一個民族不屈靈魂的意象，成了大地和人民的精神紐帶。

　　天地人神四位一體，海德格爾在談到人與自然時是這樣說的：「大地是承受者，開花結果者，它伸展為岩石和水流，湧現為植物和動物。天空是日月運行，群星閃爍，四季輪換，是晝之光明和隱晦，是夜之暗沉和啟明，是節氣的溫寒，白雲的飄忽和天穹的湛藍深遠。大地上，天空下，是有生有死的人。」海氏從梵‧高的油畫《農婦的鞋》中感受到了大地無聲的召喚極其對成熟的穀物寧靜的饋贈，冬閒的荒蕪田野裏朦朧的冬眠。人類瞭解自身的同時，也在用心靈傾聽大自然的傾訴。任林舉筆下的玉米也和人類一樣擁有自身的語言系統，請看任林舉是如何走進玉米的語言世界的：「玉米是一個有著自己語言的部落。每一個寧靜的夜晚，當它們不需要向人類傳達自己的信息時，便會進入到僅屬於同類之間的秘語，那是另一種頻道、另一種波段，一種拒絕器官，而只有用細胞才能傾聽的波長。玉米們就這樣靜謐地交談，神秘的心語如天上的星象一樣難以破解。不知道這個時候它們是不是在傾談成長的艱辛、愛的愉悅、生命的尊貴、上天的恩情等等。當一個人和玉米一樣久久地站在植物中間，站在土地之上，站在無人的夏夜，一種難以言說的愉悅和快感將如夜晚的露水一樣，一層層把你濕透。也只有此時，一個人才會認識到人類自身的粗糙、狂妄、愚頑和混濁，我們在漫長的征服自然過程中，幾乎喪失了與自然交流的所有能力，很多的時候，當我們面對動物、面對植物、面對自然的時候，如盲如啞如癡。」這樣的反思和思辨是直逼人類的盲點的。自以為可以上天入地無所不能的狂妄的人類，如何才能在自然面前低下驕傲的頭顱呢？

　　任林舉還寫到了他和父親在深夜坐在地壟上傾聽玉米拔節的聲音：「性情粗獷豪放的玉米卻如土地上的鄉親一樣，並不懂得拿捏與含蓄……那聲

音,是斷斷續續,疏密相間的。稀疏時,如臨近年關小孩子在街上邊走邊放鞭炮,東一聲西一聲,莊嚴中夾雜著寂寞;濃密時,此起彼伏不絕於耳,好一片骨骼躍動的聲響,讓人聽了感覺自己的骨頭都在疼痛。」在這裡,作者和天地萬物平等對視,融身於蒼茫大地,用心靈感應天籟地籟的啟迪。利奧波德在《沙鄉年鑒》一書中提出了人類應該「像山那樣思考」,亦即在牽一髮而動全身的生態世界整體面前,人類應該謙卑地學會「換位思考」,摒棄盲目自大的人類中心主義,與自然世界裏的萬事萬物心連心、同呼吸、共命運。

深刻的人文內涵

人民,只有人民,才是歷史的真正創造者和推動者。關心普通人民的生活和命運,書寫他們的命運,展現北國人民在大地上辛苦勞作生息繁衍的雄闊畫卷,使這部作品散發出強烈的人文精神的光輝。在作者舒緩有致的敘述中,我們的心靈也經歷了鄉村記憶的回眸,感受到了作者人文情懷的博大精深。

《玉米大地》把對玉米的眷戀和關注推廣到對「生於斯,長於斯,歌哭於斯,血沃於斯」的農民命運的深切關注上,按照文中任林舉的話說——「父親在世時,習慣於把自己稱作草民。應該說,這種定位是準確的。」從古至今,億萬草木一樣憨厚樸素、勤勞掙扎的農民和大地上的玉米一樣經歷著命運的風雨洗禮。對此,作者曾作了對比,世世代代,歲歲年年,任時光不停流轉,世事變遷,唯有這樸實而執著的植物依然像我憨厚的兄弟一樣,堅守著家園,堅守著土地以及世代生息於土地上的人民的某種本質。然而,「像歷史從來看不清也從不關心每一個人的面容一樣,在人們的眼裏,玉米的個體與個性常常是被忽略的。我們只認識玉米,但分不清這一株玉米和別的玉米有什麼不同,這一片土地上的和那一片土地上的、今年的和去年的到底是不是同一株玉米,因為我們並不需要。這是一種無意的疏忽,也是一種有益的忽略。」在這裡,我們聯想起了艾青詩作裏的向黃土一樣的我的保姆大堰河,他(她)們的身影如同河畔的蘆葦,平原上的青草,山嶺上的野花,更如一株株的玉米。人類的編年史上是沒有他們的姓名的,在歷史的敘述中他們僅僅是一些龐大的數字。在任林舉的筆下,英年早逝的父親是千千萬萬鄉親父老的命運的濃縮,擇取父親作為一個個案,可以透視土地與人民、玉米與民族的命運。

　　父親的喜怒哀樂和個性氣質融入玉米和大地，具有同質同構的和諧。「在土地的眼裏，身材高大的父親可能就是一棵會走路的玉米，他和他的玉米站在一起，有一種不分彼此的和諧」。在烈日炎炎的炙烤下，父親頭也不抬地繼續他毫無美學意義的田間勞作，汗水無聲無息地溶入泥土，黯淡而沒有一點神聖和詩意。父親固守在土地和玉米之間，插秧、播種、間苗、薅草、施肥、澆水、收割，年復一年，周而復始。這其實是廣袤國土上絕大多數農民生活和勞動的真實寫照。土地不會欺騙勞動者，玉米也不會欺騙勞動者，汗水帶來收穫，可是農民的勞動並不能改變他們的痛苦的命運。他們的辛苦所獲僅僅維持了生命的延續，更多的勞動成果卻被不稼不穡的統治者所巧取或豪奪。這種命運從《詩經・伐檀》裏的農民一直延伸著，沒有根本的改觀。父親安於天明，剛強聰慧、機智靈活、本份務實，勤勞能幹。他最大的欣慰就是用自己的高強度的勞動維持著一家老小的生存繁衍。活著，成了父親和鄉親的理想和驕傲。兒女們並不理解父親，時常覺得自己的父親固執、愚蠢。作者在自己的童年時代，甚至還處處和父親作對，幾乎他說的所有事情和提出的所有意見我都極力牴觸和強烈反對，對此作者帶著深深的懺悔反思著自己的幼稚。真正體會到父愛時，才知道父親的博大無私。

　　父親的歸宿和命運的多舛，是作者把土地和人的命運最好的概括和昇華。父親死於一場意外的車禍，目不忍睹的慘烈讓作者多年以來無法面對。母親的一句話，簡直把父親的不幸去世和一棵玉米的意外夭折劃上了等號。母親說：「多麼硬實的一個人，說沒，唭嚓一聲就沒有了。」人類的命運如植物的命運一樣脆弱易逝，來自土地的父親最終又把生命交付給大地。在文中，作者把父親在土地上的掙扎的命運和老鷹捕捉野兔作了比擬：「我曾經看過放鷹人在草原上捕獵野兔。放鷹人常常是騎著馬在草原上奔馳，腰身挺立，目光如哲人般眺望著四野，鷹就搭在肩上或帶了護套的手腕上。一旦有獵物出現，放鷹人一聲大喊，順勢向空中送出獵鷹，那鷹便悠然躍入當空。令人驚異的是，只要鷹被放出去，並沒有哪一隻獵物能逃出獵鷹那銳利如鋒刃的目光與爪。特別是那些在地上奔跑的野兔，不管逃與不逃，不管跑得快慢，不管使出什麼解數，最終總是不能幸免於難，掙扎是沒有意義的。」這樣的比擬無比準確。一介草民的父親悟透了命運的秘密，徒勞地作著絕望的反抗。值得一提的是，父親並不是那種天生愚笨的農民，他的富有傳奇色彩的履歷在鄉民中有口皆碑。「五鄉會考中拔過頭籌，曾經用一個小時的時間向一個奇怪的

牧羊人學成一手很絕的珠算技巧，曾在平地修梯田的農業革命中擔當爆破專家，當過人民公社的正式會計，隻身去大興安嶺探求生路……」父親作為一個精明能幹的莊稼人一直在尋求命運的突圍，然而，最後還是皈依土地。這是農民的萬劫不復的命運。

對父親的命運的書寫和觀照，因為具有普遍意義，可以看作任林舉在把目光投向無數如其父親一樣的底層農民。一個健康和諧的社會並不是沒有底層的社會，它應該保護底層，關心弱勢群體，為底層提供起碼的生存發展的權利和機遇。合理的社會分層還應該是流動的——底層通過奮鬥可以翻身成為中層和上層。「競爭有序，能上能下」才有利於使社會充滿生機與活力，最大限度地調動各個階層民眾的奮鬥激情。而在中國當代文學作品中我們卻讀到了底層的絕望，彌漫著無望的情緒。二十一世紀開端的中國社會處於急劇的轉型期，每時每刻整個社會都發生著前所未有的分化和整合。一幅幅光怪陸離的生存浮世繪和各個階層的生活世相圖擺在作家面前。嚴酷的競爭法則和社會生態讓人應接不暇。社會底層充滿苦難的卑微生活狀態和壓抑迷茫欲哭無淚的精神面貌引起了具有人文情懷和社會良知的作家的關注。關注底層，關心底層，關愛底層，展示底層民眾的尊嚴與價值，挖掘底層民眾的人性溫情和光輝，自覺充當底層人民的代言人，為底層民眾尋求生存發展的出路伸張正義的吶喊，顯示了當代文學應有的溫度和力度。

歷史的波譎雲詭

歷史並非僅存於煌煌史冊的書頁間，它就在我們每一個家族，每一個公民的命運間跳躍。回望既往，反思歷史，可以眺望未來。從這個意義上講，民間的家族史和個人史同樣是國家民族大歷史的不可分割的有機的組成部分。任林舉的《玉米大地》的題記部分即彰顯了面對歷史的悲壯之情。「你是一個蒼涼的手勢，你是一句金色的咒語，你是我久違的親人你是我以生命丈量歷史，以身世陳述命運的姐妹、兄弟。」因為我們的血管裏流淌著先輩的血液，我們尋覓先輩的足跡其實就是關心我們自身。祖輩們的歷史和蒼茫的大地、茂盛的玉米血脈相連，頻繁的變故、突然的災難、不測的風雲，制約和影響著芸芸眾生。歷史的神秘和無理性讓後人唏噓不已，我們書寫前人歷史的同時，也在積聚著自己的歷史素材。

「歷史是現實的夢幻；往事是記憶的夢幻；村莊是城市的夢幻；土地是

莊稼的夢幻；故鄉是遊子的夢幻」。任林舉筆下的歷史，是家族的盛衰更迭，是疾病的突襲，也是政治運動的殘酷無情，更是具體當事者無力把握自己命運的無奈。這是一個身體遠離了鄉土，而心靈卻依然固守在鄉土上的天涯遊子對故園最魂牽夢繞的眷戀，追尋歷史就是尋找自己的身體和心靈的根鬚，尋找生命的搖籃，尋找逝去的歲月和夢想。

外祖父家族的歷史神秘而突然，災難的光顧讓人措手不及。本來「人丁興旺，騾馬成群，威望日盛，聲名遠播」的高氏家族，在母親的幼年時代遭遇了瘟疫和疾病，毀滅了幾乎所有的牲畜和人丁，天堂與地獄之間竟然一步之遙，幾乎沒有任何過渡地帶。四歲的母親成了孤兒，一生的苦難隨之綿延在眼前。父母的結合更是貧窮和病苦的結合。命運之神擺佈著芸芸眾生，居心叵測，不講遊戲規則。父親的英年早逝和母親的久病自愈，這一切彷彿都是冥冥中命運之神的安排。年邁寡居的母親，眼看著兒女一個個遠走高飛，心靈的脆弱不經意間流露出來。自己皈依土地和希望兒女逃離土地是一枚硬幣的兩面。這塊近乎板結的土地上，人民的歷史和命運近似於玉米的命運。「人生一世，草木一秋」，從本質上講，他們都是造化的產物。飄零的命運和堅韌的個性如出一轍，「許多年來，每當我想起這種植物，眼前就會浮現出那種茁壯的身姿，在我的心裏，他們從來不曾老去，也從來不曾倒下，他們是永遠的。雖然在季節的流程裏，它們會一歲一枯，但但當下一個春天來臨，它們卻總會在同一片土地上復活，生長並奉獻出金色的籽粒。這讓我們相信，它的一生並不是一春一秋，而是很多個世代。我們的一年，不過是它的一天，回黃轉綠，只在一夢一醒之間。」這是在寫玉米的命運，更是在寫千千萬萬普通民眾的命運。人類的輝煌不過是玉米的拔節和旺盛，人類的災難不過是玉米突遭冰雹的襲擊，改朝換代不過是春夏秋冬的四季更迭，植物養育了人類，人類種植著植物，他們是真正的息息相關的命運共同體。謙卑、堅強、樸素，扎根泥土，眷戀泥土，回歸泥土，是他們共同的命運。任林舉的筆下，頗有莊子的「萬物齊一」之觀，所謂「天地與我並生，而萬物與我為一。」人的命運和一株草，一條犬，一場病，一次意外災難緊密相聯。這種表達在劉亮程的《一個人的村莊》中出現過，在梭羅的《瓦爾登湖》裏出現過，也在惠特曼的《草葉集》裏出現過。

十二舅與父親比起來，更是地地道道的「純粹的農民」。他是外祖父家突遭變故後的不多的幸存者。「當十二舅站在玉米叢中的時候，他看起來卻比玉

米更像一棵植物。一個看過十二舅的人才會明白，什麼是真正的農民，真正的大地之子，他與土地之間有著比血緣更緊密的內在關係」。來源於祖輩血胤的對土地的固守和依戀，使得十二舅只要一離開土地就會茫然失措。由於他對種植玉米的精通和嫻熟，對政治最陌生的他竟然長期「人心所向」的擔任著所謂隊長、支委什麼的村幹部。文革開始後，這點「閒職」竟然給他帶來巨大的災難。那些企圖奪權的人對他施加迫害。在這裡，任林舉一反常態地揭露了人心的險惡和政治的陰毒──政治可是一種屬害的遊戲，政治的目的是不可告人的。如果想奪你手裏的蘋果，必須藉故把你的手剁掉，否則的話就會暴露真實目的，就會由「正義」變成「不義」。在嚴刑拷打下，十二舅毫不屈服，如同遭受風暴冰雹襲擊的玉米堅挺在大地之上。在生命的彌留之際，罹患腦血栓的無兒無女的十二舅竟然選擇了絕食結束了自己的生命。給十二舅送葬時，全村男女老少傾巢而出，放聲痛哭，為了這個倔強的老人，也為了生活在這塊土地上的人的共同命運。如果說父親的歷史中蘊涵了反抗和尋找突圍的契機，那麼說十二舅的歷史中則彌漫著徹底的皈依於板結的土地。十二舅的生命史，從某種意義上講就是一株玉米在大地上生長消失的歷史，人的命運和植物的命運出奇地對應著，來不得半點自由選擇。千千萬萬的十二舅們的歷史和命運，鑄就了宿命般的歷史的「沉默的大多數」。

《玉米大地》是近年來少有的優秀散文，融合大地、植物、人生、命運、歷史於一體，以飽滿的激情驅遣詩意的文字，書寫關乎民族和個體的存在史，在歷史和現實的夾縫間遊刃有餘地迴旋決蕩。深切的愛意和悲憫的情懷滲透在字裏行間，讓人感慨唏歔。恢宏與細膩，陽剛和陰柔，潑墨與工筆，諸多看似矛盾的特質竟能巧妙而辯證的融會貫通，在同一文本中並行不悖，顯示了作家的充沛的才情和不凡的襟抱。

自然妙趣　大地情懷
——張晨義的生態書寫

　　在張晨義先生的散文集《鑽石人生》中，彌漫著一股來自天地自然的清洌之氣。龍山的皎潔秋月，汶河的粼粼波光，果園的秋雨梧桐，玉米的青蔥挺拔，屋瓦的細雨流光，麻雀的淳樸無華，燕子的矯捷靈動，木瓜的懵懂清香無不躍然紙上，栩栩如生。這種關注大地上的一草一木的自然情懷彷彿來自莊子《南華經》的啟示。

　　「天地有大美而不言，四時有明法而不議，萬物有成理而不說」，漫長的農業文明孕育出的中國古典哲學其實是以道法自然和天人合一作為神髓的。張晨義先生領悟了自然萬物的美妙，他擁有一顆水晶般玲瓏剔透的自然之心，他在一滴雨珠中感到了上帝的恩賜，在一片綠葉中參透了造物的神奇，在一片亂石中看到了自然存在的序列。他的此類散文往往語言精緻文雅，深得梁實秋、梁遇春小品文之妙趣，刻畫描摹，精細妥帖，尺水興波，具體而微。《龍山秋月》以觀月寫起，山林景致，如水月華，秋氣淒清，塔影山色，無不纖毫畢現，最妙的是以月喻心，「天清氣朗，秋月宛然一顆舒展的心，年輕、強健、激動，輝映乾坤。」此時此刻，天道和人心交相輝映，自然和人文珠聯璧合，確如古人所言「有第一等襟抱，第一等學識，斯有第一等真詩」，人心與天心是心心相映，在一座不高、不險、不奇的龍山上，張晨義先生卻獲取了對自然真諦的妙悟，這份得之天然的妙悟非有師法自然的靈感而不可求。在《大汶河秋波》中，張晨義先生寫到了河裏的沙，「沙是日華搗煉過的，月色磨洗過的，皎潔，沉鬱。赤腳上去，粒粒柔情透心。」一粒沙子都牽動著作者的文心，自然世界裏的任何東西都不是孤立的，一粒沙子裏亦可透視日月

之靈光,山水之靈氣,足之所觸,柔情似水,直透心扉。秋水長天,落霞孤鶩,逝者如斯,亙古永恆。作者傾聽蟋蟀吟唱,歆享桑麻之樂,寄情山水田園,感知大地物語,可謂皈依自然,神遊天地。自然寫作最大的特點是擁有一顆與天地萬物息息相通的心靈,如此,則山脈、河川、樹木無不灌注了人類的靈魂。「這些山脈的能量不僅流注到我們的物質生命中,也流注到我們的精神生命中。在這湖邊的荒野上,既有我的孤獨,也有我與自然的互補。個人在荒野中時最負責任的做法,是對荒野懷有一種感激之心。」(霍爾姆斯‧羅爾斯頓語)敬畏生命,敬畏那些與人類一樣歷史久遠的動植物,這是一個現代公民應有的「大地情懷」。現代社會不停擴張人類的欲望,鼓舞人類無休止地向大自然索取和開發,而自然自由自己的法則和秩序,無端破壞自然秩序必將受到自然的嚴懲。對往昔歲月的深情回望使得作者的文字如同從老屋的窗櫺裏透進的星光和月華,親切淳樸,默然無聲。作者懷念逝去的歲月,固執地為舊時的歲月吟唱一曲曲輓歌。故園的月華雪落,故園的燈光如豆,故園的青青麥田,故園的碩果飄香,故園的蟋蟀聲聲,無不浸透了作者對農業文明時代的深情回眸和綿綿思念。「故園,今夜就許我脫去塵世的鞋子,以月光的赤足,踩一踩你滄桑的土地,感受那依然的關懷。」在作者筆下,故鄉如同幽怨纏綿的搖籃曲,彌蕩著法國浪漫主義作家夏多布里昂的《從搖籃到墓畔》的悠長回音。在《桃花三徘徊》一文中,作者提出了「桃花宜遠看,不宜近觀」的獨特看法,這是依據桃花的花色、枝形的特殊情勢而言的,作者觀察細緻入微,下筆獨具匠心,頗能自圓其說。《麻雀》一文中,作者把麻雀成為「鳥類中的農民」,可謂恰如其分。「依然那一身淺褐,一眼就可認出。麻雀,田野的土著,鳥類中的農民,嘴不巧,羽無華,從沒人將其嬌養,它更不會弄些啼血的傳奇。」這遍布城鄉的最司空見慣的麻雀,寄予了作者一份憐愛和悲憫。《玉米》一文中更是開篇即可令人耳目一新。「秋天的田野上,還有比一株玉米更美麗的嗎?沒有了。如果真有,那就是另一株玉米。」閱讀這樣的文字,自然而然進入了魯迅先生《秋野》的語境,可謂妙語天成,一鳴驚人。

當今中國社會,物慾橫流,現代化的烏托邦營造出迷人的虹霓,城市化、城鎮化的腳步愈來愈快。汽車、樓房、高檔電器、奢侈享樂充斥著人們的視野,鄉村文明正在日益式微,在「現代化」的高速公路上一路高歌猛進的狂妄夢幻正在試圖擺脫一切原滋原味的鄉村土氣。迷失在燈紅酒綠裏的現代人,

心靈空間卻異常逼仄和狹隘，而真純質樸的鄉野恰恰是回歸本真的途徑，山光水色和樹木花草喚起了現代人久違的夢想。洋溢著綠色的廣袤大地，匯聚著原始而渾然的生命力，回眸蒼茫大地，就是為了尋找我們心靈中最柔軟的詩意，恢復我們豐富的靈魂。

對美好生命的熱烈禮讚，對一草一木的精細描摹，對春花秋月的深沉感喟，對歲月流淌的深情回眸，對理想人生的矢志不渝，對藝術世界的深切體悟，綿密而渾厚地經緯交織在一起，匯聚成蔚為大觀的精神河流，緩緩流淌在芳草鮮美、落英繽紛的心靈家園。尤其讓我感慨不已的是作者那顆浸泡著自然芬芳的心靈，棲居在汶水之濱的張晨義，擁有敏感而樸素的自然之心，他用眼睛和心靈打量著故鄉的山川、河流、樹木、花卉、麥野、流雲、霧靄，然後驅遣飽含詩意的文字，記錄對大地的感恩和謝忱；他把清風流水和鳥唱蟲鳴當做音樂，浸潤在花開花落行雲流水的天籟之妙中，仰觀天地之大，俯察品類之盛，追尋恬淡的自然野趣。純美的文字娓娓道來，勾勒出一幅幅鮮活的大地風情畫。品讀張晨義先生的散文，令我情不自禁地想起了梭羅的《瓦爾登湖》和《野果》，那種徜徉在無邊無際的湖畔叢林中的精神自由與之息息相通；也令我想起葦岸的《大地上的事情》，那種悉心自然造化，敏感季令物候的質樸之心隨時守望著遙遠的地平線和?鬱的葡萄園。

汶河是一條鍾靈毓秀的古老河流，肥城是舉世聞名的肥桃之鄉，那片沃土滋養著灼灼的桃花，蘊育著肥碩的嘉果，充滿自然氣息和花木芬芳。在這裡求學、讀書、寫作的張晨義先生，浸染了這片熱土的物華天寶的靈氣，字裏行間氤氳著道法自然、天人合一的哲學意蘊，對真、善、美的天然渴求和永恆追慕流貫全書的行文中，浩瀚的激情和豐厚的學養源源不斷地滋養著讀者的心田。

喚醒記憶　修復心靈──讀王開嶺《古典之殤──紀念原配的世界和流逝的美》

　　中國社會在二十一世紀的前十年繼續沿著經濟高速發展的軌道一路高歌猛進，這種「千年未有之大變局」對自然生態、社會生態和精神生態都影響巨大。城市化和城鎮化的開展如火如荼，廣袤的國土上處處腳手架林立，房價直上雲霄，青壯年農民工進城務工和老人、婦女、兒童留守空巢已成為常態，潔淨的空氣和水業已成為奢侈品，貧富分化、階層固化和社會斷裂導致的道德倫理的異變風生水起，社會轉型期的人們精神迷惘心緒浮躁，價值觀、審美觀和世界觀游移混亂，拜金主義、享樂主義、攀比之風日甚一日，諸多的社會問題令人眼花繚亂。站在二十一世紀回望人類的童年，追溯古典社會的流風餘韻，保衛記憶深處的風景，守望未被污染和異化的精神家園，喚醒沉睡在記憶深處的純真和感動，修復日益遲鈍和迷失的感官和心靈，這是具有自然情懷和人文精神的作家自覺追求的精神目標。近讀著名散文家王開嶺先生的散文集《古典之殤──紀念原配的世界和流逝的美》，我感受到了他那顆晶瑩剔透的唯美之心，王開嶺用詩意的語言、峻急的呼喊、深切的追憶、敏感的心靈為現代人尤其是都市人勾勒了一幅素樸與感傷的人類童年生活的水墨畫。對原配世界的追憶和對異化世界的詰問是一枚硬幣的兩面，那些元氣淋漓的詩意描摹氤氳著古典之魅，對流逝的美好世界的挽留之心和感傷情懷彌漫在字裏行間，對自然純美的風物和古道熱腸的古典情懷的書寫滲透了對現實世界的憂慮和反思。

漸行漸遠的原配世界

原配世界，在王開嶺心目中就是維持人類基本生活的那些山川、河流、曠野、泥土、陽光、空氣、植物、動物、星月等等幾乎是與人類一起存在於宇宙間的天地萬物。這些東西不是人類利用科學技術合成、組裝和創造的，是天造地設的，是自然而然的，更是先於人類而存在的，這些東西孕育了人，為人類提供了衣食住行的基本保障，是人類生存、發展、繁衍的基本依賴，也是人類須臾不可離開的基本生活舞臺。一位哲學家說過：「人類可以發明飛機，但發明不了天空；人類可以發明輪船，但發明不了海洋；人類可以發明火車，但發明不了陸地。」這發明不了的天空、海洋、陸地，其實就是原配世界的一部分。弔詭的是，隨著科技理性的泛濫和人類改造、利用原配世界的能力愈來愈強勢，人類對原配世界的破壞、踐踏、蔑視也愈來愈甚。中國經濟發展的高速度，很大程度上是以對資源、能源、礦產、空氣、水源的過度榨取、破壞、污染為代價的，等於是透支了未來的發展空間，斷絕了子孫後代的發展可能性，是典型的「不可持續發展」。迷失於燈紅酒綠、高樓大廈、車水馬龍、金錢權力中的現代都市人，其實是與原配世界越來越隔膜的。儘管人類發明創造的這種所謂的「現代生活」從時間長度上講僅僅占人類整個發展史的比重非常非常小，是一秒鐘與一個星期的比例，但是足以讓人類忘記了原配世界的模樣，生活的原生態彷彿離我們遙不可及了。

王開嶺的散文為我們尋回了原配的生活世界的美麗空間，這些美麗的原配對象和原配時空因為現實世界的聲、光、電、熱被遮蔽和掩埋了，但在王開嶺的筆下卻得以「昔日重現」。秋夜中輕盈飄忽的螢火蟲，潺潺流淌清澈見底的河流，靜謐安詳萬籟俱寂的黑夜，每年春季按時蒞臨屋簷下的燕子，炊煙嫋嫋耕牛暮歸的恬然故鄉，莽莽蓁蓁虎嘯猿啼的荒野，渺無人煙懵懵懂懂的沼澤……這些曾經與我們的原生態生活親密無間的原配世界而今逐漸淡出我們的視野，或者因為我們追名逐利而日漸加快的生活腳步而對此視而不見，或者因為久居都市逼仄狹隘遠離泥土的單元房隔絕地氣而喪失了精神氣場。在《誰偷走了夜裏的「黑」》一文中王開嶺寫道：「不夜城絕對是個貶義詞。等於把夜的獨立性給廢黜了，把星空給擠兌和欺負了。它侵略了夜，醜化了夜，羞辱了夜，彷彿闖到人家床前掀被子。將白晝肆意加長，將黑夜胡亂點燃，是一場美學暴亂，一場自然事故。無陰潤，則陽萎；無夜育，則晝疲。黑白失調，糟蹋了兩樣好東西。往實了說，這既傷耗能源，又損害生

理」。本來晝夜分明的原配世界，正在被誇張的照明設備漸漸模糊了界限，使得現代人生活在黑白失調的「光污染」裏無法自拔。在《蟋蟀入我床下──紀念蟲鳴文化》一文中，王開嶺認為古人不僅崇拜光陰，更擅以自然物象提醒時序，每一季都有各自的風物標誌。他把蟋蟀的鳴唱看作秋天的形象大使和新聞發言人。在《耳根的清靜》一文中，王開嶺認為在人體感官裏，耳朵最被動、最無辜、最脆弱。它門戶大開，不上鎖、不設防、不攔截、不過濾，不像眼睛嘴巴可隨意閉合。它永遠露天，只有義務，沒有權利。因此，為了撫慰受傷的耳朵，王開嶺「多了個習慣，每逢機會，便錄下大自然的天籟：秋草蟲鳴、夏夜蛙唱、南歸雁聲、風歇雨驟、曙光裏的雀歡、樹葉行走的沙沙⋯⋯我在儲糧，以備饑荒。城裏的耳朵，多數時候是餓的」。王開嶺對大地的傾情關注，讓我想起了散文家葦岸的《大地上的事情》和臺灣作家陳冠學的《大地的事》，他們都屬於一個精神譜系，在人類精神史上，他們的先驅是莊子、法布爾、梭羅、盧梭、利奧波德、蕾切爾・卡遜、史懷澤。王開嶺以細緻到位的觀察力和富有童心的獨特視角鉅細無遺地展示了他對花草樹木、風花雪月的感性體悟和對四季變遷以及物候變異的細微感受，筆鋒凝聚了對自然萬物的鍾愛與憐憫。王開嶺以他的文字昭示讀者──他不僅是一個散文寫作者，更是一個讓身心詩意淋漓地在廣闊的大地上靜謐棲居的人。王開嶺書寫自然萬物的散文語言天機澄澈胸次玲瓏，他的自然情懷接續了中國古代散文的天人合一的傳統，也融合了現代社會的心靈元素。敏感與性情，典雅與靈氣，智慧與悟性融會貫通，成就了他傾心自然的大地情懷。他中西合璧的知識背景，總是伴隨著書生意氣的自然外溢。他敏銳細膩的筆觸，揭示和展露了自然世界的秘密和文人雅趣的滋潤。他散文風格的雋永、本色、清雅，敘事的精準、傳神與韻致，讓人對鄉土中國的神韻與綿長、往昔歲月的質樸與美麗流連忘返。

免費的與原配的好東西

忙碌的現代人像患上了強迫症一樣在工作和職場上殫精竭慮，但是，幸福感和滿足感並沒有水漲船高，這真是一個難解的悖論。很多人抱怨自己窮得只剩下了金錢。那些構成幸福感的要件為什麼會在我們苦苦追尋幸福的時候離我們越來越遠呢？王開嶺越來越篤信兩點：好東西都是原配的，好東西都是免費的。這是他面對林林總總、光怪陸離的現代社會生活的基本鑒別標

準。我相信，王開嶺的心靈與美國自然寫作的先驅亨利・戴維・梭羅是息息相通的，在王開嶺的散文中，我讀出了來自大洋彼岸的康科德的瓦爾登湖畔的啟示，從精神氣質上講，《古典之殤》是《瓦爾登湖》在東方的共鳴與自覺承續。

在《讓我們與大自然般過一天吧》一文中，王開嶺呼喚一種「道法自然、天人合一」的生活方式，這樣的生活方式是減少矯飾、素面朝天的，卸掉面具和偽飾，輕輕鬆鬆，「動而與陽同波，靜而與陰同德」，用大自然般的性格、速率、氣質、心情面對自己的日常生活，像詩人海子寫得那樣，「劈柴、餵馬、周遊世界、關心糧食和蔬菜」，可以仰觀俯察，可以遊目騁懷，可以優游涵泳，可以閒雲野鶴。在《春天了一定要讓風箏放你》一文中王開嶺滿含深情地回憶了自己童年時代在和煦的春風裏放飛風箏的愜意生活，隨風飄舉的風箏帶走了我們塵世生活的幾多煩惱，風箏把天空的詩意點染的淋漓盡致。放風箏的人也被美麗的風箏放逐了靈魂，獲得了精神的飛昇和心靈的解放。在《消逝的「放學路上」》一文中，王開嶺從司空見慣的城市中小學放學後家長們蜂擁而至開著汽車接孩子的場景落筆，深情地回憶了自己的童年時代哼唱著《讀書郎》邊走邊玩的「放學路上」，那種無拘無束的自由和對生活世界的耳濡目染，都是現在充滿危險的陌生人的環境中所不可能再現的，王開嶺進一步指出，當今社會的孩童是「故鄉記憶」匱乏的一代，他們只與玩具、電子遊戲相伴，居民小區的大同小異的單元房就是他們主要的生活景觀，「搬家」對於他們而言，僅僅是物理位置的移動，不存在與熟悉的生活記憶的割斷，因為他們無論生活在哪一個居民小區都是幾乎千篇一律的。這是沒有冒險精神、合作協調、獨立自主的一代人，社會無法賦予他們街坊鄰居的呵護，他們無法體會逍遙自在的嬉戲和「放學路上」的種種童年趣事。傳統的小街小巷裏的五行八作、四鄰八舍消逝了，伴隨著城市化進程的加劇，於是「放學路上」只能成為一個遙遠的記憶而無法復活在今天的孩子們身上。老街的能量和涵義表現在：「在表面的鬆散與雜亂之下，它有一種無形的篦梳秩序和維護系統，憑藉它，生活是溫情、安定和慈祥的。它並不過多搜索別人的隱私，但當疑點和危機出現時，所有眼睛都倏然睜開，所有腳步都會及時趕到」。而今，這樣的老街安在？在《在古代有幾個熟人》一文中，王開嶺深情緬懷歷史上那些曠代知音：「我想自己的人選，可能會落在謝靈運、陶淵明、陸羽、張志和、陸龜蒙、蘇東坡、蒲松齡、張岱、李漁、陳繼儒，還有薛濤、魚玄機、卓文

君、李清照、柳如是等人身上。緣由並非才華和成就，更非道德名聲，而是情趣、心性和活法，正像那一串串別號，煙波釣夫、江湖散人、蝶庵居士、湖上笠翁……我尤羨那抹人生的江湖感和氤氳感，那縷菊蕊般的疏放、淡定、逍遙，那股穩穩當當的靜氣、閒氣、散氣。」王開嶺認為自己需要一種平衡，一種對稱的格局，像晝與夜、虛與實、快與慢、現實與夢遊、勤奮和慵散。生活始終誘導他做一個有內心時空的人，一個立體和多維的人，一個胡思亂想、心蕩神馳之人。而新聞，恰恰是他心性的天敵，它關注的乃當代截面上的事，最眼前和最峻急的事，永遠是最新、最快、最理性。這一點，對於追新逐異的現代人是具有警示意義的。我們每天在不斷刷新的網絡新聞中到底看到了什麼？我們每天在夜以繼日加班加點的勞碌中到底收穫了什麼？記得謝有順曾經說過：「文學，是教給人慢下來的學問」，其實，一切藝術的真諦不過是讓人學會堅守一些內心的永恆。王開嶺對原生態事物的描摹優雅而純粹，他的散文深入揭示了現代生活的表象與悖論，他的散文氣質氤氳著中國小品文的美學風韻。他的寫作既有鮮明的當下烙印，又承續著散文傳統中的淡定和靜氣。他的語言味美、博雅，散發出濃鬱的書卷氣息，準確、綺麗，典雅，對於重構當代中國人的精神圖景、喚醒歷史記憶、重溫童年趣事都富於建設性的精神意義。他的散文成了六十年代人憶舊話新的精神旅程中的醒目路標。他從夢想與記憶的感性經驗出發，抵達的是當代都市漂泊者的心靈履歷的隱秘世界。他筆下的追憶和傾訴，表達出的是他對當代社會的人文關懷，對童年和往事的一往情深。

良性的優美的好時代的標準

　　散文家必須對自己的生活時代做出判斷與甄別，零距離的真切感受促使王開嶺思考這樣一個問題：怎樣才算一個好時代？他經過漫長的理性思考和感性體嘗得出了自己的標準。王開嶺認為，假如傻瓜也能活得好好的，這樣的時代毫無疑問就是一個良性的優美的好時代。其實，這個答案本身就是對當今時代的最好鏡鑒。而今的時代，處處陷阱和騙局，處處假冒偽劣的商品，處處道德倫理喪失的扭曲，處處不按規則出牌的無序與失控，哪怕是一個機智權變的謀略家也老是感覺自己應付不了無窮無盡的變局和陰謀，身處當今時代，不用說一個傻瓜，即使是一個智商不低的正常人也頗感舉步維艱。在王開嶺的理想世界裏，社會應該對弱勢群體極盡保護之力，增強弱勢群體的

安全感、穩定感和幸福感,這是時代優劣的試金石。金錢權勢飛揚跋扈的時代,奉行叢林法則的時代,「厚黑學」大行其道的時代,弱勢群體只能充當砧板上的魚肉和虎狼口下的羔羊。在《人生被獵物化》一文中,王開嶺尖銳的指出:「人生,被獵物化,被叢林化。人人自危,人人憂愁,隨時隨地,欲和全世界鬥智鬥勇。人人過著一種防範性生活。人人都在挖戰壕,築工事,然後跳進去。這種苦力,這種為假想敵做的備戰,讓人生元氣大損,奄奄一息。這不是生活,只是緊張地準備生活。生活和準備生活是兩回事」。進而王開嶺質問道,這是個怎樣的循環?怎樣的生存共同體?怎樣同歸於盡的遊戲?在《生活在險境中》,王開嶺借助一個黑色幽默的笑話為這個兇險四伏的時代作了精彩素描:「竊賊用入室偷來的錢去買煙,煙是假的。煙主樂滋滋去買水果,秤是黑的。水果商替家裏去買肉,肉注過水。肉販子正數鈔票,制服從天而降,罰款。城管拿罰來的錢去診所,藥是過期的。藥老闆正準備打烊,電話鈴響,老婆痛哭家裏失竊……」他發出了一系列的質問誰醞釀了這樣的生活,製造了這樣的邏輯和遊戲?誰能勸說對方換個思路,取消那偷窺的眼神和飢餓的欲望?誰來平息這場你中有我、我中有你的精神騷亂?誰替我們在垃圾和腐土上鋪種花草,誰為我們娶回遠去的童話?我們如何才能安然無恙?揭出時代的病苦並引起療救的注意,這是王開嶺散文的自覺的精神追求。曾經長期執教於一所地區級的重點中學,後來加盟中央電視臺從事新聞評論的王開嶺有著比一般作家更多直面時代痼疾的機會。才華橫溢的人更需要堅強的神經,更需要承受時代陰影的精神定力。王開嶺以新聞人的積極入世精神觀察和思考著當今時代的癥結,以冷靜理性的普世價值觀念分析剖解世道人心,以救世濟民的宏大理想建構拯救時代的藍圖。

王開嶺從來都是熱眼觀世的,房地產作為中國當前社會聚集了全部問題的焦點,自然是王開嶺時代問題的切入點。在《房地產跟中國民生開了個惡毒的玩笑》一文中,他切中肯綮地指出,房地產已經成為既得利益集團褫奪百姓財富的手段,地產經濟已經陷入惡性循環的怪圈。「有無房產」已經成為中國當代幸福感的標尺,一路飆升的天價住房把任何勤勞致富都宣布為無效,只有投機鑽營者才能擴充財富,「馬太效應」在中國當下愈演愈烈。無數的剛剛離開校園的年輕創業者只能淪為「蟻族」和「鼠族」,在城市的夾縫裏苦苦喘息。階層固化,導致的底層知識青年怨氣鬱積在《蝸居》中的淋漓盡致的展示。本來應該「居者有其屋」的基本生存保障品的住房,而今竟

然成為掠奪和聚斂財富的符號與籌碼，這不啻是房地產跟中國民生開得很惡
毒的一個玩笑。在《我們不是地球業主，只是她的孩子》一文中，王開嶺告
訴我們，地球母親已經被狂妄貪婪的現代人蹂躪的傷痕累累，我們在科技理
性的虛幻夢境裏沉湎的太久了，是該反省和醒悟的時候了。在《我是個做減
法的人，害怕複雜》一文中，王開嶺告誡沉迷於物慾橫流的現代人，簡樸和
簡單才是減輕精神負擔的捷徑。我們只有刪繁就簡，放棄物質的和精神上的
包袱，才有可能變得神清氣爽。王開嶺的散文從精神的底色出發，充滿心靈
的沉靜和一顆守望精神家園的耐心，他以深邃的哲思和質疑的視角獲得了讀
者的心靈共振。紛繁變化、分崩離析的鄉村，貧富分化、道德淪喪的社會，
房價飛昇、生存艱難的城市，詩意瓦解、欲望尖叫的文化環境無不在其筆下
纖毫畢現。

　　這些年來，中國作家正在失去直面國計民生的尖銳問題的能力。私密經
驗的泛濫使得文學表達日益碎片化和囈語化，快餐文化的崛起，使文學熱衷
於講述欲望和陰謀。那些疼痛和壓抑的生活感受已經被日益邊緣化。文學正
在從靈魂敘事退卻，從而喪失直面真實的銳氣和血性。正如索爾仁尼琴所說，
「絕口不談主要的真實，而這種真實，即使沒有文學，人們也早已洞若觀火。」
生命的意義、靈魂的呼喊、正義的力量與摧毀黑暗的勇氣，對真善美的褒揚
和對假惡醜的鞭撻，這些東西無法進入文學的精神內核，這樣的文學充滿瞞
和騙。謝有順說過：「文學固然是人心的呢喃，但它也是現實的寫照，如果
缺了與現實短兵相接、直接較量的能力，文學就可能成為純粹的遊戲和夢囈，
陷於死寂的狀態」。王開嶺的寫作清晰地為我們描繪出了時代的複雜面影，
並由此展現出他自己的心路歷程和遐思妙想。他深厚的人文素養和自然情
懷，豐盈濃鬱的散文細節，銳利深邃的哲學叩問，使其散文創作得以從生活
路途中那些行將消失的圖案中鉤沉美麗的線索與痕跡。他著力凸顯感性經驗
的脈絡，更進一步在感性經驗之下裸呈一條清晰的精神線索，使之準確無誤
地直抵當代社會的沉疴痼疾。他的寫作揭開了人生的困境和心靈的隱秘。王
開嶺清新而銳利的文字，蘊藏著充沛的生命激情和心靈質地，以及一種穿越
時代喧囂的淡定和智慧。他的散文的字裏行間散發出的人文精神與普世價值
的光澤熠熠生輝，他的寫作既是對昔日歲月的深情追憶，又是對未來理想的
由衷祝願。他那詩性的語言、典型的細節、富於洞察的哲人眼光、對詩意生
活的堅執持守，對傳統和古典的深沉回眸，作為六十年代人精神發育的心靈

記錄，充分展現出了他敏感、多思、深刻、獨到的文學才情。「路漫漫其修遠兮，吾將上下而求索」，喚醒記憶一代人沉碎的記憶，修復一代人殘缺的心靈，王開嶺的散文寫作必將在未來的民族精神建構中大放光華。

後　記

　　世紀之交的中國，隨著改革開放和經濟建設向縱深推進，生態問題日益嚴峻。隨著生態危機的加劇和生存環境受到極大的威脅，保護生態環境，緩解生態危機成為全社會共同關注的熱點問題。文學創作和批評自覺承擔起警世作用，生態文學的萌生和發展正是這一問題在文學領域的熱烈響應，關注和研究生態文學日益成為文學理論界的熱門話題。我從小在魯西南的青山綠水間奔跑嬉鬧著長大，生性熱愛大自然，從高中時代就反覆閱讀《瓦爾登湖》，深切領悟人與自然和諧相處的妙處。在曲阜師大讀碩士學位時所作學位論文就有近萬字論及散文創作中人與自然的關係。這篇博士論文從選題到結稿，耗時近兩年半。其間甘苦，如魚飲水，冷暖自知。

　　暮春時節的上海大學，天光雲影，惠風和暢，柳絮飛揚，綠肥紅瘦。楊梅樹的枝頭已經掛上了串串綠色瑪瑙般的果實，泮池的粼粼碧波蕩漾著詩意的光輝，香樟樹散發出悠長淡雅的香氣。當我為論文畫上句號時，多年的孜孜不倦的閱讀和寫作的往事歷歷在目，我把青春歲月的時光都用在了讀書上，這樣的歲月略顯單調，卻充滿氤氳的書香和銳意的進取。

　　論文完成之際，首先要感謝我的導師葛紅兵先生。早在曲阜師範大學攻讀碩士學位時，我就格外喜歡閱讀先生那獨具學術魅力和語言激揚凌厲的文章。先生不僅是一位名揚海內外的青年學者，還是傑出的新生代作家。《我的N種生活》曾經是我一個時期每天早晨都要大聲朗讀的優秀文學作品。先生的博客也是我每天必看的，無論學術爭鳴文章，還是散文、隨筆、詩歌、繪畫、書法，都對我的精神氣質起著潛移默化的巨大作用。我對葛紅兵先生充滿崇拜和心儀，希望有一天能夠登堂入室親聆先生的教誨。從2006年夏季博

士生入學考試面試第一次見到先生，我就被先生的才華、氣質、風度、口才所震撼。先生的儒雅智慧、敏捷才思、博學多識、點撥啟發給予我莫大的幫助。從論文框架到內容資料，從整體脈絡到文字潤色甚至精細到排版格式和標點符號，無不浸透了先生精心指教的心血汗水。每次登門求教，先生都親自給我沏上上好的普洱茶，嫋嫋升騰的茶篆伴隨著先生循循善誘的講解，每每令我豁然大悟，茅塞頓開，思路暢達，文思泉湧。三年間，我發表了若干解讀葛紅兵先生作品如《沙床》《過年》等等的學術論文，頗得先生讚賞，我相信，我和先生是有緣分的，也是心有靈犀的。師母許瑩女士對我們的學習和生活也給予了幫助和關懷，自此一併致謝。還要感謝王曉明先生、王鴻生先生、蔡翔先生、王光東先生的悉心教誨和熱情鼓勵。還要感謝郜元寶、張生、林凌、黃昌勇先生在論文開題時的點撥，諸位老師的意見，糾正了我執迷於生態文學理論而對作家作品所涉不全的偏頗。

我還要感謝長期關注我成長的靳新來先生，他是我的中學語文老師，也是我始終如一的人生導師，多年的亦師亦友的交往，使我一步步成熟和自信起來。我的碩士導師蔡世連先生對我的悉心指導和嚴格要求，並沒因為我碩士畢業而絲毫減少，蔡先生每次電話和電子郵件都對我提出新的要求和具體指導，讓我不敢有絲毫懈怠。蔡先生對我每一點點滴滴的進步都讚賞有加，同時又不停督促和勉勵我更上層樓。中國生態文藝學研究的權威、蘇州大學的魯樞元先生對我的論文寫作給予了莫大的幫助，記得 2008 年夏天我到蘇州拜訪先生時，先生親切耐心地審閱了我的開題報告和論文初稿。先生還邀請我進入他的書房，第一次近距離接觸如此浩瀚的生態文學資料，我眼界大開。先生贈給我許多第一手的珍貴資料，還把每一期剛剛出版的《精神生態通訊》在第一時間郵寄給我，使我的寫作始終注入生態文藝學的源頭活水。先生主編的《人文與自然：生態批評學術資料庫》，乃是我不斷獲取啟發的案頭必備之書，省卻了我許多四處查找資料的煩擾。

我的生態文學研究論文，多次被發表在《名作欣賞》雜誌，熱情的編輯呂曉東女士對我的研究給予扶持和勉勵，雖然未曾謀面，但是我始終心存感激。作家任林舉先生是我的忘年交，他不斷寫信給我，對我的研究寄予很大期望。他惠贈我的《玉米大地》一書，也是我論文寫作不時引用的重要文本。我的領導、泰山學院的陳偉軍主任，在生活、工作和學習上對我提攜幫助，讓我減少了不少後顧之憂。

　　同時要感謝同門郭玉紅、宋紅嶺、張永祿、陳佳冀、許道軍、趙牧、侯學標、謝彩、張默、許銘、謝尚發。每一期同門讀書討論會都使我思路開闊，受益非淺。與趙牧兄、許道軍兄的校園散步途中的海侃神聊和自由漫談每每給予我不竭的寫作靈感和智慧源泉。同宿舍的孔慶軍博士和王鐵博士溫暖坦蕩的寒窗情誼，無微不至的關照勉勵，兄弟般的融洽相處，給予我身在異鄉的溫情。尤其孔慶軍博士嫻熟的電腦技術，及時為我提供了莫大的惠助。

　　最後要感謝我的父母，由於我的拖累，他們不停地奔波於泗水、泰安之間替我們操持家務。長期擔任中學校長我的父親張鳳傑先生退休之後就把支持我攻讀博士學位作為主要任務，望子成龍的父親從生活到學業給予我最大的呵護與鼓勵。母親悉心照料我的家庭，洗衣漿裳、買菜做飯、任勞任怨，伴隨著我學業的每一步上進，她老人家鬢角的銀髮一天天在增多。同樣的愧疚是對妻子王文靜和可愛的兒子張仲毅，我長期在滬上攻讀，沒能盡到為人夫和為人父的責任。兒子時常發來短信鼓勵我刻苦攻讀，而他自己還是最需要我呵護和輔導的小學五年級的學童。記得 2009 年初，獲得蔡冠深獎學金的我把證書和獎金亮給兒子看時，兒子欣喜地說：「爸爸也得獎狀了！」。然後我請兒子去麥當勞大吃一頓。我們清寒的家庭生活中始終充滿了積極樂觀和好學上進的氣氛，彌漫著相濡以沫其樂陶陶的溫馨與甜蜜。我願意在兒子成長的路上為他樹立一個刻苦讀書、自勵好強的形象。

　　滬上的攻讀即將告一段落，再回首，雲遮斷歸途。淚眼迷離，浮思聯翩。謹以此，紀念這段匆匆流淌的歲月。

張鵬

2009 年 4 月 29 日